AUTOPORTRAIT

CLAUDE BERRI

Autoportrait

ÉDITIONS LÉO SCHEER

Je vais essayer de me souvenir...

À Julien.
Pour Thomas, Lou, Darius, Nathalie.

Aux trois Pierre
P. Grunstein,
P. Kauffer,
P. Trémouille.

Été 1983. Je vais essayer de me souvenir, dans le désordre. Demain, je vais apprendre l'anglais, je m'inscris à Berlitz. La vie continue, je dois me dépêcher. J'ai l'impression que ma vie commence. Il n'y a pas longtemps que je pense à la mort. Jusqu'à l'âge de cinquante ans je n'y pensais pas. Je dois mourir, mais comment ? Lentement ? J'ai du sucre dans le sang. Ou bien brutalement ? Il faut mourir et vivre encore. Il faudrait écrire ses mémoires une fois mort. Je vais essayer de me rappeler à quoi je pensais avant, avant de penser à la mort. Je veux vivre encore.

J'ai dû donner des coups de pied dans le ventre de ma mère. Tout petit, je donnais déjà des coups de pied. J'ai été un enfant très vivant, je le suis encore. J'ai encore envie de donner des coups de pied. La vie m'amuse encore.

Je peux me rappeler, je vais essayer. Je ne voudrais pas raconter, je voudrais dire ce que je pense aujourd'hui de ce que j'étais hier, ce que je pense d'aujourd'hui, et demain ?

Je me suis bien amusé, je m'amuse encore, je

voudrais bien encore m'amuser. Avec quelle énergie je me suis amusé ! Je ne pensais qu'à m'amuser, quand je n'étais pas triste. Mon père aussi, et maintenant mes enfants.

Je fume trop. Il est quatre heures du matin, j'ai envie de la compote de brugnons et de mûres qui est dans le frigidaire. Je vais la manger. J'ai toujours eu des envies. J'ai rarement résisté. Quelle chance d'avoir envie, d'avoir toujours des envies nouvelles et de pouvoir les manger. Des envies nouvelles ou les mêmes qui reviennent. Je n'ai même jamais essayé de résister. On ne m'a pas appris à me retenir. C'est plus tard que j'ai compris qu'il fallait parfois se retenir. Il y a des envies qui font souvent mal aux autres. Pour soi, il y a des risques d'indigestion. C'est bon d'avoir faim et de manger.

Je suis né Passage du Désir, et j'en ai eu. J'en ai encore.

Mon père a cru en moi dès qu'il m'a vu dans mon berceau. Mon père disait : « Je souhaite à tous les enfants d'avoir un père comme moi et une mère comme la tienne. » C'est vrai. Je souhaite à tous les enfants d'avoir un père comme mon père et une mère comme la mienne. Je ne suis pas sûr d'y arriver. Je suis même sûr que je n'y arriverai pas.

Avant, quand je pensais à mon père, je pleurais. Aujourd'hui, je ne pleure plus.

Ensuite nous avons habité 49, Faubourg Saint-Denis, trois pièces cuisine, c'était plus grand. Une confiserie faisait l'angle à gauche de la porte cochère. C'est sûrement là que mon diabète a dû commencer. Je vais mourir dans mon sucre. Ce sera peut-être doux. Je me rappelle de mon grand-père, juif traditionnel avec redingote noire, chapeau noir et payès. Il m'apportait toujours des pipes en chocolat, m'emmenait avec lui à la synagogue à Saint-Paul. C'était encore un amusement pour moi. Il est mort pendant la guerre et je n'ai jamais fait ma bar-mitsva. Après mon grand-père, la foi a disparu dans la famille.

1986. Aujourd'hui j'habite près des Champs-Élysées, j'ai trois salles de bains. C'est encore l'été, j'entends le bruit des klaxons.

J'allais à l'école communale rue Martel. Un jour, en revenant de l'école, une envie subite me prend en marchant. Je me retiens, je me retiens tant que je peux mais l'envie est la plus forte. Quelle humiliation ! Heureusement, ma mère était là. Ce sont des choses qui arrivent ! Elle n'est plus là, ma Betty. Elle est morte il y a deux ans, dans cet appartement où j'écris. Morte dans cette chambre où je dors maintenant. La peinture a changé, le lit est dans l'autre sens. Elle m'a aimé, ma mère, et je l'aime encore. Elle aussi, dans les derniers temps, avait du mal à se retenir. Comme elle était belle quand j'étais petit. Elle avait de gros seins. À la fin elle était maigre. Je me rappelle des photos d'elle en maillot de bain, à Berck-Plage, moi à côté d'elle à cinq ans. Ce sont ces photos qui m'ont fait penser qu'elle avait eu de beaux seins. En vrai je ne les ai jamais vus. Tout petits, mes fils ont vu ceux de leur mère. Aujourd'hui on est tout de suite fixé. La première fois que j'ai vu le sexe de mon père, je devais avoir plus de vingt-cinq ans. Nous étions seuls dans l'appartement du Faubourg Poissonnière. Il n'avait pas fermé la porte des toilettes. En passant dans le couloir, je l'ai vu faire pipi. J'ai encore cette image du sexe de mon père. La seule fois que je l'ai vu, il m'a semblé assez gros et beau. Ça ne m'étonne pas d'avoir été conçu par lui.

Je suis né le 1er juillet 1934. Cancer, ascendant Cancer. Signe d'eau, rêveur. J'ai beaucoup rêvé. J'ai peut-être cinq ans, mes parents s'embrassent debout dans la cuisine. Surpris, je les regarde, ils s'arrêtent. Je n'ai plus jamais rien vu ni entendu et pourtant plus tard, adolescent, j'ai souvent essayé d'entendre quelque chose à travers la porte. Et en même temps, je n'ai jamais vraiment cru que ma mère avait pu faire l'amour, même avec mon père. Moi, j'ai des fantasmes en faisant l'amour, j'essaie même de les vivre, ça ne me déplaît pas toujours. Mon père n'a jamais trompé ma mère. C'est un copain à lui qui m'a dit ça. Un copain avec lequel mon père faisait les marchés. Il était fourreur. Chaque hiver il avait une baraque sur le boulevard de Strasbourg. Il faisait le camelot et parfois les marchés en province. Il pouvait parler pendant des heures. Ce qu'il a pu me faire rire ! Il m'a beaucoup battu aussi. Moi, je ne bats pas mes enfants, mais je ne les fais pas rire. Je préférerais les battre.

Rien ne m'arrêtait. S'il y avait une connerie à faire, elle était pour moi. J'ai volé des jouets pendant la guerre, j'ai piqué dans les poches de mon père, j'ai séché, j'ai triché, je suis un exemple. J'écris peut-être

16

parce que j'ai trop voulu que mes fils soient sages comme des images. Ils vont me lire, je le sais. Puissent ces lignes les rassurer. J'ai envie d'écrire une connerie : puisse Céline les rassurer, mais ils ne lisent pas. Moi, je n'avais pas la télé. En pensant à Céline, je pense à Pialat. Il a vécu dix ans avec ma sœur. Quand elle est née, j'en ai voulu à ma mère. Je lui en ai même voulu avant la naissance, quand j'ai compris. Ma pauvre, ma chère Betty, ma chère maman. Ma sœur est née le 3 avril 1946. J'ai onze ans. C'est l'été. Nous sommes à la campagne. J'aime bien rentrer dans le lit de mes parents. Ma mère essaie de me faire comprendre qu'elle est enceinte. Je crois comprendre. Je lui fais une scène terrible. J'enrage mais elle tient bon. Je ne serai pas fils unique. Je me souviens de cet été. Il fait chaud, c'est plein de mouches. Je me brûle en marchant pieds nus sur les pierres chaudes. Un paysan éternue, je lui dis : « À tes souhaits. » Il me reprend : « À vos souhaits. » Je suis humilié. Je ne savais pas que le vouvoiement de « À tes souhaits », ça donne « À vos souhaits » !

Je me suis réveillé cette nuit en pensant à tous ceux qui sont morts, à ma « Chambre verte », à François Truffaut, à Lebovici et aux autres. Il faudrait que j'écrive jusqu'à la fin. Je voudrais jouer avec ma mort, à cache-cache. Où se cache-t-elle ? À quelle sauce elle va me manger ? François savait qu'il allait mourir, Gérard a été surpris. Vais-je le savoir à la dernière minute, va-t-elle me surprendre ou me prévenir ? Et Coluche sur sa moto et mon père dans son coma hépatique ? La mort de mon père, c'est moi qui en ai eu la surprise. Lui, il ne s'est pas vu partir. Quel choc pour moi, la mort de mon père. Comme j'aurais voulu qu'il vive encore. Comme j'aurais voulu qu'il voie ce que j'en ai fait de la fourrure. Il voulait que je sois fourreur. Moi, je voulais qu'il soit acteur. Pas acteur, vedette. Pour moi mon père, c'était une star. Il était d'accord. Il me disait : « De Funès, je vais le mettre au chômage. » Il aurait pu. Je n'ai pas envie de raconter ma vie. Je voudrais qu'on la connaisse. Il faudrait qu'on lise ma biographie écrite par un autre et que moi, je n'écrive que mes humeurs. Qui va me lire ? Ceux qui me connaissent déjà ? C'est moi qui vais leur lire, au téléphone, bout après bout. Les lecteurs, eux, ils devront attendre le livre jusqu'à la fin, ou la mienne.

J'entends mon bébé qui gazouille. Comment raconter à ceux qui ne le savent pas que j'ai un bébé de huit mois ? Les souvenirs, c'est important, mais un bébé encore plus. Il faut que je me souvienne et que j'écoute mon bébé. Je vais aller le regarder, lui parler en « bébé » et je reviens. Il est beau, il a quatre dents, il est blond aux yeux bleus. Il me ressemble ? Il est heureux. Sylvie, sa maman, l'a appelé Darius. Moi, j'aurais préféré Marius.

Très compliquée mon histoire. Partir de ma naissance jusqu'à celle du bébé, en attendant ma mort. Je vais essayer.

« Peut mieux faire. » J'aurais pu mieux faire à l'école. Une fois, à Montauban, pendant la guerre, j'ai été deuxième grâce à des leçons particulières. Ça m'a plu d'être deuxième. J'aurais même préféré être premier, mais sans travailler.

Je n'ai jamais travaillé dans ma vie. Parfois on me demande : « Alors tu travailles ? » Eh bien non, je m'amuse. La vie m'a donné cette chance de toujours m'amuser en travaillant. Comme les sept nains de Disney. Sauf quand j'allais à l'école et que je ne travaillais pas, ou bien quand j'étais apprenti fourreur. Mais là, j'en profitais pour rêver. Mes doigts couraient sur les queues de visons, ma tête était ailleurs. Je me voyais en grand sur la façade du Rex. Ce rêve, je ne l'ai réalisé qu'une nuit, le temps de tourner une séquence du *Cinéma de Papa*, mais je n'ai pas encore dit mon dernier mot.

Je m'appelle Claude Beri Langmann. Ma mère est née à Botosani, en Roumanie, et ce prénom de Beri est la traduction faite par l'état civil de mon prénom roumain Berel. J'aurais dû garder Langmann mais quand j'ai voulu faire l'acteur, Berri me semblait plus facile à retenir pour un nom de vedette. C'était comme Maurice Chevalier. J'ai juste rajouté un R. J'ai eu tort. Il faudra que je donne des instructions pour ma tombe. Qu'au moins une fois mort, je puisse récupérer mon nom. À force de se préparer à mourir, ça doit être plus facile. Il faut prendre son élan. Mon père, lui, était polonais. Savez-vous la différence qu'il y a entre la carpe farcie à la polonaise et la carpe farcie à la roumaine ? La polonaise est sucrée. Je dois plus tenir de mon père. J'en reviens à ce sucre en trop qui circule dans mon sang, qui parfois m'inquiète. Pas vraiment... mais qui m'oblige à faire un régime. J'adore manger, j'adore boire, j'aime ce qui est bon et, à cause de mes origines polonaises, j'en suis réduit à boire de l'eau. Mon père ne buvait pas, lui, et il est mort d'un ictère infectieux, une sale jaunisse que contractent les alcooliques. Enfin, depuis que je fais ce régime, j'ai moins de somnolences, à tel point que j'ai même des insomnies. C'est pour ça d'ailleurs que j'écris. « À quelque chose malheur est bon. » Il faut choisir : dormir ou écrire. J'aimerais bien faire les deux, mais quand je dors je n'écris pas et inversement. Souvent on ne voit pas que je m'amuse. J'ai l'air sinistre. Il faut bien me connaître pour savoir que je m'amuse dans ma tête, c'est un bouillonnement perpétuel qui m'amuse. Une seconde avant, je ne sais pas à quoi je vais penser et je pense. Je ne sais pas ce que je vais écrire et j'écris. Il paraît que c'est l'inconscient. C'est sûrement pour ça que je me suis souvent lancé dans des actions que l'on croyait mûrement réfléchies et courageuses. Elles étaient peut-être courageuses, mais surtout je ne sais pas résister à mon inconscient. François parlait de mon instinct. Je ne crois pas : inconscient me paraît plus juste. Quand on dit de quelqu'un qu'il est inconscient, qu'est-ce que l'on veut dire par là ? Qu'il aurait dû réfléchir avant ? Mais avant quoi ? S'il est inconscient, c'est que son inconscient a réfléchi avant pour lui. Et pour moi l'inconscient ne peut pas se tromper. D'ailleurs, dans le mot, il y a « science ». À partir d'un certain âge, l'inconscience devient une science exacte. Quand on dit d'un enfant qu'il est inconscient, c'est faux, il ne peut pas l'être s'il n'a pas vécu. Quand un enfant fait une bêtise, pour moi il est conscient. J'espère que c'est clair.

Je ne sais pas pour qui j'écris, mais j'écris. Je n'aime pas le cinéma confidentiel. Je pense qu'on peut être un auteur et s'adresser au plus grand nombre. J'en ai agacé plus d'un avec mon goût du public et du succès. Je n'écrirai pas ce que je pense d'une certaine critique. En tout cas je vais essayer, ce livre n'est pas fini. Le sera-t-il jamais ? Dans *L'Amour en fuite*, François fait dire à l'un de ses personnages qu'une œuvre d'art n'est pas un règlement de comptes. Je crois qu'il a raison, n'empêche que ça me démange. C'est rare que je ne règle pas mes comptes.

C'est incroyable l'effet que me fait ce régime. Dix jours que je ne bois que de l'eau. Je n'arrive même plus à faire la sieste. Condamné à écrire. On pourrait croire que j'obéis à une urgence. Que mon inconscient m'ordonne d'aller vite, que je n'en ai plus pour longtemps. Pas du tout, mon inconscient me dicte tout effectivement, mais il n'est pas pressé, il ne risque pas d'oublier. Il a tout en mémoire, c'est un ordinateur. Alors, quelqu'un qui fait une psychanalyse, c'est quelqu'un qui n'avait pas consulté son ordinateur depuis longtemps, ou jamais, et qui essaie de retrouver ses fiches. Plus il a tardé, plus c'est long.

En fait, cette urgence vient de mon caractère. Je sais m'analyser. Je suis toujours pressé. Ce livre, je voudrais bien l'avoir terminé, qu'il soit déjà chez les libraires avant même de le commencer. Et pourtant quel plaisir d'écrire même en se pressant. De toute façon, un impatient doit aller jusqu'au bout. Au bout de quoi ? Une phrase de mon père me revient en mémoire : « On est juste sûr de mourir. » Il me la répétait souvent, cette phrase, quand j'étais trop sûr de moi. En fait c'est lui qui était sûr de moi. Dans les pires moments de désespoir, quand mon imprésario ne me téléphonait pas pendant des mois, quand j'étais renvoyé à cause de mon anglais, quand c'est Jacques Charrier qui triomphait, il murmurait : « C'est pas possible, il doit faire quelque chose. Avec un père comme son père, c'est pas possible, il doit réussir. »

Quand j'ai commencé à écrire, il m'a dit : « Vas-y, si tu crois que c'est avec ton stylo que tu pourras donner les cartes, vas-y ! » Il comptait sur moi, et moi parfois je hurlais : « C'est pas possible, ça ne s'est jamais vu qu'un père compte sur son fils pour réussir dans la vie ! » Je hurlais mais j'étais d'accord. Il pouvait compter sur moi et moi sur lui. Un jour mon inconscient m'a ordonné d'écrire cette phrase : « Le fils veut devenir acteur et c'est le père qui finit vedette. » *Le Cinéma de Papa* était né. C'est vrai, l'acteur c'était lui. Plus drôle que mon père, je n'ai jamais vu. Au café des fourreurs, quand ça allait mal, quand la fourrure était en crise, les fourreurs l'attendaient pour rigoler. Il les faisait rire de leurs malheurs, d'une soupe populaire qu'il allait organiser.

Un matin, trois malheureux sont venus le réveiller pour aller aux Halles. Ils y avaient cru, à la soupe populaire. Mon père, c'était déjà les Restaurants du Cœur pour les fourreurs dans les années cinquante. L'un d'eux s'appelait Gelt, surnom que mon père lui avait donné parce qu'il avait gagné à la Loterie nationale en 1939. En 1950, il mourait presque de faim, mais il avait pu manger pendant la guerre.

24 août 1994.

Hier, j'ai relu les pages qui précèdent. Je ne les avais pas relues depuis huit ans. Ce matin, je reprends mon stylo. Beaucoup de choses se sont passées en huit ans. Beaucoup de choses que je devrai narrer plus tard dans ce récit. Sans être tout à fait chronologique, il ne faut tout de même pas que j'égare totalement le lecteur. Déjà que j'ai moi-même assez de mal à m'y retrouver, dans ce désordre de ma vie. Et puis ce n'est pas seulement ma vie que je veux raconter, mais moi, mon odeur, mes pensées, comme une fleur, mes regrets, mes rêves, mes joies. Faire le « coup de point ». Je suis mon biographe, mon analyste. Il ne faut pas que j'emmerde ni que je m'emmerde. Il faut que j'amuse, que je m'amuse. Il faut intéresser et que ça m'intéresse. Je me suis déjà tellement raconté dans mes films, dans des journaux. Pourquoi ce livre ? J'ai soixante ans. Je vais mourir un jour. Dépêchons-nous. J'écris à la main. Un bloc de cinq cents pages devrait suffire. Cette fois, il ne faut plus que je m'arrête. Je dois aller jusqu'au bout de Claude Berri. Ne plus lui laisser une page de sec. Le traquer, réveiller en lui tout ce qui dort depuis soixante ans. Tout n'est pas rose. Je ne suis pas un minitel. Il y a aussi des ombres. Il faut les mettre en lumière. Il n'y a pas de mystère : un secret, il faut le découvrir. Les plaies. Même si ça ne me plaît pas. L'anecdote doit être en prime. Je sais, il en faut, l'anecdote c'est une certitude. Le secret n'est pas là. Il est plus enfoui, plus intéressant. Pourquoi donner les cartes ? Pourquoi ce petit juif du Faubourg Poissonnière s'est-il tellement battu pour les donner ? Qu'en est-il aujourd'hui ? Et hier ? Et demain ?

Mes fils ? Julien, Thomas, Darius. Deux bruns, un blond – deux mères. Je viens de me remarier. Il y a juste deux mois. Le 24 juin 1994. Je regarde la photo, on me voit avec Sylvie, ma nouvelle femme, notre fils Darius, huit ans, et mon fils aîné, Julien, vingt-six ans. Thomas, vingt-trois ans, n'était pas là, lui qui aime tellement les fêtes. Il était retenu à Saint-Pétersbourg par un téléfilm où il jouait Schumann.

Thomas est acteur. Il veut être acteur-producteur. Peut-être, un jour, metteur en scène. Comme son frère Julien qui, lui aussi, en attendant, fait l'acteur. Une famille d'artistes. Ma sœur aussi. Quelle mouche nous a piqués ? Ça m'angoisse. Je revis à travers mes fils tous les moments de doute de ma jeunesse. Mon père me poussait, moi je freine. J'ai peur. J'aurais préféré un fils instituteur, diplomate, agriculteur, géographe. Cultivé. Julien l'est. Thomas me pulvérise aux échecs. Suis-je un bon père ? J'ai tellement voulu donner les cartes. Eux aussi ils ont les jetons. – La traduction en anglais sera difficile ! – Et Darius ? Il est au Maroc. Il

26

aime les animaux. Peut-être sera-t-il vétérinaire ? Ou footballeur ? Il passe plus de temps avec Mimoun à regarder les matchs qu'avec son père. Mimoun, c'est le mari de Malika, sa nounou. Moi, je n'avais pas de nounou, j'avais ma mère. Moi, je n'étais pas au mariage de mes parents. Jusqu'à trente-deux ans, j'ai vécu avec ma mère. Mon père est mort lorsque j'en avais vingt-six. Depuis des années, je ne vis plus avec mes fils aînés. Depuis des années, ils vivent seuls. Ils cherchent leur mère. Parfois ils trouvent leur père. C'est pour vous que j'écris. Vous avec lesquels j'aurais voulu vivre. Comme avec mon père, comme avec ma mère. Je ne voulais qu'une femme. La maladie en a décidé autrement. Je n'ai pas su être une mère. À peine un père. Je suis resté fils.

La semaine dernière, fatigué de vivre depuis trois semaines dans le décor que m'a offert le Crédit Agricole, je me suis échappé. J'ai quitté le Lubéron pour la Drôme. J'ai voulu revoir Saillans, ce petit village où j'étais en juin 1940. J'avais six ans. Ma première émotion de campagne. La nuit qui tombe sur la montagne. Un aigle vole, attrape une volaille. Je suis en vacances, seul pour la première fois. Mes parents m'ont confié à des paysans. C'est eux qui m'apprendront que la guerre est déclarée. Elle durera quatre ans. Pour moi comme pour tout le monde. Seulement, pour moi, ce ne sera pas un drame. J'ai été un enfant heureux, même pendant la guerre. Une seule fois, on m'a traité de sale juif. Mon père clouait ses peaux de lapins ou de moutons sur le plancher, ma mère était à sa machine, et

27

moi je continuais à me bagarrer à la sortie de l'école. Régulièrement. Insouciant. Je regarde le cendrier plein de mégots. Je fume trop. Je me rassure en me disant que je n'avale pas la fumée. Au pire, qu'est-ce que je risque ? Un cancer de la bouche. Ma mère a fumé jusqu'à soixante-quinze ans, jusqu'à sa fin. Une rémission d'un cancer du sein. Elle avait envie de fumer.

À force de dégueuler tous les matins, grâce au chewing-gum, j'ai pu m'arrêter pendant trois ans. J'ai repris quand Anne-Marie est tombée malade. Parlons-en d'Anne-Marie. Nous nous sommes vraiment aimés. Je suis passé des bras de ma mère aux siens. Définitivement. Entre elles, peu de femmes. Des amourettes. Je le précise pour Thomas qui a le don de séduire vite et souvent. J'ai toujours voulu me marier. Eux aussi. Mes fils. Mais moi, j'ai eu la chance de rencontrer leur mère. Même si, depuis presque quinze ans, nous vivons un drame, je n'aurais pas voulu ne pas rencontrer une femme comme elle. Et je suis sûr qu'eux, malgré leur douleur, ne voudraient pas changer de mère.

Moi, j'ai refait ma vie. J'ai eu la chance de pouvoir aimer et vivre avec une autre femme. Eux n'ont qu'une mère. Mais quelle femme !

Elle était belle, Anne-Marie. Je l'ai rencontrée à un mariage – celui d'Évelyne Ker et d'Albert Osinski. Évelyne, amie de jeunesse, couverture de *Paris-Match* ; Albert, copain de quartier, lui aussi fils de fourreur. Plus tard, Évelyne jouera ma mère dans *À nos amours*, un film de Pialat d'après un scénario de ma sœur Arlette. Pialat a bien connu mon père. Pendant des années, lui, le « sans-famille », aimait la chaleur des Langmann. Il venait souvent Faubourg Poissonnière. L'envie de jouer mon père le démangeait. Mais Pialat n'est pas mon père. Pialat a été mon beau-frère pendant plus de dix ans. Après la mort de notre père, Arlette s'est mariée. Pialat est devenu le meilleur ami de son mari, jusqu'au jour où il lui a pris sa femme, ma sœur. Elle lui a écrit ses plus beaux films, mais elle n'a pas rigolé tous les jours. Ma mère non plus. Ma mère n'aimait pas Pialat. Dans sa tête de mère juive, il avait brisé le ménage de sa fille. Il s'est bien vengé dans son film, mais ma mère n'était pas hystérique. Elle était une louve qui défendait ses petits. Ma mère assistait souvent aux projections des rushes du *Cinéma de Papa*. Ces jours-là, j'évitais la présence de Pialat. Le film était dédié à ma mère. Lui le prenait très mal. C'est vrai qu'à travers nous, il recherchait sûrement une famille. Moins il la trouvait, plus il faisait souffrir Arlette. Pialat a été le premier à m'encourager à écrire.

Pour lui, j'étais le Pagnol du Faubourg Poissonnière. En 1959, nous avons coréalisé *Janine*, un court-métrage produit par Pierre Braunberger. J'en étais l'auteur et l'un des interprètes avec Hubert Deschamps et déjà Évelyne Ker dans un rôle de putain dont mon personnage tombait amoureux. C'est Pialat qui a fait le film. Lui prétend le contraire. En fait, à l'époque, la mise en scène ne m'intéressait pas. J'écrivais pour jouer.

Pendant des années, il a beaucoup compté pour moi, et lui a dû compter sur moi. J'ai coproduit *L'Enfance nue*. Finalement, nous nous sommes ratés. Aujourd'hui, si nous nous croisons dans la rue, chacun fait un hochement de la tête. Qui a raison ? Qui a tort ? Depuis, il s'est fait une famille qui va, paraît-il, l'inspirer pour son prochain film. Il n'a plus besoin de la nôtre.

Il y avait Moustaki à ce mariage. Il était le témoin d'Albert. Nous sommes en décembre 1966, je sors du mixage du *Vieil Homme*, j'arrive pour saluer les jeunes mariés. Et là, c'est le choc du premier regard. Je la trouve d'une beauté à nulle autre pareille. Elle est tout en marron, le pull, la jupe, les bottes. Pendant longtemps je l'ai appelée « Tout-en-marron ». Elle me fixe de ses grands yeux. Je me détourne. Je crois qu'elle a quatorze ans. Je parle avec son frère, Jean-Pierre Rassam. Il s'intéresse à la bourse, au cinéma. Il est excessivement brillant. Il sait tout sur tout. Il a raté l'oral de l'E.N.A. Bien sûr, il l'a fait exprès. Il rigole. À la fin de son exposé, l'interrogateur lui a demandé quel livre de Péguy il avait lu. Il a répondu : « Aucun. » C'est ça, Jean-Pierre, il préfère épater son auditoire plutôt que réussir son examen. Il s'en fout, avec une intelligence comme la sienne, rien ne doit lui résister. Pendant des années, je l'ai aimé comme un frère, Jean-Pierre, presque autant que mon père. Lui aussi m'a fait rire, m'a passionné. À la fin je ne riais plus. Il est mort pour avoir trop absorbé de médicaments. Anne-Marie ne s'en est jamais remise.

Les projections privées du *Vieil Homme*, salle Ponthieu, sont des moments d'euphorie entre nous. Les salles sont pleines. On s'assoit par terre. François découvre le film. Le film sort. C'est un triomphe. Il n'ira pas à Cannes, écarté par des intrigues, mais qu'importe, la vedette de ce Festival 1967, c'est Michel Simon. Anne-Marie a un fichu caractère, on s'engueule. Elle repart de Cannes en train. Je prends un avion, j'arrive avant elle sur le quai de la gare. Inoubliable dans son manteau de fourrure blanche. On dort Faubourg Poissonnière. Ma mère est encore à sa machine. Ce manteau de fourrure blanche finira sur le corps d'Annie, une fiancée mannequin de Jean-Pierre, amie d'Anne-Marie. Annie s'est suicidée en sortant d'une projection de *La Chinoise* de Godard. Celui-ci m'avait vu jouer dans *Tchin-Tchin* de Billetdoux. En dînant après à la Coupole, il m'avait proposé le rôle d'un peintre qui jetait de la peinture sur ses toiles, dans un court-métrage. Là-dessus il a fait *À bout de souffle* et je n'ai jamais joué le peintre. C'est à Godard que j'ai raconté le sujet du *Vieil Homme* avec l'espoir de l'intéresser. Tout en marchant dans la rue Saint-Benoît, il m'a conseillé de l'écrire moi-même.

J'écoute Jean-Pierre. Je suis fasciné. Brusquement Anne-Marie disparaît du mariage, dans son manteau de fourrure blanche. Une jeune fille de quatorze ans, quinze peut-être, est-ce bien raisonnable ? J'en ai trente-deux. Albert me rassure, elle en a vingt-deux, habite chez ses parents. Il me donne son téléphone. Le lendemain nous dînons dans un restaurant à la campagne, je l'embrasse pour la première fois dans la voiture. Je n'oublierai jamais ce premier baiser. Comme quand, seize ans plus tard, j'ai serré la main de Sylvie pour la première fois sous la table du Saucisson de la rue Lincoln. Dans *Je vous aime*, je fais revivre à Catherine Deneuve l'émoi de ses premières rencontres et, malheureusement, la souffrance des ruptures. À part la mort de mon père, je n'ai jamais autant souffert que de cette séparation avec Anne-Marie. La mort de ma mère, je m'y étais préparé. J'ai écrit et tourné *Je vous aime* en plein désarroi. À travers le personnage de Catherine, je cherchais à comprendre comment on peut faire sa vie en plusieurs fois, moi qui avais toujours cru que je la ferais en une. J'étais marqué du sceau de l'image de mes parents. Je nous revois sur les marches de la mairie le jour de notre mariage, moi dans mon petit costume croisé bleu, elle dans son tailleur blanc. Tout le monde était là ou presque – sauf mon père –, François, Katharina Renn, Helen Scott étaient nos témoins. Helen, je l'avais connue après une projection du *Vieil Homme*. Elle partageait l'enthousiasme de François. À partir de là, elle a fait les sous-titres en anglais de tous mes films. C'était une reine new-yorkaise dans le milieu de la critique. Elle a beaucoup fait pour que je sois apprécié en Amérique. Elle a été, pendant longtemps, la représentante d'Unifrance Films à New York, là où Catherine Verret lui a succédé. Toutes deux ont été de merveilleuses ambassadrices, principalement auprès de leur vieil ami, le critique du *New York Times*, Vincent Canby.

Katharina Renn, parlons-en. Elle a été une seconde mère pour moi. J'avais joué son fils dans *Tchin-Tchin*, de François Billetdoux, au Théâtre de Poche. Une pièce qui a énormément compté dans ma vie. C'est en la jouant que j'ai compris que l'on pouvait se dire des choses importantes dans une action très quotidienne. Tchekhov. Jusque-là, j'en étais resté à Racine. Mon morceau de choix, dans mes auditions de jeune comédien, c'était la tirade de Britannicus : « La Grèce en ma faveur... » Quand j'ai commencé à écrire, mes connaissances de Billetdoux ont dû me servir. Katharina lisait tout ce que j'écrivais. Elle riait. Je la vois encore en train de rire, avec son accent allemand. Elle me faisait des ruchtis. Son mari, Jean Mussard, riait aussi. Leur fils Jean-Jacques jouait du piano. Moi aussi, j'étais leur fils. On était bien dans ce pavillon de Malakoff, au soleil. Qui aurait pu imaginer la suite ? Katharina et Jean avaient vécu ensemble dans leur jeunesse, puis s'étaient séparés pour se retrouver un jour, quinze ans plus tard, sur le quai d'une gare. Mariage. Naissance de Jean-Jacques. Vingt ans après ils divorçaient. J'adorais quand elle me racontait *Le Quai de la gare*. Elle est morte en 1975 d'un arrêt du cœur. Juste avant, sur son lit d'hôpital, je lui avais fait lire *La Vie devant soi*. Jean est retourné à Zurich. Jean-Jacques est mort alcoolique, quelques années après sa mère. Il avait trente-deux ans, tout pour être Chopin.

Billetdoux, lui aussi, est mort jeune. *Tchin-Tchin* avait été un triomphe. Nous l'avons joué plus d'un an. À Berlin. À Spolète. On venait du monde entier pour voir cette pièce. Laurence Olivier. Dubillard l'a joué quelques soirs. Avec lui la pièce durait une heure de plus. Francis Blanche, à qui je demandais pourquoi il revenait pour la sixième fois, m'avait répondu : « J'aime mieux voir six fois la même pièce que prendre des risques. » Joël Séria et Bernard Murat m'ont succédé dans le rôle. Tatiana Moukine a remplacé Katharina. J'ai fait la reprise au Théâtre moderne, avec Betsy Blair et Daniel Gélin. C'est là que Simone Signoret m'a remarqué et m'a fait engager pour jouer avec elle *Les Petits Renards* de Lilian Hellman, au Sarah Bernhardt. La critique fut dure. Fut-elle juste ? On a joué cinq mois. On a bien rigolé. Suzanne Flon était très rieuse. Le soir de la dernière, Piccoli, qui ne jouait pas dans la pièce, est entré en scène. On a baissé le rideau. Nous sommes en 1953. J'ai quitté momentanément ma mère pour aller vivre avec Marlène Jobert. Elle jouera, peu de temps après, *Des clowns par milliers* avec Montand.

J'ai vingt-neuf ans, je n'en peux plus. Petits rôles, petits rôles. Comme disait mon père : il vaut mieux être balayeur dans les rues que comédien au chômage. J'ai beau gagner cinquante francs par jour en jouant avec Simone, je sens que ce n'est pas comme ça que je vais donner les cartes. Ou alors dans vingt ans. Cette fois, je suis décidé. Il faut que je passe à la mise en scène. Simone, elle aussi, a beaucoup ri en lisant un de mes premiers scénarios : *Mazel Tov*. Elle m'encourage. Mais qui va produire le premier film d'un jeune acteur ? Pas de Canal + à l'époque, pas de coproduction télé. Et puis un acteur est rarement devenu un bon metteur en scène de cinéma. Dans les années soixante, ce sont les critiques qui réussissent. Je me suis dit commençons par un court-métrage. Seulement il est parfois plus difficile de trouver un bon sujet de court que de long. La chance m'attendait au coin de la rue. Je rumine en marchant. J'achète *France Soir* au tabac de la rue Washington. Je cherche un sujet à travers les faits divers. À la page trois, un petit encart avec pour titre « Pour que vive son coq, Alain, six ans, lui faisait pondre un œuf par jour ». Je n'en crois pas mes yeux. Un coq qui pond des œufs. Et c'est une histoire vraie, elle est dans le journal. Je dévore les quelques lignes. Un enfant était tombé amoureux d'un poulet que ses parents voulaient manger. Comme on lui avait dit qu'à la campagne on ne mange pas les poules parce qu'elles pondent des œufs, tous les jours il volait un œuf dans le frigidaire pour faire croire à ses parents que ce poulet était une poule. Jusqu'au jour où il a fait cocorico.

Je n'ai jamais connu cet enfant à qui je dois ce miracle. S'il se reconnaît en lisant ces lignes, qu'il se fasse connaître. Aujourd'hui il doit avoir trente-sept ans. J'ai souvent pensé à lui. Je lui dois tellement. Alain, tu es l'auteur de mes jours de cinéaste. Que serais-je sans toi ! Le scénario était facile à écrire. Je l'ai pondu en un rien de temps. Trouver l'argent pour le tourner a été plus long. J'ai fait le tour des producteurs de courts-métrages de l'époque. Personne n'en a voulu. C'est grâce à Hélène Vager – elle dirigeait la boutique Réal où s'habillait Bardot – et à ma chère Katharina, qui m'ont chacune avancé dix mille francs, que j'ai pu ainsi créer Renn Productions et que *Le Poulet* a vu le jour. Ensuite, lorsque Katharina me téléphonait et que la standardiste lui demandait d'épeler son nom, avec son accent inimitable elle lui répondait : « Renn, comme votre production. »

Cinq jours de tournage. C'est Martin, le fils d'Henri Serre, qui joue le rôle de l'enfant. Jacques Marin et une inconnue, celui des parents. Ghislain Cloquet est mon chef opérateur. Étienne Becker fait ses débuts au cadre. Je le revois encore, courant dans le poulailler, le cameflex trop lourd pour lui. Je ne sais pas ce que c'est qu'un objectif. J'explique le cadre avec mes mains : à la ceinture, gros plan, en pieds. Le deuxième jour, Ghislain me ramène le viseur de son beau-père, Jacques Becker. Je le porte à mon œil, mais à l'envers. Le soir même je sais que le cinquante, par exemple, c'est la vision de l'œil. Tous les soirs, nous visionnons les rushes. Je suis plutôt content. Mais le bout-à-bout fait vingt-deux minutes. Je suis effondré. Je n'ai jamais mis les pieds dans une salle de montage. Je n'ai aucune idée de comment se monte un film, comment lui donner son vrai rythme. Nicolas Ribowski, mon assistant, entre en jeu. Il le ramène à quatorze minutes. Je m'effondre encore plus. Ghislain, à qui je fais une projection, m'exhorte à le monter moi-même. Je m'engueule avec Nicolas qui trouve sa version parfaite. Je le vire. Je crois avoir compris le principe du montage. On coupe en tête et en queue de chaque plan, jusqu'à ce que l'on trouve le rapport d'une image sur l'autre et qu'on imprime ainsi le bon rythme du récit. Finalement, avec l'aide de ma monteuse Sophie Coussein, je ramène le film à dix-sept minutes. Ouf ! Je porte ma copie au C.N.C. *Le Poulet* est sélectionné pour le Festival de Venise. Difficile de décrire ma joie, mon étonnement. Je l'avais fait pour l'amusement du public, pas pour la gloire. Pour une fois, j'aurai les deux. Le prix à Venise et trois ans plus tard l'Oscar à Hollywood. Simone m'avait présenté un jour à Pierre Lazareff. Le lendemain du prix à Venise, le téléphone sonne. J'entends une voix qui me dit : « Allô, mon poulet ? » C'était ça, Pierre Lazareff. J'ai eu droit à mon premier article dans *France Soir*. *Le Poulet* sortit en France en première partie de *OSS 117* de André Hunebelle.

Entre temps, j'ai souffert. Trois années qui m'ont paru très longues. J'essaie de trouver un producteur pour *Mazel Tov*, en vain. Je réalise deux sketches pour Georges de Beauregard, *Les Baisers* et *La Chance et l'Amour*, où je retrouve Francis Blanche, Hubert Deschamps et mon copain Roger Dumas. Bertrand Tavernier fait partie de cette aventure destinée à révéler de nouveaux talents.

Les deux films à sketches se ramassent. Quatre ans ont passé depuis que Jacques Charrier m'a acheté mon premier scénario, *Comme on fait son lit, on se couche*. Il n'a pas réussi à le monter, les droits me reviennent. Jean Prat décide de le tourner pour la télévision, avec moi dans le rôle.

Georges de Beauregard me propose de faire la *Marie Chantal* de Jacques Chazot. Bien que je sois dans la merde, je refuse. C'est Chabrol qui le fera, avec Marie Laforêt. À la fin des années cinquante, j'avais été avec elle le lauréat d'un concours radiophonique de jeunes acteurs, organisé par Raymond Rouleau sur Europe 1. Cette victoire était assortie d'un contrat avec Raoul Lévy. Je me rappellerai toujours de sa tête en train de regarder mes photos. Il espérait un nouvel Alain Delon, et c'était moi qu'il devait engager.

J'ai tourné six jours dans *La Vérité* de Clouzot avec Bardot. J'ai plus de trente ans, je piétine, j'en ai marre. Je suis sur le point de travailler avec Jean Rossignol comme agent littéraire. Il m'envoie en Angleterre pour proposer à Joseph Losey *La Truite* de Roger Vailland.

Je suis retourné habiter avec ma mère, Faubourg Poissonnière. Depuis que mon père est mort, elle s'acharne sur sa machine. C'est elle qui me fait manger. Ça lui donne une raison de vivre. Dans ma petite chambre de jeune homme, je me remets à rêver. Je repense à mon enfance, à la fin de la guerre où j'étais caché sous un faux nom chez de braves vieux, admirateurs du maréchal Pétain. Étaient-ils vraiment anti-sémites ? Je n'en sais rien. Je commence par écrire une longue nouvelle, *L'Enfant*. Le titre définitif *Le Vieil Homme et l'Enfant* ne sera trouvé qu'à la fin du tournage. Pierre Larquey est physiquement proche du personnage mais il est mort. C'est mon vieil ami Henri Graziani qui me suggérera Michel Simon. Je suis tellement attaché à la réalité que j'ai du mal à me faire à cette idée. Heureusement que je m'y suis fait. J'adapte la nouvelle. Là encore la réalité me perturbe. J'ai du mal à tondre l'enfant, mais cette image symbolique de l'enfant juif est indispensable. Je le tonds.

Février 1966. Un matin, Faubourg Poissonnière, je reçois une lettre : « *The Chicken* is selected by the Academy Award. » Je comprends qu'il s'agit bien du *Poulet*, mais « Academy Award », ça ne me dit rien du tout. Je ne peux pas croire qu'il s'agit de l'Oscar. Je n'ai fait aucune démarche dans ce sens. Pour Venise, j'avais posé ma candidature. On ne m'avait rien demandé et voilà que je représentais la France dans la course à l'Oscar. Maman ! En fait, *Le Poulet* était sorti en Amérique sans que je le sache. Bertrand Bagge, le vendeur, l'avait donné en distribution sans garantie à je ne sais plus qui. Mis en première partie de *L'Obsédé* de William Wyler, mon court-métrage avait séduit le redoutable critique du *New York Times*, Bowsley Crowther. Pendant des années il a été un journaliste très influent. Dans sa critique de *L'Obsédé*, il avait rajouté quelques lignes enthousiastes sur mon film.

Une joie comme celle-là ne se compare à aucune autre. Aujourd'hui, aucune récompense dans le monde ne me ferait l'impression de cette nomination. Pourtant ce n'était qu'une nomination, mais c'était surtout l'espoir de m'en sortir. Nous étions cinq dans la course. Gonflé à bloc, je suis alors allé voir Michel Simon. Il jouait au Théâtre Grammont la pièce de René de Obaldia, *Du vent dans les branches de sassafras*. Depuis des années, il ne faisait plus de cinéma, depuis une sombre histoire de teinture de cheveux. Son accord ne facilitait pas forcément le financement du film. Pour les professionnels, il était un vieil acteur qui ne tournait plus.

Au début, ça a vraiment collé entre nous. Quand il m'appelait « mon petit », je fondais. Il avait tellement l'air de souffrir. Il habitait un petit appartement près de la Porte Saint-Denis. Je le vois encore, assis sur son lit, me parlant d'une putain qu'il avait aimée, de son amour pour sa guenon, de sa haine pour les producteurs. Il pouvait s'en donner à cœur joie, je n'avais pas encore trouvé le mien. Il aimait tellement les bêtes que j'ai cru sincèrement qu'il était végétarien. Comment pouvait-on aimer les animaux à ce point et en manger ? J'ai dû lui poser la question : « Vous êtes végétarien, Michel ? » Cette idée a dû lui plaire et, pour ne pas me contrarier, il m'a dit oui. J'ai alors modifié le scénario dans ce sens. J'ai fait du Pépé un végétarien qui ne veut pas qu'on mange ses lapins, même pendant la guerre. J'étais naïf. Pendant le tournage, je l'ai vu manger de la viande comme quatre. Je lui ai raconté mon histoire. Il avait l'air enchanté. À mon avis, il aurait dit oui à n'importe qui pour pouvoir refaire un film. Il en avait fait cent cinquante, des bons et des moins bons. Il n'était pas à un navet près. Plus tard, quand nous avons parlé de Vigo, *L'Atalante,* c'était pratiquement lui qui l'avait fait. Jean Renoir, que j'avais croisé dans sa loge au Grammont, n'était pas non plus son préféré. Le seul qui trouvait grâce à ses yeux, c'était Sacha Guitry. Avant chaque tournage, Guitry rassemblait toute l'équipe pour dire : « Messieurs, nous avons l'honneur de faire un film avec Monsieur Michel Simon. » Si j'avais su, j'aurais fait la même chose. Je lui ai quand même dit : « Grâce à vous, je vais passer à la postérité. » C'est vrai, combien de films ratés resteront grâce à lui ! Je lui ai donné ma nouvelle. À mon avis, il n'a pas dû la lire. Il devait attendre d'avoir la certitude que le film se fasse.

Je n'étais pas satisfait de ma première adaptation, mais maintenant je savais pour qui écrire. Stimulé par la « nomination » et inspiré par Michel, je fonce à Londres voir mon vieux copain Gérard Brach. Il me met un matelas par terre dans le salon pour dormir. À l'époque, je n'ai pas encore mal au dos. Il me nourrit. Que demande le peuple ! Gérard habitait à Londres avec son fils pour être proche de Polanski. Brach lit ma nouvelle, nous en discutons. Il écrit quelques répliques, mais je sens que j'irai plus vite moi-même. Effectivement, en huit jours, je termine l'adaptation définitive. Je la lis à Gérard au pub d'en bas, je le laisse aux prises avec Jacky, sa dernière fiancée anglaise, et je repars à Paris avec sa bénédiction.

La nuit de l'Oscar. Je n'ai pas d'argent pour aller à Los Angeles, on ne m'a pas invité et de toute façon je n'y crois pas beaucoup. Nous sommes cinq en piste, pourquoi ce serait moi l'oscarisé ? Je traîne dans Paris, je cherche à qui parler, une bonne âme pour m'écouter, à qui je pourrais raconter que mon destin se joue à des milliers de kilomètres, que je suis là, impuissant, à attendre le résultat des courses. J'atterris dans une boîte, près du métro Mabillon. Je m'assois à la table d'un comédien que je connais, Jacques Portet. Qu'est-il devenu ? Une jeune fille est là, seule. J'engage la conversation avec elle, je lui raconte vaguement ma vie. Pas facile d'expliquer qu'on est nominé avec quatre autres et qu'on espère gagner l'Oscar. Elle

41

m'écoute, indifférente. Je l'invite à danser, elle se serre contre moi. Je n'ai pas la tête à flirter. J'ai envie de parler, que le temps passe vite. Elle, ce n'est pas mon histoire qui l'intéresse, elle a faim. Elle a envie d'huîtres. Je l'emmène dans un restaurant des Halles. J'ai mille deux cents francs dans ma poche. Elle s'en tape pour huit cents francs d'oursins. Il est trois heures du matin. Elle me propose d'aller chez elle. On sera mieux pour parler. J'accepte. Si je vais me coucher, je sais que je ne vais pas dormir. Nous atterrissons dans un appartement près du Luxembourg. Un type dort par terre dans une pièce. Elle me fait entrer dans sa chambre. Un lit occupe toute la place. On se regarde. Elle me demande si j'ai compris. Non, je n'avais pas compris, mais je commence à comprendre. C'est une pute. Je sors mes derniers quatre cents francs. Je lui tends un billet de deux cents et je garde l'autre pour moi. Elle fait la grimace. On s'allonge sur le lit. Un peu de tendresse, ça ne peut pas me faire de mal. J'imagine la cérémonie qui se déroule là-bas pendant ce temps. Elle n'est pas tendre. Elle veut en finir avec moi, m'éponger le plus vite possible, après elle pourra dormir, elle. Des baisers m'auraient suffi, mais il n'en est pas question. Ou je consomme ou je me tire. Je me tire. Je lui réclame mes deux cents balles. Elle me les rend en m'insultant. « Tu l'auras peut-être ton Oscar, mais avec ta gueule de con, tu seras toujours un con. » *Dixit*. Dehors il pleut. Je roule dans Paris, dans ma petite Fiat 500. Je n'ai aucune idée de l'heure qu'il peut être là-bas. Je tourne la clé dans ma porte. Elle s'ouvre brusquement. Ma mère se précipite sur moi en hurlant : « Salaud, tu l'as ton Delluc ! » Je n'ai toujours pas compris pourquoi elle avait confondu l'Oscar avec le Delluc. C'est *France Soir* qui l'avait réveillée une heure plus tôt avec la nouvelle. Je m'étais foutu dedans avec le décalage horaire sinon je serais rentré plut tôt. Le téléphone sonne. Cette fois pas de doute, c'est bien l'Oscar et c'est bien moi qui l'ai. Cocorico ! En mon absence, c'est Catherine Allégret et Xavier Gélin présents dans la salle qui l'ont reçu pour moi. Une nuit comme celle-là, ça ne s'oublie pas. Quand j'ai raconté l'épisode de la pute à Michel Simon, il n'en revenait pas. Mon petit !

Pour fêter ça, nous organisons une fête à la boutique Réal. Comme je n'ai pas encore reçu ma statuette, Simone me prête la sienne pour qu'un pâtissier m'en fasse une identique en chocolat, recouverte à la feuille d'or. Nous l'avons mangé, l'Oscar, avec Michel Simon. Cette fois, c'est sûr, le film va se faire. Mais je n'ai toujours pas de producteur. Nous sommes en avril, il faut absolument tourner l'été. Michel a soixante et onze ans et pour moi, il n'est pas question d'attendre une année de plus.

Le scénario circule. Louis Malle avec qui j'avais fait de la figuration dans *Zazie dans le métro* s'y intéresse. Il le propose à des compagnies américaines. Les réponses sont négatives. Roger Pigault est emballé mais il n'a pas d'argent. C'est lui qui me présentera mon petit Pierrot Grunstein qui sera mon assistant sur le film et depuis mon compagnon de toujours. Celui qui m'accompagnera du début jusqu'à la fin. *Tess, L'Ours, Florette, Valmont, Germinal,* il les a tous faits.

Je me rappelle quand je suis arrivé, un dimanche matin, dans sa maison de poupée de Belleville, avec mon petit scénario à couverture grise. Le plus intimidé des deux, c'était moi. Il avait déjà été l'assistant de Resnais, de Herman, de Marker et d'autres. Pour moi, il était un homme d'expérience. Arlette était là, sa femme, Jean-Charles son fils, Nana, sa fille. Nous avons partagé le traditionnel gigot dominical des Grunstein. Une rencontre qui a compté dans nos vies.

J'ai mal au dos. Je n'arrive pas à me redresser. Je marche voûté. À chaque mauvaise réponse, je me courbe encore plus. C'est un vieillard qui arrive, pour trouver un producteur, au Festival de Cannes 1966. Dans un restaurant, je croise le regard de Lelouch. Il triomphe avec *Un homme et une femme*. Il sourit sympathiquement à l'Oscar du court-métrage. Je n'ai pas osé lui demander de me produire. On s'intéresse tout de même à moi. On me félicite. Je ne rase plus les murs comme la première fois que je suis venu à Cannes, mais au moins je me tenais droit. Là, rien n'y fait, piqûre de Coltramyl, massage, chiropracteur, je n'arrive plus à me redresser. Je rentre à Paris, désespéré. Apparemment, mon sujet n'intéresse personne, et pas davantage avec Michel Simon. Louis Malle est au point mort. Je ne me rappelle plus très bien si c'est sur scénario ou sur film terminé, mais toujours est-il que je suis sûr que l'avance sur recettes m'a été refusée. J'appelle André Hunebelle en souvenir du *Poulet* qu'il a mis trois ans auparavant en première partie de *OSS*.

Il se souvient très bien, me félicite à son tour et me dirige vers Hercule Mucchielli.

Qui se souvient encore de ce brave distributeur corse à qui je dois tellement ? Sa société Valoria avait distribué *Le Corniaud, La Grande Vadrouille*, tous les succès de Dorfman et de Hunebelle. Il était en pleine gloire. Il me reçoit très gentiment dans son bureau, place de la Madeleine. Je lui montre tous les articles parus sur *Le Poulet*, il les lit en souriant. Il m'écoute attentivement. Plutôt que de lui laisser mon scénario, je lui donne la nouvelle *L'Enfant*, plus facile à lire. Il me promet de me rappeler rapidement. Le lendemain, il est d'accord pour distribuer le film sur la France, et même de le coproduire avec Hunebelle si celui-ci est intéressé. L'histoire de cet enfant juif pendant la guerre l'a touché. Il m'en parle avec beaucoup d'émotion. J'apprendrai par la suite qu'il vit depuis plusieurs années avec une femme juive, sœur de Samuel Bronston, producteur du *Cid*. L'année suivante, Hercule aura encore le nez et le courage de distribuer *Z*. Dans les années soixante-dix, Robert Dorfman cesse plus ou moins de produire et Valoria se trouvera en difficulté. Hercule prendra sa retraite dans son village corse natal. Je suis assis. Je me lève. Je n'ai plus mal au dos.

Hunebelle me propose de laisser cent mille francs en participation, sur les cent cinquante de mon salaire d'auteur-réalisateur. J'apporte en plus quatre-vingt mille francs, trouvés par Albert Osinski. Et c'est ainsi, compte tenu de l'à-valoir distributeur France de

Valoria, que Renn se retrouve coproducteur du film à hauteur de 20 %. Le budget est estimé à environ un million deux cent mille francs. Le salaire de Michel Simon est fixé à cent cinquante mille francs. Il garde en plus la Suisse où il a des intérêts dans une société de distribution : Idéal Films. Mais il n'a pas encore signé son contrat.

Nous sommes fin mai. Pour tourner en juillet, il n'y a plus une minute à perdre. C'est dans l'enthousiasme que nous préparons le film dans les bureaux de Valoria. Il fait un temps magnifique. C'est avec Claude Confortès que je recherche l'enfant en visitant les écoles. Nous nous sommes connus avec Claude sur un film de Fred Zinnemann, *Beyold a Pale Horse*, avec Gregory Peck. À force d'attendre entre chaque plan, nous avions eu le temps de faire connaissance. Je ne sais plus quel était son rôle. Moi, je jouais le traître. Zinnemann m'avait complètement identifié à mon personnage, ce qui faisait qu'entre les prises, il me parlait comme si j'étais un traître dans la vie. Heureusement que Gregory Peck, avec qui je sympathisais, est venu à mon secours. Zinnemann m'a fait des excuses. Je venais de terminer *Le Poulet*, je leur ai fait une projection. Ils ont aimé. Ils ont dû voter pour. Vingt ans après, j'ai retrouvé Gregory Peck dans le jury du Festival de Tokyo qu'il présidait. Nous avons ri du passé. J'ai revu aussi Zinnemann à Londres. Dans son regard, je me suis demandé s'il culpabilisait encore de m'avoir pris pour un traître ou bien s'il cherchait un producteur. Probablement les deux. J'ai la mémoire qui galope.

Confortès, au chômage, était ravi de me servir de second assistant. En plus, il a toujours été de très bon conseil pour trouver de nouveaux acteurs. C'est lui qui me présentera Coluche pour *Le Pistonné*.

Un matin, je suis avec lui dans une école juive du XVIe arrondissement. J'ai l'autorisation du directeur pour entrer dans les classes et regarder la tête des élèves. J'interromps les cours, ce qui provoque inévitablement un chahut. J'explique doucement aux professeurs le but de ma visite mais je ne dis rien aux élèves, ce qui les intrigue. Un élève particulièrement dissipé attire mon attention. Mais, au premier regard, je le trouve tellement laid avec ses grandes oreilles décollées, son nez busqué, sa calotte sur sa petite tête. Moi, j'étais beau. Je visite d'autres classes. Aucun visage ne me frappe vraiment. Je me décide à revoir cet enfant laid. Arrivé devant sa classe, je le retrouve dans le couloir : il a tellement chahuté que son professeur l'a mis à la porte. Nous parlons. Il est si éveillé, si intelligent que je ne le trouve plus laid. Bien au contraire. Il a la lumière de l'intérieur. Ses grands-parents ont été déportés. Son père, architecte, a construit la synagogue de la rue Copernic. Sa mère dirigera le mémorial juif. Il est cent pour cent casher. Il s'appelle Alain Cohen. Nul autre que lui n'aurait pu être cet enfant du *Vieil Homme*.

Il était insupportable. Pire que moi. Néanmoins, il fallait l'essayer et qu'il plaise à Michel Simon. Un autre enfant, plus calme, avait été aussi sélectionné, il ressemblait à Richard Anthony. Les essais se feront à

Noisy-le-Grand, dans la maison de Michel Simon. Tout semblait à l'abandon dans cette propriété. Comme si, depuis la mort de sa guenon, plus rien ne l'intéressait. La piscine était vide, envahie par les mauvaises herbes. Le ménage n'avait pas dû être fait depuis longtemps. Tout semblait dormir dans la poussière. Ce jour-là, Alain était particulièrement excité, riant, criant, courant d'une pièce à l'autre, sautant dans la piscine. Il va sans dire que Michel avait une nette préférence pour l'enfant calme. Seulement, en projection, c'était autre chose. Alain était bouleversant, il s'amusait avec le rôle. Il crevait l'écran. Je n'ai pas eu la moindre difficulté à convaincre Michel de mon choix. Le talent d'Alain était tellement évident. Ils s'amusèrent ensemble pendant tout le tournage. À la moindre occasion, Michel offrait des jouets à l'enfant. Il le pourrissait. Il devint pour lui un vrai grand-père gâteux.

J'ai voulu revoir le vrai décor où j'avais vécu. C'était à Biviers, près de Grenoble. Rien ne semblait avoir changé. La grande Chartreuse était toujours là. La maison des vieux aussi, mais j'ai préféré en choisir une autre, à quelques centaines de mètres plus en hauteur. C'était la maison du Docteur Chatard. Lui et sa femme acceptèrent de nous la louer, et de nous laisser faire les aménagements nécessaires pour retrouver l'ambiance de l'époque. Pendant le tournage, ils continueront à l'habiter, et même d'y loger avec eux Michel Simon. La vue de cette maison était unique, dominant toute la vallée. C'est de ce point de vue que, deux ans plus tard,

François tournera une séquence de *La mariée était en noir*.

En juin, Michel n'a toujours pas signé son contrat. Comme je l'avais pressenti, il n'avait pas dû lire la nouvelle ni le scénario. Il en avait confié le soin à son vieil agent Paulette Doris, de la célèbre agence Cimura, l'équivalent d'Artmedia aujourd'hui. D'ailleurs, l'agence Cimura fut rachetée dans les années soixante-dix par Gérard Lebovici. Paulette Doris me téléphone. Elle aime beaucoup le scénario mais me demande d'en changer la fin. « Presque rien », me dit-elle, « simplement la dernière réplique de Michel. » À la fin du film, pour s'amuser de la crédulité du vieux, je faisais dire à l'enfant : « Les juifs vont revenir » et le vieux, tristement, en hochant la tête, lui répondait : « Les juifs vont revenir. » Comme si c'était une véritable catastrophe. C'était toute l'ironie du film, la preuve évidente qu'il avait aimé cet enfant sans savoir qu'il était juif. Je tenais énormément à cette fin. J'avais lu *Réflexions sur la question juive*. Une phrase de Sartre sur les préjugés m'avait frappé : « C'est comme quelqu'un qui n'aime pas la tomate et qui en mange. » Pour moi, *Le Vieil Homme*, ce n'était pas seulement un film sur l'antisémitisme, mais sur les préjugés, sur la bêtise. Paulette Doris voulait que je glisse le nom de Langmann dans la dernière phrase de Michel. À moi de trouver comment. Elle me laissait libre de l'écrire, du moment qu'il prononce ce nom. Une paille ! « Sinon, me disait-elle, vous voulez lui faire jouer un imbécile, un antisémite. » En somme, en une phrase, elle renversait complètement mon propos. En une phrase, le public comprenait le contraire de ce que je voulais :

que le vieux avait toujours su qu'il cachait un enfant juif. Il n'en était pas question. « Alors Michel ne fera pas le film. » « Eh bien, tant pis ! »

Elle n'avait pas eu de mal à convaincre son client avec ses arguments. L'attitude de Michel pendant la guerre n'avait pas toujours été nette. Bon nombre de producteurs étaient juifs et Michel ne les portait pas tous dans son cœur, bien que le nom de son associé dans Idéal Films soit Grossfeld. Pendant longtemps, il a eu peur qu'on l'identifie à son personnage. Certains jours, cette crainte n'a pas dû arranger son humeur. À la fin du tournage, il n'était pas sûr d'avoir eu raison d'accepter le rôle. Il est parti mécontent, sans dire au revoir à personne. Il a fallu qu'il voie le film pour l'aimer.

Comment faire le film sans Michel Simon ? Je ne dormais plus. Mais pas question de céder. J'ai envisagé dans le rôle un vieil acteur du nom de Paul Villé. Pas longtemps. Michel m'a rappelé. Probablement avait-il lu le scénario pour se faire une opinion par lui-même. Il m'a proposé un compromis tout à fait acceptable. Il voulait simplement pouvoir ajouter, après « Les juifs vont revenir », une petite phrase : « T'en fais pas, mon petit, ils peuvent pas être pires que les autres. » Cela ne changeait rien à mon propos, c'était même mieux. J'ai dit oui. Il a signé son contrat.

Il y a parfois des moments de grâce dans l'existence. Tout ce qui m'est arrivé avec ce film a dépassé mes espérances, avec la gloire qui m'attendait au bout, comme l'écrira François. Et l'amour. Il me faudra plus de quinze ans, avec *Tchao Pantin*, pour retrouver un tel plaisir, une telle satisfaction, et encore ! Le tournage, un vrai bonheur, l'euphorie. Quelques accrochages avec Michel mais avec le recul, quelle jubilation à me les remémorer ! J'habitais chez le boucher de Biviers avec ma mère. Toute l'équipe avait trouvé à se loger chez l'habitant. Pierre Grunstein avait emmené sa femme et ses enfants. On les voit figurer à la fin du film, agitant de petits drapeaux à la Libération du village, pendant qu'on exhibe une femme tondue, tenant son bébé dans les bras. Philippe Garrel était stagiaire. C'était son premier contact avec le cinéma. Il en a fait des ravages auprès des filles avec sa moto ! Deux d'entre elles se sont battues pour récupérer l'engin mort qu'il avait abandonné dans un champ, à la fin du tournage. Il était plein d'énergie. Nous tous. Labussière au son, Penzer à la lumière, Chiabaut au cadre. Pour eux, c'était aussi des vacances. Pour moi, c'était ma vie qui était en jeu, et j'avais envie de la vendre chèrement. Comment faire ressentir l'émotion qui me parcourait à la veille de dire « Moteur » ? Un vrai « moteur » pour la première fois. Comme disait mon père : « C'est pas un Blanc qui peut se mettre dans la peau d'un Noir. » C'est vrai, personne ne pouvait se mettre dans ma peau. Et il n'était pas question de s'y mettre. Le seul qui manquait à cette fête, c'était lui. Mais sûrement la dernière nuit, il a dû dormir avec moi. Il m'a donné la « Force ». Ce film, c'était ma chance. Si je devais donner les cartes un jour, c'est avec ce film qu'il fallait commencer.

Michel était arrivé la veille à Biviers, avec sa compagne Josy. Ils habitaient chez les Chatard, dans la maison où nous allions tourner. Josy était une ancienne danseuse des Folies-Bergère que Michel avait connue quand elle était jeune. Ils s'étaient perdus de vue pendant des années. Elle était partie vivre en Amérique où elle avait épousé un policier noir avec lequel elle avait eu deux enfants. Et puis un beau jour, abandonnant mari et enfants, elle était revenue à Paris revivre avec Michel dont elle était probablement toujours sexuellement éprise. C'était une femme d'environ quarante-cinq ans, un peu forte, avec une belle poitrine, une belle bouche. Elle avait dû être assez belle. Un peu vulgaire mais très sympathique. Pour Michel, ce tournage, c'était aussi des vacances, peut-être une nouvelle lune de miel avec Josy. Il avait tenu à descendre dans sa vieille Buick décapotable des années quarante, une occasion également de faire prendre l'air après tant d'années d'inactivité à cette voiture qui avait dû être magnifique en son temps, entièrement automatique. Au début le voyage se passa très bien. Josy était au volant, Michel dormait probablement. Mais voilà qu'un peu avant Grenoble le temps s'est gâté, puis il s'est mis à pleuvoir. Impossible de recapoter la voiture. Michel eut beau s'énerver sur les boutons, la capote refusa d'obéir. L'automatisme de la Buick, fatigué après tant d'immobilité, ne voulut plus rien savoir. Ils arrivèrent dans une baignoire.

Le lendemain, ce n'était pas tant le début du tournage qui préoccupait Michel que la réparation de son auto. C'était mon premier film, lui son cent cinquantième. Il était nettement plus décontracté que moi. On avait vidé l'eau de sa voiture avec une casserole, puis terminé à la petite cuillère, mais la capote était toujours au point mort. Il n'y avait qu'un garagiste pour toucher à sa voiture, et il était à Genève. Le régisseur pouvait toujours essayer de lui faire comprendre qu'à Grenoble aussi il y avait d'excellents garagistes, que c'était une grande ville, Michel ne faisait confiance qu'à celui de Genève. On sentait nettement qu'il avait plus envie de faire un tour dans sa ville natale que de commencer mon film. Il n'était pas pressé. Il avait tout son temps. Il était en vacances. Mais pour moi le compteur avait commencé à tourner. Dans mon contrat, il était prévu que j'étais responsable des dépassements. Pour chaque million ancien dépensé au-delà du budget, je perdais 1 %. À ce rythme-là, les 20 % de Renn allaient vite y passer. C'était le directeur de production qui voulait me faire avaler cette clause pour me responsabiliser. De plus il ne croyait pas au film et cherchait à limiter les risques de Hunebelle. Heureusement, je n'avais toujours pas signé mon contrat. Je n'étais pas d'accord sur ce paragraphe. J'ai fini par obtenir qu'on puisse me rendre mes pourcentages en cas de succès. Bien m'en a pris. Le budget du film a été dépassé de trois cent mille francs. Il a coûté un million et demi mais a été largement bénéficiaire. J'ai pu nourrir ainsi ma famille pendant deux ans.

Toutefois cette clause de responsabilité m'énervait, et Michel ne comprenait pas toujours pourquoi j'imposais un tel rythme de tournage. Je m'étais engagé sur un plan de travail de neuf semaines que je voulais respecter. Lui s'en foutait, après la neuvième semaine, il était payé à la journée. Alors à quoi bon se bousculer quand il était à la campagne, qu'il était bien, qu'il faisait beau – enfin pas tous les jours –, qu'il était dorloté par les Chatard et que Josy lui faisait des papouilles ? Il n'avait pas tort. Aujourd'hui, je ne referais pas le même film en neuf semaines. Mais j'étais jeune, volontaire et déjà responsable. Je n'ai jamais été aussi heureux sur un tournage, mais parfois, par impatience, je croyais vivre un enfer. Le premier plan du matin, impossible de le programmer avec Michel, il dormait encore. Le dernier plan de la matinée, il avait faim. Le premier de l'après-midi, il faisait la sieste. Le dernier de la journée, il était fatigué. Je m'arrachais les cheveux. Je lui faisais la gueule. Quel imbécile j'étais ! Quand il était là, une prise et c'était la bonne. Il se métamorphosait. Le vieil emmerdeur s'amusait comme un enfant avec « l'enfant ». Et moi, je redevenais calme, admiratif. J'en pleurais de joie. Je m'en voulais de mes colères rentrées. Et puis, le lendemain, je m'énervais à nouveau. Quand il nous fallait du beau temps et que la météo annonçait du temps gris, Michel ne comprenait pas pourquoi je l'avais obligé à se lever. Il ne supportait pas d'avoir à jouer entre deux nuages. Il était furieux quand Penzer regardait le ciel avec son filtre. Avec lui, nous n'aurions tourné que les jours de plein soleil. Parfois j'allais déjeuner avec lui à vingt kilomètres du tournage, dans un restaurant qu'il avait choisi, pour être sûr de le ramener à l'heure. Il s'endormait sur sa chaise, au soleil, et j'étais là, à le regarder dormir, impuissant. Il avait l'air d'un lion et moi, j'étais le moustique qui le piquait sans le réveiller. Comme je regrette aujourd'hui de ne pas avoir fait un autre film avec lui, avant sa mort. J'ai dû lui gâcher une partie de son plaisir.

On trouva un compromis pour la voiture. Le jeudi suivant, Michel n'était pas prévu au programme. J'avais à tourner une scène avec l'enfant sans lui. Sous réserve que le mercredi nous ayons fait la journée, il allait être libre le jeudi pour aller à Genève. Bien sûr il fut à l'heure dès le matin, il oublia de faire la sieste et il sut son texte. Souvent, son refus de tourner entre deux nuages lui servait certainement de prétexte pour sa mémoire. On avait beau lui avoir trouvé une jeune et ravissante répétitrice, il lui arrivait d'avoir des trous. D'autant qu'il adorait qu'elle lui masse les pieds, ça l'endormait. Pour certaines scènes, nous avions recours à un « nègre ». Génialement, il jouait en lisant ses répliques écrites à la craie sur un grand tableau noir. Dans *Tchao Pantin*, il arriva à Coluche de faire de même. Ils n'étaient pas loin l'un de l'autre. Quel duo ils auraient pu faire ensemble, Michel et Michel ! Moi aussi j'ai commencé par me faire masser les pieds par la répétitrice. Nous sommes tombés amoureux l'un de l'autre. Elle était juive, fille d'un docteur grenoblois. Je la croyais vierge jusqu'au jour où elle m'a avoué avoir été la maîtresse d'un dentiste. Ma mère devait entendre nos ébats amoureux à travers la mince cloison qui séparait nos chambres, chez le boucher. Elle me voyait déjà marié. Je l'ai cru aussi un moment, mais ce ne devait pas être la « bonne ».

Moteur. Mon cœur bat. Enfin nous allons tourner le premier plan, prévu à neuf heures. Le temps que Michel se lève, prenne son petit déjeuner tranquillement et qu'on discute de l'auto, il est déjà onze heures. Qu'importe, c'était le premier jour, c'était normal. Et puis, je me disais qu'il n'aurait pas tous les jours une voiture à faire réparer.

L'enfant vient d'arriver chez les vieux. C'est la première scène où ils font connaissance. Ils sont à table avec Pompon, le vieux chien asthmatique, assis lui aussi sur une chaise, bavoir autour du cou. Claude enfant regarde avec étonnement Pépé faire manger son chien à la cuillère. Tout cela en silence. J'ouvre grand mes yeux. C'est comme si c'était moi, vingt ans avant. Et la première phrase sort de la bouche du vieux. Il fait répéter son nom à l'enfant. « Alors comme ça, tu t'appelles Claude. » « Oui monsieur », répond l'enfant. Je n'en crois pas mes oreilles. Michel vient de prendre une voix bizarre, ce n'est plus la sienne. Il compose. Ce n'est plus lui. Qu'est-ce qu'il est en train de me faire ? J'ai l'impression qu'il joue faux. « Coupez ! » Je le prends à part et doucement, très gentiment, je lui demande de refaire une prise en étant plus naturel, en étant lui-même. Pour moi, Michel et le vieux ne font qu'un. Tel qu'il est dans la vie, c'est parfait. Il est le personnage. Il n'a qu'à ouvrir la bouche, sans changer sa voix. Qu'est-ce que je n'avais pas dit là ! Je n'ai pas eu le temps de finir ma phrase que, devant tout le monde, il se met à hurler : « On ne dirige pas Michel Simon ! » Magnifique ! Je ne suis pas près de l'oublier, celle-là ! En quelques secondes, il m'a donné la plus belle leçon de direction d'acteur qu'on puisse recevoir de sa vie. Combien de metteurs en scène de cinéma devraient la retenir. Moi, je ne l'ai jamais oubliée. Plusieurs fois, avant *La Reine Margot*, j'ai essayé d'en faire profiter Patrice Chéreau. Un acteur, ça ne se dirige pas – ou si peu –, ça se choisit. Si l'on doit diriger, c'est qu'on a fait un mauvais choix. Un grand acteur sait ce qu'il a à faire dans un rôle. Il apporte sa part de création dans son interprétation. Le metteur en scène, c'est le premier spectateur. À la fin de chaque prise, l'acteur voit dans ses yeux s'il a été bon ou pas. J'ai failli commettre la même erreur avec Daniel Auteuil au début du tournage de *Florette*. Il cherchait ses marques, je le voyais hésitant. J'ai commencé à lui indiquer son rôle. Il m'a demandé de le laisser faire. Comme il avait raison, lui aussi !

Je me revois encore le lendemain, en fin de journée, dans un cinéma de Grenoble, assis à côté de Michel, en train de visionner les rushes de la première journée. Le film était en noir et blanc. Le choc que j'ai reçu en voyant le visage de Michel sur l'écran. Et celui de l'enfant. Toute l'équipe présente était subjuguée par le jeu de Michel. Par sa composition. Comme il avait eu raison de m'envoyer chier ! La voix qu'il avait prise ne me dérangeait pas. Bien au contraire. Il le tenait, son personnage. Bien sûr, il aurait pu le jouer tout en restant lui-même, mais il avait envie de s'amuser avec son rôle. Il voulait être quelqu'un d'autre. Tout le génie de Michel Simon venait de son humour. C'est en composant qu'il prenait du plaisir à jouer. Lui aussi était content de lui et de son partenaire. Je nageais dans le bonheur. Nous avons dû nous embrasser, ce jour-là. J'ai dû dormir rassuré. Il n'y avait plus qu'à continuer.

Le chauffeur qu'on avait mis à la disposition de Michel fut renvoyé le soir même. Il conduisait trop vite. Le régisseur du film était une femme. Elle s'appelait Noëlle Mouton. Elle était arrivée flanquée de son vieux mari, Albert. Au début, elle avait essayé de le coller sur le film, de lui trouver un petit boulot quelconque. Il ressemblait au grand méchant loup de Walt Disney. Pendant la préparation, il traînait sur le décor, prêt à rendre service, même gratuitement, disait-elle. Mais personne n'en voulait. Il se proposa pour remplacer le chauffeur. Il avait l'âge de Michel et donnait toute garantie d'être calme au volant. L'idylle était nouée. De chômeur, Albert devint, du jour au lendemain, l'homme indispensable du tournage, le confident de Michel, son nouvel ami, le seul qui arrivait à communiquer avec lui. Il écoutait Michel se plaindre pendant des heures de tout et de rien, et surtout du tournage. Bouvard et Pécuchet. Il avait gagné la confiance de Michel. Certains jours, sans lui, nous n'aurions pas pu tourner.

À partir de la deuxième semaine, Jean Darvey, le directeur de production, avait été interdit de plateau. Michel ne voulait plus le voir et refusait de lui parler. Mais, même à distance, Darvey tenait à ce que le film se termine dans les temps prévus. Avec Albert comme ambassadeur, il arrivait à ses fins. Albert avait la tâche délicate d'expliquer le programme des journées à Michel, de veiller aux horaires, et surtout de le ramener à l'heure après le déjeuner. Il devait le sortir de la sieste en douceur. Jusqu'au jour où, flatté de son rôle, Albert fit un peu trop de zèle et commit l'irréparable. Il était environ deux heures de l'après-midi, nous sortions tranquillement de déjeuner de la cantine. Le tournage allait reprendre avec l'enfant, je n'avais pas besoin de Michel avant quatre heures. Ce jour-là, il avait tout son temps pour faire la sieste. J'entends des cris. Je m'approche. Michel se précipite sur moi, violent, m'attrape au col en hurlant : « Mais qui a dit ça ? » Je ne vois pas ce qu'il veut dire. « Mais qui a dit quoi ? » J'essaie de le calmer, de comprendre de quoi il s'agit. Hors de lui, il m'explique que le restaurateur, outré, lui a lancé : « Mais c'est une usine votre film ! » « Comment ça, une usine ? » « Eh oui, on m'a dit que le service était trop lent, qu'il fallait serrer entre les plats. » « Qui a dit ça ? » Bien sûr, j'ai refusé de répondre à la question. Je ne suis pas un traître. En plus, je n'avais rien demandé, et sûrement pas ce jour-là où j'espérais tourner tranquillement, sans Michel, pendant deux heures. Éloigné du plateau, Darvey s'était gourré sur le programme, c'est lui qui avait chargé Albert de faire servir les plats rapidement. Pour faire plaisir à sa femme aux ordres de Darvey, ce pauvre Albert avait trahi son ami Michel. On n'était pas dans la merde. Encore une fois, Michel pouvait faire le constat amer que l'homme ne vaut rien. C'est pas sa guenon qui lui aurait fait ça. Mais, malheureusement, elle était morte et, de toute façon, elle ne savait pas conduire.

Au-delà de sa déception sur la nature humaine, c'était sa crainte de jouer un antisémite qui le reprenait.

Il se sentait seul, abandonné, trahi. C'est ce même désespoir qu'il partageait avec son personnage. Le « vieil homme » non plus ne croyait plus en rien. De Gaulle allait succéder à Pétain, son chien allait mourir, l'enfant auquel il s'était attaché allait repartir, les juifs allaient revenir. C'est probablement ça le génie de Michel dans ce rôle. Il le composait avec sa voix mais, profondément, ils étaient semblables. Ils avaient en commun la même souffrance, le même désenchantement de l'âme humaine. C'est grâce à Confortès qu'on a pu terminer le film. À sa générosité. Il admirait tellement Michel qu'il s'en est occupé jusqu'à la fin. Il a su lui remonter le moral, le faire tenir jusqu'au bout, le plaindre quand il fallait. Peut-être que ce « calvaire », Michel en avait besoin pour pouvoir totalement s'identifier au « vieil homme » triste, être en osmose avec lui. C'est ça le mystère de l'acteur. Il a fini le film en grognant, réconforté par Madame Chatard et le lait de brebis que lui apportait chaque soir Philippe Garrel. Et puis, Josy était là pour se prêter à tous ses fantasmes.

Le tournage s'est terminé en studio, à Paris. Les scènes du début du film, avec les parents, quand le père, joué par Charles Denner, raconte *Mickey tailleur* à son fils.

Il ne restait plus qu'à monter le film, à le mixer et à attendre la sanction du public. Je n'y voyais plus clair. La première fois que j'ai vu le film, j'ai été déçu. J'avais besoin du regard des autres. Avec Anne-Marie, on ne s'est plus quittés. Pendant les mixages, dans le noir, allongés sur les canapés de l'auditorium, je n'arrêtais pas de l'embrasser. Bercé par la musique de Georges Delerue, entre deux baisers, je donnais mon avis sur le son à l'ingénieur. Je flirtais comme un gamin. J'ai toujours préféré les baisers à tout le reste. Notre première nuit fut douce, dans un hôtel du côté de Fontainebleau. Elle m'apprit qu'elle avait fait une tentative de suicide quand elle était plus jeune, en Angleterre, qu'elle était « déjà » une jeune fille triste. Une aventure avec un peintre l'avait profondément marquée. Je la rassurai. Avec moi, ce ne serait pas triste. Pendant douze ans, ce ne le fut pas. Je me reproche seulement de l'avoir empêchée de travailler. J'étais jaloux, je la voulais toujours avec moi et pour moi seul. Je l'ai partagée avec Julien et Thomas, et aussi avec son frère. Je crois que si elle avait vraiment voulu travailler, elle aurait fini par me convaincre. Avec Sylvie, je râle mais elle travaille. Je m'y suis fait avec l'âge, l'expérience. Ma mère a toujours travaillé, mais à la maison, avec mon père. Il ne faut pas toujours vouloir appliquer les mêmes schémas. Je l'ai compris trop tard. Mais est-ce que cela aurait vraiment changé le cours des choses ?

Le film avait un distributeur, mais Hercule n'avait pas encore de salle pour le sortir. Les réactions des projections privées étaient déterminantes. Je l'ai dit, elles furent enthousiastes. Il n'y avait pas d'attaché de presse. Hunebelle ne faisait pas de film pour la critique et Valoria n'avait jamais rien produit à ce jour. Les journalistes venaient d'eux-mêmes, attirés par la rumeur. Un des rares que j'ai appelés moi-même, c'est

Henri Chapier. J'aimais ses articles dans *Combat*. Il a adoré le film. Après, nous sommes restés en froid pendant plus de vingt ans. À sa demande, je l'avais aidé financièrement sur un court-métrage. Pas suffisamment, me reprochait-il. Jusqu'au jour où je me suis allongé sur son divan.

Le film est sorti en mars 1967 dans deux cinémas, le Publicis Champs-Élysées et le Vendôme, avenue de l'Opéra. Il a fait plus de quatre cent mille entrées sur les deux salles. Même la critique était bonne, délirante. L'article de François dans *Le Nouvel Obs* était magnifique. Pour lui, j'étais un enfant de Renoir. Comme *La Partie de campagne* est mon film préféré, rien ne m'a fait plus plaisir. Par la suite, j'ai été si souvent mortifié par la critique et méprisé dans les livres d'histoire du cinéma. Heureusement, je « reste », grâce à François, dans « les films de sa vie ». Je suis sûr que d'en haut il me protège encore. Je ne retrouve plus les lettres qu'il m'a écrites. J'ai dû les égarer entre deux déménagements. Dans l'exemplaire des *Films de ma vie* qu'il nous a dédicacé – « À Anne-Marie et à Claude, leur ami, François » –, je relis ce qu'il avait écrit sur *Le Cinéma de Papa* : « Claude Berri n'est pas un metteur en scène cinéphile, il ne se réfère pas aux films existants mais à la vie elle-même, il puise à la source [...] la lutte pour la vie, les problèmes d'argent, le pain quotidien, la recherche d'un métier, la naissance d'une vocation, l'alternance de la chance et de la malchance [...] la nécessité d'être heureux en amour [...] ce sont les meilleurs thèmes car les plus simples, les plus universels et curieusement, au fur et à mesure que le cinéma devient plus intellectuel, les plus délaissés. » Il faudrait relire tout l'article.

C'est vrai, au début, c'est dans ma propre vie que j'ai puisé le matériel de mes films. Rapidement, on m'en a fait le reproche, en insinuant que je n'avais pas d'autre source d'inspiration. Et pourtant, tout n'était pas autobiographique. Quand j'ai écrit l'histoire d'un mariage, *Mazel Tov*, je n'étais pas encore marié. J'avais failli, bien sûr. Et le milieu des diamantaires juifs anversois, je l'avais bien connu. Ce n'était pas mon expérience que je racontais, mais plutôt mon appréhension d'être marié. Cela, je l'avais éprouvé. Je n'ai jamais tenu de sex-shop certes, mais cette fascination pour la pornographie, ce désir de libération sexuelle des années soixante-dix, je les ai éprouvés, comme beaucoup d'hommes et de femmes. Quand je suis passé à la fiction, quand j'ai adapté des livres, les mêmes se sont demandé pourquoi je ne faisais plus de films personnels.

Aujourd'hui, je réponds. Ma vie ne me faisait plus rire, je ne pouvais plus la raconter. Tout ce que j'avais vécu dans mon enfance, dans ma jeunesse, même les moments les plus tristes, avec le recul je les trouvais drôles. J'arrivais à en rire et à faire rire. Mais le jour où ma vie a basculé, où la mère de mes enfants est tombée malade, je ne pouvais plus rigoler. Je ne trouvais plus ça drôle. Même avec le recul. Aujourd'hui encore, mes fils voudraient que je fasse avec eux une suite du *Cinéma de Papa*. Mais comment raconter que leur maman, depuis des années, va de clinique en hôpital ? Qu'elle passe alternativement de l'état maniaque à l'état dépressif ? Que son équilibre mental est comme un ascenseur qui ne s'arrêterait jamais au rez-de-chaussée ? Ou il monte au grenier, ou il descend à la cave. Et cela depuis quinze ans. Je voudrais bien rire avec eux. Mais comment ? Je veux qu'ils soient sûrs, en tout cas, que j'ai aimé leur mère. Qu'ils sont des enfants du désir.

Le soir du mariage, mon beau-père, qui adorait sa fille, m'a pris dans un coin. Il m'a serré dans ses bras et m'a dit en pleurant : « Prends soin d'elle. » Quel pressentiment avait-il dans son cœur de père ? Que savait-il déjà de sa fille ? Divorcé depuis plus de dix ans, je m'efforce toujours de prendre soin d'elle. La médecine est encore impuissante devant cette patho-logie chimique, et pourtant nous n'avons jamais renoncé à lutter contre cette fatalité. Bien sûr que j'allais prendre soin d'elle toute ma vie durant. Le destin en a décidé autrement. J'espère toujours que mes fils retrouveront leur maman, « comme avant ». Qu'un jour même, nous arriverons à en rire ensemble. Comment faire la « suite » sans elle ?

J'ai parfois imaginé faire un film qui s'appellerait *Madeleine*. Si Gainsbourg était encore en vie, ce serait l'interprète idéal. Ce serait l'histoire d'un homme qui sait qu'il va mourir, et qui retourne vivre ses derniers jours chez sa première femme. Comme François est retourné chez Madeleine. Comme Serge aurait pu retourner chez Jane. Comme Jacques avec Agnès. Comme moi avec Anne-Marie. François se savait condamné, mais je l'ai vu chez Madeleine, ils avaient l'air presque heureux. Ses filles venaient le voir, Fanny aussi avec leur enfant, ses amis. Je sentais la complicité qui l'unissait à Madeleine, l'amour qu'elle lui portait. Ils ont dû évoquer les beaux jours, rire des mauvais. La dernière fois que j'ai téléphoné à François pour lui demander si je pouvais venir lui rendre visite, il m'a répondu : « Mais vous savez bien, mon cher Claude, que j'aurais toujours du plaisir à vous voir avant de crever. » Il me poussait à ressortir les films de Lubitsch, me parlait des articles de Bazin sur Pagnol, m'encourageait à tourner *Florette*. Il voulait que je lui organise une projection privée d'*Amadeus*. Madeleine m'a raccompagné jusqu'à la porte en me faisant comprendre que c'était la fin. Elle souriait presque. Elle était devenue sa mère, sa sœur. Je n'ai jamais raconté cette idée de film par crainte de faire souffrir Sylvie. Qu'elle puisse s'imaginer que je préférerais mourir dans les bras d'Anne-Marie plutôt que dans les siens. Mon vœu serait qu'elles soient là toutes les deux. L'une comme sœur, l'autre comme femme. Que mes enfants soient là aussi. Et ma sœur Arlette. Avec Gainsbourg, on aurait bien rigolé. Il aurait bien trouvé une dernière connerie à dire. Comme Francis Blanche à qui son médecin demandait : « Comment vous sentez-vous ? » Il aurait, paraît-il, répondu : « Mais avec mon nez ! Comment voulez-vous que je me sente ? » Et il serait mort.

« Avant ». Je retourne en arrière. Allez en avant ! C'est drôle, le sens différent de « en avant » et d'« avant ». L'un vous pousse à avancer et l'autre à reculer. Avec le même mot. Moi, j'avance en reculant. Tout ça n'a pas de sens.

Anne-Marie a un autre frère, Paul. Bien sûr, il était aussi au mariage. Il était ingénieur des travaux publics. Il travaillait en Amérique, dans un grand cabinet d'audit et d'expertise, Peat, Marwick. Je n'imaginais pas qu'un jour, il abandonnerait son métier pour venir travailler avec moi et que ce serait lui mon compagnon de toujours dans le cinéma. Mon beau-frère, comme un frère. L'oncle de mes fils. Son caractère était à l'opposé de celui de Jean-Pierre. Autant l'un est calme, pondéré, discret, autant l'autre était extraverti. Bien sûr la préférence d'Anne-Marie allait vers Jean-Pierre. Une grande complicité unissait les deux cadets. On sentait que, dans leur enfance, Paul avait dû être leur souffre-douleur. Ce mépris s'est encore accentué au fil du temps, jusqu'à le traiter de « couille molle ». Rien ne justifiait cette appellation, mais Jean-Pierre aimait faire mal avec les mots. J'en ai souffert aussi. Pourtant, le jour du mariage, Anne-Marie aimait ses deux frères, et moi j'avais trouvé une nouvelle famille, les Rassam. Une sacrée rencontre.

Le Vieil Homme est proposé par le comité de sélection pour représenter la France à Cannes. Prétextant que mon film est déjà sorti et qu'il est en plein succès, Edmond Ténoudji le fait écarter au profit de *Mon amour, mon amour* de Nadine Trintignant, qu'il produit. Scandale. Henri Chapier et d'autres dénoncent l'injuste manœuvre mais la reconnaissance du Festival me passe devant le nez, ainsi que le probable prix d'interprétation pour Michel Simon. Quelques mois plus tard, Michel se consolera à Berlin avec l'Ours d'argent. Je n'aurai jamais plus l'occasion de concourir à Cannes. Par la suite, mes seuls films susceptibles d'être sélectionnés sortiront tous en octobre. À la fin d'une projection de *Manon des sources* au Publicis, Gilles Jacob me dira : « Vous avez fait beaucoup de progrès. » Il faudra que j'attende *La Reine Margot* pour pouvoir monter les marches comme producteur. Je l'avais sec d'avoir été écarté. Il faut croire que, dès le début, les seuls honneurs qui devaient m'être accordés seraient ceux du public. Je m'y suis habitué. Le jour du palmarès, c'est Michel qui fit la une de tous les grands journaux.

À son arrivée à Cannes, je vais l'attendre à sa descente d'avion. Une meute de photographes est là. Pour ne pas lui donner l'impression que j'attends pour me faire photographier avec lui, je reste à l'écart. La vedette, c'est lui, il fera un triomphe dans les rues. Les gens se lèvent pour l'applaudir. Le public l'aime encore. Il est heureux. Il me voit dans mon pantalon de toile blanche, il veut le même. Ma belle-mère fera le tour de tous les magasins de Cannes pour en trouver un à sa taille. Je me suis fait masser, il exige une masseuse. Il restera des heures enfermé dans sa chambre, à se faire triturer l'abdomen. Je n'ai pas encore touché mon chèque que déjà je dépense. Avec Anne-Marie et Jean-Pierre, nous tenons table ouverte. Tous les fauchés sont les bienvenus. C'est moi qui régale. Jacques Rozier que j'admire déjà, Chapier qui a seulement besoin de pellicule pour son court-métrage. Je vis dans un rêve. Je crois que « tout le monde il est beau, tout le monde il est gentil ». Mon père m'avait pourtant dit que le monde est pourri. J'ai failli ne pas le croire.

La vie est belle. Je nage dans le bonheur. J'ai connu Anne-Marie en décembre 1966, nous nous marions le 22 septembre 1967. Il était temps. Julien naîtra neuf mois plus tard, le 14 juin 1968, au sortir des barricades. Nous habitons un appartement en location, rue Ribera, au troisième étage, avec un grand balcon ensoleillé. Ma mère habite dans le même immeuble, au premier. Fatiguée, elle a fini par abandonner le Faubourg Poissonnière, mais non sans mal. Maintenant, c'est à moi de la nourrir.

Je vois *Les Amours d'une blonde* au cinéma Racine. La salle est comble. Je suis assis sur les marches. Je ris tellement, et le public aussi, qu'il est impossible d'entendre les dialogues. Heureusement, le film est sous-titré. Justement Milos est à Paris. Un copain de Jean-Pierre, Jérôme Kanapa, fils de Jean, l'intellectuel du Parti communiste, le connaît. Il me propose de me le présenter. J'accepte avec enthousiasme. Le lendemain, le dîner a lieu rue Ribera. Milos nous raconte alors qu'il est venu à Paris avec la copie de son dernier film inédit, *Au feu les pompiers*, pour le montrer à Claude Lelouch. Ils ont fait connaissance à Los Angeles, à la soirée de l'Oscar où ils étaient tous deux en compétition pour le meilleur film étranger. Lelouch lui aurait proposé de l'aider à trouver un distributeur pour sortir en France *Au feu les pompiers*. Mais soit Lelouch n'est pas à Paris, soit, trop occupé, il ne répond pas au téléphone. J'en profite pour demander à Milos si nous pouvons voir son film. Le dimanche suivant, un matin, c'est une grande excitation qui règne à la projection. Kanapa, Jean-Pierre, Anne-Marie et moi sommes là bien sûr. Mais aussi, François, Gérard Lebovici et les Siritzki, tous impatients comme moi de découvrir le « nouveau » Forman. Mieux qu'au beaujolais, nous avons été grisés par le film. Cette fable de pompiers en forme de métaphore sur les fonctionnaires des pays de l'Est a été un enchantement pour nous tous. À la fin de la projection, je décide d'acheter le film. En dehors des futures rentrées du *Vieil Homme*, je n'ai pas un rond, je n'ai jamais acheté de films, je ne suis pas distributeur, je ne sais pas ce que je veux en faire, mais je veux l'acheter. François me pousse à le faire. Les Siritzki proposent qu'on le fasse ensemble. Ça me paraît plus raisonnable. Eux, c'est leur métier, ils ont des salles. Je suis chargé de la négociation. Il ne faut pas payer les droits plus de dix à douze mille dollars pour France-Belgique-Suisse. Je n'ai pas d'opinion, je les crois. De toute façon, il faut déjà aller à Prague pour conclure. Je les tiendrai au courant.

Dès le lendemain matin, je pars pour Prague avec Milos, dans sa superbe Mercedes vert foncé, dernier modèle. Je me demande comment il a pu s'offrir une pareille voiture, je le saurai plus tard. Anne-Marie et Kanapa sont du voyage. Jérôme est un habitué de la Tchécoslovaquie – où son père a séjourné longtemps en tant que représentant du Parti –, il est tombé amoureux du pays de Dubcek et des beautés tchèques. Il pourra nous servir de guide. Milos est au volant, son éternel cigare à la bouche. Je n'imagine pas encore que je voyage avec l'homme qui aura deux Oscars, mais je l'admire déjà. Les deux films que j'ai vus m'ont énormément impressionné. Je suis sûr de son talent. Il se dégage de lui une telle force tranquille, il a tellement d'humour quand il me décrit le fonctionnement de l'administration de son pays sous domination soviétique. Il parle le français avec un accent, de sa grosse voix grave. Ce n'est pas encore le vieil ours qu'il deviendra, mais il est déjà bourru. Il a l'air charmé par mon enthousiasme, mais je le sens quand même méfiant. Il a sûrement dû être déjà échaudé. Il lui faut des « preuves », que je gagne sa confiance. Il est un mélange de naïveté et de scepticisme. Il se laisse aller à une confidence : ce n'est pas seulement pour la sortie française de *Au feu les pompiers* qu'il est venu à Paris. Il veut tourner son prochain film en Amérique et Lelouch doit en être le producteur. J'ai aussitôt pensé : « Ce ne sera pas Lelouch mais moi. » Je lui demande s'ils ont signé un accord. Il me répond que non. Je respire. Je le sens préoccupé.

Nous traversons l'Allemagne. Il fait un temps magnifique. C'est l'automne mais à Prague, c'est déjà le printemps. Les gens dansent dans les rues, la liberté guide leurs pas. Le lendemain, j'ai rendez-vous avec Monsieur Kachtik, directeur de Film Export, l'Office national du cinéma tchèque. À l'époque, le cinéma était encore sous le contrôle de l'État. C'est avec Monsieur

Kachtik que je dois négocier les droits de distribution de *Au feu les pompiers*. C'est un homme sympathique, jovial, achetable. Mais ça, je ne le sais pas, je n'ai pas l'habitude. Je lui dis que je suis intéressé par la France-Belgique-Suisse. Il me demande de lui faire une offre. Je veux d'abord savoir ce qu'il souhaite mais il ne me répond pas. Je me découvre alors en lui proposant douze mille dollars pour les trois territoires, conformément aux instructions des frères Siritzki. Il ne me répond toujours pas. Il fait la grimace. Il ne peut pas me donner de réponse. Je ne comprends pas pourquoi. Il doit partir à Brno où commence le jour même un important festival organisé par les pays de l'Est. En fait, c'est plus un marché du film, une vitrine qu'un festival. Kachtik me propose de le rejoindre là-bas pour poursuivre les négociations.

En route pour Brno où le soir même, pour l'ouverture, ils ont organisé un grand bal, avec un buffet que je ne suis pas près d'oublier. Une orgie de petits cochons de lait, avec la peau bien craquante. Je me régale. Je valse. Jérôme drague. Milos boit de la Pilsen en rêvant à l'Amérique, Kachtik me fait des sourires. Nous nous couchons tard puis reprenons les discussions dans le stand du pavillon tchèque, sous le regard bienveillant de Dubcek en photo. C'est l'impasse. Je sens que même en augmentant le prix, même pour vingt mille dollars, je n'aurai pas les droits. D'ailleurs, ce chiffre, les Siritzki ne m'ont pas autorisé à le prononcer. Kachtik se déboutonne. Il ne veut pas céder les droits pays par pays, il veut vendre le film pour le monde entier. Je le regarde, ahuri. Qu'est-ce que je vais faire avec le monde entier sur les bras ? Je sens mon rêve s'évanouir. Je respire et lui demande quand même combien il en veut. Il hésite, regrimace. Un tas de chiffres me passent par la tête. De toute façon je n'ai pas d'argent. Combien ? Il sort du stand, me laisse mariner. Il revient, griffonne sur un papier qu'il me tend. Je lis. Soixante-dix mille dollars. Il en veut soixante-dix mille dollars ! Pour le monde entier ! Il garde seulement les pays de l'Est, Tchécoslovaquie incluse. Le chiffre ne me paraît pas idiot, il faut seulement trouver l'argent. J'ai un associé, il faut que je lui parle. Il me laisse seul pour que je puisse téléphoner tranquillement.

Les Siritzki ne sont pas d'accord. Je dois maintenir l'offre sur France-Belgique-Suisse. À la rigueur, je peux monter jusqu'à quinze mille. « Dans ces conditions, nous n'aurons pas le film. » Ils s'en foutent. Moi pas. Je raccroche, désespéré. Kachtik est à nouveau devant moi. Alors ? Je sens qu'il est pressé de savoir. Il a peut-être un client derrière. Personne n'a encore vu le film à part moi. Les acheteurs de l'ouest ne se bousculent pas à Brno, mais sait-on jamais ! Je lui demande combien de temps il me donnerait pour payer. Là n'est pas le problème. Dix-huit mois, si je veux. L'important pour lui, c'est déjà que je signe le contrat. Après, on verra. Qui sait qui dirigera Film Export d'ici dix-huit mois, personne n'en sait rien. Et lui encore moins qu'un autre. Je sors faire un tour pour réfléchir. J'en ai déjà quinze des Siritzki pour France-Belgique-Suisse. Bien sûr, sur les quinze, je dois en payer la moitié. Mais je suis certain qu'ils seront ravis d'être seuls sur ces territoires. Il en manque encore cinquante-cinq, mais j'ai dix-huit mois pour les payer. Les rentrées du *Vieil Homme* vont arriver, dont une bonne partie doit aller à Albert Osinski. Avec le reste, je dois faire manger ma famille. Anne-Marie est enceinte. Les impôts. Qu'est-ce que je fais ? C'est bien le diable si je n'arrive pas à vendre le reste du monde pour cinquante-cinq mille dollars ! Même si je perds un peu, je referai un autre film. Mon problème n'est pas de gagner mais d'honorer ma signature. Tant pis, j'y vais. J'en ai trop envie. Je remonte voir Kachtik. C'est d'accord ! Il sourit. Mais à une seule condition. Il grimace encore. Laquelle ? Que ce soit moi le producteur de Milos pour son prochain film en Amérique. Il est d'accord si Milos est d'accord. Milos est d'accord. Nous signons le contrat et les traites sur dix-huit mois. Je suis en plein succès comme réalisateur que déjà je pense à produire quelqu'un d'autre et en Amérique en plus. Un jour, Milos m'a dit : « Tu t'occupes des autres pour ne pas penser à toi. » C'est sûrement vrai. J'ai passé autant de temps dans ma vie à penser aux autres qu'à moi-même comme réalisateur. Ce qui prouve que je n'ai pas eu toujours confiance en moi dans ce domaine. La critique m'a souvent encouragé dans mes doutes. Pourtant, en 1967, je n'avais pas de raison de douter. Peut-être qu'au fond de moi, ce premier succès ne me faisait pas perdre la tête. Je devais pressentir que la route serait longue. Et puis cette ambivalence entre la mise en scène et la production, je l'ai toujours vécue. Les défis. Le besoin d'admirer. Avec Milos, j'étais servi, j'avais l'un et l'autre.

Milos me prend dans ses bras et m'embrasse. Il embrasse Anne-Marie et Jérôme. Il est soulagé, content, il se détend. Je lui ai fourni la preuve qu'il voulait. Une grande amitié est en train de naître et le début d'une aventure dont je me souviendrai. Maintenant, au restaurant, il nous raconte le fin mot de l'histoire. C'est Carlo Ponti qui a produit *Au feu les pompiers*. Il a versé soixante-dix mille dollars à Film Export. Seulement voilà, une clause du contrat prévoyait que la durée du film serait de quatre-vingt-dix minutes. Or Milos a livré un film de soixante-quinze minutes qui n'a pas plu à Carlo. Il en a profité pour exiger le remboursement de son argent. En Tchécoslovaquie, à l'époque, le dollar était une denrée rare. Milos était responsable vis-à-vis de l'État et risquait la prison si Ponti n'était pas remboursé. C'est pour ça qu'il fallait absolument que j'achète le film pour le monde entier. Kachtik n'était pas sûr d'arriver à en tirer soixante-dix mille dollars en le vendant pays par pays. Maintenant, le responsable, c'était moi. La Mercedes, un cadeau de Ponti.

Entre temps, *Le Vieil Homme* a été acheté pour l'Amérique par le distributeur indépendant le plus actif du moment, Donald Rugoff. Il possède la meilleure salle de New York, le Cinéma One. Dans mon calcul de récupération des cinquante-cinq mille dollars, je compte beaucoup sur la vente américaine. Avec *Les Amours d'une blonde* nominé pour l'Oscar du meilleur film étranger, Milos commence à être un peu connu là-bas. Rugoff est le seul distributeur américain que je connaisse, je l'appelle en lui disant que j'ai les droits du nouveau Forman. Il est tout de suite excité. Il m'envoie deux billets d'avion en première classe pour ma femme et moi. Il veut que je vienne à New York pour lui montrer le film. Il me demande de prendre la copie avec mes bagages dans l'avion, il s'arrangera avec la douane à l'arrivée. Je sens que je ne vais pas mettre dix-huit mois pour payer le film. Je ne suis jamais allé en Amérique, j'ai peur de l'avion, mais il faut bien que je vende le film. Nous arrivons à New York en fin de journée. À Paris, il est déjà plus de minuit. Rugoff nous attend, chaleureux. Il fait dédouaner la copie et nous amène à l'hôtel dans une immense Cadillac. Le visage de Rugoff est bourré de tics. Il ne fume pas son cigare, il le mange. Déjà pour quelqu'un qui comprend l'anglais, il n'est pas facile à suivre, moi qui le parle à peine, je ne comprends pas un mot de ce qu'il me raconte. C'est Anne-Marie qui traduit. Elle m'explique qu'il est impatient de voir *Au feu les pompiers*. Je lui fais répondre que je suis moi-même impatient qu'il le voie. Que je suis sûr qu'il va l'aimer, que c'est un film magnifique. Je suis fasciné par les gratte-ciel. À nous deux l'Amérique ! Nous déposons nos bagages au Drake Hôtel. Au dîner, je me farcis encore le charabia de Donald, mais du moment qu'il achète le film, je suis prêt à tout. Trop énervé et certainement décalé par les horaires, je n'arrive pas à dormir. J'oblige Anne-Marie à jouer toute la nuit à la bataille navale.

Catastrophe ! Rugoff n'aime pas le film. Cette histoire de pompiers organisant un bal ne l'a pas fait rigoler. Il n'y croit pas du tout pour une audience américaine. Il n'a pas tort : quand le film sortira un an après, il n'aura aucun succès. Inutile de dire que de retour à Paris, dans l'avion, je suis effondré. Anne-Marie me tient la main, essaie de me remonter le moral. Mais moi, en attendant, j'ai cinquante-cinq mille dollars à payer et, sans l'Amérique, ce n'est pas demain la veille que je vais les trouver. Je me dis que si Rugoff ne l'a pas pris, qui va le prendre ? C'est François et Gérard qui me sortiront de la merde. Ils acceptent chacun d'en prendre un tiers. Je me sens déjà moins seul. Il n'en reste pas moins que ce film, il faudra le vendre. François me présente son vendeur à l'étranger, Alain Vannier. C'est lui qui en aura la charge. Pendant plus de vingt ans, tous les matins à huit heures, j'aurai Alain au bout du fil. Même les nuits où il se sera couché tard. Maintenant, il s'agit de produire le prochain film de Milos en Amérique.

Chaque mois, je paye les traites de *Au feu les pompiers* et j'envoie un chèque à Milos qui s'est installé à New York pour y trouver la matière de son film. Il en profite aussi pour perfectionner son anglais qui n'est pas encore très bon. Il partage une petite maison à Soho avec son ami Ivan Passer qui, lui aussi, veut tenter sa chance en Amérique. Son film *Éclairage intime* est un petit chef-d'œuvre. Mais autant Milos s'adaptera au public américain, autant Ivan restera toujours un cinéaste tchèque, malgré les quelques films intéressants qu'il réussira à faire là-bas. À la fin des années soixante, Soho est le quartier des hippies. C'est un centre d'observation idéal pour Milos qui cherche une histoire ayant pour thème un conflit de générations. Il a vaguement une idée qui tourne autour d'une jeune fille fugueuse et de sa relation avec ses parents.

Le Vieil Homme doit sortir à New York, mais Rugoff a d'abord programmé au Cinema One un film qui marche très fort, *Elvira Madigan* du Suédois Bo Widerberg. Mon film est repoussé à l'année suivante. Il ne sortira qu'en janvier 1968. À un mois près, je ne pourrai plus être dans la course à l'Oscar. Michel Simon et moi sommes invités à venir à New York pour la promotion. Donald me fait parvenir quatre places d'avion en première classe pour nous et nos femmes respectives. Je téléphone à Michel, tombe sur Josy et lui annonce la bonne nouvelle : nous partons à New York ensemble. Michel me rappelle : il n'ira pas si j'emmène Josy. Je croyais lui faire plaisir. Il n'en est pas question. Josy vient me voir en pleurant. Pour elle, ce voyage est l'occasion de revoir ses enfants qu'elle a abandonnés pour Michel. Je plaide sa cause, mais lui ne veut rien savoir. « C'est elle ou moi, choisissez ! » Évidemment je n'ai pas le choix. Nous partons à trois. En première, nous sommes pratiquement seuls. Anne-Marie est enceinte de cinq mois. Je suis assis à côté d'elle, Michel est seul. À un moment, pour lui tenir compagnie, je viens près de lui. Il est de bonne humeur. « Ça va Michel ? » « Ça va ! » Un petit silence. Il enchaîne : « Quel dommage que vous ne vous soyez pas fait sucer par Josy. » Il ne me l'avait jamais proposé. Je ne pouvais pas le deviner. Il me vante les talents de Josy, je l'écoute, nostalgique. C'est la meilleure pipeuse qu'il ait connue de sa vie. Si j'avais su ça pendant le tournage, on aurait peut-être terminé le film plus vite.

Nous sommes descendus à l'Hôtel Pierre. Le premier soir, nous attendons Michel dans le hall pour aller dîner avec Rugoff. À minuit, il n'est pas encore là. Ça ne répond toujours pas dans sa chambre. Nous commençons à nous inquiéter. New York est une ville dangereuse. Pourvu qu'il ne lui soit rien arrivé. « Le vieil homme » assassiné en allant aux putes, il ne manquerait plus que ça. Vers deux heures du matin, j'accompagne Rugoff au commissariat. Rien à signaler. Vers les quatre heures, nous sommes encore dans le hall à l'attendre et le voilà qui revient tranquillement, une petite valise dans chaque main. Il s'étonne de nous voir inquiets. De sa petite voix, il nous rassure, il n'avait pas compris pour le dîner, il était allé faire un tour. En fait, il avait très bien compris. Seulement lui, ce n'est pas le dîner qui l'intéressait, mais la 44ᵉ rue. Il était allé faire son shopping. Comme il ne parle pas l'anglais, avec Anne-Marie sous la main, il se sent plus rassuré. Nos chambres sont communicantes. Il frappe à la porte et vient nous montrer ses acquisitions. Il déballe ses valises sur notre lit et, goguenard, montre à Anne-Marie toutes les revues et objets pornos qu'il vient d'acheter. À l'époque, en France, la mode des sex-shops démarrait à peine. Je commence à comprendre pourquoi il n'a pas voulu emmener Josy. Pour lui, New York est la capitale du « hard ». Il a envie d'être libre pour s'éclater. Mais en quoi le dérangeait-elle ? Il me parle d'un film tourné en 16 mm qui s'appelle *The Queen* qu'il aimerait bien voir. C'est l'histoire d'un concours de travestis. Le producteur s'appelle Lewis Allen. Il a produit *Fahrenheit 451* et François me l'avait présenté. Il accepte de montrer le film à Michel dans sa chambre. On met l'appareil de projection dans la nôtre. Je ne pouvais rien faire de mieux pour lui faire plaisir. À la fin, il me dit qu'il aimerait bien sortir avec la « Reine ». Lewis lui organise un rendez-vous pour le lendemain soir. J'en profite pour aller dîner chez des amis new-yorkais, David Newman et Robert Benton, les scénaristes de *Bonnie and Clyde*. Par précaution, je laisse leur numéro de téléphone à Michel. Nous dînons bien tranquillement quand il m'appelle. Que me veut-il ? « Allô Michel, ça ne va pas ? » « Non, ça ne va pas. » « Que se passe-t-il ? » Un temps. D'une voix d'outre-tombe, il me répond : « Je sens que je ne vais pas consommer. » Authentique. Lewis m'a raconté la soirée : en fait, la « Reine » était un petit jeune homme de vingt ans qui vivait avec un garçon de son âge. Ils sont sortis tous les trois mais, dans le taxi, Michel a commencé avec ses mains. Il s'est fait rembarrer. C'est alors qu'il a dû m'appeler. Finalement, tout s'est très bien terminé. Ils l'ont emmené dans une boîte d'homosexuels pour sourds-muets où il a dû bien s'amuser. « Le vieil homme » à New York, ça n'a pas été triste. Je ne suis pas près de refaire un voyage comme celui-là.

Nous sommes en pleine période psychédélique. Un Américain qui échange des idées avec Milos sur son script connaît un endroit où l'on peint le corps de femmes nues. Ce n'est pas pour déplaire à Michel. Un après-midi, le copain américain, Milos, Anne-Marie et moi, nous l'emmenons peindre. Nous arrivons dans un endroit désert qui ressemble à une salle de gymnastique, avec des petites cabines. Un homme seul, à l'entrée, lui tend un album avec des photos de femmes nues. Il n'a plus qu'à choisir celle qu'il veut peindre, elle arrivera aussitôt. Michel tourne les pages sans arriver à se décider. « Alors, Michel, laquelle vous voulez ? » Indécis, il ne répond pas. À ce moment-là, une fille nue passe devant nous. Michel la regarde et tend son doigt. « Celle-là ! » Le tarif, c'est soixante dollars pour une demi-heure ou cent pour une heure. Il en voudrait bien une heure. Comme il ne met pas la main à la poche, c'est moi qui paye. Il part, avec son seau et son pinceau, s'enfermer avec la fille dans une cabine au fond de la salle. Nous l'attendons assis sur un banc pendant une heure, nous ne verrons pas grand monde. Un jeune homme timide qui entre et ressort aussitôt. Un obèse, dans le fond, qui fait des photos. Un couple qui ressort d'une cabine. L'homme se lave les mains, baisse les manches de sa chemise, se reboutonne, met sa veste et part. La fille entièrement peinte prend une douche puis vient s'asseoir et bavarder avec nous, toute nue, décontractée. Milos en profite pour la questionner sur sa vie, des fois que ça lui donnerait des idées pour son film. Au bout d'une heure, Michel ressort de sa cabine, avec son seau et son pinceau à la main. La fille n'a pas l'air peinte, elle ne se dirige pas vers les douches. Elle avance vers nous, en souriant. Michel la suit. Quand elle se rapproche, je vois qu'il ne lui a peint que deux petits ronds autour de la pointe des seins. Elle se retourne, ravie, et nous montre son derrière avec un troisième rond lui encerclant l'anus. Michel, très en forme, nous fait son « numéro en américain » dont il ne parle pas un traître mot. Il est irrésistible. On croirait entendre un vieux Yankee, la musique est parfaite, sauf qu'on ne comprend pas les paroles. Avec ce numéro, il fera rire beaucoup de journalistes pendant les interviews. Avant de repartir, il emportera la carte avec l'adresse de l'établissement. Je le soupçonne d'y être retourné peindre sans nous. Il est heureux. C'est lui « l'enfant », on le connaît même en Amérique.

Gulf and Western, qui possédait Paramount, venait récemment d'hériter d'un nouveau président, Charlie Bludhorn. Lors d'un passage à Paris, il avait voulu rencontrer les nouveaux talents. Je lui avais été présenté et il m'avait proposé de produire mon prochain film. Fidèle à ceux qui m'avaient donné ma chance pour *Le Vieil Homme*, j'avais décliné l'offre. Ne connaissant pas encore Milos, je lui avais parlé de Jacques Rozier. J'avais vu et adoré *Adieu Philippine*. Convaincu par mon enthousiasme, Bludhorn avait accepté de le financer. Bien sûr, les responsables de la Paramount en France n'avaient pas donné de suite à ce projet. Ça ne m'avait pas plu.

Je me relis. Je dérive vers l'anecdote. Je me laisse aller à mes souvenirs. Je ne suis plus allongé sur mon divan de thérapeute, j'ai l'impression de donner un long entretien à une revue de cinéma. Cent fois j'ai raconté à des amis, pour les faire rire, mon voyage à New York avec Michel Simon. Mais moi, qu'est-ce que j'apprends sur moi, en ce matin de septembre 1994 ? J'étais un homme jeune qui cherchait à matérialiser ses rêves. Mais aujourd'hui, quels sont mes rêves ? J'ai l'impression d'avoir toujours autant d'énergie, mais pour en faire quoi ? Je suis en même temps celui qui pose des questions et celui qui doit y répondre, ou plutôt celui qui se questionne et qui cherche des réponses. J'ai toujours agi mû par mon instinct, et ma seule réflexion découlait du résultat de mon action. Le succès, ou l'échec, de mon entreprise me donnait tort, ou raison, d'avoir agi. Vais-je continuer ainsi à n'être qu'un homme d'action ? Est-ce déjà l'heure du bilan ? Si oui, quel est-il ? J'ai réussi. À quoi ? Je donne les cartes. C'était ça mon but ? Mais aujourd'hui ? Produire, encore produire, et mourir ! Hier soir à la télévision, j'ai regardé François Mitterrand, il m'a bouleversé. Un homme si près de la mort et qui espère avoir fait quelque chose pour les autres. Lui aussi a voulu donner les cartes, à sa façon. Il a choisi de s'occuper des autres, mais moi je n'avais choisi que de m'occuper de moi-même. Et des miens, et encore pas toujours très bien. Quelle est la vraie réussite ? Bien faire ce que l'on a choisi de faire. Donner du plaisir. En prendre. Donner son talent, en avoir, réfléchir, faire réfléchir, agir encore, profiter d'un rayon de soleil, écrire un livre de souvenirs. Ha, si j'étais Prévert ! De mon passé, je n'ai pas de regrets. Si peu. C'est des quelques années qui me restent que je ne voudrais pas en avoir.

Dans la nuit qui précédait la sortie du *Vieil Homme* à New York, Rugoff s'était procuré la critique du *New York Times*. Il m'a réveillé pour la lire à Anne-Marie. Elle était dithyrambique. Je me suis rendormi « aux anges » quand, tôt le matin, le téléphone a sonné. C'est Bludhorn en personne qui m'appelle. Il l'a lue et me félicite. Il veut me voir rapidement. Sans doute veut-il prouver à ses talent-scouts qu'il est aussi capable qu'eux de dénicher « l'oiseau rare ». Ce matin-là la Paramount n'était pas mon cousin, mais je l'ai tout de même vu. Son building est assez impressionnant, mais lui ne m'impressionne pas du tout. Je ne lui ai rien demandé, c'est lui qui me propose encore de me produire. Je l'envoie sur les roses, je suis déchaîné. Il a du mal à suivre mon anglais. Heureusement qu'Anne-Marie est là pour comprendre ce que j'ai à lui dire car je me refuse à parler français. Elle traduit mon franglais. Malgré l'affaire Rozier, je suis d'accord pour donner une nouvelle chance à Paramount de travailler avec moi. Mais c'est la dernière fois. Il m'écoute, ahuri. Il n'a pas l'habitude de se faire engueuler, surtout dans une langue qu'il ne comprend pas. Je lui propose Milos Forman. Il en a entendu parler. Il me demande si j'ai déjà un scénario à lui faire lire. « Pas encore. » Il veut connaître le sujet du film. Moi aussi j'aimerais bien – tout ce qu'il a le droit de savoir, c'est que ça se passe en Amérique. Il achète. Ou plutôt il me propose un « step deal ». C'est-à-dire de me rembourser mes frais et de payer une certaine somme pour l'écriture. Je dis ok. C'est un « ok » que je ne tarderai pas à regretter. Manquant totalement d'expérience, je ne sais pas encore que cette pratique du « step deal » est en fait très dangereuse. Si Paramount n'aime pas le scénario – ce qui fut le cas –, elle n'a pas l'obligation de produire le film. Bien sûr, on peut le porter ailleurs, mais les studios se méfient toujours d'un script financé au départ et refusé à l'arrivée. En plus, tant que le « step deal », augmenté des intérêts, n'est pas remboursé, le scénario reste la propriété de la compagnie qui l'a financé. En l'occurrence Paramount. J'ai eu un mal de chien à me faire rembourser les frais que j'avais déjà engagés. Environ trente mille dollars. L'offre globale de Charlie étant de quatre-vingt mille, il me restait cinquante mille dollars pour nourrir Milos et ses collaborateurs successifs sur le script. Sans compter les différents voyages entre l'Europe et l'Amérique. L'argent fut vite mangé, d'autant que la plaisanterie durera presque deux ans. Ça m'aurait coûté moins cher d'envoyer Milos à Berlitz pour prendre des cours intensifs d'anglais.

Je repars victorieux de New York. *Le Vieil Homme* est un succès et je crois que Bludhorn est mon ami. La suite des événements se bouscule dans ma pauvre mémoire. J'aurais dû tout noter. Milos a fait la connaissance de Jean-Claude Carrière. Ils ont décidé de travailler ensemble à Paris. Avec l'argent de Paramount, je loue pour Milos un superbe appartement à Neuilly. Il pourra faire venir sa femme et ses jumeaux s'il le souhaite. Véra est une actrice célèbre en Tchécoslovaquie, elle joue au théâtre à Prague.

Le Festival de Cannes 1968 approche. *Au feu les pompiers* est sélectionné pour représenter la Tchécoslovaquie. Kachtik vient à Paris pour arroser la nouvelle avec nous. Je me rappelle d'un dîner avec lui, rue Saint-Benoît, où j'ai ri comme au temps du Faubourg Poissonnière. Jean-Pierre a commencé à le sonder pour savoir si, avec un peu d'argent pour lui, il ne pourrait pas proposer *Au feu les pompiers* pour l'Oscar. Mon beau-père ayant ses affaires en Irak, il était facile de l'arroser où il voudrait. Ce qui fut fait et ne changea rien à la carrière du film aux États-Unis.

Début mai, la France est tranquille. Rien ne laisse à penser que ce ne sera pas un mois de mai comme les autres. À Cannes, il fait beau, Milos et moi sommes à l'Hôtel du Cap d'Antibes, où il fait bon vivre. L'actuel directeur, Monsieur Hirondelle, est déjà là. Il ne sait pas encore qu'il loge des « révolutionnaires » et, moi-même, je ne sais pas encore que j'en suis un. La projection de *Au feu les pompiers* s'est très bien passée. Polanski est dans le jury. Il a aimé le film. Siritzki attend le résultat du palmarès pour le sortir « couronné ». Tous les espoirs sont permis. Patatras, c'est la révolution au palais ! Au moment de projeter le dernier Carlos Saura, nous apprenons la nouvelle. Les étudiants sont dans la rue, les ouvriers ne vont pas tarder à les suivre. Mai 68 a commencé. Dans l'ancien palais du Festival, un pugilat oppose ceux qui veulent arrêter le Festival à ceux qui veulent le continuer. Avec François et beaucoup d'autres, nous nous accrochons aux rideaux pour empêcher la projection du Carlos Saura.

Lui-même n'est pas le dernier à lutter pour qu'on ne montre pas son film. Une mouche révolutionnaire nous a piqués, nous sommes solidaires des étudiants. Le monde va changer. C'est la lutte finale qui commence. Il n'y a plus de nantis, plus de cinéma, tout le monde doit penser à tout le monde. On s'arrache le micro, on s'insulte, on règle des comptes. Je revois François courbé en deux, comme un gamin, boxant maladroitement avec ses petits poings un exploitant réactionnaire. Milos se tient à l'écart, fataliste. Tant pis pour la Palme. Roman nous traite de fous. Vingt ans de communisme en Pologne lui ont suffi, il sera un des plus enragés à vouloir rétablir le calme. Une délégation est reçue par Favre Le Bret qui aboutira à la décision d'arrêter le Festival. On a gagné ! On a gagné ! On a fourni la preuve à la France que les artistes sont aux côtés de ceux qui luttent pour un monde meilleur. Dans la nuit, Jean-Pierre arrache un immense drapeau français qui flotte sur un mât de la croisette. Ce drapeau, je le laisse pendre à la fenêtre de ma chambre de l'Hôtel du Cap, ignorant que la chambre en dessous de la mienne est occupée par Orson Welles. Il aura la surprise de découvrir ce store tricolore à son réveil.

La résistance s'organise à Eden Roc. Chaque matin, une masseuse nous réveille en douceur. Avec ses doigts de fée, elle nous enlève nos courbatures de la veille. Le Dom Pérignon coule à flots, des fois que ce serait les dernières bouteilles. Nous écoutons les nouvelles à la radio. Le discours de de Gaulle, la France privée d'essence, la grande pagaille s'organise. Nous sommes coincés à Cannes, sous la pluie. Brach veut remonter à Paris. Il trouvera un bateau pour Rome, où il séjournera quelques semaines, avant de retrouver le calme de sa tanière. Rugoff me cherche. Influencé par les rumeurs positives qui ont couru après la projection de *Au feu les pompiers*, il veut revoir le film. Il le reverra dans un cinéma d'Antibes où Vannier lui fera payer cher ses indécisions. Il casquera cinquante mille dollars de garantie, les droits pour l'Amérique, quand, cinq mois plus tôt, il aurait pu les avoir pour trente. C'est sans remords que nous arrosons largement la nouvelle. Les affaires sont les affaires, et les dettes sont les dettes. Même pendant la révolution car, quelle que soit l'issue du combat, les Tchèques attendent notre argent pour rembourser Ponti.

Avant que le Festival ne commence, François m'avait proposé de créer une association de metteurs en scène producteurs. À l'époque, nous étions peu nombreux à l'être. L'idée m'avait séduite. C'est alors que Louis Malle, Jean-Gabriel Albicocco, Enrico et d'autres décident de fonder la S.R.F. : la Société des réalisateurs de films. Nous nous joignons à eux. Ce n'est que vingt ans plus tard que je pourrai reprendre l'idée de François en créant l'A.R.P. : Auteur-réalisateur-producteur.

À Paris, les pavés pleuvent boulevard Saint-Michel. Le talent de Wolinski et de ses copains éclate sur les murs, pendant que les états généraux du cinéma se réunissent à Suresnes. C'est une vaste rigolade. C'est Jacques Rozier qui a la charge de l'organisation de la soirée. Autant dire qu'elle n'a pas commencé à l'heure. Le commissaire du peuple, c'est Pierre Kast. Il est brillant, mais si tout le monde a le droit de réclamer du pain, pour la pellicule c'est plus difficile. Les cinéastes ne sont plus tous frères. Je commence à sentir que rien ne va changer. J'ironise cette pensée dans les rangs de mes camarades pour en rassurer certains. Des cellules de travail se réunissent le matin pour réfléchir à la condition cinématographique. Vadim arrive dans sa superbe Aston Martin. Vu sa notoriété de l'époque, il est question de le nommer président de ces états généraux. Tout le monde parle en même temps, c'est le bordel. À plusieurs reprises, Yves Robert se croit obligé de sauter sur une table, en tapant avec ses pieds pour rétablir le silence. Quand il l'obtient, il foudroie tout le monde du regard et à chaque fois nous assène la même phrase : « Ça aussi, je peux le faire. » Quand il redescend de la table, la cellule se calme deux minutes et progressivement le brouhaha s'installe à nouveau. Sans se décourager, Yves remonte sur la table et, imperturbable, recommence à taper des pieds. C'est sa clochette à lui. Je ne suis pas près de l'oublier.

Le public boude les salles de cinéma et préfère regarder le spectacle à la télévision. Beaucoup d'exploitants craignent la violence des casseurs et la plupart des salles sont fermées. J'ai beau supplier Siritzki de retarder la sortie de *Au feu les pompiers*, il s'entête. Il a programmé le film en mai, il veut le sortir. Bien entendu ce sera une véritable catastrophe : il n'y aura pas un chat pour le voir.

La suite des événements, tout le monde la connaît. Pompidou succède à de Gaulle, tout rentre dans l'ordre. Milos habite Neuilly et travaille avec Jean-Claude Carrière. Julien naît en juin, je suis papa. Je n'assiste pas à l'accouchement, j'attends derrière la porte. Une infirmière me montre mon fils encore tout ensanglanté. Je le trouve tellement beau que je l'appelle Roméo. Anne-Marie préférera Julien, comme Julien Sorel. C'est une période heureuse. Anne-Marie dort toutes les nuits blottie dans mes bras. Pendant des années nous dormirons ainsi, emboîtés l'un dans l'autre.

Je pars avec elle et Michel Simon présenter *Le Vieil Homme* en Israël. Nous emmenons ma mère, qui reverra ses sœurs. Le film est un triomphe. Il sort dans un cinéma à Tel-Aviv qui appartient à neuf propriétaires. La confiance règne tellement entre eux que chaque jour, à tour de rôle, ils se relaient pour tenir la caisse. C'est Amos Kenan que j'avais connu à Paris avec Christiane Rochefort, qui me fait découvrir le pays. La guerre des Six Jours vient de s'achever, c'est l'euphorie. Les pilotes ne semblent pas avoir de difficultés pour emballer les filles. À Jérusalem, je suis frappé par la bonne entente qui semble régner entre les Juifs et les Arabes. Je suis pour la paix, je suis convaincu qu'ils peuvent vivre ensemble. Amos a beaucoup d'amis arabes qu'il me présente. Des années plus tard, je pleurerai d'émotion en entendant Sadate parler à la Knesset. Quand j'aurai pris une option sur le livre de Dominique Lapierre et Larry Collins, *Oh Jérusalem*, je reviendrai plusieurs fois dans ce pays que j'avais aimé. Je me suis battu pendant des années pour arriver à produire un film tiré de ce livre. J'aurais voulu qu'il soit utile à la paix. Je rêvais d'une super-production, tournée en anglais, qui puisse faire réfléchir le monde entier, mais il n'était pas question pour moi d'en être le metteur en scène. Après le succès de *Z*, le tandem Costa-Gavras / Jorge Semprun me paraissait idéal pour affronter un tel projet. J'obtiens leur accord et une fois encore, c'est la Paramount qui finance le script. J'imaginais un film où Juifs et Arabes auraient raison, chacun de leur côté. Il n'était pas question pour moi de faire un film partisan, de quelque côté que ce soit. Il faut croire que Semprun n'avait pas le « cœur » pour écrire cette histoire, qu'il était plus à l'aise quand il pouvait choisir son camp. Il est évident que, dans *Z*, les colonels étaient forcément les méchants. *Oh Jérusalem* était plus complexe. De toute façon, le script n'était pas bon et Costa renonça au projet. Moi pas.

Après Costa, je me suis embarqué avec Bo Widerberg. J'adorais ses films, *Elvira Madigan, Adalen 31, Le Quartier du corbeau, Joe Hill*, qu'il avait tournés en anglais. Nous avons sympathisé, il avait un rire magnifique, communicatif. Avec lui, je n'avais pas le choix, je devais parler en anglais, ce n'était pas triste. Il était emballé par le projet, mais au bout d'un moment j'ai compris. À part le titre, il ne voulait rien garder du livre, ne pas faire une superproduction, mais un film à petit budget dont le héros aurait été un enfant palestinien. Comme j'admirais son talent, je n'ai pas voulu le contrarier, j'attendais de lire son scénario. J'ai attendu longtemps. Bo est un artisan. Un été, je suis même allé passer trois semaines à Stockholm pour en discuter avec lui. Le résultat n'a pas donné grand-chose, mais ce séjour est un souvenir merveilleux. Comme il faisait très chaud, nous partions le matin en vélo pour rejoindre son petit bateau et aller nous baigner dans un bras de mer. Il nageait comme un poisson et riait en me voyant flotter, le derrière avachi à l'intérieur de ma bouée jaune. J'avais l'air d'un nénuphar.

5 janvier 2002.

Sept ans que je n'ai pas touché à mon stylo pour poursuivre ce récit de ma vie. En sept ans il s'en est passé des événements tragiques. Anne-Marie s'est suicidée en sautant de la fenêtre du neuvième étage de chez la mère d'Isabelle Adjani. Anne-Marie et Isabelle étaient très proches l'une de l'autre. Isabelle admirait la folie d'Anne-Marie, jusqu'au jour où elles ont eu l'envie de produire ensemble *Camille Claudel*. Toute excitation était dramatique pour Anne-Marie et la conduisait vers sa phase maniaque. Ce projet a détruit leur relation, bien que je sois sûr qu'elles se sont aimées jusqu'à la fin. Le suicide chez la mère d'Isabelle était-il symbolique, ou le fait de sauter du neuvième l'assurance de ne pas se rater ? Elle avait aussi la possibilité de produire *37.2* de Beineix. Même cause, même effet : la phase maniaque d'Anne-Marie a également effrayé Jean-Jacques. À partir de là, ne trouvant plus son identité, elle a sombré dans une profonde dépression. Elle ne sortait presque plus de son lit. Elle était calme, douce, mélancolique, en silence. La dernière fois que je l'ai vue, c'était le jour de l'anniversaire de Thomas. Elle avait fait un effort. Elle était encore si belle bien qu'elle ait grossi, elle était émouvante. Elle n'embêtait plus personne avec ses accès de folie. Probablement, elle avait dû reculer l'échéance par amour pour ses enfants. Elle a choisi le mois d'août 1997, où elle était seule à Paris, pour nous quitter.

Je dormais au soleil, allongé sur un matelas près de la piscine, dans cette maison du Lubéron où elle n'était venue qu'une seule fois. Julien et Marion se baignaient, ils semblaient heureux. Thomas était au Mexique avec sa copine. On aurait pu croire que c'était le bonheur, quand je fus réveillé par les cris du gardien. Tout de suite, j'ai senti le drame. On m'appelait au téléphone. Un inspecteur de police, je crois, pour m'annoncer cette horrible nouvelle. Anne-Marie, mon Anne-Marie, mon amour, notre Anne-Marie en avait fini avec l'existence. Elle a lutté comme la chèvre de Monsieur Seguin et en quelques secondes elle en a fini. Elle a eu du courage. Mourir, ce n'est rien, mais sauter du neuvième étage !

À la morgue, elle était encore si belle. Son visage paraissait intact. Elle a rejoint son père qu'elle adorait et Jean-Pierre, son frère, dans le petit cimetière de Montfort-Amaury. Tous ceux qui l'aimaient étaient là. Ils étaient nombreux : Isabelle, Patrice, Catherine, Aurore, les enfants, Paul et les autres. Je suis entré dans l'église en tenant la main de Philippe, son dernier ami, probablement homosexuel, mais quelle complicité entre eux. Depuis, il a disparu. Je ne l'ai jamais revu. Chacun a sa « chambre verte », Anne-Marie est dans le panthéon de la nôtre. Elle est partie, mais elle reste dans nos mémoires, dans notre cœur, car c'était une reine et les reines ne meurent jamais.

Chaque année, avec Lebovici, Floriana, nous et les enfants, nous louions une maison dans les environs de Saint-Tropez. Que de vacances heureuses ! Comme j'étais fier d'elle et comme je l'aimais. La première fois que je l'ai embrassée, c'est à Neauphle-le-Château. Je la connaissais depuis la veille, mais je voulais déjà la présenter à mes amis, les Loeb. Ensuite, nous avons dîné tous les deux dans un restaurant, et dans la voiture je l'ai embrassée. J'avais mangé des escargots. Je sentais l'ail. Je me rappellerai toujours de ce premier baiser, de sa langue. Entre elle et moi, ce ne fut jamais une grande passion physique, mais que de tendresse et d'amour ! Sans cette maladie maniaco-dépressive qui nous a fait tant de mal, aujourd'hui encore, elle serait ma femme. « Nous aurions vieilli ensemble. » Bien sûr je m'endormais, je ronronnais, mais j'étais heureux. C'est la souffrance qui m'a fait grandir. C'est pour ça que j'ai tourné *Je vous aime*, moi qui rêvais de faire ma vie en une seule fois. Comme mes parents. J'ai compris un jour que la vie ne ressemble pas toujours aux rêves. C'est cette souffrance que j'ai pu mettre dans *Tchao Pantin* à travers le personnage de Coluche qui lui-même souffrait de s'être séparé de Véronique.

J'ai soixante-sept ans, je ne les parais pas mais je les ai. Mon diabète a évolué. Actuellement, je me fais deux piqûres d'insuline tous les jours, une le matin, une le soir. Je me pique également le doigt pour mesurer mon taux de sucre dans le sang. Avec les décalages horaires, j'ai du mal à voyager. À New York, par exemple. Mais j'y retournerai, je veux avoir encore une vie normale. Depuis plus de six mois je suis en dépression. Moi qui étais solide comme un roc. Moi qui résistais à tous les malheurs.

Quatorze mois après la mort de sa mère, Julien est tombé du troisième étage de l'Hôtel Raphaël. Il a dû confondre la fenêtre avec la porte. Il a malheureusement la pathologie de la famille Rassam. En plus d'être tétraplégique, il est maniaco-dépressif. Heureusement le lithium lui réussit quand il le prend, ou quand les substances n'en effacent pas les effets. Anne-Marie, elle, refusait d'en prendre, cela la faisait soi-disant grossir. Je me croyais très fort. Mon destin a basculé ce dimanche 18 octobre 1998 et c'est le lendemain que j'ai connu Nathalie.

J'ai décidé de me mettre à écrire, de ne rien cacher, ce sera j'espère une thérapie. Je vois un psychiatre. Lundi j'ai rendez-vous avec un psychothérapeute. Le matin je souffre, ainsi qu'en début d'après-midi. Je ne retrouve la paix que vers dix-sept heures, quand la nuit tombe.

Je n'arrive pas à me concentrer ni à lire. Depuis des jours, je me traîne avec *Face aux ténèbres* de William Styron et *Route de nuit* de Clément Rosset. D'après le peu que j'ai pu parcourir, je constate que les épisodes cliniques que je traverse sont les mêmes que les leurs. Jusqu'à ce soir, je n'arrivais pas à écrire. Pourvu que ce soit un épisode sans suite. Il y a deux nuits j'ai rêvé d'Hubert Deschamps. Je le croisais dans la rue et lui disais : « Mais tu n'es pas mort ? » Cette phrase avait l'air de le troubler. Il me rassurait en me disant : « Mais tu vois bien que je suis vivant », avec sa voix rauque de grand clown tragique. Le plus étonnant, c'est que le lendemain matin, 4 janvier, dans le journal *Libération*, il y avait un grand article sur lui saluant son génie méconnu.

J'ai fait plusieurs films avec Hubert. Le premier, c'est un court-métrage que j'ai soi-disant coréalisé avec Pialat. J'avais écrit *Janine*, une petite histoire d'un jeune garçon qui cherchait l'amour et croyait l'avoir trouvé avec une putain, jouée par Évelyne Ker. « Pourquoi ce ne serait pas elle la femme de ma vie ? » Hubert était le copain blasé qui pensait que toutes les femmes sont des putes, et moi qui jouais le jeune homme, je lui répondais : « Pas ma mère ! »

Pierre Braunberger avait accepté de produire ce court-métrage. Pialat avait déjà reçu le prix Louis Lumière pour un documentaire et tenait absolument à ce que je le réalise avec lui. Moi, à l'époque, je me foutais de la mise en scène. Ce que je voulais, c'était faire l'acteur. Il a insisté, alors j'ai dit oui. Mon cachet comme auteur-acteur-coréalisateur était de cinq cents francs. Nous sommes à la fin des années cinquante.

Le tournage se passe bien, mais je ne me mêle pas de la mise en scène, sauf une fois. Hubert et moi sommes dans le métro, sur un escalier mécanique. La caméra nous filme d'en haut, et nous avons deux phrases à dire en avançant vers elle. Pialat ne coupe pas. J'attends quelques secondes, Hubert et moi, nous nous regardons comme deux cons. Alors, en tant que coréalisateur, je coupe avec mes doigts en forme de ciseaux. Pialat ne bronche pas. Bien sûr, je ne vais pas au montage, mais quand il me montre le film terminé, je vois qu'il a conservé le geste de mes doigts. Surpris, je lui en demande la raison. Il me répond : « Comme ça, un jour, on dira que c'est toi qui l'as fait. » Ça, c'est tout Pialat.

Plus tard, avec Siritzki, Truffaut, Mag Bodard, Véra Belmont, nous avons coproduit *L'Enfance nue*. Il a tout fait pour qu'on se fâche entre nous tous, racontant que s'il n'était pas antisémite, c'était tout comme car son père l'était. Cher Maurice, qu'en est-il de toi ? Je sais que chaque semaine tu es en dialyse. Plusieurs fois, j'ai essayé de te produire, le budget n'était jamais suffisant comparé à ceux de Zidi, de Veber. Cela n'enlève rien à son talent. Le film qu'il a fait sur son père, *La Gueule ouverte,* joué par Hubert Deschamps, est admirable. Malheureusement le public est passé à côté. Ce dont il a souffert malgré les louanges de la critique, c'est de ne pas être un metteur en scène commercial. Moi, je l'étais. Mais à ses yeux, j'aurais mieux fait d'être le Pagnol du Faubourg Poissonnière.

J'ai fait aussi un sketch, produit par Georges de Beauregard, avec d'autres jeunes réalisateurs. Le but était de révéler de nouveaux talents. Seul Tavernier a émergé. Pialat n'a jamais livré son scénario. Dans le sketch réalisé avec Hubert, il y avait aussi Roger Dumas et Francis Blanche. Quand j'ai rencontré Francis, nous sommes allés déjeuner. En voiture, il m'a

annoncé qu'il venait d'avoir un bébé. Je lui dis :
« Alors vous êtes content. » Il me répond : « Moi oui,
mais ma femme non ! » Il était extraordinaire de drôlerie. Nous tournions dans une ferme, près de Paris, il
faisait très froid. Il m'appelait Sibérie. Il avait toujours
avec lui deux Marocaines. Il disait : « Il y en a qui
ramènent des poufs, des babouches, moi j'ai ramené
ça ! »

En plus des piqûres d'insuline, j'allais oublier les
antidépresseurs. J'en prends deux le matin et deux
autres le soir. J'ai un bureau dans ma chambre, c'est
une véritable pharmacie. Pour lutter contre la constipation, je prends du Parapsyllium le soir et du Movicol
le matin. Avec deux suppos à la glycérine, j'y arrive.
Ce soir mon taux est moyen : 1,59. J'ai mangé trop
de pommes de terre à midi. Je vais passer à table.
Heureusement je dors bien. Je n'ai pas besoin de trom-
pette pour me réveiller le matin, mon estomac s'en
charge. Vers huit heures, il se met à gargouiller. Je sais
que je dois me lever et faire mes ablutions de médicaments. Les effets secondaires de ceux que j'absorbe
pour lutter contre la dépression sont très contraignants.
Je commence à en avoir marre. Je compte sur l'écriture
pour m'en débarrasser. C'est peut-être la meilleure des
thérapies.
J'ai encore changé d'arrondissement, je suis monté
en grade. J'habite dans un duplex, dans le VIIᵉ arrondissement. Faubourg Poissonnière, il m'arrivait d'être
triste, mais jamais déprimé. Déprime-t-on plus dans
les quartiers chics ?

Je relis *Route de nuit*. La dépression se présente avant tout comme un effondrement énergétique, une sorte d'épuisement général qui affecte autant le physique que l'intellectuel et le moral. Tout effort paraît soudain hors de portée, même s'il s'agit du geste le plus anodin, voire le plus agréable. Depuis hier où j'ai repris mon stylo, j'ai l'impression d'aller mieux, de retrouver l'envie de vivre.

J'en avais envisagé, des solutions de suicide. Me jeter sous le métro, ou sauter de l'Arc de Triomphe. L'important étant de ne pas se rater. Rien de pire qu'un suicide raté qui fait de vous un handicapé pour la vie. Ces idées m'ont traversé, mais je n'ai pas le courage d'Anne-Marie. Sûrement j'aime encore la vie. Il faut que je m'en sorte. Évidemment ce n'est pas facile de voir un fils qu'on adore en chaise roulante, quand il n'a pas sa tête cachée sous les draps. Il y a quelques mois, j'ai rencontré son psychiatre qui m'a dit : « Julien n'a pas encore décidé s'il voulait vivre ou mourir. » Depuis quelque temps, il ne s'alimente presque plus. Après Anne-Marie, vais-je vivre la mort de Julien ?

J'ai raté ma vie de famille. Quand leur mère est tombée malade, je n'ai pas su la remplacer. Surtout une mère comme la leur.

Ce matin, je me suis foutu un coup de pied au cul pour me lever et retourner voir l'exposition Morandi.

C'était le dernier jour. Quel calme, quelle quiétude dans ses tableaux répétitifs. Peindre toute sa vie des bouteilles, des flacons, quelques paysages de la campagne de Bologne. Cela m'a fait du bien. J'ai prêté quatre tableaux qui vont retrouver les murs de ma chambre. Au réveil, vivre avec Morandi, c'est un bonheur que je ne partage avec personne depuis que je suis seul. La solitude me pèse. Je n'avais jamais vécu seul. J'ai tellement raconté ou transposé ma vie dans mes films que ma mémoire confond parfois la fiction avec la réalité. Raconter dans *Le Cinéma de Papa* quinze ans de notre vie était une gageure. Je vais remonter plus loin, avant que je ne fasse cette autobiographie filmée.

Il y a quelques mois, Pierre Billard m'a proposé un livre d'entretiens. Quand j'ai lu les premières pages, j'ai tout de suite vu que ce n'était plus mon style ni le sien. D'un commun accord nous avons décidé d'arrêter, et je l'en remercie. Toujours est-il qu'il a fait une chronologie de ma vie qu'il m'a laissée. Il semble que sur les faits, il en sait plus que moi.

Ma mère serait née le 13 novembre 1909 à Botosani, Roumanie, mon père le 11 février 1910 à Cracovie, Pologne, Autriche à l'époque. En 1921, il entre comme apprenti fourreur chez le frère de ma mère. En 1931, arrivée de ma mère à Paris. Elle le rencontre chez son frère et c'est tout de suite le coup de foudre. Le 22 décembre 1931, ils se marient et je nais trois ans plus tard, le 1er juillet 1934. Mon père va m'inscrire à la mairie avec deux prénoms, Claude et Berel (prénom roumain de mon grand-père). L'employé de l'état civil n'a jamais entendu un prénom comme celui-là, je suppose donc que mon père et lui le francisent en Béri. C'est comme ça que, quelques années plus tard, me cherchant un nom d'artiste, j'ai rajouté un R à mon second prénom. J'ai peu de souvenirs jusqu'à ma sixième année. Une auto de pompiers pour Noël, des galoches avec lesquelles je donne des coups de pied dès que je peux. Je suis un enfant insupportable, gâté, un petit roi.

À six heures, cet après-midi, j'ai rendez-vous pour la première fois avec une psychothérapeute. Elle s'appelle Nicole Cerf-Holstein. Elle donne ses consultations dans un petit pavillon, dans le XIIIᵉ, près du métro Tolbiac. Elle m'ouvre sa porte. Je vois une petite bonne femme, très vive, d'une soixantaine d'années. Elle me fait entrer dans un petit salon rempli de cerfs. Il y en a partout, sur les murs, les meubles, une vitrine pleine. Il y en a de toutes les sortes, de toutes les tailles. Je lui demanderai plus tard si elle est juive. Mais qui pourrait m'indiquer un psy qui ne le soit pas ? J'apprends donc que Cerf est un nom juif qui veut dire Hirsch en yiddish, comme le prénom de mon père.

Elle me demande ce que j'attends d'elle en venant la consulter. En vérité je n'en sais rien. Je n'ai pas l'impression que je vais apprendre grand-chose sur moi à mon âge. D'autant que je me suis déjà bien raconté dans mes films. « C'est possible, me dit-elle, mais avez-vous eu un miroir pour vous renvoyer une image plus profonde, plus objective de votre existence ? » Je comprends que ce miroir, ce pourrait être elle. Je lui parle de ce livre que je suis en train d'écrire où j'alterne le récit de ma vie avec l'évolution de ma dépression. Je lui dis que j'espère beaucoup de cette écriture pour me sortir de ce mal de vivre et me guérir ainsi. Elle sourit, sceptique. Là encore, un renvoi d'image est nécessaire pour fouiller plus en moi-même et m'aider à analyser mon problème. Que je suis en dépression depuis environ six mois, que cela m'est arrivé en plein tournage de mon dernier film, mais que les causes sont certainement plus lointaines. Le suicide d'Anne-Marie, l'accident de Julien, mes difficultés avec Darius... Elle m'écoute d'abord, puis elle me dit que je dois retrouver du désir. Pas du désir sexuel, précise-t-elle, mais des envies, qu'il est un peu tôt à soixante-sept ans pour vivre comme un petit vieux.

À part écrire ce livre, je n'ai pas d'autre motivation que l'amour. J'aime une femme. Elle me fait parler d'elle, me demande son âge. L'amour c'est bien, mais ce n'est pas un reflet objectif. Mon mal est plus profond. Je lui parle de mon père, l'homme que j'ai le plus admiré. Je lui cite deux répliques du *Cinéma de Papa* que je lui ai sans doute entendu prononcer dans la vie : « Combien d'enfants dans le monde n'ont pas eu la chance d'avoir un violon ? » et, répondant à ma mère qui lui demandait « Et nous, quelle chance nous avons eue ? », « Nous, on a eu la chance d'avoir un fils avant nous. » Je lui dis que j'aurais voulu être lui, qu'à la fin de sa vie, il était devenu mon fils. Là Madame Cerf semble avoir trouvé une piste : « Vous n'avez pas vécu avec vos fils comme avec votre père. Vous êtes resté un fils. » Elle a raison. Non seulement je n'ai pas su remplacer Anne-Marie, mais je n'ai pas été un père. Je suis resté un fils, un fils de soixante-sept ans. Les enfants ont besoin de leur père, surtout quand leur mère n'est plus là. Elle me demande de réfléchir à cela et de nous revoir, si je veux. Rendez-vous est pris pour lundi prochain.

Son tarif est de quatre cents francs, qu'elle me traduit en euros. J'insiste pour lui faire grâce des centimes. Il n'en est pas question. Elle sort ses euros d'une sorte de tiroir-caisse et me rend la monnaie au centime près. En partant je lui demande où sont les toilettes. Elle me les indique dans le couloir. Mais c'est la dernière fois, l'endroit est privé, je devrai prendre mes précautions avant de venir. « On ne vient pas faire pipi chez maman. » Je la revois lundi.

Ce matin j'ai eu du mal à me lever. J'ai essayé de me remettre à écrire, mais j'avais la mémoire qui flanchait. Après un tour en voiture, dans le bois, conduit par mon fidèle Rajan, je me retrouve dans mon bureau de la rue Lincoln. La porte s'ouvre et Pierre Grunstein, mon ami de toujours, me présente ses trois petites filles. Pierre, s'il n'est pas devenu riche, a réussi sa vie de famille. Lui. Jean-Charles, son fils, et Nana, sa fille, lui ont donné ces trois petites merveilles. Elles sortaient de la première grande projection d'*Astérix Mission Cléopâtre*, le film d'Alain Chabat. Elles ont beaucoup ri. Le film sort le 30 janvier, dans trois semaines.

Mon père a vite compris qu'il n'était pas bon d'être juif et de rester à Paris, en 1941. C'est pourquoi nous sommes partis pour la zone libre. Une route de campagne la séparait de la zone occupée. Je l'ai traversée, la nuit, caché dans une charrette à foin. Pour moi, c'était un jeu. J'étais pris de fou rire, inconscient du danger. Après une nuit passée dans un hôtel à Pau, nous sommes arrivés à Montauban, où nous sommes restés quelques mois. Je n'ai pas beaucoup de souvenirs de cette période, à part l'épisode du tank volé que je raconte au début du *Vieil Homme et l'Enfant*. Comme dans le film, j'ai pris une sacrée correction par mon père, bien que ma mère ait tenté de s'interposer entre nous. Je refusais de manger, le soir, si mon père ne me prenait pas sur ses genoux, en me racontant les malheurs de Mickey tailleur et de son fils qui ne comprend pas la situation. Charles Denner qui joue mon père dans le film est admirable dans cette scène. Jusqu'à l'âge de huit ans, je ne mangeais pas seul, il fallait que ce soit mon père ou ma mère qui me fasse manger. C'est à peine si j'arrivais à dormir seul. Tous les matins, je me glissais dans leur lit. Que c'était bon ! En cela, Darius tient de moi. Il a grandi, l'enfant blond. Il aura seize ans le 23 janvier. Il mesure presque un mètre quatre-vingts. Lui aussi aura pris son temps avant de dormir seul. Son schéma de la vie parentale, c'est sûrement de moi qu'il le tient. Il a le même attachement que celui que j'avais pour mes parents, sauf que les miens étaient soudés jusqu'à la mort.

À la fin des années soixante-dix, les phases maniaques d'Anne-Marie devenaient tellement aiguës que toute vie en commun était impossible. Chaque année elle faisait des séjours de plus en plus longs entre Sainte-Anne et les cliniques privées. Elle en sortait pour retomber en dépression. Dans ces périodes, elle souffrait tellement qu'elle n'attendait qu'une chose : retrouver une phase maniaque. Là, elle se sentait bien, mais c'était invivable pour son entourage. De plus, ces périodes de folie, elle refusait de les admettre. Il fallait l'interner malgré elle. Elle nous disait : « Quand j'irai bien, laissez-moi tranquille ! » Malheureusement, on a dû la mettre sous tutelle, elle a déprimé jusqu'à sa mort. Lorsqu'elle était internée, c'est moi qui avais la charge des enfants. Je n'étais pas très doué pour cela. Pendant des années, j'ai cru à sa guérison. Je l'aimais tellement et je ne voulais pas la priver de ses enfants. Quand elle ressortait, elle les reprenait. Pour se sentir plus libre, elle a voulu que Thomas aille en Angleterre et Julien en pension. Privés d'une mère qu'ils adoraient et d'un père cinéaste occupé, c'est là qu'ils ont dû commencer à goûter aux paradis artificiels. Moi, je pensais souvent plus au cinéma qu'à mon rôle de père-mère. Je voulais refaire ma vie. J'avais quarante-cinq ans et besoin d'une femme. C'est là que j'ai connu Sylvie, au début de l'année 1983. Notre histoire a duré plus de quinze ans. Nous nous sommes mariés au bout de onze, le 24 juin 1994. Pour Darius il était temps, il avait déjà huit ans. Nous étions heureux ensemble, c'était juste une formalité. J'avais la certitude de finir ma vie avec elle. Sylvie et moi sommes très différents.

Autant elle est indépendante, autant je suis dépendant de la femme que j'aime. Elle avait un besoin frénétique de travailler, et moi je l'aurais voulu constamment près de moi, collée comme mon père et ma mère l'avaient été. Plusieurs fois, elle m'a dit que sa nature profonde était d'être célibataire. Entre son travail, ses amies et le Festival d'Automne, j'étais souvent seul. Heureusement sur mes films, dont elle faisait les costumes, elle était près de moi. Elle partageait aussi ma passion pour la peinture. Néanmoins, certains jours, je lui disais de se méfier, que je pouvais rencontrer une autre femme. Elle ne me prenait pas au sérieux, moi-même je n'y croyais pas beaucoup. J'avais déjà presque soixante-cinq ans. Et un jour, j'ai rencontré Nathalie, cela a été un coup de foudre. Autant Léo, son mari, a eu un comportement admirable même s'il a dû en souffrir – ils sont restés très proches l'un de l'autre, comme deux membres de la même famille –, autant Sylvie l'a mal vécu. Moi, j'étais déchiré, culpabilisant déjà suffisamment l'adolescence gâchée de mes deux premiers fils. J'ai eu longtemps un débat de conscience mais l'amour que j'éprouvais pour Nathalie était trop fort. Aujourd'hui, avec son mari, nous sommes devenus des amis.

Ce matin, *Le Figaro littéraire* titre : « Le couple en métamorphose. L'Amour a un passé, mais a-t-il un avenir ? » Je cite Jean-Marie Rouart : « La famille s'effrite. Ce ne sont que couples en perdition, mariages en déconfiture. Le couple, tel que nous le montrent John Updike ou Philippe Roth, appartient à la bourgeoisie moyenne et ils ont souvent laissé les transes de l'amour fou au vestiaire. Ils se sont assigné un objectif moins romantique, moins grandiose, que leurs prédécesseurs : ils veulent simplement faire un bout de chemin ensemble, cahin-caha. Leur Charybde et Scylla est tantôt l'abîme des traites immobilières, tantôt l'anorexie sexuelle. Ils ne se regardent plus l'un l'autre : ils regardent dans la même direction. »

Aujourd'hui, les Morandi ont retrouvé leur place sur les murs de ma chambre. Depuis quelque temps, depuis cette dépression, je ne regardais même plus les tableaux accrochés chez moi. Je n'ouvrais plus les catalogues que je recevais, je n'allais plus dans les expositions, les galeries, tout ce qui avait rempli ma vie depuis quinze ans. Le zombi que j'étais devenu recommence à regarder, à s'intéresser.

Thomas se lance à fond dans le cinéma. Je forme des vœux pour sa réussite. Il est doué, ambitieux, il tient de ses oncles, de son père. C'est lui qui m'a donné l'idée de produire *Astérix*. Darius va avoir seize ans dans quelques jours. Il souffre que nous nous séparions, sa mère et moi.

Mon père ne trouvant pas suffisamment de travail à Montauban, nous sommes partis pour la banlieue de Lyon, à Caluire. Nous avons trouvé un deux pièces au rez-de-chaussée, chez une femme admirable, Raymonde Letournel, qui nous a logés, sachant que nous étions juifs. Son mari était prisonnier en Allemagne. Après la guerre, mes parents ont continué à les voir.

Ils passaient souvent leurs vacances ensemble. Je dormais dans la pièce qui servait de cuisine et mes parents dans l'autre qui faisait aussi office d'atelier de fourrure. Mon père clouait ses manteaux de lapin ou de mouton à même le parquet. Ma mère assemblait sur sa machine. Ils travaillaient à façon pour un fourreur lyonnais. Nous vivions en autarcie, ce qui ne m'empêchait pas d'être un enfant gâté et insupportable. J'allais à l'école communale de Caluire sous mon vrai nom – Langmann. Une seule fois un élève m'a traité de sale juif. J'avais dû trop le tabasser en me battant avec lui. Car, bien sûr, en sortant de l'école, inévitablement nous nous bagarrions place Castellane, devant la maison du Docteur Goujon, là où Jean Moulin fut arrêté. À l'époque, j'ignorais que la maison du Docteur servait de lieu de rendez-vous à l'état-major de la Résistance. Nous sommes en 1943, cinquante ans plus tard le destin a voulu que je tourne *Lucie Aubrac* et que je puisse interviewer le Docteur Goujon pour les besoins du scénario. Je voulais absolument filmer la place Castellane, mais le décor avait bougé, la place était entourée d'immeubles modernes. La maison du Docteur était toujours intacte, mais trop petite pour y tourner. J'ai dû la reconstituer en studio. La nourriture était rare, les tickets de ravitaillement insuffisants. Heureusement il y avait le jardin de Raymonde et son poulailler. C'est moi qui avais droit avant tout le monde aux œufs frais. De temps en temps, il arrivait que l'on trouve de quoi se nourrir au marché noir. C'est sûrement de là que me vient ce goût pour les sardines à l'huile. Je faisais régulièrement les poches de mon père pour piquer un peu de monnaie. De ça je m'en souviens, mais j'ai oublié l'usage que j'en faisais. J'étais un enfant heureux malgré la guerre. Je vivais dans ce cocon familial. À cette époque, j'étais encore plus attaché à ma mère qu'à mon père. Jusqu'au jour où, en 1946, elle m'a annoncé l'arrivée d'une petite sœur. J'ai appris la nouvelle dans leur lit et j'ai très mal pris la chose. Être fils unique me convenait beaucoup mieux. J'en ai voulu à ma mère. Je crois lui avoir demandé s'il n'était pas trop tard pour qu'elle renonce à cet accouchement. Mes parents, eux, bien qu'ils aient pris beaucoup de précautions pour m'annoncer la nouvelle, semblaient très heureux de cet événement. En 1946, j'ai déjà douze ans, je crois que j'expérimente mes premières branlettes. Je trouve ça très bon.

La mère de mon père étant morte au début des années quarante, mon grand-père était resté seul à Paris. Mon père voulait qu'il nous rejoigne en zone libre, et pour cela il lui avait fait faire une carte d'identité sous un faux nom. En attendant qu'elle lui parvienne, il l'avait cachée sous le linoléum du buffet de la cuisine où je dormais. Un jour, on sonne à la porte et deux miliciens en imperméable se présentent. Mon père a compris rapidement qu'ils étaient plus à la recherche d'argent que de juifs. Avec son talent incomparable, il les a attendris, au point qu'ils sont repartis presque en pleurant. Bien sûr il n'y avait rien à prendre, mais ils auraient pu quand même nous embarquer. J'avais neuf ans, j'avais enfin compris la situation. C'est la seule fois où j'ai eu vraiment peur, avec l'épisode du tramway à La Tronche, près de Grenoble. Je n'ai pas raconté cette anecdote dans *Le Vieil Homme et l'Enfant*, mais elle se situe dans cette période où j'étais caché chez le vieil homme, sous le nom de Longé. Après la visite des miliciens, quelque temps plus tard, une fusillade avait eu lieu à Caluire, des résistants arrêtés. Longtemps après j'ai compris qu'il s'agissait de l'arrestation de Jean Moulin, Raymond Aubrac et d'autres et que les coups de feu étaient dirigés sur René Hardy sans l'atteindre. Mes parents ont eu peur pour moi et Raymonde a proposé de me cacher à la campagne, chez son père. C'est ce que je raconte dans mon film. J'étais donc chez le vieil homme depuis trois ou quatre mois, j'allais à la messe le dimanche, je n'avais pas revu ma mère, elle me manquait plus que tout au monde. Quand elle a pris le risque de venir me voir, accompagnée de Raymonde, je n'étais pas prévenu. Quand je l'ai vue, j'ai couru vers elle comme un fou et j'ai sauté dans ses bras. Je ressens encore, presque soixante ans après, l'émotion qui nous a étreints. Elle a voulu m'acheter des chaussures. Nous sommes partis avec Raymonde pour Grenoble. Le tramway s'est arrêté à La Tronche où des Allemands sont montés pour vérifier l'identité des passagers. Ma mère n'avait pas de faux papiers. Raymonde m'a serré contre elle. Je regardais ma mère, terrorisé. Elle était calme car moi, je n'avais rien à craindre. Par miracle, ils ne nous ont rien demandé. C'est la plus grande peur que j'ai eue de ma vie.

Pour que je puisse partir à la campagne vêtu correctement, mon père avait vendu sa montre. J'avais eu droit à une magnifique blouse noire avec un liseré rouge. Mon dernier jour d'école à Caluire, j'ai insisté pour la mettre. Ma mère m'avait bien recommandé de faire attention, de ne pas la salir. J'ai fait mieux : une dernière bagarre place Castellane et je suis revenu avec la blouse entièrement déchirée. Là, mon père n'a pas pu se retenir, c'est parti tout seul. Cela n'enlevait rien à notre amour.

Dimanche 13 janvier. Je hais les dimanches. Ce soir, rediffusion de *Lucie Aubrac*. J'ai toujours préféré la semaine quand je m'active. Julien m'a téléphoné ce matin. Il m'a demandé si j'étais libre pour déjeuner. Je ne l'étais pas. Je dînerai demain soir avec lui et Nathalie. Cela me renvoie à son dramatique destin et à l'enterrement d'Anne-Marie que son frère Paul avait organisé. Je nous revois tous jetant une rose sur le cercueil. J'ai conservé le texte de la prière que Paul avait choisie avec le curé de Montfort, sachant qu'un jour je l'insérerai dans ce livre.

> Passer sur l'autre rive
> Lorsque j'aurai fini ma route
> Au dernier train de mon dernier adieu
> Je voudrais bien pouvoir partir heureux
> Quitter enfin mes nuits de doutes
>
> Il me faudra pousser la porte
> Et embarquer sans espoir de retour
> Pour le pays de l'éternel séjour
> Sans défilé et sans escorte

Bien que n'ayant aucun bagage
J'emporterai les mille et une fleurs
Que j'ai cueillies au détour du bonheur
Chez tous mes amis de passage

Le souvenir des jours de peine
S'effacera dans le dernier matin
Et je n'aurai dans le creux de mes mains
Que le regard de ceux que j'aime

Et si je n'ai vécu ma vie
Que pour aimer d'un impossible amour
Que pour rêver qu'il rime avec toujours
Je sourirai de ma folie

Et si c'était une naissance
Une autre terre et un autre soleil
Et si c'était comme un nouveau soleil
Une éternelle renaissance

Je revois mes fils jetant leurs roses, cloués devant
le cercueil dans la tombe. Ils aimaient tellement leur
mère, même malade, même s'ils en avaient tellement
souffert. Thomas était blême, cadavérique, et Julien
dans son petit costume noir avait l'air d'un ange de la
mort. Marion était près de lui, amoureuse. Qui aurait
pu penser que leur histoire allait se terminer d'une
façon si tragique ? Quatorze mois plus tard, par une
nuit d'octobre, à force de l'attendre, il avait avalé je
ne sais quelle saloperie et tombait d'une fenêtre du

troisième étage. Le lendemain, dimanche, un inspecteur de police m'annonçait l'accident. Julien était à l'hôpital de la Pitié, on devait l'opérer d'urgence. Julien, mon Roméo. Il avait tout pour lui, la grâce, un goût inné pour l'art. Pendant six mois il avait travaillé dans la galerie de Leo Castelli, à New York. Je voyais sa voie toute tracée, mais c'est le cinéma qui le démangeait. Pas seulement le métier d'acteur, pour lequel il était doué – il est magnifique dans *La Reine Margot* –, mais aussi la mise en scène. Et là, il trouvait difficilement ses marques. Un premier court-métrage réussi d'après une nouvelle de Prosper Mérimée : *Jour de colère*. L'histoire d'un père qui tue son fils pour avoir trahi les siens. Prémonitoire ? Avait-il trahi mes espoirs ? Mon cœur de père savait qu'il trouverait plus facilement son identité dans l'art que dans le cinéma. Un second court-métrage raté où il avait pris Marion comme interprète. Une vie gâchée. Depuis trois ans, Nathalie est à mes côtés dans mon chemin de croix. Une des causes de ma dépression provient sûrement de ce drame. Certains tétraplégiques ont la volonté de s'en sortir, comme Bruno de Stabenrath qui vient d'écrire un livre magnifique, *Cavalcade*. Julien, lui, rêve de vivre six mois par an en Thaïlande. Pourquoi pas !

J'interromps pour passer à table et manger un artichaut comme me le préparait ma mère. On enlève les mauvaises feuilles, on l'ouvre et on met la sauce dans le cœur. Je dois aller mieux depuis que j'ai décidé que Julien devait assumer ses décisions par lui-même.

Depuis des mois, à mes moments d'angoisse, je prenais du Lexomil dans la journée. Je n'en prends plus. J'ai l'impression d'aller beaucoup mieux, mais je me sens surexcité par les antidépresseurs que le psychiatre m'a demandé d'absorber encore jusqu'en mars. Mon énergie revient. J'ai l'impression de cavaler à nouveau comme un cheval au galop. Au téléphone, Nathalie me dit qu'elle aimerait s'allonger près du cheval pour le brosser, lui caresser le poil sans doute. Nous rions.

Samedi soir, en regardant l'émission de Thierry Ardisson, je l'ai vu interviewer la comédienne Zabou qui vient de réaliser son premier film et de reprendre son nom de famille, Breitman. Zabou Breitman. Elle expliquait très bien qu'il fallait qu'elle retrouve sa véritable identité et qu'elle la revendique publiquement. Moi-même je me suis souvent posé la question. Comment ai-je pu être assez stupide pour m'affubler de ce nom ridicule de Berri, quand je m'appelle Langmann ? Bien sûr, Claude Berri est mon nom public, je ne peux pas refaire tous les génériques des films où il figure.

Hier j'ai eu mon second rendez-vous avec Madame Cerf. J'ai pris mes précautions en allant d'abord faire pipi au Canon de Tolbiac. Je m'étais dit malicieusement : si j'arrive un peu en avance et que je poireaute dans sa petite salle d'attente, les W.C. étant juste en face, elle n'y verra que du feu. Bien m'en a pris de me soulager avant d'arriver, car c'est elle qui m'a ouvert sa porte. J'essaierai peut-être la prochaine fois.

L'enfant de soixante-sept ans a encore envie d'uriner dans les toilettes privées de Madame Cerf. Juste pour rigoler.

Je ne m'allonge pas sur le divan, je m'assois sur un des deux fauteuils en face d'elle. Elle me fait remarquer que je prends de la distance par rapport à la première fois. Je me lève et me rassois sur l'autre fauteuil, qui est plus près d'elle. Elle me demande si j'ai réfléchi au fait que je suis toujours un enfant malgré mon âge. Bien sûr que je le sais, je l'ai même écrit. L'écriture, c'est très bien, mais on écrit ce que l'on sait déjà, consciemment ou inconsciemment. Tout ce que je sais déjà ne l'intéresse que dans la mesure où elle pourra s'en servir pour dépister en moi ce à quoi je n'ai pas encore pensé, ou pas déjà écrit. Je pourrais ainsi me refléter dans son fameux miroir. C'est cela le travail du psychanalyste. Nous parlons à bâtons rompus de mes rapports avec mes fils. Julien qui a préféré le cinéma à l'art contre ce que mon instinct lui conseillait. Thomas qui court trop vite pour égaler son père. Darius sur lequel je n'ai pas beaucoup de prise. Là, elle me dit que, d'une façon générale, si la mère n'ouvre pas la porte au père, il reste à l'extérieur. C'est un peu mon cas. Forcément un enfant est toujours plus près de sa mère quand il est petit ; plus il grandit, plus il se rapproche de son père.

On digresse sur le nom de Cerf et ses différentes traductions. Elle me confirme que c'est bien Hirsch en yiddish, qu'en anglais c'est Deer. Qu'il y en a quatre pages dans le bottin new-yorkais, des Cerf. Je lui demande s'ils sont tous juifs. Elle est affirmative, pour elle ils le sont tous. Elle me cite un Cerf américain qui aurait inventé un langage pour les autistes.

C'est une fine mouche, Madame Cerf, du vif-argent. À un moment, elle me demande si je n'ai pas perdu la maîtrise. Je ne comprends pas la question. « N'avez-vous pas eu la sensation que vos pieds s'enlisaient dans le sable ? Avec le métier que vous faites, la réussite qui est la vôtre, l'enfant gâté que vous avez été, vous avez eu toute votre vie la maîtrise de votre entourage. Vous ne l'avez laissée qu'à votre père, car là vous avez inversé les rôles. » Je commence vaguement à comprendre. Effectivement, j'ai perdu pied pendant le tournage de *Une femme de ménage*. J'étais fatigué. J'avais délibérément laissé la maîtrise du découpage à Éric Gautier, mon opérateur. Je l'avais engagé pour ce rôle. Depuis Bruno Nuytten, je n'ai jamais eu un collaborateur aussi talentueux et précieux. Moi qui ai toujours souffert dans mes films sur le plan formel, j'ai trouvé en lui mon complément. Nous tournions l'appartement au Studio d'Épinay, et le temps que le plan soit éclairé par Éric, je somnolais, allongé sur le divan de ma loge. Sans le savoir encore, je devais couver ma déprime. Les quatre dernières semaines en extérieur à Quiberon ont été un cauchemar pour moi. Sans la volonté d'Éric, la patience d'ange de Bacri et d'Émilie, le tournage ne se serait pas terminé.

Les causes de cette dépression étaient nombreuses et se superposaient. Julien se faisait renvoyer de tous les établissements de rééducation parce qu'il prenait à nouveau des toxiques, le souci que je me faisais pour Thomas dans ses projets ambitieux, Darius qui refusait encore de rencontrer Nathalie. Je n'avais même plus le goût de m'intéresser à l'achat d'œuvres d'art pour enrichir la collection. Le fait que je me sois engagé à vendre mes actions de Katharina, ma nouvelle société de production, à Jérôme Seydoux, lequel voulait venir me voir sur le tournage, quand j'étais en pleine indécision sur ce que je voulais finalement faire. La clause de rachat impliquait que j'abandonne la présidence de Renn Productions que je détenais depuis sa création en 1963. Renn avait démarré en produisant *Le Poulet*. En fait, je perdais la maîtrise de ce que j'avais contrôlé toute ma vie durant. J'ai toujours écouté les autres, mais j'ai toujours décidé seul. Madame Cerf m'avait posé la bonne question. L'entretien qui devait durer quarante-cinq minutes se prolongeait. Sans doute me trouvait-elle un sujet intéressant. C'est ce que je lui avais dit la première fois : « Vous verrez, je suis un cas intéressant. » Ce à quoi elle m'avait répondu que tous ses patients étaient pour elle intéressants et différents, sinon elle s'ennuierait à la longue. Je persistais à penser qu'un phénomène comme moi, elle n'en rencontrerait pas tous les jours. Au bout d'une heure, je n'en pouvais plus de me retenir. Heureusement, le Canon de Tolbiac n'était pas loin.

Ce matin d'hiver est doux, ensoleillé, je vais au bureau pour écrire. J'ai l'impression que je recommence à vivre, à avoir des envies. J'ai demandé à Nathalie de m'offrir le *Journal* de Paul Léautaud. Elle possède l'édition originale en douze volumes. C'est une de ses lectures préférées. J'ignorais que son journal était en douze volumes. Je cultive mon inculture.

Thomas me téléphone. Il m'annonce qu'il va faire un enfant avec sa nouvelle fiancée. Il ne la connaît que depuis quelques mois. Je préférerais qu'il réfléchisse encore un peu. Pour lui, c'est tout réfléchi. Je risque donc d'être grand-père avant d'avoir été père.

À l'occasion de l'intégrale de Maurice Pialat au quatorzième Festival d'Angers, il donne un grand entretien à *Libération* le 16 janvier 2002. Le parallèle entre lui et Céline, ou Michel Simon, ne fait plus aucun doute. Tout le monde en prend pour son grade, moi inclus. Un passage m'a intéressé particulièrement. À la question : « Que devenez-vous ? Comment vivez-vous ? » Il répond : « Je rêve souvent d'un film : un type meurt, c'est la fin, sans pathos, puis un noir total, qui dure. Salut. 95 % des gens imprimés sur pellicule depuis le début du cinéma sont morts, mais ils sont toujours là si vous les regardez sur l'écran. » Je voudrais de la même façon tourner après ma mort. Cette même réflexion qu'il fait « tourner après sa mort », je me la suis faite pour mes mémoires. Finir de les écrire après ma mort. « C'est une illusion bien sûr », dit-il. Sur ce point, nous sommes d'accord.

C'est un peu comme le montage d'un film, on reprend les premières bobines. Retour, donc, à Paris en 1946. L'appartement du 49, Faubourg Saint-Denis est occupé. Je pense qu'un décret avait prévu la restitution des biens juifs spoliés pendant la guerre, même pour le locataire d'un appartement. Mais en attendant de retrouver le 49, nous avons habité au 51, dans une seule mais grande pièce au cinquième étage, plus une pièce mansardée au sixième qui servait d'atelier à mes parents. Ma tante Marie, sœur de ma mère, habitait au troisième étage, dans un trois pièces cuisine où il fallait circuler sur des patins pour ne pas salir le beau parquet ciré. Elle avait un fils d'un premier mariage, Léon, celui-là même qui me taillera des pipes plus tard, comme je l'évoque dans *La Première Fois*. Elle s'était remariée avec un Turc, pratiquement chauve, du nom de Raphaël. Les concierges, Monsieur et Madame Billard, ne déméritaient pas leur nom : c'était deux petites boules qui m'adoraient. Le 51 était mon royaume, sauf qu'avec mes copains il fallait ramper en passant devant la loge. Je les emmenais au sixième quand mes parents étaient sortis, pour jouer au volley-ball avec des capotes anglaises qui souvent s'envolaient par la fenêtre. C'était sûrement le cousin Léon qui nous les procurait. C'est lui aussi qui me passait les livres qui m'ont donné mes premiers émois. Boris Vian, alias Vernon Sullivan, était mon Dieu. Je connaissais *J'irai cracher sur vos tombes* par cœur. Je ne savais pas alors que je serais un jour un des interprètes de ce film de Michel Gast, avec Christian Marquand, qui provoquerait la mort de Vian en sortant de la projection. Yves Montand était notre idole et, tout en jouant au volley-ball, nous chantions *Jo le cow-boy*. Mes copains s'appelaient Samy Hoffman, aujourd'hui avocat, René Urtreger, le musicien, Bernard Bester, qui n'était pas encore Bernard Lentéric, auteur de best-sellers comme *La Gagne*, Maurice Draier, Maurice l'Américain. La vie était belle, sauf qu'il fallait se lever tous les matins pour aller au collège Turgot. J'ai tenu le coup jusqu'en quatrième puis j'ai craqué. La troisième, je l'ai faite au Globe, boulevard de Strasbourg. Au sous-sol, une salle magnifique remplie de billards et de tables de ping-pong – le seul sport que j'ai su faire dans ma vie. Jo le cow-boy ne sait pas lire, ne sait pas écrire, mais il aime chanter. Moi, j'aime écrire mais j'arrête pour ce soir.

Il y a deux jours, j'ai consulté un spécialiste gastro-entérologue pour mes problèmes de transit. Je lui donne la liste des médicaments que j'absorbe actuellement. Il m'ausculte, me fait un toucher rectal. Ma prostate est en bon état. Il consulte le Vidal et m'annonce qu'un des antidépresseurs que je prends, le Deroxat, constipe. Je respire, j'en étais sûr. En mars, je vais retrouver un transit normal. En attendant, il me met au Forlax, me conseille de manger tous les jours des crudités, des fruits, des yaourts. Il m'est très sympathique, ce Docteur Oudinot.

Je commence à lire le *Journal littéraire* de Léautaud. Un passage me fait penser à Pialat :

« Juillet : pourquoi faire part de nos opinions ? Demain nous en aurons changé.

Gardons-nous d'écrire des lettres affectueuses. L'amitié a sans cesse des hauts et des bas – des très hauts et des très bas.

Août : la franchise est bien bête. Admirer, aimer, respecter, c'est s'amoindrir. »

Quant à Pialat, dans son entretien de *Libé*, il déclare : « Ces cinéastes que j'ai pas mal vus, Rozier, Chabrol, Eustache, Thomas, je n'ai pas été leur ami sur la durée. En fait, on a cru qu'on était amis. Car l'amitié, c'est d'abord d'être lâche : il faut fermer sa gueule sans cesse. On ne voudrait pas se retrouver seul, mais on l'est très vite, seul, à crever de solitude. »

Plus loin, Léautaud : « 27 septembre : la pensée du suicide m'obsède de nouveau depuis quelques jours. Chaque année, j'ai deux ou trois mois de cet état. »

Heureusement qu'il n'est pas mort au début de son premier volume. Je n'en aurai pas douze à lire !

Toujours lui : « 4 novembre : il n'y a encore que les gens qui écrivent qui sachent lire. »

Je suis bien d'accord avec lui. Combien de producteurs savent lire ? Ils achètent la boîte sans savoir ce qu'elle contient. Le cinéma est rarement l'égal de la littérature. Fellini est mort, Buñuel aussi et Pialat ne se sent plus très bien. *Pierrot le fou* de Godard, c'était de l'art contemporain.

Arlette est née le 3 avril 1946. Ma mère avait tenu bon. J'avais une petite sœur, mais je conservais la maîtrise familiale. Quelques mois plus tard, nous récupérions le 49, Faubourg Saint-Denis. J'avais une chambre attenante à la cuisine pour moi tout seul. Le cinquième étage du 51 était devenu l'atelier de fourrure. Le sixième était libre pour mes conneries avec mes copains. Arlette ne me dérangeait pas trop tant qu'elle ne prenait pas ma place, le matin, dans le lit de mes parents. À cette époque, je n'étais pas à une connerie près. Un jour, j'avais trouvé l'idée géniale de parier avec un copain : à qui piquerait le plus d'ampoules de feux rouges de voitures en une semaine. Pour soulager mes parents au travail, j'allais promener ma sœur, âgée de quelques mois, dans son landau. Armé d'un tournevis, j'en profitais pour dévisser des feux rouges de voitures et je dissimulais les ampoules sous le sommier du landau. Au bout de trois ou quatre jours de ce petit jeu à la con, j'étais très en avance sur mon copain. J'allais gagner le pari quand un après-midi, m'affairant sur le feu arrière d'un camion, je reçus comme un coup de matraque sur la tête. C'était le camionneur furieux, ne comprenant pas mon manège, qui venait de me balancer une énorme gifle. Sonné, incapable de m'expliquer, il m'emmena au commissariat en me tenant par l'oreille d'une main et poussant le landau de l'autre.

L'inspecteur qui m'interrogea longuement était sidéré. Est-ce que je me rendais compte du risque que je faisais courir aux automobilistes sans feu rouge ? Ce délit était grave. Seul mon jeune âge pouvait justifier un acte pareil, sans précédent. C'est lui qui me ramena à la maison avec Arlette. Mes parents commençaient à s'inquiéter de notre absence. Ce soir-là, je reçus une des plus belles corrections de ma vie. Mon père tapait fort. Il avait raison. Des conneries, j'en fis d'autres.

Hier soir, j'ai vu *Le Boulet*, la première production de Thomas. Publiquement, il a réussi son coup. Je lui ai dit combien j'étais content et fier de lui. Je lui lâche la maîtrise. Il fera son trou sans l'aide de son père. Je suis rassuré, il était temps. Nous ferons sûrement un bout de chemin ensemble. La boucle se boucle. Comme j'aurais voulu que Julien ait encore ses jambes ! Darius est allé le voir. Mes trois fils, unis comme les doigts d'une main, Thomas dans le cinéma, Julien dans l'art, et Darius aux langues orientales ou vétérinaire. Voilà ce dont je rêvais.

Le père de René Urtreger tenait une boucherie, rue d'Enghien, il s'appelait Max. C'était un homme d'une grande bonté, et ses entrecôtes étaient fameuses. Après la guerre, il avait épousé Liliane, la sœur de sa femme morte en déportation. Liliane avait un frère, Georges Kiejman, le futur grand avocat. Étudiant brillant mais sans le sou, Georges tirait les queues de visons deux ou trois heures par jour pour arrondir sa bourse dans l'atelier de mon père. En effet, à notre retour à Paris, le mouton et le lapin avaient cédé la place à la queue de vison. Une spécialité. Au lieu de quarante peaux, mon père faisait un manteau avec cinq ou six cents queues de visons. C'était le vison du pauvre. Les queues trempaient dans une bassine pleine d'eau et de sciure. Quand elles étaient bien humidifiées, Georges tirait dessus pour les aplatir. Ensuite elles séchaient. Comme aucune n'avait la même couleur, il fallait les assortir en dégradé, pour créer l'illusion que le manteau était fait d'une seule pièce, uniforme. Quand j'ai abandonné mes études, c'est moi qui devins l'assortisseur maison. J'étais très doué pour ce travail pour lequel il fallait avoir de bons yeux. De là peut-être, plus tard, mon « œil » pour la peinture. Cette tâche ne m'empêchait pas de rêver.

Tous les matins, René passait me prendre pour aller au lycée. Dans la cour du 49, il me sifflait : « Du poil aux fesses, ma grand-mère en avait... » J'apparaissais à la fenêtre en lui sifflant la suite : « Et chaque matin mon grand-père lui suçait... », et nous partions pour Turgot. Le trajet passait immanquablement par la rue Blondel, pour prendre ensuite la rue du Vert-Bois. À huit heures du matin, il était rare que nous ne croisions pas une putain encore au tapin. Et au retour, l'après-midi, la rue en était pleine. Malgré nos jeunes âges, elles nous proposaient leurs services. À dix-sept ans, j'ai craqué pour l'une d'elles et c'est comme ça que je me suis fait dépuceler. Mais quelle déception, moi qui m'en faisais tout un monde ! À peine l'avais-je pénétrée, avec son aide, que c'était déjà fini. Il est vrai que je me retenais depuis plusieurs années. Mes lectures me faisaient rêver d'une jouissance qui devait être autre chose que la branlette. Même celles que nous faisions ensemble, avec Samy Hoffman, aux douches municipales. Ce jour-là, je suis rentré me coucher, terriblement déçu, remettant en question Vernon Sullivan. Ou bien étais-je un éjaculateur précoce ? Une bonne question. C'est vrai que depuis l'âge de onze douze ans, le sexe nous avait rudement intéressés, mes copains et moi. Darius aura seize ans demain, il a l'air beaucoup plus calme sur ce sujet que je ne l'étais. À son âge, deux choses me préoccupaient : les gonzesses et mon avenir. Une fois, j'ai failli me faire dépuceler par une

125

fille que je ne connaissais pas. Un copain du Globe, Jacques Rozen, dont le père était chapelier, avait emballé une fille à Mimi Pinson. Il avait rendez-vous avec elle le dimanche suivant. D'après lui, l'affaire était dans le sac mais il ne savait pas où aller pour conclure. La suite, je l'ai racontée dans *Le Cinéma de Papa*. Mes parents allant tous les dimanches promener ma petite sœur au bois, je lui ai proposé de se faire dépuceler dans leur lit. En échange de laisser Jacques seul avec la fille pendant environ une heure, je pourrais à mon tour tirer ma crampe. D'après lui, elle était assez chaude pour faire d'une pierre deux coups. Marché conclu. Pendant qu'il faisait sa petite affaire, je suis allé faire un tour à Mimi Pinson où j'ai réussi à convaincre une petite bonne de venir à ma surprise-partie. Ce que je n'avais pas prévu, c'est que ce dimanche-là, il allait pleuvoir. Mes parents sont rentrés plus tôt que prévu et ont eu la surprise de découvrir Jacques Rozen et la fille dans leur lit. Là encore, mon père a tapé fort. Ma mère criait : « Pas sur la figure ! » Mon père hurlait : « Elle le défend encore ! Un jour il pissera sur ta tombe, voilà tout ce que tu peux attendre de lui ! » Je saignais du nez, j'enrageais, mais je l'aimais, et lui aussi m'aimait. Il avait fondé tous ses espoirs sur moi. Il nous voyait déjà tous les deux, « Langmann, Père et Fils », donnant les cartes dans la fourrure. Grâce à moi, il ne travaillerait plus à façon pour les autres. On pourrait se mettre à notre propre compte. Moi, je n'étais pas convaincu de vouloir finir fourreur.

La sixième, la cinquième passent encore ; à partir de la quatrième, je n'en pouvais plus. La troisième, j'ai fini mes études au Globe. Combien de fois mon père, ne me voyant pas rentrer, venait me chercher. « Laisse-moi finir ma série ! » « Je vais te la finir, moi, ta série ! » Et à coups de pied dans le cul, il me ramenait à la maison.

Souvent j'allais avec lui chercher de la bière à la pression qu'il adorait boire en mangeant. On en profitait pour se taper un bock au comptoir. Des moments inoubliables pour moi. Ou bien quand il m'envoyait acheter du lait chez Maggi qui, paraît-il, appartenait à la famille Rothschild, il me disait : « Va chercher le lait chez Rothschild », avec son merveilleux sourire au coin des lèvres.

Je jouais très bien au poker. Je plumais mes copains. Bernard Bester-Lentéric, devenu vingt ans après un véritable professionnel. À l'époque, je lui avais pris sa montre. Il m'arrivait de rentrer tard la nuit, je prenais une dérouillée mais qu'importe, je récidivais.

Sinon, je m'angoissais pour mon avenir. Qu'allais-je faire de ma vie ? Le jour du B.E.P.C., je me suis présenté à l'écrit. Je me revois séchant sur les questions, une sucette Pierrot Gourmand dans la bouche. J'ai préféré faire une partie de billard plutôt que d'aller à l'oral. J'en avais marre de l'école. J'ai raconté à mes parents que j'avais réussi mon examen. Mon père était fier. « Si moi j'avais pu faire des études jusqu'au brevet ! » C'est en lisant, quelques années plus tard, le scénario du *Cinéma de Papa* qu'il a découvert que je ne l'avais pas eu. Dans la vie je ne me suis pas fait offrir un complet sur mesure, mais dans le film oui. Cette scène, c'est mon père qui l'a écrite. Toujours est-il que je me suis retrouvé apprenti fourreur chez un copain de mon père, pour travailler le « beau », le castor, le vison et aussi chez Pigier, pour apprendre la comptabilité. Un cauchemar. Rapidement, j'ai séché mon apprentissage et les cours Pigier. C'est là que mon père m'a pris sous son aile et que je suis devenu assortisseur de queues de visons. J'étais très doué pour ce travail. Mes yeux et mes doigts couraient très vite sur les queues, mais ma tête était ailleurs.

La place de la République était un lieu de rendez-vous pour beaucoup d'ashkénazes. Les juifs séfarades ont conquis Paris quand le Maroc, la Tunisie et l'Algérie sont devenus indépendants. J'avais un copain, le petit Loulou qui organisait des parties de poker chez lui. Il avait une sœur, Annie, qui était élève au Conservatoire d'art dramatique. Plus tard, Annie Fargue jouera à l'Athénée une pièce de Julien Green, *Sud*, avec Anouk Aimée. Elle fera ensuite carrière en Amérique dans une série télé où elle incarnera la petite *frenchie*. Elle épousera Dick Sanders, produira *Hair* à Paris, sera l'agent du chanteur Polnareff. Aujourd'hui, Loulou est un peintre apprécié en Amérique. Entre deux parties de poker, timidement, j'interrogeais Annie sur ses activités théâtrales, jusqu'au jour où j'ai eu l'audace de lui demander comment il fallait faire pour devenir comédien. Prendre des cours bien sûr. Elle me dirigea sur Teddy Billis, pensionnaire à la Comédie française, pour un conseil. Et grâce à lui, je me rctrouvais rue de Rivoli, dans l'appartement de Jeanne Lion, une actrice qui avait joué chez Antoine dans les années vingt.

« La Grèce en ma faveur est trop inquiète.

De soins plus importants je l'ai cru agitée... »

Elle me mettait un crayon dans la bouche pour mieux articuler. Je poursuivais cet exercice tout en assortissant mes queues de visons. Quand je fis part à mon père de mon envie d'être comédien, il fut tout de suite d'accord. Ça lui paraissait naturel : dans sa famille, ils étaient tous des comédiens dans la vie. Mais comédien vedette, pas une cloche !

J'allais au théâtre. Mes premières émotions : Charles Dullin dans *La terre est ronde* d'Armand Salacrou, au Théâtre Sarah Bernhardt, aujourd'hui Théâtre de la Ville ; *Dix petits nègres* d'Agatha Christie au Théâtre Antoine. J'allais au Français : Rolland Alexandre dans *Les Caves du Vatican* d'André Gide, Robert Hirsch, Jean-Paul Roussillon dans *Le Dindon*. J'admirais des acteurs comme Georges Chamarat, Louis Seigner. Tout en dressant mes queues de visons, je m'imaginais en grand sur la façade du Rex, prenant la place de mon idole Jean Marais. Je me voyais déjà...

Le Théâtre Antoine est proche du Globe. Un jour où j'avais lu dans un journal que Jean Vilar allait monter une compagnie théâtrale qui allait être le T.N.P., je suis allé l'attendre à l'entrée des artistes, Faubourg Saint-Martin. Il mettait en scène *Le Diable et le Bon Dieu* de Jean-Paul Sartre avec Pierre Brasseur et lui-même. J'attendais sous la porte cochère, je n'avais aucune idée de la tête qu'il avait. À chaque fois que quelqu'un ouvrait la porte, je me précipitais en demandant : « Vous êtes Monsieur Jean Vilar ? » Après trois ou quatre réponses négatives, un homme très gentiment me dit qu'il dînait au restaurant d'à côté. Je me revois encore, le cœur battant, entrer dans la salle du restaurant. En effet, au fond, seul, Jean Vilar lisait *Le Monde* tout en mangeant son potage. Je me suis approché de lui et timidement, je lui ai dit : « Pardon Monsieur de vous déranger, vous êtes Monsieur Jean Vilar ? » Il m'a regardé et m'a fait oui de la tête. Je lui ai proposé mes services. « Écrivez-moi » fut sa réponse et il replongea dans sa soupe et son journal. À quelque temps de là, ma lettre me fut retournée, sans réponse. Sur le moment, je fus très déçu. Malheureusement je n'ai pas conservé cette lettre où je me proposais pour faire n'importe quoi, même balayer le T.N.P.

C'est pourquoi depuis, à chaque fois qu'un acteur ou un futur réalisateur m'aborde dans la rue ou m'écrit, je repense à cette scène de mes dix-sept ans. La plupart du temps, j'ai la même attitude que Vilar. Je ne savais pas encore que j'aurais, un jour, à me préserver, à ne pas me laisser déborder par toutes les sollicitations d'artistes débutants. Et pourtant, si les débuts sont difficiles, ils sont peut-être les plus exaltants. Des années plus tard, j'ai revu à Chaillot François Périer dans le rôle qu'avait créé Pierre Brasseur. Il était formidable. La pièce n'avait pas pris une ride. Depardieu et Auteuil pourraient la reprendre. Je songe parfois au film qu'on pourrait faire avec eux.

Je suis allé au T.N.P. à Suresnes voir Gérard Philipe dans *Le Cid*. Avec des centaines de groupies, j'ai attendu son arrivée. Je le vois encore sortir de sa Simca décapotable, avec quelle allure ! Le T.N.P. proposait un week-end avec deux pièces, *Le Cid* et *Mère Courage* avec Germaine Montero et Jean Le Poulain, plus un repas et un bal où l'on pouvait danser avec les comédiens. C'était ça le théâtre populaire. Gérard Philipe était extraordinaire, d'une beauté sans pareille. Françoise Spira, avec qui je jouerai plus tard dans *Procès à Jésus* de Diego Fabbri au Théâtre Hébertot, était *Chimène*. J'ai connu Jacques Hébertot, un ogre homosexuel, mais quel homme exceptionnel ! Il possédait le Casino de Forges-les-Eaux. Il m'avait invité, un jour de relâche, avec Jean-Marie Amato et Jean Amadou à venir y déjeuner. Il y avait des attractions. C'est là que j'ai vu Myr et Myroska qui ont inspiré Pierre Dac et Francis Blanche pour leur sketch sur la voyance. Hébertot m'appelait « mon petit » en me faisant baiser son énorme chevalière qu'il portait au doigt. Qui n'a pas vu Jean Le Poulain dans *Mère Courage* n'a rien vu. Il était le seul qui aurait pu incarner Jacques Hébertot. J'étais en transe. Et le soir au bal, je perdais la tête en dansant avec les comédiennes de la troupe. J'avais le vertige. Je rentrais chez moi en titubant de bonheur. Moi aussi, un jour, je ferai danser les spectateurs.

En attendant je prenais des cours chez René Simon, puis chez Tania Balachova. Ça n'a pas duré longtemps car avec mon caractère impatient, je voulais jouer tout de suite. C'est au cours Simon que je fis la connaissance de Michèle Meritz qui jouera plus tard dans *Le Beau Serge* de Claude Chabrol, mais aussi de Serge Rousseau qui épousera Marie Dubois. Tous deux furent de très proches amis et les interprètes de François Truffaut. Depuis des années, Marie est atteinte de sclérose en plaques, elle témoigne d'un courage exceptionnel. Elle ne rate pas une première, s'appuyant sur ses cannes, toujours accompagnée par Serge. Et bien sûr aussi de Gérard Lebovici dont je fus longtemps le meilleur ami. Nos relations s'espacèrent quand il créa Champ libre avec sa femme Floriana. Gérard termina sa course folle dans un parking, assassiné de trois balles dans la nuque. Le mystère de sa mort n'a toujours pas été élucidé. Les pistes sont aussi nombreuses que l'étaient ses multiples vies secrètes. Ses relations avec la fille de Jacques Mesrine, la réédition de *L'Instinct de mort* avec une préface écrite par lui qui me donna froid dans le dos quand je l'ai lue, ses rapports possibles avec les brigades rouges, *Honneur de la police*, ses concurrents dans le commerce de la vidéo, tout est possible.

Floriana est morte d'un cancer, quatre ou cinq ans après lui. Destin tragique de ce couple avec qui Anne-Marie et moi avons passé, pendant des années, de merveilleux moments. Floriana, d'origine italienne, était une femme douce, d'une beauté à la Botticelli. Elle était la reine du rizotto. Lorenzo, son fils d'un premier mariage, est aujourd'hui avocat et a repris la maison d'édition. Quant à Nicolas, l'enfant qu'ils eurent ensemble, il est pianiste. J'ai assisté plusieurs fois à ses concerts. C'est un orphelin très équilibré malgré la mort tragique de son père et de sa mère. Il faut croire que la musique aide à vivre. C'est un exemple que je citais souvent à mes deux aînés quand je les voyais aussi désemparés après le décès de leur mère.

Après la mort de Lebo, Floriana avait vaguement refait sa vie avec Gérard Voitey, un notaire qui, sûrement par amour pour elle, devint éditeur et subit à son tour l'influence de Guy Debord. Quand celui-ci se suicida, après la mort de Floriana, il fit de même. Lebo était relié à Guy Debord, il alla même jusqu'à acheter un cinéma pour projeter uniquement les films de celui qui avait révolutionné sa vie. Propriétaire du Film français et de Ciné Chiffres, en passant par Champ libre, *L'Instinct de mort* et *La Société du spectacle*, le destin de Gérard ne fut pas banal.

J'avais perdu de vue Michèle, Serge et Gérard quand un soir, au début des années soixante, ils vinrent me voir tous les trois dans *Tchin-Tchin*, de François Billetdoux, où je jouais le fils de Katharina Renn. François et Katharina ont eu un rôle essentiel dans ma vie. Après la pièce, nous sommes allés dîner tous les quatre à la Coupole. À cette époque, la brasserie était un haut lieu où l'on pouvait croiser Roger Blin, Jean-Paul Sartre et d'autres. La cuisine était bonne, les maîtres d'hôtel presque des amis. Aujourd'hui le lieu est infect, rempli de provinciaux et de touristes, on ne croise plus personne et la bouffe est dégueulasse.

Michèle avait donc joué dans *Le Beau Serge* mais tournait en rond. Elle vivait avec Philippe de Broca, lequel venait de terminer *Les Jeux de l'amour* avec Jean-Pierre Cassel, autre connaissance du cours Simon. Son vrai nom est Crochan, il a bien fait d'en changer. Je prenais le métro à Strasbourg-Saint-Denis, lui à Bonne-Nouvelle, nous faisions souvent quelques stations ensemble pour nous rendre au cours près des Invalides. La devise chantée de René Simon était : « T'en fais pas Simonien, du courage. T'en fais pas Simonien, t'arriveras. » Ce chant devait nous exhorter à la patience et nous faire croire à une réussite certaine sur les planches. Serge avait joué dans une pièce de Bernstein, il s'entêtait à faire l'acteur. Quant à Gérard, il avait repris une affaire de poils de blaireaux ou de sangliers appartenant à son oncle. Je crois qu'avant son service militaire, il avait remplacé Michel Piccoli dans une pièce de Georges Arnaud. Toujours est-il qu'il ne voulait plus faire l'acteur.

J'avais environ vingt-cinq ans et je n'étais toujours pas vedette, mon père s'impatientait. La chanson du cours Simon lui importait peu, il était pressé de me voir réussir. En parlant de mon imprésario de l'époque, Jeanne Richard, il me disait : « Qu'est-ce qu'elle fait ta bonne femme, elle montre des photos et elle passe à la caisse ? » En quelque sorte, il m'exhortait à en faire autant. Puis il retournait à la fourrure en bougonnant : « C'est pas possible, il doit faire quelque chose dans ce métier ; mon père, mon grand-père, moi, on était tous des comédiens dans la vie. C'est pas possible, il doit tenir de sa mère. Pauvre Betty ! » Pauvre maman ! Elle était le clown blanc de cette famille d'artistes.

Après la Coupole, le trio me raccompagna chez moi, dans la 2 CV de Serge. Et c'est là, devant le 40 bis, Faubourg Poissonnière, que je « vendis gratuitement » la suggestion de mon père. « Pourquoi vous n'ouvrez pas une agence ? Imprésario, c'est un métier magnifique : s'occuper d'acteurs, d'auteurs, de réalisateurs, c'est un sacerdoce. » À trois heures du matin, ils étaient convaincus, l'agence Artmedia était née. Michèle apporterait dans la corbeille Philippe de Broca et Jean-Pierre Cassel, Gérard son sens des affaires, moi je serais leur client, un petit client, mais tout de même. Serge, lui, voulut rester acteur. Ce n'est que des années plus tard qu'il les rejoindra. Avec un flair inégalable, il fut le premier à découvrir Depardieu, Miou-Miou, Jacques Villeret qui lui reste encore fidèle aujourd'hui. L'agence débuta modestement dans un petit bureau, près de l'avenue Malesherbes. Gérard et Michèle furent rejoints par Jean-Louis Livi, neveu d'Yves Montand, qui avait une formation de comptable. On l'installa quasiment dans un placard où, en plus des artistes, il continua assez longtemps à s'occuper des poils de blaireaux. Assez vite, l'agence devint la plus importante en France. Gérard racheta Cimura qui représentait beaucoup de grands noms tels que Jean Marais. J'oublie les autres. Gérard fut l'agent de Jeanne Moreau, Belmondo, Truffaut. Il lui arrivait sur certains films difficiles à monter, comme ceux d'Alain Resnais, de laisser ses 10 % de commission en participation à travers une société de production. Juridiquement, un représentant d'artistes n'a pas le droit de faire de la production. Jalousant sa réussite, il fut attaqué en justice par le syndicat des producteurs qui l'obligea à choisir dans ce cumul. Lebo céda l'agence à Jean-Louis Livi et devint producteur-distributeur : il créa la société A.A.A., Acteurs-auteurs-associés. Après avoir fait de Belmondo un producteur à part entière, il se mit au travail pour lui-même. Il commença par racheter la société Ariane de Mnouchkine et Danciger qui voulaient prendre leur retraite. Leur catalogue de plus de quatre-vingts films était l'un des plus importants de la place. Quand il fut assassiné, il était en plein succès. Par la suite, Jean-Louis Livi vendit Artmedia à Bertrand de Labbey qui en est encore aujourd'hui le principal actionnaire. De Depardieu à Deneuve, en passant par Zidi et Jeunet, l'agence est la plus importante de France et peut-être d'Europe. Jean-Louis s'est récemment associé à Bernard Murat pour diriger le Théâtre Edouard VII.

À la mort de Gérard, Floriana, Jean-Louis Livi et Alain Vannier décidèrent de confier les rênes de A.A.A. à Pierre Hebey, leur avocat et ami. Ce fut une succession de mauvais choix, avec entre autres la vente d'Ariane pour payer les dettes. Floriana était désemparée. Elle me demanda conseil, mais trop tard, j'étais en plein tournage de *Jean de Florette*. Vendre Ariane était une erreur. Gérard Voitey la poussa également à le faire. Elle le fit. Chacun son métier : Pierre Hebey est un brillant avocat d'affaires, ami de Max Ernst, un homme de goût, un collectionneur passionné, boulimique d'art déco. Il fut l'intermédiaire pour la vente de mes actions de Renn Productions à Jérôme Seydoux. Et surtout, ce fut lui qui m'écrivit pour que je reçoive

Nathalie. Il est à l'origine de cette rencontre qui a bouleversé ma vie.

Ce matin, je suis allé à l'inauguration du nouveau site de création contemporaine, le Palais de Tokyo, en présence de Lionel Jospin et de Catherine Tasca. J'avais fait sa connaissance aux belles heures du Théâtre de Nanterre, quand Chéreau le dirigeait. L'architecture du lieu est magnifique, mais le contenu m'échappe. Je ne suis pas très en phase avec la création de ces vingt dernières années. J'apprécie certains photographes tels que Gursky, Cindy Sherman, Nan Goldin, Sugimoto et les Becher. Quant aux installations, elles me laissent indifférent, comparées à celles de Bruce Nauman. Les records de vente de Jeff Koons, Damien Hirst, Gonzales-Torres, John Currin ne me feront pas changer d'avis. Je laisse ça à Saatchi et à Philippe Ségalot. Le temps me donnera certainement tort, qu'importe. Je cours toujours après un beau dessin mescalinien de Michaux, de Giacometti ou une peinture aux doigts de Souter.

Je suis allé chez Sylvie fêter l'anniversaire de Darius. Je lui ai offert un beau dessin de Sempé en couleurs, il l'a tout de suite accroché dans sa chambre. Il a déjà une petite collection d'œuvres que je lui ai offertes : Dubuffet, Michaux, Hantaï, un magnifique bois de 1934 de Torrès-Garcia, des photos de Brassaï, Sugimoto, etc. Il aime l'art, en fera-t-il son métier ? Julien lui a offert une photo de lui et de moi avec Nelson Mandela, prise au cours d'un dîner de gala pour la sortie de *Germinal* en Afrique du Sud. Le livre de Zola était son livre de chevet quand il était en prison. Ce voyage avec Julien reste pour moi un souvenir inoubliable. Il avait ses jambes, tous les espoirs étaient permis. Toute l'aristocratie noire était là, en smoking, seul Mandela portait une chemise à fleurs. Il a fait un discours éblouissant, plein d'humour. Le dîner était payant pour tous ses compatriotes qui avaient même le devoir de faire un don pour participer à l'édification d'un hôpital ou d'une école, projet qui lui tenait particulièrement à cœur. Le plus gros chèque avait l'honneur de dîner à notre table. Il était fier comme Artaban. Julien et moi aussi. Ce voyage, nous l'avons fait en 1994.

J'ai retrouvé la forme, je pète le feu. J'ai la peau dure. Réplique que je mettais dans la bouche de Michel Simon dans *Le Vieil Homme* à propos des juifs. Pourquoi faut-il que Julien ait hérité des gènes d'Anne-Marie plutôt que des miens ! Il est en dépression, il ne supporte plus d'être à Paris. Hier, il m'a dit : « Puisque je ne bouge plus, il faut que le paysage bouge. Même à plat ventre j'irai en Thaïlande. » Le voyage est prévu pour samedi. Nous verrons bien s'il part. J'ai eu trois grands drames dans ma vie : la mort de mon père à cinquante ans, Anne-Marie et son suicide, et maintenant Julien. Ma pauvre Betty, j'y étais préparé. Elle est morte en même temps que mon père, mais elle a mis vingt-cinq ans pour le rejoindre. Le dernier jour, je la voyais grelotter, je lui ai dit : « Tu as froid, maman ? » Elle m'a répondu : « Je n'ai pas chaud. » Ce sont ses dernières paroles, elle ne s'est jamais plainte. Une heure après, elle était morte.

J'ai revu Madame Cerf pour la troisième fois. Je lui ai dit que je me sentais rétabli, que j'avais retrouvé la maîtrise. Elle m'a demandé si je voulais quand même me refléter dans son miroir : c'était à moi de savoir si j'étais prêt à creuser encore au plus profond de moi-même. Bien que je ne ressente plus le besoin d'approfondir, j'ai accepté de la revoir.

C'est vrai, j'écris, je vais au bureau sans déplaisir, je viens d'acheter un masque Kouélé du Gabon, du XIXe siècle, très rare. J'ai repris goût à la vie, j'ai à nouveau des projets de cinéma. *Astérix Mission Cléopâtre* sort mercredi. Cette putain de dépression semble être derrière moi. Comme je sens encore mieux ce que ma pauvre Anne-Marie a dû souffrir pendant des années, et maintenant Julien.

Après *La Reine Margot*, Patrice m'avait proposé de produire *Ceux qui m'aiment prendront le train*. Je n'ai pas aimé le scénario. J'ai peut-être eu tort. Même si je n'ai pas aimé le film, j'aurais dû continuer à défendre ma « danseuse ». Pour Patrice, il était important de faire un film personnel où il revendiquait son identité. C'est Charles Gassot qui produira le film, avec lequel ensuite il fera *Intimité*. En 1982, j'avais produit *L'Homme blessé*, en 1987 *Hôtel de France*, puis *La Reine Margot* en 1992. J'étais très attaché à Patrice malgré le fait qu'aucun de ses films ne se soit amorti. J'aurais bien continué à être son mécène. J'aime chez lui son intransigeance, son opiniâtreté, sa volonté d'obtenir ce qu'il veut. Comme me disait Polanski : « La réussite d'un film dépend de tout ce que l'on n'a pas cédé. » Patrice est revenu vers moi avec son projet de Napoléon à Sainte-Hélène. Le film doit coûter bonbon. En serai-je l'intendant ? Ce n'est pas sûr. J'ai joué dans *L'Homme blessé* un client homo, une scène mémorable. Le financement du *Napoléon* sera difficile. Je lui ai proposé de revenir à l'un de ses projets : *D'un château l'autre* de Céline.

Aujourd'hui : sortie d'*Astérix Mission Cléopâtre* d'Alain Chabat. Même la critique de *Libé* est bonne. C'est mauvais signe, généralement le public est d'un avis contraire.

À la fin des années cinquante, j'avais seize ans, j'étais encore puceau. À cette époque, chaque année, la deuxième D.D.B. fêtait l'anniversaire de la Libération de Paris par un grand bal, place de la Concorde, appelé la Kermesse aux étoiles. Je ne ratais jamais une occasion d'y aller dans l'espoir de draguer une gonzesse – en plus c'était l'occasion de voir de près un grand nombre de vedettes. Une fois, je fus chanceux. J'invitais une boulotte blonde de mon âge, juive de surcroît, à danser. Elle se laissa rapidement rouler une pelle, puis plusieurs. On frotta pendant des heures. J'éjaculais dans mon slip, mon sperme coulait sur mes cuisses, mais je ne lâchai pas prise. À nouveau, je fus en érection en continuant de danser serrés. À trois heures du matin, on se quitta en se promettant de se revoir. Faubourg Saint-Denis, nous n'avions pas encore le téléphone, je lui donnai donc mon adresse afin qu'elle puisse m'écrire pour me donner un rendez-vous plus propice à nos ébats. Ce qu'elle fit. Je rentrai au 49 à pieds lourds, j'avais mal aux couilles, encore pleines. C'est mon père qui décacheta l'enveloppe à la vapeur. Le contenu était chaud, prometteur. Il fut persuadé que ça ne pouvait être qu'une femme mariée pour écrire un pareil tissu d'érotisme. Elle me donnait rendez-vous chez elle pour le jeudi suivant, précisant qu'elle serait seule. Ayant l'adresse, mon père se rendit chez « la femme mariée » pour la persuader d'oublier son fils de seize ans, lequel devait d'abord penser à ses études avant de s'intéresser au sexe féminin. C'est le frère qui le reçut, étonné de cette visite. Quand mon père comprit que « la femme mariée » n'avait que seize ans, il fut soulagé. Néanmoins, il se mit d'accord avec le frère pour qu'il « surveille » sa sœur. L'enveloppe fut recachetée, et le jeudi j'allais à mon rendez-vous. J'eus la surprise de voir que c'était le frère qui m'ouvrit la porte, elle m'avait pourtant écrit qu'elle serait seule. Elle m'emmena dans sa chambre de jeune fille, mit un disque de Jean Sablon sur son électrophone, ferma sa porte à clé. Elle était nerveuse, agacée par la présence de son frère dans l'appartement. À peine commencions-nous à danser qu'il frappa à la porte. Elle refusa d'ouvrir, il tambourina, elle finit par céder. Il entra dans la chambre, un journal à la main, prétextant qu'il cherchait une réponse à une question de mots croisés. La plaisanterie dura tout l'après-midi. Au lieu de consommer, je fis des mots croisés. Je ne revis jamais la fille. Des années plus tard, c'est mon père qui me raconta cette supercherie que je mis dans mon film *La Première Fois*.

Lundi, j'ai revu Madame Cerf pour la quatrième et dernière fois. J'arrivai à l'heure. Elle me reçut aussitôt, sans passer par la salle d'attente. C'en était fini. Plus jamais je n'aurais l'occasion d'uriner dans ses chiottes privées. On se regarde en silence. Puis je lui dis que je vais tout à fait bien, que j'ai cherché, que je ne vois plus où creuser. J'ai eu une enfance merveilleuse, même pendant la guerre, des parents qui m'ont aimé, qui ont cru en moi, qui m'ont donné « la force ». Que depuis longtemps j'ai fait mon deuil de la mort de mon père en tournant *Le Cinéma de Papa*. Qu'il en est de même pour Anne-Marie, que j'étais préparé à celle de ma mère, que j'ai retrouvé la maîtrise de mon métier, ma boulimie d'acheter des œuvres d'art, même plus modestes, que j'aime la vie et qu'elle me le rend bien, que je suis amoureux. Bien sûr, reste le drame de Julien, pour lequel je suis impuissant. Elle me demande si je ne culpabilise pas. Je réfléchis. Non, je ne suis pas responsable de sa pathologie, de ses gènes. J'ai tout fait pour le pousser dans une autre direction que celle qu'il a prise, le cinéma, et qui lui a fait rencontrer Marion. Elle non plus n'est pas responsable de son accident, elle n'a été que l'instrument de son destin. En dehors de l'assumer matériellement, je ne cherche plus à maîtriser sa vie, à décider pour lui, j'ai pris de la distance. Ma mort ne le ramènerait pas à la vie.

« Bien, me dit-elle, c'est vous qui décidez, si vous

pensez que vous n'avez plus besoin de creuser, c'est votre choix. Vous écrivez toujours votre livre ? » « Bien sûr, je veux le terminer cette année. » Je lui offre un bonbon qu'elle refuse. Elle n'aime pas le sucré. Ils sont sans sucre. Si je lui avais offert un bonbon au saucisson, elle l'aurait accepté. Elle va moins chez le pâtissier que chez le charcutier. On reparle de maîtrise. Elle me dit qu'un excès de maîtrise n'est pas bon non plus. Sur le moment, je ne comprends pas. Elle me cite un exemple : « C'est comme si, pour faire tenir votre pantalon, vous mettiez trois ceintures et deux paires de bretelles. » C'est l'évidence même. C'est un métier qui m'aurait plu, psychanalyste !

1952. J'avais donc un imprésario, Jeanne Richard, dès l'âge de dix-huit ans. Grâce à elle, je courais les castings. J'étais un jeune starlet. La première fois que j'ai été sur un plateau de cinéma, c'était sur le film de Jacques Becker, *La Rue de l'estrapade*, avec Daniel Gélin et Anne Vernon. C'était quasiment de la figuration. Je sympathisais néanmoins avec la scénariste Annette Wadement. Becker hurlait sur son assistant Michel Clément, il le traitait d'incapable. Deux ans plus tard, j'ai retrouvé Michel sur les films d'Autant-Lara. Dans une scène, Gélin était censé se pencher d'une fenêtre du sixième étage pour regarder partir une voiture. En fait, la fenêtre avait été construite sur le sol du studio et c'est un balai qu'il suivait des yeux. L'accessoiriste bougeait le balai et sur l'écran, c'était la voiture qui s'éloignait. Je n'en revenais pas, c'était ça le cinéma !

1953. Hervé Bromberger prépare *Les Fruits sauvages*, un film avec uniquement de jeunes interprètes. Je passe une audition et suis retenu pour un essai filmé. Parmi les autres candidats, Jean-Louis Trintignant et Stéphane Audran qui vivaient ensemble. Je fais leur connaissance, nous sympathisons. La veille des essais, je me rappelle avoir dîné avec eux dans leur petite chambre d'un hôtel de la rue Dufour, aujourd'hui disparu. Nous avons mangé par terre. Le lendemain, je pars favori, ma partenaire est Marianne Lecène. Elle fera le film et finira speakerine à la télé. Je suis tellement énervé, excité, mais sûr d'avoir le rôle. Comme dirait Madame Cerf, je surmaîtrise mon jeu, je mets trois ceintures et trois paires de bretelles dans mon interprétation. J'en fais des kilos, je roule une pelle énorme à Marianne. C'était un rôle dramatique. Il paraît que Bromberger, quand il a visionné mon essai, a été pris d'un fou rire mémorable. J'ai pleuré quand il m'a annoncé que je ne faisais pas le rôle. Trintignant non plus. C'est un nommé Michel Reynald qui a été retenu. Il finira monteur à la télé. Roger Dumas, Estella Blain et Évelyne Ker compléteront la distribution des *Fruits sauvages*, film qui ne laissera pas de trace dans l'histoire du cinéma. C'est Trintignant qui me fera connaître Pialat.

Je décroche six jours de tournage dans *French Cancan* de Jean Renoir avec Jean Gabin, Françoise Arnoul, Maria Félix, Philippe Clay, Jean-Marc Tennberg, Jacques Jouanneau et d'autres. De figurant, je deviens silhouette. Je suis le groom à l'entrée du Moulin Rouge. Quand Gabin en sort, il me tend son chapeau et sa canne. Au « Coupez », je les lui rends. Sur le moment, je ne comprends pas qu'il me redonne ses accessoires pour la prise suivante, je crois qu'il me prend pour son larbin. Je suis vexé comme un pou. L'assistant de Renoir, c'est Pierre Kast. Je fais connaissance avec sa femme de l'époque, France Roche. Je me lie d'amitié avec Tennberg, qui tombe amoureux de moi. Je me demande si je ne suis pas homosexuel. Après les pipes de mon cousin Léon, il est normal que je me pose la question. J'aime trop les filles, mais suis-je à voile et à vapeur ? Tennberg fait merveilleusement la cuisine, il récite divinement de la poésie : il est Luchini avant la lettre. Il se suicidera.

Je rencontre Marcel Carné pour *Les Tricheurs*, Duvivier, Delannoy, aucun d'eux ne m'engage. Finalement, mon premier petit rôle, c'est Autant-Lara qui me le donnera en 1953, dans *Le Bon Dieu sans confession* avec Danielle Darrieux, Henri Vilbert, Claude Laydu. J'étais Mimile, le fils de Carette. J'ai au moins dix jours de tournage. Je touche cinq cents francs anciens. La même année, je suis en vacances à La Baule. Je reçois un télégramme de Jeanne Richard : Autant-Lara m'engage dans *Le Blé en herbe*. Mon salaire est de mille francs. Je suis persuadé qu'à ce prix, j'ai le rôle principal. Je rentre à Paris pour faire des essais. Je retrouve au studio mon amie Nicole Berger dont je suis un amoureux transi. Je l'ai embrassée une seule fois sur la bouche, une nuit, en nous promenant sur les quais. J'ai sûrement dû insister pour y arriver, ce sera l'unique baiser. Elle est amoureuse de Jacques Riberolles, une connaissance du cours Simon. Probablement, il a dû la dépuceler et la décevoir des garçons, elle finira avec la chanteuse Dany Dauberson et mourra dans un accident de voiture. Edwige Feuillère est la vedette du *Blé en herbe*. Nicole postule pour le rôle de Vinca qu'elle obtiendra. Un jeune garçon, Pierre-Michel Beck, fait également des essais.

On me maquille, on me filme, de face, de profil. Je ne sais toujours pas à quel rôle on me destine. Autant-Lara me demande si je sais jouer du violon. Je ne sais pas. Il faut que je prenne des cours pour apprendre à tenir un archet, mais le mystère de ma partition reste entier. Je retourne à La Baule retrouver mes copains. Je prends trois cours de maintien de violon. Je pourrai poursuivre mes leçons en septembre à Paris, car je sais que cette scène sera tournée en octobre en studio. Le tournage a commencé en août par les extérieurs en Normandie, aux Sables d'Or. Je reçois à nouveau un télégramme me demandant de m'y rendre par le train. J'arrive à la gare, personne pour attendre un acteur comme moi, qui est payé mille francs. Je me rends à mon hôtel, c'est le désert, tout le monde est sur le tournage. À la réception, j'insiste pour qu'on me donne la clé de la chambre de Nicole Berger, j'espère y trouver le scénario du film et ainsi savoir ce que j'y fais. Je tourne les pages les unes après les autres. À part le rôle très important de Phil, je ne vois pas le mien. J'arrive à la page quatre-vingt-dix-neuf et là, je tombe en arrêt sur une phrase : « On passe en panoramique sur le violoniste. » Pas de doute, le violoniste

146

c'est moi. Je suis blême, j'arrête de lire. Quelle déception ! Si c'est ça mon rôle pourquoi me paye-t-on le double de la dernière fois !

L'action se passe dans les années vingt, au temps du cinéma muet. Je joue le fils de de Funès qui tient un cinéma ambulant, il en est le projectionniste ; ma mère, Simone Duart, accompagne le film au piano et moi au violon. C'est Pierre-Michel Beck qui joue Phil. Deux petites séquences seront tournées en extérieur dont la tente du cinéma muet, installée sur la plage, qui s'envole arrachée par le vent. C'est deux moteurs d'avion qui feront le vent, et c'est à Paris, en studio, qu'on raccordera l'intérieur de la tente où nos deux héros, Phil et Vinca, entourés d'une centaine de figurants, regardent le film, avant que la tempête n'arrache la tente. Dans une autre séquence, la camionnette-cinéma monte une côte et Phil s'accroche à elle. Lorsqu'elle tombe en panne, de Funès donne des coups de pied de rage dans les pneus. Je n'ai jamais autant ri qu'en assistant à cette scène. Le génie comique de de Funès était évident. Plus tard, Autant-Lara le consacrera vedette dans *La Traversée de Paris* avec Gabin et Bourvil.

Le tournage fut idyllique, de vraies vacances. J'ai tout à fait intégré l'équipe, la même que celle du *Bon Dieu sans confession* : le directeur de production, Louis Wipf qui devint un ami fidèle, son régisseur, Lucien Lippens, Jacques Natteau, l'opérateur, Max Douy, le décorateur. Chaque année, pour l'anniversaire d'Autant-Lara, son équipe habituelle lui offrait un bateau dans une bouteille. Le soir, tout le monde se retrouvait au Casino des Sables d'Or. La femme d'Autant-Lara, Ghislaine Auboin, n'était pas d'une grande beauté. Un soir où je dansais avec elle, son éternelle Gauloise au bec, elle me dit : « Toi, mon petit, si tu ne fais pas de conneries, tu pourras remplacer Albert Préjean. » C'était bien sûr l'évidence même. Le temps était magnifique. Couchés dans l'herbe, avec de Funès, nous assistions au tournage. Quand Autant-Lara s'énervait sur un acteur, il jetait par terre sa casquette qu'il piétinait en marmonnant : « Ils sont doués comme des petits singes ! » De Funès l'imitait à merveille, ce que j'ai pu rire ! Je me baignais sur des plages vides adossées à d'immenses falaises. Merlin n'était pas encore passé par là.

De retour à Paris, évidemment, je ne prends plus de cours de violon. Il me restait pourtant encore un jour de tournage en studio, avec le fameux panoramique. Ce qui fut fait. À l'époque, j'ignorais tout de la mise en scène, du découpage d'un film. Il n'était pas écrit dans le scénario qu'on me filmerait en plus, en gros plan, en train de jouer du violon. Dès la première prise, mes doigts se crispent sur l'instrument. On recommence, je me contracte encore plus. À la cinquième prise, Autant-Lara piétine sa casquette et sort sa fameuse phrase : « Il est doué comme un petit singe ! » J'ai honte devant la centaine de figurants qui me regardent en jalousant mon rôle. L'assistant se retrouve caché derrière le piano et ne cesse de répéter pendant les prises : « Tes doigts..., tes doigts..., tes doigts... » Je suis pris d'une crampe dans la main. À la seizième prise, Autant-Lara n'en peut plus, il arrête en hurlant à la script : « On tire la première ! » Mon rôle est terminé. Je retourne dans ma loge me faire démaquiller. Je suis humilié, malheureux. Autant-Lara est mon Dieu. Il m'a engagé deux fois en un an, il faut que je lui dise au revoir, que je sente dans ses yeux qu'il ne m'en veut pas, qu'il me reprendra encore. Le tournage a repris, Autant-Lara a la tête prise dans son nouveau plan. Je m'approche de lui timidement, j'attends. Quand il me voit, je lui tends ma main. Il la regarde et ne la serre pas, il me fixe férocement dans les yeux en me traitant de « caca ».

Quand, en 1959, je jouerai *Tchin-Tchin*, j'arriverai difficilement à le joindre au téléphone en lui demandant d'écrire quelques phrases sur moi, pour me présenter dans le programme de la pièce. En bougonnant, il acceptera de le faire, je trouverai le texte sous le paillasson devant sa porte. Je me revois montant les escaliers de la rue Ballu, impatient de le lire. Voici ce qui figura dans le programme que, malheureusement, je n'ai pas conservé : « Pour moi, Claude Berri sera toujours Mimile, ce Titi parisien, ce petit gars bien de chez nous », signé Claude Autant-Lara.

Pendant trois ans, j'ai passé mes vacances à La Baule avec Bernard Bester-Lentéric, Georges Kiejman, René Urtreger, Samy Hoffman, son frère aîné Élie et Willy Vager. On avait loué un grand appartement. Nous mangions à La Taverne de la Jamaïque, tenue par une sorte de géant. Le seul qui n'avait pas les moyens de payer sa part, c'était Georges. Pour ce faire, il faisait le garçon à La Taverne. C'était lui, le futur confident de François Mitterrand, qui nous servait à table.

Notre préoccupation principale, c'était de courir après les filles. Un soir où j'étais seul avec Samy à prendre le frais, nous voyons passer une petite grosse, sac au dos. Samy était encore puceau, moi j'avais déjà eu mon expérience avec la putain. Nous nous précipitons sur la fille qui, pas farouche, en quelques secondes, se laisse délester de son sac et vient s'asseoir avec nous. Samy lui ouvre une boîte de sardines, j'en profite pour monter le sac dans notre chambre. Elle mange avec appétit pendant que nous déployons nos charmes respectifs. Lequel de nous deux va se la faire ? À un moment, elle se tourne vers moi et me dit : « Tu vas voir comment je vais te griffer le dos ! » Le sort en est jeté, ce sera moi l'heureux élu. Samy s'avoue vaincu, c'est moi qui monte avec la fille. En quelques secondes, je la pénètre et crac, je jouis. Tête de la fille. Elle s'appelait Nadia. Elle n'avait pas eu le temps de me griffer. Je sors du lit, je vais à la fenêtre. J'entends siffler : « Du poil aux fesses... » Je siffle à mon tour : « Et chaque matin... » En moins de temps qu'il faut pour l'écrire, Samy entre dans la chambre, se déloque en deux temps trois mouvements, et le voilà dans le lit avec Nadia. Pudique, je vais attendre dans la rue. Trois minutes plus tard, Samy, tout nu, me rejoint en hurlant : « Ça y est, je ne le suis plus ! » Sur ces entrefaites, son frère Élie arrive. Samy se précipite dans ses bras et lui annonce qu'il vient de se faire dépuceler. C'était un soir de pleine lune. Je regarde le sexe de Samy : il est couvert de sang. Quand nous nous branlions ensemble, sous les douches, j'avais toujours envié la taille de son membre. À l'époque, nous ignorions les menstruations des dames. Nous avons dormi tous les trois dans les draps couverts de sang. Toute la nuit, j'ai pensé : « Avec un pareil engin, il a dû la défoncer et la faire saigner. » Le matin, elle est repartie gaiement, sac au dos. Elle nous a envoyé une carte postale pleine d'humour, pas rancunière. Je me rappelle vaguement du texte : « Rappelez-vous quand nous frottions ensemble nos fonds de culottes sur les bancs de l'école. » J'ai raconté cette nuit épique dans *La Première Fois*, sauf l'épisode des règles. Une autre année, nous avons passé des vacances à Juan-les-Pins. Je garde le souvenir d'un concert en plein air de Sidney Bechet et de l'annonce de la mort de Louis Jouvet.

C'est à La Baule que je fis la connaissance de Sébastien Hadengue et d'Yves Gilbert en faisant de l'autostop. Le premier était peintre. Kahnweiler le prit sous contrat ; il est d'ailleurs encore mensualisé par la Galerie Louise Leiris bien qu'il n'ait jamais percé. Le second était dilettante, c'était un des fils des Cafés Gilbert, à l'époque une très grosse fortune. Une immense maison qui donnait sur la mer, un bateau somptueux. Nous avons sympathisé, c'est Yves qui me ramena à Paris. Il était tard dans la nuit, il me proposa de dormir chez lui, un hôtel particulier à La Muette, rue Albéric-Magnard. Dans le bureau de son père, je vis pour la première fois un tableau de nénuphars de Monet, dans le salon une grande sculpture de Rodin. On devint amis. Sébastien me recommanda d'aller voir une exposition Van Gogh au Jeu de Paume. C'est là que j'eus le premier grand choc de ma vie avec la peinture. J'étais fasciné, j'avais les pieds collés au sol, je mettais un temps infini à regarder chaque tableau, à passer de l'un à l'autre. Comment pouvait-on arriver à transposer la nature, une simple chambre, une église, de cette façon magique ? L'épaisseur de la pâte, les couleurs... Je frissonne encore à cette évocation.

L'année suivante, de retour à La Baule, je me réjouissais à l'idée de revoir Yves quand j'appris qu'il avait été atteint de la poliomyélite, qu'il était dans un poumon d'acier. Il ne retrouva jamais l'usage de ses membres. Je le revis souvent à Paris et aussi dans sa maison de Saint-Tropez. Grâce à Toby, il eut malgré tout une vie heureuse. Elle aimait les filles et lui servait de rabatteuse. Ils eurent souvent des aventures à trois. Yves est mort il y a deux ans. Je regrette de ne pas avoir été à son enterrement.

18 juin 2002.

Je me suis arrêté d'écrire le 3 février. Aujourd'hui, je vais essayer de reprendre la « suite ». C'est ma survie. Depuis quelques semaines, je suis retombé en dépression. Peut-être qu'écrire va m'aider à nouveau à en sortir. Je reprends des antidépresseurs. J'ai la tête dans du coton. Je ne me sens bien qu'à partir de six heures du soir. Les nuits sont bonnes heureusement. J'ai beau produire deux films, *Le Bison* d'Isabelle Nanty et *Les Sentiments* de Noémie Lvovsky, je ne fais rien de mes journées. Je reste allongé sur mon lit et je déprime.

Hier, je suis retourné voir Madame Cerf. Dans un café de la place d'Italie, j'ai pris mes précautions. L'idée que je pourrais avoir envie de faire pipi pendant l'entretien m'angoisse. Tout m'angoisse. Je n'ai pas d'appétit. Malgré le Forlax, je suis constipé. Sortir du lit le matin est un calvaire, y rester est encore pire. Il fait une chaleur épouvantable, près de quarante degrés.

C'est elle qui m'ouvre la porte. Elle porte une robe jaune en toile. Elle m'entraîne dans son bureau qui donne sur un petit jardin situé au nord. Il fait frais. Elle n'a pas l'air surprise de me revoir. Quand je lui dis que je suis à nouveau déprimé, elle me demande si c'est cyclique ou bien s'il y a une nouvelle raison. C'est peut-être cyclique, mais il y a effectivement une nouvelle raison. Je lui annonce que Julien est mort le dimanche 3 février. La veille, je l'avais vu si fragile, il insistait pour que je vienne dîner chez lui le mardi. Malheureusement, le dimanche vers midi et demi, S.O.S. Médecins m'appelait pour me dire qu'il venait de constater son décès. Mon fils adoré était mort. Elle me demande s'il s'est suicidé. Non, son cœur a dû lâcher après avoir absorbé tant de produits toxiques. Il avait tout préparé pour son voyage en Thaïlande, les malles étaient là, par terre dans le salon. Sa vie n'était pas une vie. Sur le moment, je me suis cru fort. Malgré ma douleur, j'ai tenu le coup. Probablement qu'à retardement, c'est sa mort que je n'ai pas encore acceptée. C'est sûrement la cause de ma rechute. Madame Cerf me dit qu'il faut que j'accepte de ne plus le voir, que je dois vivre, que j'ai encore des choses à faire. Je ne pleure pas, je l'écoute. Quand j'y pense, je sais qu'elle a raison. Mais que se passe-t-il dans mon inconscient ? Je lui dis que parfois, le voyant souffrir aux soins intensifs, je me suis demandé si ce ne serait pas mieux qu'il parte. Elle me dit de ne pas culpabiliser. C'est son choix, c'est lui qui l'a décidé. Elle me cite le cas de cette malade anglaise qui réclamait l'euthanasie. Elle était à bout, elle le souhaitait. Pour Julien, c'est pareil. Il ne lui restait que la drogue et il savait qu'elle le tuerait. On parle de mes antidépresseurs. « Votre fils est mort de produits illégaux, faites attention avec vos produits légaux. » Apparemment, elle est contre les médicaments. Il faut les prendre au début, mais ne pas s'y habituer, les diminuer le plus vite possible. Je lui dis que, l'année dernière, l'écriture m'avait aidé à sortir de ma dépression et que, bien sûr, depuis le 3 février, j'ai arrêté. Elle m'encourage vivement à reprendre. « Videz tout ce que vous avez retenu en vous. Vous n'avez pas encore fait le deuil de sa mort. Écrire va sûrement vous aider à le faire. Vous ne devez pas vous croire responsable, c'est son choix. Il se droguait déjà avant son accident. Il a choisi de se droguer jusqu'à en mourir. Et vos fils, comment ont-ils réagi ? » Darius a été très affecté. Thomas aussi. Depuis l'enfance, leurs relations ont été très conflictuelles. Julien n'a jamais accepté la naissance de son frère. Je me sens désœuvré, rien ne m'intéresse vraiment. Au moment où j'écris ces lignes, Isabelle Nanty m'appelle pour que je fasse aujourd'hui un passage symbolique dans son film. Elle me prévient à la dernière minute. Je vais essayer de le faire cet après-midi, vers dix-huit heures.

Il faut que je lutte contre ce désœuvrement. Je n'ai que l'écriture pour le faire. Écrire me fait du bien, mais en même temps c'est dur de me remémorer ces trois années où je l'ai vu tellement souffrir. Il n'a pas eu la force, comme tant d'autres dans son cas, la volonté de s'en sortir. Hier soir, à la télévision, j'ai vu une émission : « La rage de vivre ». C'était admirable de voir ces jeunes handicapés lutter pour se rééduquer. On les suivait depuis leur accident jusqu'à leur sortie de l'hôpital. L'un d'eux, tétraplégique, allait se marier. Un autre conduisait sa voiture. On les voyait vivre presque normalement dans leur famille. Julien n'a pas eu cette force, ce courage. Il voulait vivre avec moi, j'ai refusé. Je lui ai acheté un rez-de-chaussée avec un jardin. C'est là qu'il est mort. Mais comment vivre avec un drogué en permanence ? L'aurais-je sauvé si je l'avais pris avec moi ? Est-ce le remords qui me ronge ? Je demande à Madame Cerf si c'est la mort de mon fils qui est la cause de ma dépression. « Certainement, mais disons que c'est une hypothèse de travail. » Elle me propose de la revoir le lundi suivant. Elle a été très chaleureuse, j'accepte.

Aujourd'hui, je pourrais être heureux et surtout rendre Nathalie heureuse. Nous nous aimons, nous sommes très amoureux, pourquoi faut-il que je lui communique ma tristesse ? Elle me secoue, elle a raison. Rien ne me rendra Julien. C'était un enfant très beau, plein de charme mais inadapté pour l'existence. Un albatros. Même si Anne-Marie était restée vivante, aurait-elle pu le sauver ?

C'est Pierre Hebey qui m'avait écrit pour que je reçoive Nathalie. Je ne connaissais pas l'objet de sa demande. J'avais déjà différé un premier rendez-vous, j'aurais dû annuler celui du 19. Je me suis tout de même rendu à mon bureau le matin. La veille, Julien avait été opéré dans l'après-midi. Je savais que la moelle épinière avait été touchée, mais j'espérais qu'une opération faite à temps pourrait le sauver. Je tournais en rond dans mon bureau, attendant le résultat. Ma porte était ouverte, je la vis assise sur la banquette de l'entrée.

156

Nous nous sommes regardés de loin. Au même instant, je pus parler au chirurgien qui m'apprit que non seulement Julien ne retrouverait pas l'usage de ses jambes, mais qu'il y avait encore un risque pour ses mains.

Je ne sais pas où je trouvais la force de la faire entrer dans mon bureau. Elle vit mon visage bouleversé. Elle-même était émue. Je dus lui dire quelques mots sur le drame que j'étais en train de vivre. Chose à peine croyable, elle l'avait appris dans la nuit par une amie de Julien. Je la fis asseoir. Je la voyais sans la voir. Seule la beauté de son regard et de ses yeux m'apparaissait. Elle écrivait un livre sur Charles Denner, elle souhaitait que je lui parle de lui dans la mesure où il avait joué mon père dans *Le Vieil Homme* et dans *La Première Fois*. Je l'admirais comme acteur, mais je connaissais mal l'homme qui était plutôt secret. L'entretien fut bref, j'arrivais à peine à parler. Au moment de nous quitter, nous nous sommes regardés. Malgré mon chagrin, je sentis une personne rare. En nous serrant la main, elle me dit : « J'aimerais bien vous revoir. » La phrase résonna en moi, mais j'étais loin de m'imaginer l'importance qu'elle prendrait. Une heure après, je reçus un petit mot me remerciant de l'avoir reçue malgré ma douleur. Il n'y avait pas d'adresse ni de numéro de téléphone dans cette lettre. Je fis ce que je n'avais jamais fait : je fouillai dans le carnet de rendez-vous de ma secrétaire pour y trouver son téléphone. C'est moi qui l'ai appelée. À cinq heures, nous avions rendez-vous au bar du Bristol. Je l'attendis dans le hall ; dès qu'elle fut près de moi, je la serrai dans mes bras avec l'énergie du désespoir.

Quelle force me poussait vers elle malgré l'accident de Julien ? Je l'embrassai. J'avais trouvé le courage de continuer à vivre. Combien de fois me suis-je demandé, par la suite, si je n'étais pas un monstre d'avoir pu penser à moi ce jour-là.

Je ne suis pas croyant, mais je me suis dit que Dieu m'avait envoyé un ange pour m'aider à supporter l'épreuve qui m'attendait. Combien de fois me suis-je demandé si j'avais le droit d'être heureux, sachant Julien en train de souffrir, entre la vie et la mort ? À chaque moment de bonheur avec Nathalie, tout de suite après je pleurais en pensant à lui. L'amour allait se mélanger au drame.

Je ne les ai présentés l'un à l'autre que deux mois plus tard, aux environs de Noël. Il était encore dans un service de réanimation à La Pitié-Salpêtrière. Tout de suite, ils se sont aimés. Elle qui n'avait pas d'enfant, lui qui avait trouvé une sœur. Pendant plus de trois ans, jusqu'à sa mort, elle est restée à mes côtés. Comment aurais-je pu tenir sans elle ? La liste des établissements où il est passé est longue. Bouffemont où il n'a pas voulu rester. Saint-Joseph pour une greffe d'escarre. Les Invalides. L'Hôpital américain, je ne sais combien de fois, aux soins intensifs. Neuf mois à La Châtaigneraie. Il s'était rééduqué, il roulait seul dans son fauteuil. Nous avions retrouvé l'espoir qu'il s'en sorte. Il a fallu qu'il recommence à se droguer. Bien sûr, ils ne l'ont pas gardé. L'hôpital de Garches avec un médecin admirable, le Docteur Lortat Jacob. La clinique de Garches où il était censé se désintoxiquer. En vain. Perret-Vaucluse. Plus aucun établissement ne voulait le reprendre. Retour à La Pitié avec une double pneumonie où j'ai bien cru qu'il allait y rester.

Partout Nathalie était présente, le soutenait, me soutenait. Et pendant que de mois en mois il déclinait, nous poursuivions notre amour. Je culpabilisais sûrement ces instants de bonheur. Comment a-t-elle supporté ce chemin de croix, cet enfer ? Combien de fois j'ai craint qu'elle ne me quitte ? « Je n'ai pas d'autre raison de rester que l'amour », me disait-elle. Parfois je voyais son psychiatre, le Docteur Bouvet ; c'est lui qui m'a dit cette phrase : « Julien n'a pas encore choisi s'il veut vivre ou mourir. » Je n'arrivais pas à l'admettre. Ne sachant plus où le placer, c'est là que j'ai dû craquer et avoir ma première dépression pendant le tournage de *Une femme de ménage*. Les derniers mois de sa vie, il les a passés dans ce rez-de-chaussée jardin que nous lui avions acheté. Il faisait des projets. La bourse l'intéressait, le design, la Thaïlande où paradoxalement il prétendait se sortir des toxiques. Avant son accident, il y avait séjourné et en gardait un souvenir paradisiaque. « Je te promets, Papa, là-bas je vais arrêter. » Chimère. Il n'aura pas eu le temps d'y aller.

C'est encore Nathalie qui s'est occupée des pompes funèbres. Après qu'on lui a fait sa toilette mortuaire, je l'ai revu, ses deux petites mains croisées sur la poitrine. Il était beau, calme, en paix. Son copain Fred qui l'a tant soutenu était là, Max qui l'a veillé dans ses derniers instants. Darius a sangloté sur le corps de son frère. Thomas était bouleversé. Sylvie et Nathalie se sont embrassées devant le corps de mon fils adoré. C'est l'oncle Paul qui s'est occupé des funérailles.

Julien a rejoint dans la tombe son grand-père, son oncle Jean-Pierre et sa maman, dans ce beau cimetière de Montfort-l'Amaury. Il n'y a pas eu de cérémonie religieuse. C'est moi qui ai prononcé quelques paroles. J'étais tellement ému que je n'arrivais pas à parler. J'ai murmuré quelques phrases d'amour à mon fils. Nathalie lui avait écrit un petit poème que j'ai réussi à lire du bout des lèvres. Seuls ceux qui étaient près de moi ont pu l'entendre :

Ton corps diaphane repose sur ce drap blanc
Ton visage a retrouvé son sommeil d'enfant
Après une ultime souffrance ta frêle silhouette
Reflet de ta si courte vie, de ta douleur extrême
Les anémones qui te recouvrent se faneront
À l'heure où tu rejoindras la terre
Là tu flotteras enfin loin de tes peurs sombres
De tes nuits sans sommeil tu trouveras la lumière
La quiétude t'enveloppera d'un tulle léger
Les ombres seront loin, ton esprit trouvera enfin le repos
Les certitudes remplaceront tes doutes
Alors Julien mon ange nous nous reverrons.

Dans quelques jours, je vais avoir soixante-huit ans, il en avait trente-quatre. J'ai eu une vie magnifique, ponctuée de malheurs. Celui-ci est le plus grand. Les mois qui ont suivi sa mort, j'ai peut-être même éprouvé un soulagement pour lui et pour nous. En mai j'ai rechuté. Il faut croire que, dans mon inconscient, je n'avais pas fait son deuil. Je dois reprendre goût à la vie. Mon malheur ne le fera pas revenir. Il faut que je chasse mes idées noires, j'ai deux autres fils. Thomas va bientôt être père et moi grand-père. Nathalie m'aime et je l'aime. Je dois vivre pour eux. Je suis désœuvré. Il ne faut pas que j'arrête d'écrire. C'est dur.

Hier, j'ai revu Madame Cerf. Je lui ai dit que je n'allais pas mieux, que je passais la plupart de mes journées allongé sur mon lit, elle m'a répondu : « Ah, c'est pas bien, il faut vous activer, tout le monde n'est pas Marcel Proust ! » J'aimerais bien m'activer mais je suis désœuvré, la production ne m'occupe guère, je me traîne. Impossible de me lever le matin, je somatise dans mon lit. Je ne devrais pas faire la sieste, les réveils sont pénibles, mais je ne peux pas m'en empêcher.

On m'apporte le plan média de mon film *Une femme de ménage*. Je suis d'accord, je suis sans opinion. Je regarde le film annonce. Il est bien. Les premières réactions sur mon film sont bonnes, mais en ce moment, je suis incapable de donner des entretiens. Heureusement, la sortie est prévue pour le 13 novembre. J'espère aller mieux à cette date.

J'explique à Madame Cerf que je n'ai pas d'idée pour un prochain film. Sauf une. Encore un film personnel : *L'un reste, l'autre part*. C'est l'histoire de deux hommes mariés qui rencontrent chacun une autre femme. L'un va rester, l'autre va changer sa vie. Il faut que je l'écrive, mais j'en suis incapable actuellement. Par moments je doute de pouvoir refaire un film. Je passe mes journées à tuer le temps, en attendant dix-huit heures où je commence à aller beaucoup mieux. Je me détends en regardant « Hollywood Stories » sur Paris Première. Les soirées et les nuits sont bonnes. Quand Nathalie est près de moi, c'est le bonheur. Elle est ma raison de vivre, mon rayon de soleil.

Madame Cerf me propose une autre hypothèse de travail : la culpabilité. « Quand on vit un drame semblable au vôtre, cela se traduit de différentes façons. Certains font de l'anorexie, d'autres deviennent boulimiques, certains comme vous font une dépression, souvent à retardement. » Elle me demande de chercher des raisons de culpabiliser. Je n'ai pas su m'occuper de mes enfants comme un père, quand Anne-Marie a commencé à souffrir de ses crises maniaco-dépressives. Je n'ai jamais été un père, je suis toujours resté un fils. Thomas avait huit ans, Julien onze ans. J'ai essayé d'assumer comme j'ai pu. Mal sûrement : je n'ai pas renoncé à ma vie d'homme, à ma recherche d'un nouvel amour, au cinéma. Ils ont été ballottés, beaucoup livrés à eux-mêmes. Ma mère s'en occupait comme une mère juive, le plus possible, mais ils étaient tellement attachés à Anne-Marie. Quand elle sortait de clinique, elle les reprenait et moi, naïvement, je croyais qu'elle était guérie. L'année suivante, elle repétait les plombs. Leur destin aurait-il été autre si j'avais tout abandonné pour m'occuper d'eux, si j'avais été un vrai père ? Impossible à dire. Quoi qu'on fasse avec les enfants, on fait toujours mal. Freud a dit : « Il y a trois choses impossibles : gouverner, éduquer, psychanalyser. » Des raisons de culpabiliser, j'en ai d'autres certainement. Quand Julien m'a donné son scénario à lire et que ma réaction a été négative. Si je l'avais produit, l'échec aurait été pire pour lui. Quand je l'ai présenté à Beyeler, quand il a passé six mois à New York chez Leo Castelli, j'étais tellement convaincu qu'il était fait pour la peinture. Mais lui, c'est le cinéma qu'il voulait. Son idole, c'était Godard. « Tout le monde n'est pas Godard », me dira Madame Cerf. « Cherchez au plus lointain, peut-être que cette douleur a rouvert d'autres plaies enfouies en vous-même : la mort de votre père, le suicide d'Anne-Marie. »

Comment répondre, quelle réponse donner ? « L'important, me dit-elle, ce sont les questions. Posez-vous des questions. » Bien sûr, j'ai culpabilisé quand j'ai rencontré Nathalie. Me séparer de Sylvie après quinze ans de vie commune. Darius avait treize ans. Comment expliquer à un adolescent que l'on va briser son cocon familial, qu'il ne verra plus sa mère et son père dans le même lit ? Comment lui expliquer que j'étais tombé amoureux d'une autre femme, pleine de désir pour son père ? Que, malgré mon âge, j'avais encore le droit à l'amour ? Fallait-il que je renonce à cette rencontre pour lui ? Fallait-il que je continue à m'étioler, à devenir un petit vieux quand je pouvais retrouver la vigueur de ma jeunesse ? J'y ai songé, certainement j'ai culpabilisé. L'amour a été le plus fort. Aujourd'hui Darius aime beaucoup Nathalie. Mais cela a pris du temps. Je n'ai pas fait comme d'autres qui partent aussitôt avec leurs bagages. Nous avons attendu plus de trois ans avant de pouvoir vivre ensemble. Trois ans remplis de moments de bonheur et de moments difficiles, entre mes scrupules pour Darius et le calvaire de Julien. Jamais Nathalie n'a fléchi, elle est restée à mes côtés, solidaire. Aujourd'hui nous avons tout pour être heureux, pourquoi faut-il que je sois déprimé ? Quelle culpabilité au fond de moi me met dans cet état ? Quelles questions dois-je encore me poser ?

Je revois Madame Cerf lundi prochain. Cette psychothérapie m'aide à écrire. Est-ce le remède qui m'aidera à retrouver l'envie de vivre, à retrouver ma force, mes rires d'antan ? Je me traîne, rien ne m'intéresse, je n'arrive même pas à lire le journal. Je m'angoisse. J'ai peur de ne même plus arriver à écrire. Je roule des heures en voiture, conduit par mon chauffeur. Ça me calme. J'attends le soir où je vais mieux. Jusqu'au lendemain matin où l'angoisse me reprend.

Thomas ne comprend pas pourquoi je ne le vois pas, à peine si je lui parle quelques secondes au téléphone. Tout va bien pour lui, c'est l'essentiel. Madame Cerf me dit que le deuil d'un enfant peut durer une année, qu'il ne faut pas que je reste inactif pendant tout ce temps. « C'est votre descendance qui est atteinte. » Elle me donne comme devoir de vacances : la généalogie et la culpabilité. Elle revient le 4 septembre. Hier soir, Nathalie et moi avons dîné chez Noémie Lvovsky. J'étais en forme. Il y avait longtemps que je n'avais pas mangé d'aussi bon appétit. Les boulettes que je lui avais commandées étaient excellentes, même comparées à celles de ma mère. Noémie les avait fait revenir à la poêle, ma mère les faisait à la sauce tomate. N'empêche que je me suis régalé. Je voudrais tellement aller bien et vivre heureux avec Nathalie, être en paix avec mes enfants.

Mercredi 24 juillet 2002.

Temps gris. Paris se vide. J'essaie de me remémorer comment j'ai vécu ce mois de juillet. Le 1er, c'était mon soixante-huitième anniversaire. J'avais souhaité que personne ne me le souhaite. Bien sûr Nathalie est passée outre. Elle m'a offert un objet magnifique acheté chez Kugel, l'antiquaire. Lui-même l'avait acheté à son père. C'est un objet qu'elle avait toujours vu et qu'elle aimait : un rare groupe en buis de l'allégorie de la charité représentée par une femme nue et ses trois enfants. École flamande du XVIIe siècle. Je l'ai posé dans ma chambre, à côté d'un cavalier Dogon en bois, également du XVIIe. Ces deux objets sont magnifiques l'un à côté de l'autre.

Thomas est en Corse. Il a loué un bateau. Il me téléphone souvent pour prendre de mes nouvelles. Darius est parti dans le Lubéron avec ses copains. Il a souhaité que nous venions passer quelques jours avec lui. Lui non plus n'avait pas oublié mon anniversaire. Dans ma chambre, sur mon lit, j'ai trouvé un bouquet de fleurs des champs et une lettre très émouvante. Il me dit combien il a besoin de moi, que j'ai encore de belles années à vivre, que je dois retrouver ma fraîcheur, mes envies, qu'il souffre de me voir aussi malheureux, que je ne dois pas me laisser aller de la sorte. Bien sûr, il a du mal à comprendre mon état dépressif. Il pense à Julien qui nous a quittés il y a cinq mois. Il réalise combien ses liens étaient forts avec son frère, bien qu'ils n'aient jamais vécu ensemble. Il me dit qu'il vient de revoir pour la cinquième fois *Le Cinéma de Papa*, que cela l'a transporté dans un monde magique où le bonheur est roi, qu'il est là et qu'il a besoin de moi comme j'avais besoin de mon père. Que je dois vivre tranquillement avec Nathalie et redécouvrir les plaisirs de cette vie parfois si cruelle mais à la fois si douce, que j'ai encore beaucoup de choses à lui apprendre, qu'il ne me laissera jamais plonger la tête dans l'eau, qu'il sera toujours auprès de moi, que je dois prendre sur moi pour « redonner les cartes de l'amour et de la tendresse », qu'il m'aime énormément. S'il savait à quel point je le souhaite !

Le soir, je suis beaucoup mieux, je retrouve Nathalie. Nous regardons « Hollywood Stories » et « Qui veut gagner des millions ? ». Nous dormons ensemble presque toutes les nuits. Je ne sais pas ce que je deviendrais sans son amour, sans notre amour. Abruti par les médicaments, je n'ai pas réussi à écrire jusqu'à ce matin. Et pourtant, depuis deux semaines, je viens d'écoper d'une nouvelle tuile : j'ai des acouphènes dans les oreilles, probablement consécutives à ma dépression. Je n'avais jamais entendu ce mot : acou-

166

phènes. C'est un bourdonnement et un sifflement dans les oreilles qui est un véritable handicap. J'apprends que plusieurs millions de personnes dans le monde en souffrent. Impossible de vivre normalement, impossible de trouver le sommeil. Comment expliquer ces acouphènes ? Quels sont leurs mécanismes, leurs causes ? Est-ce un problème cérébral, O.R.L. ? Peut-on les soigner, les supprimer ? Comment apprendre à supporter l'insupportable ? Comment vivre avec ? J'ai consulté au Centre d'explorations fonctionnelles oto-neurologiques le Docteur Martine Ohresser qui a écrit un livre sur ce phénomène : *Bourdonnements et sifflements d'oreilles*, aux éditions Odile Jacob. La lecture de ce livre ne m'a pas rassuré. Une femme témoigne qu'elle en souffre depuis dix-sept ans. Mon bilan audiométrique a montré que j'avais une déperdition de 10 % dans l'oreille gauche et de 17 % dans l'oreille droite. Il arrive que ces acouphènes disparaissent rapidement comme ils sont venus, parfois cela dure.

Heureusement, il arrive parfois dans la journée que je n'entende rien, et puis cela reprend de plus belle. C'est dans le calme, le plus terrible, dans la rue, en voiture, en écoutant de la musique ou la télé que je recouvre ce bruit insoutenable. Il ne me manquait plus que cela. À la minute où j'écris ces lignes, je les entends très faiblement. Je consulte cet après-midi un spécialiste O.R.L., le Docteur Pandraud. Que pourra-t-il faire pour me soulager de ce mal qui n'a pas encore de remède ? Des recherches sont en cours. J'ai fait la liste des médicaments que je prends, elle est longue. Je commence ma journée en me piquant le doigt pour voir mon degré de sucre dans le sang. Il paraît que beaucoup de diabétiques souffrent d'acouphènes. Puis je fais ma piqûre d'insuline en fonction du résultat de mon taux de sucre. Pour ma dépression, j'avale le matin deux Deroxat et trois Athymil au coucher. Pour l'anxiété, je prends du Xanax, deux dans la journée et un au coucher avec l'Athymil. Pour pouvoir dormir malgré les acouphènes, je rajoute cinq gouttes de Rivotril au coucher. Je prends du Sermion aux trois repas, et matin et soir du Vastarel 20. Ce sont des vasodilatateurs pour faire circuler le sang. Voilà ma journée. Le Rivotril m'abrutit complètement. Tout tourne à l'obsession de ces acouphènes et de mon manque d'énergie ou je n'arrive plus à lire ni à écrire. C'est un miracle si ce matin j'ai pu écrire ces quelques lignes. Il faut absolument que je me force chaque jour pour reprendre mon stylo. Même si ce que j'écris n'est pas tellement drôle, cela me fait du bien.

Par Nathalie, je rencontre Christine Angot, l'auteur de *L'Inceste*. Elle-même a été en dépression. Nous avons un sujet de conversation tout trouvé. Depuis plusieurs années, elle suit une psychothérapie dont elle ne peut plus se passer. Je lui parle de Madame Cerf qui a mis le doigt sur mon manque de maîtrise actuel, sur des culpabilités certaines. Christine me propose de demander conseil à une amie psy qui pourra m'indiquer une « pointure ». Quelques jours plus tard au téléphone, elle me donne le nom d'un neuropsychiatre, le Docteur Melman. Il n'a qu'un défaut, il n'est pas à l'heure. On peut poiroter longtemps dans sa salle d'attente. En aurai-je la patience ? Je l'appelle, je lui donne mon nom. Il me rassure, je n'attendrai pas.

J'arrive à son cabinet, rue Elzévir. Cinq personnes sont déjà là. J'angoisse. Vais-je être le dernier ? Quelques minutes se passent, il descend de sa loggia avec une patiente. Il me fait signe de monter. Je me retrouve devant un homme au visage magnifique. Il me fixe avec son regard magnétique. Je sens qu'effectivement c'est une « pointure ». Il m'écoute, je lui résume ma vie. Lui, ce qui l'intéresse d'abord, ce sont les antidépresseurs que j'absorbe. Il les note en hochant la tête. Il pense que je suis surmédicamenté. Pour la première fois, l'entretien est court. Il m'a reçu rapidement pour faire connaissance. Il connaît bon nombre de mes films dont *Le Cinéma de Papa* et surtout *Le Vieil Homme*. Il a dû avoir une enfance semblable à la mienne. Je lui demande s'il est juif, il ne me répond pas. Je lui fais part de sa réputation de faire attendre et de mon angoisse du pipi. Je pourrai faire chez papa. Je lui fais remarquer qu'il y avait cinq personnes dans la salle d'attente quand je suis arrivé. « Combien de temps vont-elles patienter, jusqu'à quelle heure travaillez-vous ? » « Et vous ? » me dit-il. « Malheureusement, moi je ne fais rien. Je lutte contre l'ennui, c'est certainement la plus grande cause de ma dépression. » Quand je redescends de sa loggia, dix personnes sont en train d'attendre leur tour. Je le reverrai deux fois dans la semaine, avant qu'il ne parte en vacances. À chaque fois, il ne me fera pas attendre et je n'aurai pas l'occasion d'utiliser ses toilettes. Comme nous sommes en fin de journée, je suis en forme, et comme il m'inspire, je lui parle très volontiers. Il me dit qu'on ne peut pas faire le deuil d'un enfant mort, qu'il faut le vivre. Qu'en septembre, il parlera à mon psychiatre pour diminuer mes antidépresseurs. Il me trouve plein de ressources : je n'aurai sûrement pas besoin d'une analyse. C'est aussi mon impression. Je sors de chez lui gonflé à bloc. J'attends vivement le 29 août où nous avons rendez-vous pour le revoir.

Ce livre, si j'arrive à le terminer, sera édité par Léo. Il a créé depuis deux ans les Éditions Léo Scheer. Il est considéré aujourd'hui comme un des éditeurs les plus en vue, en publiant Pierre Guyotat, Jean-Paul Curnier, Michel Surya (biographe de Georges Bataille), Claude Esteban et d'autres. Il édite également des livres d'art, comme celui de Raoul Ubac, dont j'avais fait une exposition au 14-16, rue de Verneuil. Le prochain qui sortira en septembre est un livre magnifique sur les rayographies de Man Ray et dont le texte est d'Emmanuelle de l'Écotais. Hier, nous avons déjeuné tous les trois avec Nathalie. Il m'a offert le livre avec en couverture une rayographie que je possède. Cette relation d'affection qui s'est installée entre nous me touche beaucoup. En août, nous passerons des vacances ensemble à Saint-Florent, dans la maison du père de Nathalie.

Pendant des années, je ne me suis pas intéressé à la photo, considérant qu'à l'inverse de la peinture, la lumière était déjà dans l'œuvre. Le hasard a voulu qu'un libraire, Maurice Imbert, me propose de m'emmener chez Gilberte Brassaï, Faubourg Saint-

Jacques. Elle me mit devant les yeux une quarantaine de vintages de graffitis de son mari. Je fus tellement ébloui que je lui demandai si elle acceptait de m'en vendre. Ayant peut-être besoin d'argent, elle m'en vendit une quinzaine. Des grands formats magnifiques qui avaient été tirés spécialement pour une exposition au MoMA de New York, dans les années cinquante. Elle les authentifia et les signa au dos comme provenant de l'atelier de Brassaï. C'est donc à partir de ce moment-là que j'ai commencé à m'intéresser de plus près à la photo. Je n'ai jamais eu l'occasion de retourner chez elle. Nous nous rencontrons souvent à des vernissages, elle est toujours très aimable avec moi. Elle m'a même demandé de faire partie de l'Association des amis de Brassaï. Mais elle ne vend plus rien, il faut passer par son marchand new-yorkais, Edwyn Houk, ce que j'ai fait. J'ai acheté tous les graffitis qu'il avait à des prix raisonnables car les Américains ne les apprécient guère. Ils préfèrent les photos de « Paris la nuit ». J'ai eu la chance de trouver chez un marchand allemand une centaine de graffitis qui avaient été tirés pour un livre dans les années soixante. Certains, je les avais déjà, d'autres étaient abîmés. J'en choisis une trentaine, tous tamponnés et signés par Brassaï. On y voit encore la trace des cadrages faits pour le livre. Par la suite, une grande exposition a circulé à travers plusieurs grands musées d'Amérique, jusqu'à celle du Centre Pompidou. Un mur entier était consacré aux graffitis. Il est difficile aujourd'hui d'en trouver avec le tampon du Faubourg Saint-Jacques, Gilberte Brassaï luttant pour conserver la rareté des tirages de son mari.

Les derniers que j'ai pu acheter proviennent de la Galerie Virginia Zabriskie de New York. Pour moi, ces photographies sont magiques. De mur en mur, elles résument tous les grands thèmes de la vie : la naissance, l'amour, la mort. Brassaï attendait parfois des heures la bonne lumière pour l'inscrire dans l'œuvre. Ce qui me rebutait dans la photo me fascine aujourd'hui.

Comme dix ans auparavant, quand je connaissais mal la peinture du XXe siècle, j'avais soif d'apprendre. Au-delà de la possession, c'est la découverte qui m'intéressait le plus. J'avançais avec mes yeux et mon instinct. Rarement avec mes oreilles, quoique les conseils d'une amie marchande, Sylviane de Decker, m'aient été précieux. C'est elle qui me fit découvrir Harry Callahan et surtout Raoul Ubac. À Paris Photo, elle me montra une œuvre surréaliste, un œuf qu'il avait photographié-sublimé. La Galerie Tessa Herold exposait ses peintures, dessins, sculptures en ardoise, mais pas de photos. Tessa m'en procura une provenant de chez sa fille, Anne Delfieu. C'était mon premier *Penthésilée*. Un travail magnifique de montage, collage, surimpression, solarisation, brûlage. Je me suis lié d'amitié avec Anne et son mari. Séduite par ma passion, elle m'a sorti des cartons remplis de photos de son père, enveloppées dans du papier de soie comme un trésor. Elle m'a laissé choisir les plus belles. Par la suite, nous avons fait une exposition à 14-16 Verneuil et Léo édita le catalogue raisonné des photos de Raoul Ubac.

J'allai voir une exposition du Centre de la photographie : des photos que Paul Strand avait faites au Mexique. Ce fut un choc. À Paris Photo, dans le stand de Kaspar Fleischmann, la Galerie Stockeregg de Zurich, je tombai en arrêt sur une façade basque de Paul Strand. On aurait cru voir un Mondrian. Je l'achetai ainsi qu'un nu, une distorsion superbe de Kertész. Dans le même stand, je découvris Bill Brandt, les photos de l'atelier de Brancusi et de ses sculptures. Impossible de raconter par le détail toutes les rencontres que j'ai faites avec la photographie. Après Bellmer et Man Ray, je me suis intéressé à la photo contemporaine, des « Mers » de Sugimoto en passant par Nan Goldin, Andres Serrano, Mapplethorpe que mon Julien adorait, Cindy Sherman, Gursky et surtout les Becher que j'ai montrés à 14-16 Verneuil. Leur travail sur une architecture en train de disparaître est un document pour les générations futures.

Julien adorait Mapplethorpe. Je lui avais offert les six photos que j'avais achetées à New York, ainsi que *La Salle de bains verte* de Nan Goldin aujourd'hui épuisée. Elles sont maintenant dans le Lubéron, sur les murs de la chambre que l'on continue d'appeler « la chambre de Julien ». Lui s'était intéressé à la photo bien avant moi. Je reste persuadé que s'il en avait fait son métier, il serait encore parmi nous. Tu me manques, mon Julien.

J'ai vu le Docteur Pandraud pour mes acouphènes. C'est un homme charmant, un médecin rassurant. Il

m'a nettoyé les oreilles. D'après lui, 60 % des acouphènes proviennent de cette cire dans les oreilles.
Espérons. Effectivement, le soir même les bruits ont
diminué. À la longue liste des médicaments que
j'absorbe, il m'a rajouté des gouttes d'antibio Synalar,
trois dans chaque oreille au coucher, afin de ramollir
mes tympans pour qu'il puisse à nouveau les nettoyer.

Autre cause d'acouphène : le blocage d'une cervi-
cale, C1 ou C2. J'ai donc vu un ostéopathe. Il n'a rien
trouvé de ce côté-là. J'en ai profité pour lui dire que
j'avais souvent mal au dos, que mon kiné me manipule
fréquemment les vertèbres. Il m'a examiné et m'a dit
que je souffrais au niveau du carré des lombes. Il m'a
montré sur un livre un croquis pour me situer où se
trouve ce fameux carré. Autre possibilité thérapeu-
tique : l'acupuncture. Il paraît que chez les patients
acouphéniques, il existe toujours une composante émo-
tionnelle majeure et un dérèglement significatif du
système nerveux neurovégétatif que l'acupuncture peut
rééquilibrer. J'ai donc vu mon acupuncteur. Quand je
me suis allongé sur la table et qu'il m'a planté ses
aiguilles, je n'avais aucun bruit dans les oreilles. Je me
suis endormi et quand je me suis réveillé, les acouphènes avaient débarqué. Il m'a conseillé de prendre
des oligoéléments. Là j'ai craqué. Je n'en pouvais plus
de cette surcharge de médicaments, je n'ai pas suivi sa
prescription. Je suis passé au Docteur Zhang, un acupuncteur chinois que m'a recommandé Léo. Je ne me
suis pas endormi sur sa table. Je lui ai raconté que,
d'après l'O.R.L. que j'avais consulté, 60 % des acouphènes proviennent de la cire dans les tympans. Le

Docteur Zhang n'y croit pas du tout. Il m'a raconté l'histoire d'une patiente qui est venue le trouver souffrant d'acouphènes depuis quatre ans : elle n'en avait pas jusqu'au jour où on lui a nettoyé les oreilles. Je ne sais plus qui croire. Mon bon Docteur Taravel me dit, lui, qu'ils repartent comme ils sont arrivés. Ce matin, je n'entends rien.

Darius m'appelle du Viêtnam où il vient d'arriver avec sa vieille copine Géraldine. Elle étudie le chinois. Elle a quatre ans de plus que lui, ils sont comme frère et sœur depuis des années. Il me demande des nouvelles de ma santé. Bien sûr je le rassure. À quoi bon gâcher ses vacances. Tout mon entourage s'inquiète de ma santé. Pas un jour sans qu'on me pose la question : « Alors, comment ça va ? » Ça dépend des jours. Quand la dépression recule, c'est les acouphènes qui avancent, quand c'est pas les acouphènes, c'est le dos, le taux de glycémie, la constipation avec tout ce que j'avale comme médicaments, l'appétit, la libido. Je m'en rappellerai de ce mois de juillet 2002. Ma sœur s'affole aussi. Maintenant qu'elle habite Romans avec son Michel, elle est très heureuse, enfin ! Elle me supplie d'aller voir le Docteur Boeler, un auriculothérapeute qui met des petites agrafes dans les oreilles. Il l'a beaucoup aidée au moment de l'accident de Julien, il aurait sauvé une amie à elle de la dépression. C'est le docteur miracle. Il ne me manque plus que des agrafes dans les oreilles ! Je les garde pour le mois de septembre.

Je fume beaucoup, après chaque cigarette je dois me laver les dents, les médicaments me laissant un mauvais goût dans la bouche. Si je fume en voiture, je dois m'arrêter le long d'un trottoir pour me les brosser. En plus, c'est mauvais pour le diabète. L'autre matin, ma glycémie était de 2,48. J'ai d'abord pensé que j'avais mangé trop de pâtes la veille, mais non, cela persiste. J'appelle mon bon Docteur Taravel. Il me conseille de boire trois litres d'eau par jour, pour mieux évacuer mon sucre. Trois litres d'eau, moi qui fais déjà pipi toutes les vingt minutes ! En plus, il me recommande de marcher une heure par jour, par cette chaleur ! Je cherche à joindre mon diabétologue. Il est en vacances jusqu'au 3 août. C'est bien ma veine. Son remplaçant est débordé. J'insiste, j'obtiens un rendez-vous pour onze heures et quart. Mais je devrai patienter. Je fonce à l'Hôpital américain, il est onze heures. La salle d'attente du diabétologue est pleine comme un œuf. Le remplaçant sort de son cabinet avec un patient, il me reconnaît, me fait attendre dans son secrétariat. Vingt minutes après, il me reçoit. Il a bien connu Anne-Marie et Julien, leur destin tragique. Il me dit aussi avoir été le médecin d'Yves Robert, qu'il l'a fait passer à trois injections par jour. Je ne savais pas qu'Yves Robert était diabétique. Cela ne me rassure pas, Yves étant décédé depuis quelques mois. Cela me confirme que je vais mourir dans mon sucre. Mais quand ? Ma glycémie étant plus forte le matin, il me prescrit une insuline plus rapide pour le soir, Humalog Mix 25tm, et me recommande de conserver la N.P.H. pour le matin. Il ne faudra pas que je me goure de stylo. Je sens qu'il y a une comédie tragi-comique qui pointe dans ce que je vis. Je préfère en rire en écrivant, tout seul dans ce grand appartement, en caleçon, tellement il fait chaud.

Pourvu que Nathalie tienne avec le programme que je lui impose. Mon amoureuse est devenue mon infirmière. C'est elle qui me met des gouttes dans les oreilles, qui prépare la dose de Rivotril, qui me masse avec le baume préparé et conditionné par les moines d'Aiguebelle. Nathalie l'a acheté lors d'une visite à l'Abbaye de Sénanque. Véritable source de bienfaits lorsque douleurs et petits maux viennent à vous indisposer. Elle a droit à mes angoisses, aux récits de mes journées. Heureusement que je la fais rire quand je lui lis ce que j'écris. Un matin où j'ai dû être encore plus emmerdant que d'habitude, préoccupé par un mauvais taux de glycémie, je trouve une lettre qu'elle m'a laissée. Elle connaît mes problèmes, mais elle a aussi les siens, ses douleurs, ses souffrances, ses chagrins. Son père est très âgé. Où sont ces moments de bonheur que nous partagions, même quand Julien était encore là ? Où sont nos voyages, nos sorties le soir, nos moments de tendresse du matin ? Il ne faudrait pas que la flamme qui nous anime s'éteigne tout doucement. Elle espère conserver cette passion pour moi qui la brûlait jour et nuit, faisant de notre amour quelque chose d'unique. Elle m'écrit que j'ai tout entre les mains pour aller mieux, pour partager les bonheurs que m'offre la vie. Comme elle a raison ! Le soir même, je la serre dans mes bras. Que ferais-je sans toi ?

La Warner me demande si les droits de remake de *Ma femme est une actrice* sont libres. J'ai toujours pensé que ce sujet intéresserait l'Amérique. Vendre les droits ne m'intéresse pas beaucoup, je voudrais produire la version américaine. Mais comment faire avec un anglais comme le mien ? À la fin des années soixante, après avoir vu *Mazel Tov*, Barbra Streisand m'avait téléphoné pour mettre en scène *Yentel* de Singer, avec elle dans le rôle. J'ai dû y renoncer à cause de mon anglais. Il y a quelques années, j'avais pris quelques leçons mais je me suis vite rendu compte que j'étais imperméable à la grammaire. Pour produire un film, c'est sûrement moins important.

Nous sommes le 31 juillet. Je viens de déjeuner avec Jérôme Seydoux, avec lequel je travaille depuis 1987. En quinze ans, notre association a été fructueuse. J'ai renouvelé mes accords avec lui pour cinq ans, il en reste quatre. J'aurai soixante-douze ans à ce moment-là. Que ferai-je après ? Nous avons le même âge, il est en pleine forme, le golf, les affaires, ça maintient. Il fait attention à sa ligne, il a simplement mangé une salade de crabes pendant qu'il me faut un minimum de féculents à chaque repas pour mon diabète. Lui aussi croit que *Ma femme est une actrice* peut faire un très bon remake. Ensuite, nous avons évoqué la possibilité d'un troisième *Astérix*, ce pourrait être *Astérix en Hispanie*. Le critère de Jérôme, c'est son fils Jules, huit ans. Il a adoré le premier et moins le second qui plaît plus à partir des quatorze quinze ans. Le premier est plus visuel pour les enfants français ou étrangers, le second repose plus sur les dialogues. Mais qui pourrait faire le troisième ?

Il est deux heures, je rejoins mon bureau solitaire afin d'écrire ces quelques lignes. Je suis le Léautaud de la rue Lincoln. Quand j'écris, je n'entends plus mes oreilles. Je fume, je fulmine, je me lave les dents, je fais pipi, le temps passe. Voilà décrits quelques instants de la vie du grand producteur Claude Berri. J'oubliais : au restaurant, une femme m'a abordé pour me demander comment il fallait faire pour que je puisse lire le scénario de son fils. Cela me rappelle une phrase d'une pièce de Jean Genet, *Le Balcon*. Dans un bordel, on entend off des coups de feu au loin. Un personnage dit : « Encore des gens qui rêvent ! » J'ai beaucoup rêvé dans ma vie et j'en ai réalisé beaucoup. Il faut que je me remette à rêver.

Jeudi 1er août 2002.

J'arrive au bureau. Je passe devant Annick, la standardiste. Elle est dans sa vingt-septième année à Renn. Elle a le même défaut que moi, elle pisse énormément, ce qui fait que le standard sonne souvent dans le vide. Parfois c'est moi qui poirote devant la porte des toilettes le temps qu'elle termine. À mon avis, elle y passe un quart de son temps. Elle doit adorer l'endroit. Jean-Luc, le coursier, est également dans sa vingt-septième année. C'est une maison qui conserve. J'ai créé Renn en 1963, plus de quarante ans que je donne les cartes. Pour combien de temps encore ?

Aujourd'hui je me sens en forme, la dépression recule. Les acouphènes reculent aussi, c'est le diabète qui avance. Il est vrai que je me suis offert un fondant au chocolat au dîner. Il est possible que l'excitation que me procure l'écriture me crée un stress. Ce n'est pas le diabète qui va m'empêcher d'écrire. En parlant hier avec Nathalie, j'ai pensé déjà à un second livre. Produire *Ma femme est une actrice* en faisant de fréquents séjours en Amérique, et moi tenant un journal de toutes les péripéties qui ne manqueront pas d'arriver : *Claude en Amérique* en franglais. Jusque-là je filmais ma vie, maintenant je vais l'écrire.

Vendredi 2 août 2002.

Ce matin je n'entends rien dans mes oreilles et surtout, grâce au « remplaçant », le bon diabétologue, le Docteur Leblanc, qui m'a donné son portable, je me bats contre mon diabète. Hier soir 1,10 et ce matin *idem* avec la nouvelle insuline. Nous nous parlons deux fois par jour et il m'indique les doses à mettre dans mes stylos. Le fait d'avoir une glycémie normale me donne la pêche. Les deux contrôles que je fais chaque jour, matin et soir, sont un véritable suspense qui va se poursuivre jusqu'à la fin de ma vie sucrée.

Printemps 1955. Ma seule ambition à l'époque était d'être acteur. La première fois que j'ai joué véritablement, c'est au Théâtre de la Michodière, dans *Les Œufs de l'autruche* d'André Roussin, avec Pierre Fresnay. J'avais passé une audition pour être la doublure de Clément Thierry et j'avais été retenu. J'appris le rôle par cœur et j'eus droit à deux ou trois répétitions, afin d'être capable de le remplacer au cas où il serait indisponible – il faisait son service militaire à Paris. Chaque soir, je devais passer pointer au théâtre et repartir aussitôt s'il était là. Un jour, le régisseur m'appelle pour me dire qu'il a quarante de fièvre et que c'est moi qui joue le soir même. Mon cœur s'est mis à battre la chamade. Pierre Fresnay avait déjà joué la pièce des centaines de fois. En coulisses, il me parlait tout en suçant un bonbon et, au moment d'entrer en scène, très décontracté, il l'avalait. Moi j'étais mort de trac. Dès que je le pouvais, j'allais aux toilettes. C'est nerveux chez moi. Je devais être bon dans le rôle car le public riait beaucoup. Fresnay me susurrait de ne pas parler sur les rires. J'ai joué six fois, six fois mon père était dans la salle. Il avait mal aux mains à force d'applaudir. Pour lui c'était gagné, son fils serait une vedette. On pourrait bientôt lâcher la fourrure.

Je nageais en plein bonheur. J'étais très amoureux de Tania, et réciproquement. Elle faisait partie du corps de ballet du marquis de Cuevas. Dans sa petite chambre de bonne, nous faisions l'amour plusieurs fois par nuit. À l'époque, j'étais un éjaculateur précoce mais je compensais la rapidité de nos rapports par leur fréquence. Nous nous aimions et commencions à échafauder l'avenir. Elle avait huit ans de plus que moi, mais cela m'importait peu. C'était du sérieux pour elle et pour moi aussi qui n'avais comme seul schéma que celui de mes parents. Nous parlions déjà mariage. Seule ombre au tableau : je n'avais pas encore fait mon service militaire. À l'époque, il était de dix-huit mois. Elle était prête à m'attendre, surtout que j'étais sûr de le faire à Paris grâce à Gérard Blain. Il connaissait quelqu'un de haut placé qui était amoureux de lui. Platonique, me disait-il. Toujours est-il qu'il m'avait pistonné auprès de lui en lui donnant mon nom et mon adresse. C'était le début des guerres d'indépendance du Maroc et de l'Algérie. Il valait mieux le faire place Balard, comme me l'avait assuré Gérard.

Un matin où je rentrais sur mon scooter Faubourg Poissonnière pour aller assortir les queues de visons de mon père, la concierge me tendit ma feuille de route. Je faillis m'évanouir. Je n'étais pas appelé en Afrique du Nord, pas plus place Balard. On m'attendait dans les jours à venir à Bourg-Saint-Maurice, dans les chasseurs alpins. Un cauchemar. Tout de suite, je me suis vu chaussé sur des skis, le sac au dos. Gérard Blain était navré. Il ne comprenait plus rien. Moi non plus d'ailleurs. Il me fit épeler à nouveau mon vrai nom : Langmann. Et là le malentendu s'éclaircit. Au téléphone il l'avait mal compris et l'avait orthographié avec un O : Longmann. Il me rassura, tout allait rentrer dans l'ordre. Effectivement, le piston a marché, tout au moins au début. Quelques jours plus tard, je reçus une nouvelle feuille de route, pour le 401e régiment d'infanterie, Porte des Lilas. Ce n'était pas l'armée de l'air, place Balard, mais tout de même plus près que Bourg-Saint-Maurice. Mon père m'accompagna le jour J à la caserne. Il portait ma valise, me remontait le moral. « Dix-huit mois, c'est vite passé, et la Porte des Lilas n'est pas loin du Faubourg Poissonnière. Le métro est direct. » Ce que j'ignorais, c'est que le

401e régiment avait une succursale à Provins. La Porte des Lilas n'était qu'un lieu de rendez-vous.

J'ai déjà raconté cet épisode de ma vie dans un film, *Le Pistonné*, mon rôle étant joué par Guy Bedos. La Columbia qui finançait voulait une vedette pour le rôle. J'eus beau essayer de leur faire comprendre que Claude c'était moi, que le personnage c'était moi, que c'était ma vie, ils m'imposèrent Bedos malgré le succès du *Vieil Homme*. Il aurait fallu que je joue l'enfant pour qu'ils croient en moi comme acteur. Mon second film *Mazel Tov* avait marché moyennement en France, et quand il fut un succès en Amérique, il était trop tard, Bedos était engagé. Pour un rôle secondaire, Claude Confortès m'avait emmené au Café de la Gare pour me présenter Coluche. C'est de là que datent notre première rencontre et notre amitié qui durera jusqu'à sa mort. Dans ce petit rôle de soldat réfractaire, il a été magnifique. C'est sa première apparition au cinéma. *Le Pistonné* n'est pas mon film préféré. Il est à la limite de la caricature, mais je me suis bien amusé à le faire, à me tourner en dérision, à rire de ce qui m'avait fait pleurer pendant vingt-sept mois. Le scénario était pratiquement autobiographique.

De la Porte des Lilas à Provins où je fis mes classes pendant trois mois, je me suis retrouvé au Maroc. Douze ans après j'y retournerai pour en faire un film. Quarante-huit ans plus tard, je suis là, en Corse, à Saint-Florent, sous les canisses, face à la mer, en train d'écrire, de me souvenir.

Être à Provins, à quatre-vingt-dix kilomètres de Tania, c'était pour moi le bout du monde. Je fis le mur et à deux reprises je me retrouvai en prison. Huit jours pour le premier mur, quinze pour le second. Le maniement d'armes, les guêtres, le lit au carré, la gamelle, je devenais fou. Une nuit on nous embarqua dans des avions militaires, j'avais mal aux dents, je me retrouvai au Maroc.

J'y suis resté deux ans. J'avais bénéficié d'un sacré piston. Le pays était magnifique, j'en ai fait le tour en vingt-quatre mois. Amizmiz, dans un fort, près de Marrakech, Taza, Oujda, Agadir, Meknès, Mezguitem. Sur un piton rocheux, dans les grottes, dans le froid, puis dans la chaleur torride au mois d'août, dans le sud, à la frontière algérienne. Il faisait tellement chaud que je trempais une serviette dans mon casque rempli d'eau pour me recouvrir le corps. Les tempêtes de sable, moi courant après ma moustiquaire qui s'envolait, arrachée par le vent. Une nuit où je montais la garde dans un champ d'orangers, je me suis endormi. Au réveil, mon fusil avait disparu. J'étais passible du Conseil de guerre. Heureusement le sergent, un appelé, me le rendit sans faire de rapport.

J'avais passé mon caducée, j'étais promu infirmier. C'est moi qui tenais le B.M.C., bordel militaire de campagne ou cabine prophylactique. Trois ou quatre femmes faisaient le bonheur de la troupe, mais avant d'arriver à elles, il fallait passer par moi. Les soldats faisaient la queue, et moi, les mains dans des gants de caoutchouc, j'étais chargé de vérifier si elle était bien propre. Je pressais les glands et fournissais ensuite les produits prophylactiques. Je ne renonçais pas à mon piston. Régulièrement je correspondais avec Gérard Blain, il allait me faire rapatrier. J'attends encore. En deux ans, j'eus droit à une seule permission de quinze jours, sous prétexte de me présenter au Conservatoire d'Art Dramatique. Ce que je fis, sans succès. Je ne sais plus à quelle époque je fus aussi candidat malheureux pour l'école de la rue Blanche. Seul René Dupuis, membre du jury, m'encouragea à persévérer dans ce métier de comédien.

Un petit vent me caresse le corps, sous les canisses. Thomas m'a téléphoné hier, il a trouvé la solution pour produire le troisième *Astérix*. Darius a réussi son bac de français, il est mon seul espoir d'échapper à cette fatalité artistique. Si j'ai un regret dans ma vie, c'est de ne pas avoir fait d'études. J'aurais voulu faire une grande école, H.E.C. ou Polytechnique, finir à la Cour des Comptes. Je ne serais pas aujourd'hui à me poser des questions sur l'avenir de Canal + et du cinéma français. Léo, lui, a fait Sciences-Po et un doctorat de philo. Paul est titulaire d'un Master of Sciences de l'Université de Michigan. Il était ingénieur des Travaux Publics avant de travailler avec moi dans le cinéma.

Bien sûr, je n'ai pas épousé Tania. Mon père était contre. Il avait raison. Aujourd'hui je serais peut-être avec une femme de soixante-dix-sept ans. Mon destin aurait été autre. Je n'aurais pas connu Anne-Marie, Sylvie, Nathalie. On aurait fait des gosses qui auraient fini danseurs étoiles à l'Opéra. À quoi tiennent les choses ! Je lui ai écrit d'Amizmiz pour lui demander de ne pas m'attendre. Sa réponse était encore mouillée de ses larmes. J'espère qu'elle est encore en vie et qu'elle me lira. Je suis sûr qu'elle ne m'a pas oublié.

Les derniers mois, les dernières semaines, les derniers jours étaient interminables. La quille approchait. J'avais encore fait une escapade qui m'avait valu trente jours de prison. Pour un Noël où l'on m'avait chargé d'organiser un spectacle, ma première mise en scène, j'avais monté des sketches de Poiret et Serrault, où des généraux gaga jouaient à la guéguerre. J'étais une forte tête, peut-être me soupçonnait-on même d'être homosexuel. Nous étions à Ifrane quand ma classe, la 55/1c, fut libérée au bout de vingt-sept mois. Le seul qui fut maintenu trois semaines supplémentaires, par mesure disciplinaire, ce fut moi. Je souffrais d'une petite hémorroïde. J'en profitai pour me faire opérer. Aujourd'hui, c'est une intervention faite au bistouri électrique : là-bas on me charcuta et, pour que les chairs ne se referment pas, on me planta une carotte dans le cul. Constipé, je restai allongé trois jours sur le ventre à souffrir le martyre. Je ne suis pas près d'oublier la première fois où je suis retourné à la selle !

Le tournage fut idyllique. J'étais avec Anne-Marie. Julien avait un an. Nous habitions à la Mamounia. Le soir, dans la chambre, nous mangions de la soupe de pois chiches. Coluche était avec Miou-Miou. Bedos avec Sophie Daumier. Le canonnier de 2e classe Langmann était devenu le metteur en scène d'une armée de fiction.

Lundi 5 août 2002.

Il fait chaud. Je me réfugie dans ma cabane, sous les canisses. J'entends le chant des grillons. Il est semblable au son des acouphènes. Ils se confondent.

Octobre 1957. Retour du Maroc. Je retrouve le Faubourg Poissonnière, mes chers parents, Arlette. Elle a onze ans. L'angoisse de l'avenir m'étreint. Pour gagner ma vie, je fais du porte-à-porte en proposant des téléviseurs à crédit. En 1957, peu de foyers étaient équipés. Peu après, je suis engagé au Théâtre Hébertot pour jouer l'enfant prodigue dans *Procès à Jésus* de Diego Fabbri. Je n'ai qu'une phrase en première partie : « Le condamner, moi non plus, je ne veux pas. » En deuxième partie, j'ai un rôle de quatre-vingt-dix lignes. Après le spectacle, je traîne rue Saint-Benoît, je vais à l'Akvavit où Jean-Marie Rivière fait ses débuts. Je mange des spaghettis à la tomate à L'Échaudée. Albert Vidalie me conseille de lire *Le Cousin Pons* de Balzac. Dans la journée je cours les castings. Jean-Louis Trintignant est séparé de Bardot et de ses obligations militaires. Il habite chez moi. Je lui ai laissé mon lit, je dors sur un canapé. Il me quittera pour Nadine Marquand.

Août 1958. Mes premières vacances à Saint-Tropez. Je séduis une petite Belge, très mignonne, Michou. Elle est la fille d'un riche diamantaire anversois. Je suis reçu dans sa famille, je passe des week-ends dans leur maison de Knokke-le-Zoute. J'ai failli l'épouser. Vingt ans plus tard, je l'ai revue, au cours d'un festival à Bruxelles où l'un de mes films était projeté. C'est à peine si je l'ai reconnue, une petite grosse. Nous nous sommes embrassés sur les joues. C'est elle et ses parents qui m'ont inspiré les personnages de *Mazel Tov*, Régine jouant sa sœur.

Hier, j'étais bien, en train d'essayer d'écrire dans ma cabane, quand Thomas est venu me voir. Il était en rage, il pleurait. Pour une journée où il était passé me voir avec Frédérique, enceinte de six mois, je les avais reçus comme des chiens. Quand il m'a demandé si j'étais content d'être grand-père, je lui ai répondu : « C'est ton choix. » C'est à peine si je lui ai adressé la parole, à elle. Est-ce que Roger, mon père, les aurait reçus comme cela ? Dans l'atelier de fourrure où il travaillait, un autre ouvrier s'appelait Hirsch. Pour les distinguer, on prénomma mon père Roger. Ce prénom lui resta jusqu'à la fin de sa vie. Thomas a raison, je n'ai pas l'art d'être père. En un an, c'est à peine si nous avons pris trois repas ensemble. Je prétexte toujours que je vais mal, je m'abrite derrière ma dépression. Si Julien est mort, je suis en partie responsable. Lui l'aurait mis sous tutelle pour l'empêcher d'avoir les moyens de se procurer de la drogue. Là, je ne suis pas d'accord : mis sous tutelle il se serait suicidé. En fait, ce que me demande Thomas, c'est de l'amour, l'affection que je ne lui ai pas donnée, une vie de famille qu'il n'a pas eue. Je suis un égoïste. Difficile de lui répondre que je ne suis pas responsable de la maladie de sa mère. Il me rappelle que le jour de l'enterrement d'Anne-Marie qu'il adorait, il m'a téléphoné vers minuit. Il avait besoin de me parler, de parler à son père. Je lui ai dit qu'il me réveillait. Ça, il ne l'oubliera jamais. Cinq ans déjà que sa mère est morte, il n'a pas encore fait son deuil. Moi, j'ai mis dix ans à faire le deuil de mon père. À un moment, dans sa colère, il a souhaité ma mort. J'aime mon fils. Plutôt que de l'éviter, il aurait préféré que je le batte. Je lui rappelle que la seule fois où j'ai tenté de le faire, c'est moi qui me suis tordu le pied. C'était à Rustica. Il a toujours été un enfant difficile, violent, un sacré caractère. Quand je tournais *Florette*, je l'avais mis en pension à Aubagne chez de braves gens afin qu'il ait une vie régulière, qu'il puisse aller à l'école. Aujourd'hui il me donne tort. J'aurais dû le prendre avec nous à l'hôtel. Quand nous habitions rue de Marignan avec Sylvie, il avait sa chambre à côté de la nôtre. C'est moi qui étais réveillé par son réveil. Impossible de lui faire lire un livre. Le cinéma, rien que le cinéma. Maintenant, il est en passe de devenir le premier producteur en France. Il est intelligent, il a le sens des affaires. Dans pas longtemps, il ne sera plus le fils de Claude Berri, mais moi le père de Thomas Langmann. Nous nous sommes embrassés. Il a pris la cassette du *Cinéma de Papa* pour la montrer à Frédérique. Il a toujours voulu vivre avec moi ce que j'ai vécu avec mon père. C'est plus facile d'être fils de fourreur. Je pense que cette scène nous a rapprochés.

Je viens d'avoir Darius au téléphone. Il est tellement affectueux avec moi. Il me dit combien je lui manque. Pour la première fois, il m'annonce qu'il est amoureux. De Charlotte, une jeune fille que j'ai vue dans le Lubéron. Je lui dis : « Tu ne vas pas nous annoncer des fiançailles ? » Il rit, me rassure. Cela me rappelle mon père quand il venait me voir à Provins et qu'il essayait de me convaincre de rompre avec Tania. Il serait temps que j'arrive à être un père pour mes fils, que je leur consacre plus de temps.

Les vacances en Corse. Paul est venu nous rejoindre. Je le connais depuis trente-cinq ans mais j'ai l'impression de le redécouvrir. Il a un tel humour, une telle philosophie de la vie. C'est un ours tendre, généreux. Il nous fait la cuisine. Il faut le voir choisir les tomates vertes, discuter avec la marchande de poissons, voir comment il les prépare crus, manger des piments rouges, mettre du persil et des oignons sur le tartare. Il se baigne, a l'air d'un phoque heureux. Il fait ses mots croisés, s'endort en ronflant sur la table, devant la télé. Il parle, fait des affaires en dormant. Un mot revient souvent : « roudoudou ». Il engueule les Espagnols, les Italiens qui discutent les prix du prochain film de Jean-Jacques Annaud. Célibataire endurci, il est un père « lui » pour ses neveux : Thomas-Dimitri, le fils de Jean-Pierre et Carole Bouquet. Quand, en 1966, je suis entré dans cette famille Rassam, ils étaient cinq : lui, Jean-Pierre, Anne-Marie, son père Thomas, sa mère Vivi. Aujourd'hui, il ne reste que lui. Je l'aime comme un frère.

Dimanche il a plu. Nous jouons aux échecs avec Léo. Paul est le plus fort. Je me baigne sur le ponton. Balade en mer. Je râle si le bateau s'arrête trop longtemps pour la baignade. La mer est agitée. J'ai peur d'avoir le mal de mer. Souvenir de La Baule, j'ai dix-sept ans. Un matin je pars pêcher la sardine. Je suis tellement malade dans la cale, je vomis au milieu des vomissures. J'ai envie de mourir. J'embrasse la terre au retour. Pierre Grunstein est là avec sa femme, Marie-France, Angie, la copine de Léo. Elle est née en Nouvelle-Calédonie. Végétarienne, elle se rattrape sur les salades de fruits. Christine Angot et Pierre-Louis. Lui, c'est les magazines qu'il dévore. Anne, la coiffeuse sachant coiffer, amie de Nathalie. Paul a le ticket avec elle. Quand je lui en parle, il grogne. Je lui ai connu une fiancée dans les années soixante-dix. Depuis plus rien. Je me demande quand il a fait l'amour pour la dernière fois. Ils partent tous à Saint-Florent en bateau. Moi j'emmène Nathalie en voiture, en amoureux. Elle aime me voir conduire. Le soir on regarde la télé. Hier, une émission formidable : « Faites entrer l'accusé » sur les disparus de Mourmelon. Le temps passe. J'écris.

1959. *Tchin-Tchin* de François Billetdoux au Théâtre de Poche Montparnasse. C'est François Darbon qui fait la mise en scène. Doublure de Pierre Fresnay dans *Les Œufs de l'autruche*, il m'a vu jouer un des six soirs où j'ai remplacé Clément Thierry. C'est lui qui m'a présenté à Billetdoux et à Katharina pour que je joue son fils. Première lecture de la pièce chez elle, dans sa maison du Vésinet. C'était une femme extraordinaire. Elle a été ma mère au théâtre et ma seconde mère dans la vie. Je me rappelle de la dernière répétition. Césareo (Billetdoux) et Pamela (Katharina) regardent le fils devenu clochard qui dort par terre (moi), et c'est la fin de la pièce. Je me suis mis debout et j'ai dit : « Demain, quand je me relèverai, nous serons célèbres. » Bertrand Poirot-Delpech a été un inconditionnel de *Tchin-Tchin*.

Toujours à la recherche du grand amour, je tombais amoureux assez facilement. De Cécile, ex-femme de Guy Béart, qui lui inspira plusieurs de ses chansons. *Poste restante* entre autres. Avec elle je fis un voyage dans le midi en voiture. Elle n'arrêtait pas de me chanter des chansons de Béart. De Seda, jolie brune d'origine russe. Je crois qu'elle épousa par la suite Sébastien Hadengue, l'ami peintre que j'avais connu à La Baule. J'avais loué un studio rue Daguerre, je me voyais déjà en ménage avec elle. Là-dessus je suis convoqué par la Columbia à l'Hôtel Raphaël pour un rôle dans un film anglais, *The Greengage Summer*. Je rencontre le réalisateur Lewis Gilbert, qui mettra en scène un *James Bond*. Le film doit se tourner en France, avec pour vedette Kenneth More, Danielle Darrieux et Susannah York. Il recherche un jeune acteur français pour jouer un rôle de garçon d'hôtel, méchant, veule, qui tente de violer une jeune fille, rôle tenu par Susannah York. Elle se débat, crie, intervention du héros, Kenneth More, bagarre. Le méchant garçon, peut-être moi, tombe par la fenêtre et se tue. Son corps est jeté dans la rivière. Physiquement je corresponds tout à fait au personnage. Reste qu'il faut parler anglais, mal mais il faut se faire comprendre. Je rassure Lewis Gilbert : j'ai fait quatre ans d'anglais au lycée. « I learn english during four years at school, don't be anxious. No problem. » Quand j'improvise mon propre texte, il n'y a pas de problème. En principe, je suis retenu pour le rôle, néanmoins je dois aller à Londres pour faire des essais la semaine suivante. Il veut me voir à l'écran à côté de Susannah pour être sûr de son choix. Mon agent de l'époque le rassure, je suis un excellent acteur.

Ne sachant pas que j'aurais cette éventualité, j'avais loué une chambre à Saint-Tropez pour y passer des vacances en amoureux avec Seda. Nous étions en juillet. De toute façon, si l'essai était concluant, le film ne commençant qu'au mois d'août, nous aurions un mois de bonheur avant le tournage. Le 1er juillet, nous fêtons mon vingt-cinquième anniversaire dans le studio de la rue Daguerre. C'est moi qui lui offre un petit chat, acheté sur les quais, près de la Samaritaine. Le lendemain, Seda part seule avec le minou pour Saint-Tropez où je dois la retrouver la semaine suivante, après l'essai. Je suis seul à Paris, je m'ennuie d'elle. Si j'allais lui faire la surprise d'aller la rejoindre ? Après tout, j'ai le temps de faire un aller-retour. Je ne dois être à Londres que cinq jours plus tard. Ni une ni deux, je pars dans ma 4 CV Renault. Il est deux heures de l'après-midi, il fait un temps magnifique. L'autoroute du sud est vide, je roule à fond la caisse, cent vingt kilomètres à l'heure. Dans sept heures, je serai à Saint-Tropez, dans les bras de ma bien-aimée. Subitement ma voiture se met à zigzaguer sur une tache d'huile, ou bien c'est que je roule trop vite : je perds le contrôle de ma 4 CV qui va s'emboutir sur la barre de protection. Le choc est violent, je suis éjecté par le toit ouvrant. J'atterris sur l'autre côté de l'autoroute, direction Paris. Par miracle aucune voiture ne me passe sur le corps. Je plonge les deux mains en avant, je me foule le poignet droit, j'ai le cuir chevelu arraché. Je m'en tire à bon compte. À l'hôpital on veut me garder pour faire des examens. Il n'en est pas question, je prendrai un train dans la nuit pour retrouver Seda. Mon poignet bandé, un pansement sur la tête qui me fait ressembler à un œuf de Pâques, j'arrive tôt le matin à Saint-Tropez. En taxi, je me précipite vers la chambre d'amour. Le lit est vide, seul le petit chat miaule en me voyant. À sept heures du matin, à la terrasse de Sénéquier, j'aurai une explication avec Seda. C'est la fin de notre histoire. J'irai passer deux jours chez Gilles Dreyfus, aujourd'hui célèbre avocat spécialisé dans les procès en diffamation contre les journaux à scandales. Pour me consoler, il me fera entendre des chansons de Charles Trenet qu'il connaît par cœur. J'arrive à Londres, je tends mon passeport, on me demande de patienter. Tous les voyageurs passent le contrôle de police, sauf moi qui ne comprends toujours pas pourquoi je suis maintenu. C'est la Columbia, venue m'attendre, qui me délivrera. Les soins étant gratuits en Angleterre, avec la tête que j'ai et le bras en écharpe, je suis soupçonné d'être venu me faire soigner gratuitement. Je suis fatigué, j'ai des cernes sous les yeux, ce n'est plus un rôle de composition, je suis le personnage, méchant, veule. Lewis Gilbert est emballé. Il veut que je garde mes pansements pour le film. Il en oublie mon anglais, j'aurai un coach pendant le tournage. Je fais la connaissance de Susannah. Elle est charmante avec moi. Nous allons sûrement tourner ensemble. Elle est sublime, aussi blonde que Seda était brune. Tout de suite j'ai le coup de foudre. Je rentre à Paris.

Mes parents m'accompagnent à la gare. Je me revois penché à la fenêtre du compartiment, leur faisant des signes d'adieu, mon père me criant : « Mets-les tous dans ta poche. On va donner les cartes ! »

Le tournage débute à Reims pour trois semaines, durant lesquelles je ne tourne pas. Je fais partie de l'équipe. Tout le monde m'adopte. Je dois simplement m'efforcer de parler en anglais. Tous les soirs, ou presque, je dîne avec Susannah. Le drame, c'est qu'elle parle le français. Elle s'efforce de me parler en anglais mais pour lui déclarer ma flamme, je suis plus à l'aise en français. Elle se laisse prendre la main, mais pas le reste. J'essaie de l'embrasser, elle met ses doigts sur ma bouche. Elle m'aime beaucoup, mais elle est mariée. Que m'importe ! Pour elle c'est important. Ce qui m'encourage à persévérer, c'est qu'elle ne me dit jamais qu'elle aime son mari. Elle me dit simplement : « Oh Claude, I am married ! » Et moi, je lui réponds : « Why not ? » Elle répète « Oh Claude, I am married ! » Au bout de trois semaines, je n'ai pas fait beaucoup de progrès dans la langue de Shakespeare. Un charter emmène toute l'équipe à Montpellier où le tournage doit se poursuivre et où mon rôle doit intervenir. Dans l'avion, je suis assis à côté d'elle. Elle se laisse prendre la main. Je suis de plus en plus amoureux. Un matin, à l'aube, nous tournons ma première scène. Celle où mon personnage est jeté dans la rivière.

Une scène muette, puisque je suis censé être mort en tombant par la fenêtre. Je suis content de commencer par une scène sans dialogues. Kenneth More me porte sur son dos, je n'ai qu'à faire le mort. « Moteur ! Action ! » Kenneth More regarde à droite et à gauche, pour être sûr que personne ne nous voit, et il me balance dans l'eau. La caméra suit mon corps immobile qui glisse le long de la rivière. Je fais bien attention de retenir ma respiration. Au bout de vingt-cinq secondes, j'entends : « Cut ! » Je reviens vers la rive en nageant. Un cascadeur me balance un pneu au bout d'une corde pour m'aider à remonter sur la rive. Lewis Gilbert se précipite sur moi : « Wonderful, one more ! » On me déshabille, on m'essuie, on me frictionne. J'enfile un costume sec. Susannah est là, elle me sourit. Je refais le mort six fois de suite. La Columbia est enchantée de ma prestation. Les six fois j'ai retenu mon souffle. Les six fois Susannah m'a souri pour m'encourager. À Reims, elle stoppait mes élans devant la porte de sa chambre : « Good Night, Claude ! » J'entendais la clé tourner dans la serrure. Je restais seul sur le palier éperdu d'amour. À Montpellier, le climat étant plus chaud, le soir de la baignade, j'ai réussi à entrer dans sa chambre. Là, je l'ai serrée dans mes bras et l'ai fait basculer sur son lit. Elle s'est débattue, mais en forçant un peu j'ai réussi à l'embrasser. Je me rappelle encore de ce baiser. Hélas, ce fut le seul. J'eus beau répéter plusieurs fois « Why not ? », à chaque fois la même réponse : « Because I am married, Claude ! »

Deux jours plus tard, mon nom figurait sur la feuille

de service avec le numéro de la séquence que nous devions tourner le lendemain. Une scène entre Danielle Darrieux et moi. Le soir en dînant, Susannah essaye de me faire apprendre mon texte et de corriger mon accent. Je n'arrivais pas à prononcer correctement : « alibi » et « grand-mère ». Par contre, je disais bien : « Kiss me ! Kiss me ! »

Le lendemain matin, au maquillage, j'allai saluer ma partenaire. Je lui rappelai que nous avions déjà eu l'occasion de jouer ensemble, cinq ans auparavant, dans *Le Bon Dieu sans confession*. Par politesse elle fit semblant de s'en rappeler. Dans la scène, je devais lui dire que j'avais un alibi : que ce soir-là j'étais chez ma grand-mère. « Moteur ! Action ! » Danielle Darrieux me demande en anglais : « Où étais-tu hier soir ? » Je lui réponds : « J'ai un alibi, j'étais chez ma grand-mère. » « Cut ! » On refait la scène douze fois. À chaque fois, Lewis Gilbert essaie de me faire prononcer correctement « alibi » et « grand-mère ». Le tournage s'arrête. Je vois l'état-major au complet, près du camion de son, en train de réécouter le dialogue des douze prises. Cela dure plus d'une heure. Ils se repassent le son en boucle. Moi, inconscient de ce qui se passe, naïvement, j'attends que le tournage reprenne. Je souris à Susannah qui me regarde, attristée. Claude Ganz, le directeur de production français, me fait signe de le suivre. Il me fait monter dans sa voiture. Nous roulons en silence. Nous retournons sur Montpellier. Au bout d'un moment, il me demande : « Tu n'as pas compris ? » « Compris quoi ? » « Ton anglais. Tu ne fais plus le film. » Je me suis mis à pleurer. Pas pour le rôle, mais pour Susannah. Je ne l'ai plus jamais revue, sauf au cinéma dans *Tom Jones*. On verra plus tard qu'elle a joué un rôle essentiel dans ma vie. Le plus accablé, c'était mon père : « À cause de l'anglais, ils t'ont renvoyé. » Et moi : « C'est pas grave, ils m'ont payé. » « Pour toi, c'est pas grave. Si moi j'avais pu apprendre l'anglais ! »

En écrivant, avec le temps, je ne sais plus si je confonds la réalité avec la fiction du *Cinéma de Papa*. Si mes souvenirs sont réels ou si ce sont ceux du film. Mais comme disait mon père : « Ce film, c'est notre vie ! » Une phrase me revient : « Et pourquoi c'est plus grave pour toi que pour moi ? » Il sentait peut-être qu'il allait mourir jeune, il était pressé de me voir réussir. Ma mère : « Qu'est-ce que tu as cru, que ton fils allait devenir une vedette, comme ça tu pourrais te reposer ? Compte sur toi ! » Mon père : « Et qu'est-ce que j'ai fait jusqu'à maintenant ? » Ma mère : « Alors continue ! » Mon père : « Je vais me coucher ! »

Avril 1959. Je joue un militaire fiancé à Bernadette Lafont dans *Les Bonnes Femmes* de Claude Chabrol, produit par les frères Hakim. Je tombe amoureux de Maria, un mannequin, une très belle femme brune. Elle est frigide, du moins je le crois. Elle finira par se suicider. Pendant le temps de notre histoire, très brève, je suis engagé dans *La Bride sur le cou*, un film que doit réaliser Jean Aurel avec Brigitte Bardot. Le scénario n'est écrit qu'à moitié, mais Bardot est une telle vedette que les producteurs sont pressés de commencer le film, qui certainement est déjà prévendu dans le monde entier rien que sur son nom, sans même avoir besoin de le donner à lire. Même un navet pouvait être bénéficiaire. Encore fallait-il le terminer. Je fais tandem avec Bernard Fresson. Nous ne savons rien de nos rôles, mais pendant trois ou quatre jours nous tournons. Je connaissais Bardot depuis *La Vérité*. Avec elle et Bernard, nous nous amusons comme des fous. Le seul qui ne s'amuse pas, c'est Jean Aurel. Entre chaque plan, il patauge dans la semoule. Il demande conseil à la script, Colette Crochot, ne sait pas où placer sa caméra. À un moment, je le vois se pencher pour passer sous le tulle d'un projecteur et marcher courbé pendant dix mètres sans se redresser, en cherchant l'étincelle dans son demi-scénario. Il fait peine à voir, on souffre pour lui. Toute l'équipe est celle de *La Vérité*, rien que des vieux de la vieille. Chaque matin, les producteurs lui réclament la suite de l'histoire, en vain. Au bout de quatre jours le tournage s'arrête. Aurel est renvoyé, Claude Sautet est contacté pour prendre la relève. Il refuse, d'autres encore. Finalement, le sauveur, ce sera Vadim. Trois jours après, il arrive au studio de Billancourt flanqué de son coauteur, Claude Brûlé. Il tient l'histoire. Elle n'est pas encore écrite, mais il la tient, il va la raconter à Brigitte et aux producteurs au bar du studio. Fresson et moi, convaincus d'être quasiment les vedettes du film, nous suivons pour l'entendre et enfin savoir quels rôles nous jouons. Le bar est désert, tout le monde s'assoit, et Vadim, relayé parfois par son acolyte, nous raconte brillamment ce qui sera et fut *La Bride sur le cou*. Du demi-scénario, ils n'ont conservé que le titre. En trois nuits, ils ont pondu une histoire originale. Le récit dure environ une heure. À chaque minute, Bernard et moi attendons que nos personnages apparaissent. Quand Vadim raconte la fin du film, nous nous regardons tous les deux, atterrés. En trois nuits, ils n'ont pas eu le temps de penser à nous. Le film sera un navet, mais sans nous. Là encore, je suis payé cinq mille francs. C'est mon tarif de l'époque, mais cela ne console pas mon père.

Dimanche 18 août 2002.

Retour à Paris, sous la pluie. Je trouve trois cartes postales envoyées par Darius du Viêtnam. « Petit Papa, admire ce paysage féerique. Merci de pouvoir m'offrir des moments si forts en émotion. Je t'aime plus que tout. Embrasse Nathalie. J'ai besoin de toi. Dado. »

Retour en 1959. Renvoyé de *The Greengage Summer* à cause de mon anglais, remercié de *La Bride sur le cou*, je me sens mal. Là-dessus, rupture avec Maria. C'est elle qui rompt. Je n'arrive plus à la joindre au téléphone, je décide de lui écrire. Je vais acheter du papier à lettres et un stylo. Je tente de l'attendrir, de la faire revenir sur sa décision, les mots viennent tout seuls. Je me relis, j'admire mon style. Je me relis encore, Vadim n'écrirait pas mieux. Je poste ma lettre et m'allonge sur mon lit. Je repense à cette lecture au bar du studio de Billancourt. Trois jours avant il ne savait rien, et en trois nuits il a imaginé une histoire. Je suis perplexe. Jusque-là j'étais complexé comme beaucoup d'acteurs, je me disais : écrire un film, ce ne doit pas être facile, ce ne doit pas être à la portée de tout le monde. Ma chance a voulu que j'assiste au récit de Vadim. Sinon, j'aurais pu passer des années à jouer des petits rôles, à essayer de devenir une vedette et à ne pas réussir. Je n'avais pas la tête de Belmondo ni de Depardieu. J'aurais trouvé mon emploi à cinquante ans, comme de Funès, et encore, pas sûr. Mais voilà, j'étais là dans le bar de Billancourt et, pour que mon destin bascule, il a fallu aussi que j'écrive cette lettre à Maria. Quand on est capable d'écrire une lettre pareille, on doit pouvoir écrire un film. Il suffit d'avoir une bonne idée, de l'imagination et d'être au chômage.

Par la suite, j'ai souvent dit, dans des interviews, que c'était grâce au chômage que j'avais réussi à trouver ma voie dans ce métier. Deux des trois conditions, je les avais déjà : chômeur – ça c'était certain –, de l'imagination – sûrement –, il ne manquait plus que l'idée. Je l'ai trouvée. Je me suis mis à rêver que tout allait bien avec Maria et que Susannah quittait son mari pour me retrouver à Paris. Dans la réalité je n'avais ni l'une ni l'autre, mais dans mon imagination je les avais toutes les deux. Comment faire quand on ne veut qu'une seule femme et que l'on en a deux ? L'idée me paraissait excellente. Il ne me restait plus qu'à l'écrire. Bien sûr, le personnage c'était moi. Il s'appelait Claude, il avait un père qui ressemblait au mien, une mère à la mienne. Il courait entre ses deux amours et à la fin il finissait chez sa mère. Comme disait son père, il n'était pas encore mûr pour le mariage. J'oubliais, il avait un métier : il plaçait des postes de télévision à crédit, tout comme je l'avais déjà fait. Mon histoire courait sur le papier avec une facilité digne d'un récit de Vadim, mieux encore. Je lisais les dix premières pages à mon père. Il m'encourageait : « Si c'est dans l'écriture que tu peux donner les cartes, vas-y, continue. Écris ! » Je m'étais fixé comme objectif d'aller plus vite que Vadim. Au bout de deux jours et deux nuits, j'écrivis le mot « Fin ». Ce n'était pas *a priori* un véritable scénario, mais une longue nouvelle de quarante pages. Je racontai une histoire facile à adapter pour le cinéma. Il ne me manquait plus que le titre. À chaque fois que je faisais une bêtise, mon père me disait : « Comme on fait son lit, on se couche. » Le titre était tout trouvé. Il ne me restait plus qu'à chercher un client pour produire le film, avec moi dans le rôle. Bien sûr, je n'envisageai personne d'autre que moi pour le jouer, c'était moi. Je commençai par le proposer à Claude Chabrol. Il le lut avec intérêt, mais le sujet n'était pas pour lui. Le seul producteur que je connaissais un peu, c'était Pierre Braunberger. Il était le beau-père de Nicole Berger, ma copine. Un matin où je rôdais sur les Champs-Élysées, je le vois sortir du 95 où il avait ses bureaux. Je me précipite sur lui. Il me dit bonjour tout en marchant vers le kiosque à journaux devant le Fouquet's. Je le suis en lui disant que j'ai un scénario à lui faire lire. Il me répond de lui téléphoner dans huit jours. Il achète son journal et me demande si c'est moi qui l'ai écrit. « C'est moi. » Il me dit alors : « Téléphonez-moi dans quinze jours. » J'ai souvent fait rire en racontant cette anecdote, mais sur le moment je n'ai pas trouvé ça drôle. D'ailleurs, à cette époque, je ne riais pas tous les jours, et pourtant c'est certainement les meilleurs moments de ma vie. Je passais des heures à rêver tristement, allongé sur mon lit, mais j'avais encore mes parents, mon père qui croyait en moi, qui partageait mes rêves.

Quand un metteur en scène me convoquait pour un rôle de jeune garçon de dix-huit ans, j'entends encore mon père me dire : « Vas-y en short, mais ramène le rôle ! » Dans un film où ma prestation avait été coupée au montage, mon père en était malade. Le lendemain dans l'atelier, il ne cessait de répéter : « Heureusement il y a une photo avec lui sur la façade du cinéma. C'est là qu'on le voit le mieux ! » Simone, la mécanicienne, son unique ouvrière, croyait le consoler en lui disant : « Il y en a qui mettent vingt ans pour sortir, Monsieur Roger. » Mon père : « Je ne tiendrai jamais ! »

Au début des années soixante, après *Les Tricheurs et Babette s'en va-t'en guerre*, Jacques Charrier était une immense vedette, en plus d'être le mari de Brigitte Bardot. Je réussis à lui faire lire *Comme on fait son lit, on se couche*. Il fut emballé par ma nouvelle, c'était exactement le rôle qu'il recherchait : tendre, timide, amoureux, indécis, aimant ses parents. Il me proposa de l'acheter. Tout de suite, j'essayai de dissiper le malentendu : j'avais écrit le rôle pour moi. Claude, c'était moi. Je le lui avais donné à lire pour qu'il produise le film, pas pour qu'il le joue. Jacques Allain, son agent et également celui d'Eddie Constantine, essaya de me démontrer qu'avec moi dans le rôle, personne ne voudrait le produire, tandis que Jacques était connu dans le monde entier. Il me fit cadeau d'un kimono sur le dos duquel Charrier était imprimé, preuve de sa notoriété au Japon, et il me demanda de réfléchir. Ce que je fis avec mon père le soir même. « Il n'est pas le personnage, papa. Lui, c'est un Don Juan, l'histoire ne tient pas avec un Don Juan. » « Tu as raison, Claude, mais lui, il donne les cartes, pas toi ! Pas encore ! » J'en étais malade. J'essayais d'imaginer Charrier en train de jouer Claude. Mais surtout, je ne voulais pas vendre sans être sûr d'avoir l'idée d'un autre film. Je n'en dormais plus. Une nuit, soudain, je me mis à hurler : « Ça y est ! L'idée, je l'ai ! » Je me suis précipité sur mon stylo et j'ai écrit : « Le fils veut être acteur, c'est le père qui finit vedette. » *Le Cinéma de Papa* était né. Je jouerais mon rôle, mon père le sien, et pourquoi pas ma mère et ma sœur les leurs. Comme le dira mon père : « Ça ne s'est jamais vu qu'une famille joue sa propre vie. » Il était emballé, persuadé qu'on allait faire ce film. Je vendis chèrement ma nouvelle à Charrier. Je revois encore la tête de Jacques Allain quand je lui ai demandé dix millions d'anciens francs pour mon histoire. On transigea à huit millions. Il devait sûrement faire payer une partie des cachets de ses acteurs au noir : il me donna un acompte de cinq cent mille anciens francs que je mis dans l'assiette de mon père, sous sa serviette. Il se mit à table, trouva les billets qu'il mit dans sa poche, et pendant tout le dîner ne me fit aucune allusion à cet argent. Je discernai seulement un léger sourire sur ses lèvres.

J'ai reçu quatre millions de l'époque, mais Charrier n'arriva jamais à monter le film. Le temps passait et son étoile pâlissait. Par la suite, j'ai récupéré mes droits et c'est mon cher ami Jean Prat qui réalisa *Comme on fait son lit, on se couche* pour la télévision, en 1965, avec moi dans le rôle. Jean ne réussit jamais à tourner un film pour le cinéma, ce dont il rêvait. Un jour, il se suicida.

Avec mes cinq cent mille francs en poche – c'était beaucoup d'argent pour nous à cette époque –, je me retrouve un dimanche d'oisiveté dans une partie de poker. Il y avait là Paul Gegauff, un nommé Tony Addès, peut-être Trintignant et Vadim. Il était accompagné de Catherine Deneuve, il me semble enceinte. Elle était assise sagement à côté de lui et regardait la partie. On jouait gros, en tout cas pour moi. À la dernière donne, j'ai un très beau jeu dans les mains. Les relances se succèdent, le pot devient énorme. Pour suivre, je suis obligé de risquer tout ce que j'ai. On abaisse les jeux, c'est le mien le meilleur. Je respire. Tony Addès me doit deux cent cinquante mille francs, il me demande mon adresse, il m'enverra un chèque. Vadim, lui, me doit un peu plus de deux cent mille. Il se tourne vers Catherine, elle sort de son sac Hermès un chèque qu'elle lui tend. Il commence à rédiger le montant, fait une erreur et rature le chèque. Il est désolé, il n'en a pas d'autre, il me l'enverra lui aussi par la poste. Je sors de là, furieux contre moi. Si j'avais perdu, moi, j'aurais payé. Tony Addès m'a envoyé son chèque, mais bien entendu, je n'ai jamais reçu celui de Vadim. J'en étais sûr mais ne lui en ai pas voulu : c'était finalement grâce à lui que je m'étais mis à écrire.

Entre-temps, Charrier m'avait fait venir en Italie pour réécrire les dialogues d'un film qu'il tournait. Je ne me rappelle plus s'il était déjà séparé de Bardot. En tout cas, il avait deux amours : *Comme on fait son lit* et sa Jaguar. Nos chambres communiquaient. Je pouvais voir au-dessus de son lit la photo de sa dernière voiture à côté du manuscrit de ma nouvelle. Un jour où nous roulions en pleine campagne, nous nous sommes arrêtés dans une station pour faire le plein d'essence. Quand la jeune pompiste le vit, elle se mit à hurler : « C'est le mari de la Bibi ! C'est le mari de la Bibi ! Montralo la photo de la Bibi ! »

Entre 1960 et 1962, les événements de ma vie se bousculent dans ma mémoire. Je ne sais plus dans quel ordre je les ai vécus. Billetdoux me donne à lire *Le Comportement des époux Bradburry*, il cherche un producteur pour financer sa pièce. Ce sera moi avec les économies de mon père. « Une pièce qui marche, ça rapporte. » « Et une pièce qui ne marche pas ? » me demande mon père. Je suis tellement convaincu qu'il me dit : « Vas-y, mange le capital. » Il persuade trois ou quatre fourreurs de le suivre. Une pièce qui marche, ça rapporte ! Les répétitions commencent au Théâtre des Mathurins. C'est l'histoire d'une femme qui passe une petite annonce pour vendre, avec son accord, son mari. C'est une paysanne qui l'achètera. Il est possible que Billetdoux se soit inspiré d'un fait divers réel. Dans la distribution : Jean Rochefort, Michael Lonsdale, Claire Maurier, mais aussi Serge Marquand, pilier de la bande à Vadim.

Un soir, je suis à l'Akvavit quand arrive Édith Piaf. C'est une véritable révolution. Elle invite plusieurs d'entre nous à dîner. Hasard, ou choix de sa part, je me retrouve assis à côté d'elle. Je suis terriblement intimidé, impressionné. Je me rappelle lui avoir dit que mon père avait une véritable passion pour elle. Le lendemain soir, je suis encore à l'Akvavit, le téléphone sonne, c'est elle qui demande à me parler. Elle m'invite à venir la voir, chez elle, dans son rez-de-chaussée du boulevard Lannes. Pendant trois semaines, je serai tous les soirs chez elle, jusqu'à trois ou quatre heures du matin. L'après-midi j'assiste aux répétitions des *Époux Bradbury*. J'ai eu le privilège de l'entendre chanter presque pour moi seul. Bernard Dimey était là, et Francis Lai qui parfois l'accompagnait à l'accordéon. Ce sont des moments inoubliables. Mon père n'en revenait pas. Il s'imaginait peut-être déjà devenir le beau-père de Piaf. Son fiancé de l'époque était Moustaki. Parfois, dans son salon, elle projetait un film, j'en profitais pour dormir sur la moquette. Un soir, j'ai dîné avec elle et Yves Montand. Nous avons mangé des spaghettis à la sauce tomate. Il avait l'air d'un petit garçon devant elle. Une autre fois, je l'ai accompagnée au théâtre pour aller voir *Cher menteur*, au Théâtre de l'Athénée, avec Pierre Brasseur et Maria Casarès. Je lui tenais la main pour l'aider à traverser la rue. Je garde encore le souvenir de la douceur de sa main. Après la représentation, elle m'a présenté à Pierre Brasseur. Il nous a montré sur un chevalet le dernier tableau qu'il avait peint.

La veille de la générale des *Époux Bradburry*, j'étais avec Billetdoux et mon père en train de regarder l'affiche de la pièce placardée devant le théâtre. Je leur ai dit : « Demain, ouverture de la mine ! » Mon père : « Pourvu qu'on ne saute pas tous avec ! » C'était ça, son humour. Le lendemain soir, Piaf m'a accompagné aux Mathurins. Toute la bande à Vadim était mélangée aux fourreurs. L'accueil fut plutôt tiède. Grâce à Serge Marquand, une fête avait été organisée dans un hôtel particulier du XVIe. Les fourreurs qui avaient participé au financement de la pièce étaient là, ainsi que d'autres fourreurs invités, plus une partie de leur famille et de la mienne. Les commentaires allaient bon train en yiddish. Il fallait voir tout ce petit monde au milieu du tout Paris, des acteurs, de Piaf, qui était le centre des regards. Mon père très à l'aise discutant avec Christian Marquand. Ma mère et ma sœur, dans un coin, comme des petites souris. Billetdoux, sa femme, ses filles, Virginie et Raphaëlle, anxieux du résultat de la pièce. Je quittai cette soirée insolite pour raccompagner Edith chez elle. La critique fut catastrophique, particulièrement celle de Jean-Jacques Gautier du *Figaro*. Les mêmes qui avaient encensé *Tchin-Tchin*. Billetdoux était effondré. Un soir avec mon père on le ramena chez lui. En descendant du taxi, il avait du mal à marcher, c'est mon père qui le soutenait jusqu'à sa porte. L'un avait perdu toutes ses économies avec le sourire, l'autre était un auteur célèbre dans le monde entier qui écrirait d'autres pièces. Dans *Le Cinéma de Papa*, Billetdoux interprète son propre rôle, Albert Soisfranc. Pendant les années difficiles qui suivirent, j'ai souvent espéré qu'il m'écrirait un rôle. Il ne l'a pas fait. Je garde un souvenir attendri de ces trois cents fois où nous avons joué *Tchin-Tchin* avec Katharina. Nous étions inséparables ; tous les soirs après la pièce, nous dînions à la Coupole. Elle, je n'ai jamais cessé de la voir, de l'aimer comme une mère. J'étais son second fils. Je lui lisais mes scénarios, elle m'encourageait. J'entends encore son merveilleux rire. Elle a été heureuse, fière de mes premiers succès. Lui, je ne le voyais plus, j'allais seulement voir ses pièces, en spectateur. Pendant plusieurs années, il a été président de la Société des Gens de Lettres.

Il est venu me voir, après *Tchao Pantin*, il semblait déprimé, il rêvait d'un spectacle mélangeant toutes les formes d'art. Je n'arrivais pas à le suivre. Quelque temps après, il est mort. Un soir chez Pascal Thomas, j'ai revu Raphaëlle. Elle non plus n'arrivait pas à comprendre pourquoi son père était si déçu, confus, replié sur lui-même à la fin de sa vie. Probablement il rêvait de refaire le monde. *Comment va le monde, Môssieu ?* était le titre d'une de ses pièces. Il a été un des meilleurs auteurs de théâtre des années soixante-dix, avec Dubillard.

Je suis retourné chez Piaf et, un soir, Charles Dumont lui a apporté une chanson : « Non, rien de rien, non je ne regrette rien. » Elle s'est mise à la chanter, Dumont au piano. Quand il est parti, seul avec Édith, je lui ai dit : « Tu ne vas pas chanter une connerie pareille, les paroles sont d'une banalité à pleurer ! » Elle ne m'a rien répondu, elle s'est contentée de sourire. Le lendemain, j'arrive chez elle, je tombe sur Charles Dumont. Il était furieux après moi : « Qu'est-ce que tu es allé raconter à Édith ? » J'ai été tellement vexé que je ne suis jamais revenu boulevard Lannes. Heureusement qu'elle ne m'a pas écouté, c'est la chanson la plus connue de Piaf. Johnny Hallyday la chante encore. J'ai conservé une photo d'elle avec une dédicace : « À Claude, mon frère impossible. Édith. » Elle m'avait prédit que je réussirais dans ce métier. Mais le temps m'a paru long. J'ai encore la nostalgie de ces années de théâtre, ce contact direct avec le public, le trac, les applaudissements. J'ai failli jouer une pièce de Remo Forlani en 1986. J'avais même commencé à répéter avec Nicole Calfan, à la Gaîté-Montparnasse. Mais le succès de *Jean de Florette* a été tel que j'ai dû y renoncer. J'ai payé un dédit. Hier, j'ai déjeuné avec Jean-Michel Ribes. Il dirige le Théâtre du Rond-Point, il m'encourage à remonter sur scène. Qui sait ! La boucle serait bouclée.

Le grand bonheur, je l'ai connu en écrivant *Le Cinéma de Papa* avec mon père. Quand je m'absentais, il entrait dans ma chambre et lisait mon scénario. Un jour, il a pris son stylo et s'est mis à écrire la suite. La scène où il déchire mon complet sur mesure, c'est lui qui l'a écrite. Dans la vie je ne me suis pas fait offrir un complet sur mesure, mais dans le film oui. Comme disait Simone, la mécanicienne : « Il pense plus au cinéma qu'à la fourrure. » C'est vrai, il était prêt à abandonner son métier pour devenir comédien. Nous partagions ce rêve : faire ce film, avec lui dans le rôle du père. C'est notre vie, personne d'autre que nous ne peut la jouer. Il était tellement drôle avec son humour juif. Avec lui toutes les situations tragiques devenaient irrésistibles. Un soir où Gérard Lebovici était venu dîner à la maison, il riait tellement qu'il s'est levé, sinon il allait s'étrangler à table.

J'étais persuadé que mon père avait un talent inné d'acteur. Un jour où Jean Herman, alias Jean Vautrin, cherchait un comédien pour jouer un vieux soldat de la guerre de 70 qui avait le hoquet, je lui ai présenté mon père. Jean a été tout de suite emballé par lui. Ce court-métrage devait en principe se tourner au mois d'août en Normandie. En juillet, mes parents sont partis en vacances. À son retour, je suis allé l'attendre à la gare avec Trintignant et Nadine Marquand. Il s'était laissé pousser la barbe. Il m'a regardé avec un sourire que je n'oublierai jamais, un regard où il semblait me dire : « Tu vas voir quel acteur est ton père ! »

Le tournage a été un grand moment dans ma vie. Mon père avait ôté son dentier. Avec sa barbe il était méconnaissable, il paraissait avoir vingt ans de plus que son âge. Je jouais un rôle, Bernard Verley aussi. Trintignant était venu nous voir. Tous, nous admirions mon père dans ce vieux soldat qui avait le hoquet. Le film s'appelle *Les Guerriers*. C'est pendant ce tournage qu'il a écrit ces deux magnifiques lettres que nous entendons à la fin du *Cinéma de Papa*. L'une était adressée à ma mère et à ma sœur : « Je n'ai jamais été aussi heureux de ma vie. Il a fallu attendre mon âge pour commencer à faire le clown. J'ai attendu toute ma vie pour faire ça. Claude croit en moi comme j'ai cru en lui. Ce que nous faisons ici, c'est un hors-d'œuvre avant notre film à nous. Papa Roger qui vous aime. » L'autre m'était destinée : « Ma vie pour moi maintenant, c'est ton film, c'est-à-dire notre vie. Je décide d'abandonner mon métier d'art que j'ai tant aimé, au risque de tout. Il faut, à tout prix, que tu leur donnes les cartes... »

Pendant des années nous formions un trio d'amis inséparables, Pialat, Henri Graziani et moi. Par la suite, ils se sont engueulés et ne se sont plus jamais parlé. En 1991, je produirai le film de Graziani, *Nous deux*, avec Philippe Noiret et Monique Chaumette. Échec. Depuis il vit seul, en reclus, à Pietracorbara, son village corse. J'ai des souvenirs magnifiques avec lui, quand son père grimpait encore aux arbres à l'âge de quatre-vingt-dix ans, quand nous allions à la chasse. Quand les chasseurs corses me promettaient la tête du sanglier pour la ramener à Paris et que nous revenions bredouilles. Je me rappelle son petit appartement vers Alésia, où sa femme, Paule, nous faisait la cuisine, et pendant des heures nous rêvions cinéma. Depuis, ils ont divorcé. Paule habite Bastia. Je la vois parfois à la télé, en tête des défilés de femmes corses qui luttent pour l'indépendance. Comme la vie sépare les amis qui s'aiment. Il m'a écrit pour Julien. Henri adorait mon père, lui aussi croyait en sa vocation de comédien. Il allait commencer un court-métrage, *Le temps d'apprendre à vivre*. Il nous a proposé à mon père et à moi d'en être les interprètes avec Michèle Meritz. Mon père a donc joué un résistant et moi le traître. Là encore, il a fait la preuve de son talent d'acteur. Nous l'avions tourné sans le son : tous les jours mon père abandonnait la fourrure pour aller synchroniser son rôle.

Le rêve brisé.

Le tournage de ces deux films fut sûrement parmi les plus beaux moments de sa vie et de la mienne. Nous nagions dans le bonheur. Enfin nous touchions au but. Mais si les comédies finissent bien, si les drames finissent mal, la vie, la vraie vie, ignore cette séparation et mélange les joies et les peines avec une cruauté qu'on ne saurait inventer.

J'habitais l'Hôtel des Saints-Pères pendant que l'on repeignait l'appartement du Faubourg. Je me rappelle, je lisais *Histoire d'O* quand mon père est tombé malade – un cas d'une jaunisse très rare. Je revois encore la tête de notre bon Docteur Asséo, le soir où l'on a transporté mon père à l'hôpital. J'étais avec lui dans l'ambulance. Rapidement, il fut dans un coma hépatique, il avait du mal à respirer, il s'agitait comme un enfant, mon enfant. Il m'a tellement fait rire ! Mort, il me fait rire encore. Il aimait tellement faire rire.

J'ai mis dix ans à m'en remettre, jusqu'au jour où j'ai pu, en 1970, tourner le film avec Yves Robert dans le rôle du père. C'est sûrement un de ses meilleurs rôles. Dans son ensemble, la critique a été mauvaise. De Baroncelli dans *Le Monde* a écrit que *Le Vieil Homme*, c'était grâce à Michel Simon, *Mazel Tov* passe encore, *Le Pistonné* grâce à Bedos. Gilles Jacob dans *L'Express* l'a éreinté. Je suis allé lui faire un scandale à son journal, tellement je trouvais son article injuste, tellement j'étais effondré. Quand on m'a rendu hommage comme producteur au Festival de Cannes, en 1998, c'est *Le Cinéma de Papa* qui a été projeté et c'est Gilles Jacob qui a chanté mes louanges. Heureusement, quelques-uns l'avaient aimé : Truffaut, Pierre Lazareff qui pleurait à la fin, Patrick Modiano qui m'avait écrit une lettre que malheureusement j'ai perdue. Depuis quelques années, pour certains, c'est devenu un film culte.

J'étais assis à côté du chauffeur dans le fourgon funéraire en tête du convoi qui emmenait mon père au cimetière. Des dizaines et des dizaines de voitures suivaient, la famille, tous les fourreurs, tous les artistes qui l'avaient connu. À l'entrée, j'ai demandé au chauffeur de s'arrêter, j'ai dit : « Le chef de famille va pisser. » Ma mère et ma sœur étaient inconsolables. Pour moi, c'était ma première rencontre avec la mort et quelle mort ! J'étais brisé. Le rêve était brisé. Le scénario n'était pas terminé. Avec mon père dans le rôle, j'avais envisagé qu'à la fin, nous accompagnerions ma mère à Orly où elle serait partie en Israël voir ses sœurs et ses neveux. Je serais resté seul avec mon père qui m'aurait dit : « Il faut absolument que l'on fasse ce film. » Et le film aurait été fait. Malgré mon chagrin, ou pour continuer à vivre avec mon père, je me suis remis à écrire la suite. La fin, bien sûr, était différente. Nous n'allions plus à Orly accompagner ma mère, le film se terminait par sa mort. Mais qui allait pouvoir jouer son rôle ? Tant qu'il ne serait pas fait, je ne serais pas en paix. Le premier à qui j'ai pensé, c'est Serge Reggiani. Avec l'énergie du désespoir, peu après la mort de mon père, je suis allé le voir à Rome. Nous avons déjeuné ensemble dans un restaurant de la place Del Popolo. À l'époque, bien sûr, j'étais un jeune comédien qui n'avait pas fait grand-chose. Je connaissais son père, qui avait été notre coiffeur en bas du 49, Faubourg Saint-Denis, Ce n'était pas un argument suffisant pour qu'il accepte de jouer le rôle. Je ne saurai jamais s'il a lu mon scénario, je n'ai jamais eu de réponse de sa part. Les années ont passé. Après le succès du *Vieil Homme*, je l'ai fait lire à de Funès. Le registre était trop dramatique pour son public. Dommage, il aurait été génial dans le rôle. Michel Serrault est venu me rendre visite, rue Ribera, je n'ai pas non plus réussi à le convaincre. Peter Ustinov lui aussi m'a dit non. J'ai tourné *Mazel Tov*, *Le Pistonné*. Après chaque film, je m'entêtais à vouloir faire *Le Cinéma de Papa*, jusqu'au jour où j'ai pensé à Yves Robert qui, lui, enfin, m'a dit oui.

Ce tournage fut comme une sorte de psychothérapie. Je ne dis pas que j'avais enfin fait le deuil de la mort de mon père, mais je l'acceptais. Pendant dix ans, presque tous les jours, je pleurais en pensant à lui. Avec ce film, j'ai l'impression de l'avoir fait continuer à vivre. Mais quelle injustice, il est parti à cinquante et un ans. Aujourd'hui, je pourrais être son père. François avait encore fait un article à la sortie que l'on peut lire dans *Les Films de ma vie*. En voici des extraits : « Depuis *Le Vieil Homme et l'Enfant* que j'ai tant aimé, *Le Cinéma de Papa* est probablement le meilleur film de Claude Berri. On sait que par définition les artistes sont, sinon antisociaux, généralement asociaux. Ils se sont bien souvent opposés à leur famille qui ne les comprenait pas ou les oppressait. En sortant du *Cinéma de Papa*, on a la certitude que Claude Berri a échappé à ce drame de l'artiste coupé de sa famille, voilà donc un cinéaste qui aime ses parents, cela rend son film encore plus rare. »

Je ne me rappelle pas quand j'ai écrit *Mazel Tov*, mais je suis sûr que c'est du vivant de mon père. Yves Robert sortait d'un triomphe avec *La Guerre des boutons*. À la recherche d'un producteur, j'avais déposé mon scénario à sa société, La Guéville. Un après-midi j'arrive à la maison, mon père se précipite sur moi en me disant que Danielle Delorme venait de téléphoner et qu'elle allait me rappeler. Pendant plus d'une heure, j'ai tourné en rond dans ma chambre, quand le téléphone a sonné. Effectivement c'était elle. Elle avait détesté cette histoire tellement triste sur le mariage. Comment pouvait-on écrire sur l'amour d'une façon aussi pessimiste ? J'étais anéanti. Comment avait-elle pu appeler un débutant pour le démoraliser de la sorte ? Elle m'aurait renvoyé mon projet sans explication, j'aurais eu moins mal. Aujourd'hui, c'est ce qu'il m'arrive de faire. Elle n'a pas été la seule à ne pas aimer. Par l'intermédiaire de mes amis les Loeb, j'avais rencontré Christine Gouze-Rénal et Roger Hanin. Ils étaient les producteurs de *Viva Maria* avec Bardot. Leur réaction fut négative. Par une « fiancée » commune, Liliane David, je fis parvenir *Mazel Tov* à

Truffaut que je ne connaissais pas à l'époque et elle me fit savoir qu'il n'était pas intéressé. Je n'ai pu tourner ce film qu'après le succès du *Vieil Homme*. L'histoire est simple : Claude, avant de se marier avec sa fiancée belge, Élisabeth Wiener, rencontre la femme de sa vie, une autre, en allant prendre des leçons d'anglais à Berlitz. Bien entendu, cette « autre » m'était inspirée par Susannah. J'ai joué Claude et Betsy Blair a accepté de faire une apparition. Il y a quelques bonnes scènes dans ce film : la leçon d'anglais, la grand-mère parlant yiddish, le mariage juif. La communauté juive a dû faire la majorité des spectateurs.

Betsy, je l'avais connue à la fin de l'année 1962, quand j'avais repris *Tchin-Tchin* avec elle et Daniel Gélin au Théâtre Moderne. Le spectacle n'avait pas la même originalité qu'avec les acteurs de la création, il était moins insolite, mais je me suis tout de même bien amusé. Nos loges donnaient sur la terrasse du Casino de Paris où les danseuses nues, le corps maquillé, venaient se détendre entre deux tableaux. Gélin avait beaucoup de charme, il en a séduit plus d'une. Il me racontait que parfois, la nuit, quand sa femme dormait, il mettait son manteau par-dessus son pyjama et sortait pour aller rejoindre une de ses conquêtes. Je crois qu'il a été le premier amant de Simone Signoret. Simone a compté énormément dans ma vie. Ma séduction amicale s'exerçait surtout sur des femmes plus âgées que moi : Katharina, Édith, Simone, Betsy. Elles m'ont toutes encouragé. Betsy venait de rencontrer Karel Reisz avec lequel elle se mariera. Il venait souvent de

Londres pour la voir, mais il n'était pas encore divorcé de sa première femme. Je leur servais de chaperon, nous sommes devenus des amis. Par la suite, quand ils ont vécu à Londres, j'ai souvent habité chez eux avec Anne-Marie.

C'est en voyant cette reprise de *Tchin-Tchin* que Simone m'a repéré. Elle allait bientôt jouer *Les Petits Renards* de Lilian Hellman au Sarah Bernhardt, aujourd'hui Théâtre de la Ville, dans une mise en scène de Pierre Mondy. Elle a tout de suite pensé à moi pour jouer son neveu, Léo, un horrible personnage. Un jour elle m'avait invité à déjeuner, place Dauphine, pour me présenter à Mondy. Il était là avec sa femme, Pascale Roberts. J'étais fasciné par sa beauté et par la sensualité qu'elle dégageait. Pierre, ayant un rendez-vous, est parti au dessert, me laissant seul avec Simone et Pascale. Au moment où, moi aussi, j'allais m'en aller, Pascale me demanda si j'avais une voiture et si je pouvais la déposer chez elle. Mais comment donc ! Tout en conduisant ma petite Austin, je me demandais si j'avais une chance avec elle. J'avais l'impression de ne pas lui déplaire mais, intimidé, je n'ai pas eu un mot ni un geste d'audace. Et surtout, elle était la femme de mon futur metteur en scène et je n'avais pas encore signé mon contrat. Je me disais que, de toute façon, nous étions appelés à nous revoir.

Le soir, rue Saint-Benoît, je tombe sur André Lambert, un théâtreux que j'avais connu au Maroc. En douceur, je lui parle de Pascale Roberts. Il était régisseur au Théâtre de la Renaissance où elle jouait dans *Édition spéciale* avec Mondy, Philippe Nicaud, Jacques

Balutin. Sur le ton de la confidence, il me dit que quand son mari est en scène, elle fait des gâteries à Philippe Nicaud. Je n'en crois pas mes oreilles. Alors pourquoi pas à moi ! Deux soirs plus tard, je rencontre Jacques Balutin à l'Akvavit. Comme un imbécile, soucieux de vérifier si la confidence était vraie, je lui raconte ce que m'a dit André Lambert. Il s'insurge, le traite de con, il va l'engueuler, c'est faux. Je le supplie de n'en rien faire. Il l'a fait ! Le lendemain, Lambert m'appelle, mortifié. De fil en aiguille, Pascale Roberts avait été tenue au courant de mon enquête. Pendant quelques semaines, j'ai eu peur pour mon contrat. Elle n'est venue qu'à la fin des répétitions mais elle m'a pris à part et m'a passé un sacré savon, bien mérité. Si j'avais eu une chance avec elle, je l'avais gâchée.

Nous avons commencé à répéter dans une petite salle dans les combles du théâtre. Il me semble qu'au début je n'étais pas très bon. Les réactions du public devaient me manquer. Toujours est-il que Mondy riait tellement en me regardant jouer qu'il avait fait mettre un paravent pour cacher ses rires. La distribution était étonnante, en dehors de Simone, elle comprenait Suzanne Flon, Marcel Bozzuffi, Raymond Pellegrin, William Sabatier, Darling Légitimus, Josée Steiner. Les répétitions se poursuivirent sur la scène du théâtre, j'avais fait des progrès, j'étais plus à l'aise. La veille de la générale, nous avons fait un filage auquel assistait l'auteur Lilian Hellman. Elle fut catastrophée. Le seul qu'elle sauva du naufrage, ce fut moi. La critique fut très moyenne. Le jeu de Simone ne passait pas la rampe, à partir du sixième rang on ne l'entendait plus. Elle ne paraissait pas affectée en lisant les articles, nous en avons ri. On joua la pièce environ cent cinquante fois. Tous les soirs, c'était à qui arriverait à faire rire son partenaire. Dans une scène où Sabatier m'attrapait par le cou, il se mettait dos au public et, en plus de son texte, il rajoutait doucement une connerie pour me faire rire, moi qui étais face au public. Avec Suzanne, c'était facile, un rien lui procurait un fou rire. Il me semble qu'un soir nous avons dû baisser le rideau tellement elle pleurait de rire. C'était peut-être le soir de la dernière où Michel Piccoli nous fit la surprise d'entrer sur scène, une valise à la main, en demandant à qui il devait la remettre. Bozzuffi avait sa loge près de la mienne. Chaque soir, après la représentation, il se talquait les pieds avant de mettre ses chaussettes, puis il s'en allait avec Françoise Fabian. Simone m'avait pris sous son aile. Souvent je déjeunais avec elle, place Dauphine. Je lui avais donné à lire *Mazel Tov,* qu'elle avait aimé.

C'est pendant *Les Petits Renards*, en 1963, que j'ai connu Marlène Jobert. Elle jouait au Théâtre Grammont *Le Timide au palais* de Tirso de Molina, adapté par Billetdoux. Daniel Prévost faisait partie de la distribution. C'est Trintignant qui nous a présentés. J'avais vingt-neuf ans, elle vingt et un, elle était une ravissante petite rousse avec un visage plein de taches de rousseur. Tout de suite elle m'a plu, je ne lui ai pas déplu. Elle habitait une chambre de bonne, à la Bastille, mais je ne me rappelle plus où nous avons abrité nos premiers amours. Sa pièce se terminant plus tôt que la mienne, c'est elle qui venait me chercher tous les soirs au Sarah Bernhardt. C'est comme cela qu'elle a été repérée par Pierre Mondy pour être la partenaire de Montand dans *Des clowns par milliers* qu'il allait monter prochainement au Gymnase. C'est à partir de cette pièce que rapidement elle est devenue une vedette de cinéma : *L'Astragale*, *Nous ne vieillirons pas ensemble* de Pialat, *Le Passager de la pluie* de René Clément, etc. En attendant, nous étions deux petits comédiens amoureux sans logis. Nous avons décidé alors de vivre ensemble, à l'Hôtel des Saints-Pères pour commencer. J'étais devenu ami avec Josée Steiner, un soir elle nous avait proposé de venir prendre un verre chez elle, après la représentation. Elle habitait dans l'île Saint-Louis. Je nous revois dans mon Austin, moi préoccupé par le lendemain où nous devions emménager à l'hôtel. Des voitures étaient garées rue Saint-Louis-en-l'Île de chaque côté du trottoir, je me faufilais entre elles. Il faut croire que je n'étais pas totalement convaincu que nous devions vivre ensemble. J'étais très bien chez ma mère. Je conduisais distraitement, j'ai heurté légèrement une voiture à l'arrêt. Le choc n'a pas été violent, mais mon pare-brise a volé en éclats. Sur le moment je n'ai pas réagi, quand subitement Marlène s'est écriée : « Mon tailleur ! » Je l'ai regardée, son visage pissait du sang : un éclat de verre lui avait ouvert le visage juste en dessous de l'œil gauche. Je l'ai conduite à l'Hôtel-Dieu où on lui a fait quelques points de suture. Elle était marquée de mon sceau pour toute sa vie. Longtemps elle en a souffert, même si cela n'a jamais handicapé sa carrière.

Elle n'a jamais voulu faire connaître l'auteur de cette cicatrice qu'elle traîne encore. J'espère que, quarante ans après, elle ne m'en voudra pas de cette révélation. De temps en temps, nous nous rencontrons, et nous nous embrassons avec beaucoup de tendresse. Je crois lire dans ses yeux : « Tu te rappelles, Claude ? » Je me rappelle très bien, la cicatrice nous a enchaînés pendant deux ans et demi. Sans elle, je ne suis pas sûr que nous aurions vécu ensemble si longtemps. Après l'hôtel, nous avons loué un appartement boulevard Pereire, tout petit mais très agréable, qui donnait sur une terrasse avec un arbre.

Elle a joué pendant plus d'un an à Paris *Des clowns par milliers*, pendant que je tournais mon court-métrage *Le Poulet*. Ensuite, elle est partie en tournée avec la pièce et Montand. William Sabatier était en tournée avec eux, il jouait un rôle d'imprésario. Chaque soir, avec une voix blanche, il prétextait une extinction de voix, il n'était pas sûr de pouvoir assurer sa prestation. Un docteur venait, lui donnait un sirop pour la gorge et le lendemain la même comédie recommençait. Tous les jours, Montand vivait avec la crainte de devoir annuler la représentation. Au bout d'un moment, il en a eu marre, il m'a téléphoné pour que j'apprenne le rôle de l'imprésario. Sabatier était un grand gaillard de quarante-cinq ans : moi, à l'époque, j'étais mince et ne faisais pas mon âge. C'était bizarre comme idée, mais après tout pourquoi pas. Jouer avec lui et Marlène me plaisait, et surtout j'étais jaloux comme un tigre. En étant avec eux, j'étais plus rassuré. J'ai appris le rôle et c'est à Lille que Montand m'a fait venir. Tout l'après-midi il m'a fait répéter et le soir même, William avait retrouvé sa voix.

J'ai failli avoir une autre histoire dans le style de celle de Pascale Roberts. Je me revois marchant avec Montand, dans une rue de Lille, lui me demandant si j'avais vu Simone récemment. En toute innocence, je lui ai dit l'avoir vue chez Lipp dînant avec Costa-Gavras. Montand a essayé d'en savoir plus, de me tirer les vers du nez. Il espérait peut-être que je lui dise qu'ils se tenaient la main, qu'ils avaient l'air amoureux. Je n'avais rien vu de la sorte, je n'allais pas mentir pour lui faire plaisir. J'ai revu Simone par hasard, justement devant chez Lipp. D'un ton désagréable, elle m'a demandé ce que j'avais raconté à Montand. « Je lui ai dit que tu dînais chez Lipp avec Costa, c'est tout. » Elle m'a fusillé du regard et l'affaire en est restée là. J'ai pensé que je n'étais pas le seul à être jaloux. Montand avait bien dû la cuisiner.

Marlène était en pleine ascension quand moi je piétinais encore. Le bout-à-bout du *Poulet* m'avait effondré, je croyais l'avoir raté, les deux sketches chez Beauregard ne me faisaient pas avancer. Je n'arrivais pas à monter *Mazel Tov*, j'étais désagréable. Souvent, nous nous engueulions pour un rien, jusqu'au jour où elle m'a quitté pour Jean-Pierre Moulin. C'était un copain, il était venu plusieurs fois Faubourg Poissonnière. Il a la particularité de bégayer dans la vie mais pas quand il joue. Mon père était écroulé de rire en l'entendant. Il n'arrivait pas à croire qu'il puisse parler normalement sur scène. Jean-Pierre a joué le rôle principal dans *Les Dimanches de la vie* de Queneau, réalisé par Jean Herman : sinon c'est plutôt un acteur de théâtre. Mon amour-propre en a pris un sacré coup quand elle m'a quitté pour lui. Je la comprenais, j'étais insupportable. Démoralisé, je songeais même à changer de métier. Je suis retourné vivre avec ma mère.

C'est en 1964 qu'Arlette a épousé Jacques Tronel. En ce temps-là, il était dessinateur industriel, habitait Malakoff, avait des parents ouvriers communistes. Je me rappelle d'eux au mariage, ils étaient charmants, émus, comme ma mère. Moi j'étais content, ma sœur en avait fini de ses frasques, elle était casée. À cette cérémonie, il ne manquait que mon père. Malheureusement cela n'a pas duré très longtemps, Pialat est parti avec la femme de son meilleur ami. Tout comme Doillon avec Jane et Gainsbourg. L'amour est parfois plus fort que l'amitié. Toutefois, c'est grâce à ma sœur que le destin de Jacques a basculé. Sans elle, il serait peut-être encore dessinateur industriel. Après avoir été assistant puis directeur de production, entre autres de Marguerite Duras, il a été responsable des coproductions pour FR3, puis il est devenu mon bras gauche. C'est lui qui lit en premier les scénarios que nous recevons.

Récemment, Arlette m'a raconté que, pendant la courte période où elle avait vécu avec Jacques, elle avait eu un coup de cœur, et réciproquement, pour Michel, son mari actuel. Mais celui-ci avait eu plus de scrupules que Pialat. Ils se sont retrouvés vingt-cinq ans plus tard dans un cinéma de Bastia et ne se sont plus quittés. Il faut croire qu'Arlette s'était mariée avec Jacques pour échapper à la tyrannie de son frère. En effet ma mère, excédée par les sorties nocturnes de ma sœur, me poussait à jouer le rôle de père de famille. Je devenais alors un vrai frère sicilien pour elle, mais je ne l'ai jamais battue comme dans *À nos amours*. Il y a deux ans, avec Nathalie, nous avons assisté à son mariage avec Michel, à Romans, où ils vivent depuis, très heureux.

Je ne sais plus comment j'ai connu José Giovanni. Nous avons en commun l'amour de nos pères. Je le vois parfois chez nos amis les Loeb. De temps en temps, je relis son roman *Le Second Souffle* qui ferait un bon remake. Au début des années soixante, c'est lui qui m'a présenté à Alphonse Boudard avec qui je suis devenu très ami. Alphonse avait la truculence de certains de ses personnages, avec sa langue verte et sa verve populaire. Il était un magnifique écrivain. Il a reçu le prix Renaudot pour *Les Combattants du petit bonheur.* C'était un bon vivant, un sacré « queutard » avec lequel je me suis beaucoup amusé. Dans les dernières années, il avait une double vie entre sa femme Gisèle et Laurence, avec laquelle il avait un fils qui allait à la même école que Darius. J'ai souvent hésité à tourner *Les Matadors*, mais c'était un film d'époque, très cher, dont les héros étaient des anciens de la carlingue. Néanmoins, le film reste à faire. Je crois que Melville aussi l'avait envisagé.

Je le voyais très souvent avec Cherel, un vieil antiquaire qui avait une boutique appelée La Lanterne magique. Nous formions un trio très Pieds Nickelés. Cherel était sûrement un faussaire. Il ne peignait pas lui-même les faux Braque mais, à mon avis, il lui arrivait d'en fourguer. La Lanterne magique était le rendez-vous d'un tas de gens insolites. On pouvait y rencontrer le mage Dieudonné, d'anciens voyous comme René Biard que j'ai fait jouer dans *Sex-shop*, des écrivains tels qu'André Hardellet, Louis Nucera, des éditeurs comme Losfeld, Pauvert, Jérôme Martineau, lequel avait publié ma nouvelle et le scénario du *Vieil Homme*. Ce n'est que plus tard, dans les années soixante-dix, que j'ai appris qu'il avait collaboré avec les Allemands pendant la guerre, à Bordeaux. Il s'était laissé interviewer par Harris et Sedouy dans le film *Français, si vous saviez* et, à la surprise générale, avait avoué son passé de collabo. Je me demande s'il est encore vivant.

Offenstadt, l'éditeur à l'époque des *Pieds Nickelés*, avait demandé à Boudard de faire une nouvelle préface pour la ressortie des albums. Dans un déjeuner auquel j'assistais, ils se sont engueulés sur le montant de la prestation. À un moment, énervé, Boudard a pris la soupière remplie de couscous et la lui a versée sur la tête. Quelques jours après, ils ont fini par se mettre d'accord et en plus, Offenstadt lui a demandé de réfléchir à un « événement » pour le lancement de cette ressortie. Alphonse, Cherel et moi, nous nous sommes concertés pour trouver une idée originale. Nous avons proposé un déjeuner avec la presse et de faire une recette qui n'avait encore jamais été faite tellement elle est compliquée : le pot-au-feu de Dodin Bouffant. Elle est décrite dans le livre du même nom de Marcel Rouff. Il faudrait pouvoir la lire mais ce livre très drôle est épuisé. J'ai conseillé à Léo de le rééditer. Le restaurant choisi fut Chez Sam, à Pontchartrain, à qui revenait l'honneur de réaliser le pot-au-feu. À moi revenait la mission de filmer toute l'aventure. J'ai donc été trouver Roger Stéphane qui avait une émission à la télévision. Mon charme et le projet le séduisirent, il me donna son accord. Je commençais par filmer Sam aux Halles en train d'acheter des poulets que l'on évidait, de la chair à saucisses, des saucisses, tous les ingrédients nécessaires à ce pot-au-feu. Puis je continuais à filmer, dans sa cuisine, la fabrication de la recette pour ce déjeuner de quatre-vingts personnes. Pendant la cuisson, Sam, devant ma caméra, faisait le numéro qui l'avait rendu célèbre : faire tenir un coq sur sa main. En 16 mm, je m'en donnais à cœur joie : c'était ma première réalisation. Il ne me restait plus qu'à mettre en boîte l'« événement ». Les quatre-vingts convives apprécièrent plus ou moins cette recette plus littéraire que comestible. Néanmoins, l'ambiance était joyeuse. Parmi les invités, il y en avait une de choix : c'était Joséphine Baker, très charmante, contente d'être là. Au dessert, Boudard et Offenstadt firent chacun un petit speech pour parler de la ressortie des *Pieds Nickelés*. Cherel avait bien bu, il demanda la parole. En titubant, il s'avança vers le micro, respira un grand coup et annonça que le généreux éditeur allait faire un chèque – je ne me rappelle plus du montant, mais il était conséquent – pour les enfants de Joséphine Baker. Tête d'Offenstadt qui n'avait sûrement pas prévu une telle somme et tête de Joséphine qui s'en alla furieuse. Je venais de comprendre qu'elle avait été payée pour venir, mais dans la plus grande discrétion. L'« événement » avait été créé. Pendant longtemps nous en avons ri, Boudard, Cherel et moi. J'avais filmé des kilomètres de pellicule immontables. Sur le moment, Roger Stéphane m'en a voulu mais après l'Oscar du *Poulet*, il m'a téléphoné pour me féliciter.

Hier, 29 août 2002, j'avais rendez-vous avec la « pointure » à dix-neuf heures. Machinalement, je regardais ma montre, il était moins dix. Je n'avais pas oublié ce rendez-vous mais, pris par mon écriture, je n'avais pas vu passer le temps. J'ai foncé rue Elzévir. Malgré mon retard, il ne m'a pas fait attendre. L'entretien a été bref. Je lui ai dit que j'allais bien, que comme pour mon père je ne pourrais pas faire le deuil de mon fils, mais que je l'acceptais, qu'il fallait s'arranger à vivre avec ses morts. Il m'a regardé en souriant, avec ses yeux magnifiques. Je lui ai parlé de mon livre, que c'était sûrement mon meilleur médicament, que j'en avais marre des antidépresseurs, des tranquillisants, des produits contre la constipation, etc. Il m'a conseillé d'en parler avec le Docteur Havas, mon psychiatre. Je lui ai proposé de lire ce que j'avais déjà écrit. Il en était très curieux. Je le revois mercredi avec mon manuscrit.

C'est pendant les mixages du *Vieil Homme*, fin décembre 1966, que j'ai connu Anne-Marie et, du même coup, le même jour, son frère. Avant que je ne devienne le beau-frère de Jean-Pierre Rassam, il a été le beau-frère de Claude Berri. À l'époque, il ne faisait pratiquement rien, il boursicotait. Comme il rêvait de faire du cinéma, j'étais une rencontre idéale pour lui. En me mariant avec la sœur, je ne savais pas que j'épousais le frère. Pendant quatre ou cinq ans, nous avons été liés comme les trois doigts de la main. En mars 1967, nous avons partagé ensemble le triomphe du *Vieil Homme*. Je l'ai tout de suite aimé et admiré pour son intelligence, sa dialectique, sa rapidité de pensée. Il m'a aimé aussi. Grâce à moi, il pénétrait dans le milieu du cinéma. Il profitait de mon expérience de l'époque pour faire son apprentissage.

Quand, en 1968, j'ai voulu être producteur délégué de *Mazel Tov*, il a fallu que Renn passe au capital de trois cent mille francs. J'ai donc emprunté cent mille francs au père d'Anne-Marie. Par correction et sur les conseils d'un comptable qui me disait qu'il était préférable de ne pas détenir plus de 50 % d'une société au capital limité, j'ai mis les actions au nom de mon beau-père, qui rêvait que Jean-Pierre devienne mon associé.

Par la suite, j'aurais pu faire une société anonyme, le rembourser et détenir ainsi 100 % de Renn. Ayant confiance en lui que j'adorais, je ne l'ai pas fait. Il est mort dans un accident de voiture en 1972. Par ailleurs, moi aussi, j'avais envie de travailler avec Jean-Pierre, mais nous avions des caractères différents. J'avançais comme une fourmi, lui courait comme un lièvre. Dès qu'il a pu, il s'est élancé sans moi.

En 1970, nous avons coproduit ensemble le film de Gérard Brach, *La Maison*, avec Michel Simon. Comme Jean-Pierre n'avait pas d'argent, je prenais les pertes à ma charge et en cas de succès nous partagions les profits. J'ai perdu deux cent mille francs de l'époque que j'ai mis deux ans à rembourser. Dans le programme de la Cinémathèque figure sa filmographie, il apparaît comme seul producteur de *La Maison*. Aujourd'hui, pour beaucoup, Jean-Pierre reste un mythe, un symbole à qui la Cinémathèque vient de rendre un hommage en mai 2002. Voici le début du texte de présentation écrit par Jean-Michel Frodon : « Une utopie nommée Rassam. Le nom de Rassam ne figure pas dans les dictionnaires de cinéma. C'est une stupidité et une injustice, mais c'est aussi un symbole. Celui de l'impossible pari de quelqu'un qui, dans la galerie des personnalités qui ont fait l'histoire du cinéma, demeure à la fois un archétype et une exception, c'est-à-dire une figure mythologique. Lui qui disait volontiers " J'ai voulu faire de ma vie une mythologie. " »

Quand j'ai dit à Thomas que j'écrivais ce livre, la première question qu'il m'a posée a été : « Alors tu vas parler de Jean-Pierre ? » Julien se faisait appeler Rassam. Bien sûr, c'était le nom de sa mère, mais aussi de son oncle. Pourtant, ils ne l'ont pas beaucoup connu. Quand il est mort, en 1985, à l'âge de quarante-trois ans, Julien avait dix-sept ans et Thomas quatorze : et la grande époque de Jean-Pierre se situe entre 1972 et 1976. Mais c'est extraordinaire ce qu'il aura produit en si peu de temps : *Nous ne vieillirons pas ensemble* de Pialat, *Tout va bien* de Godard, *Lancelot du lac* de

Bresson, *La Grande Bouffe* de Ferreri, trois films de Jean Yanne, *Tout le monde il est beau, Les Chinois à Paris, Chobizenesse*, etc.

Le démarrage de Jean-Pierre s'est fait avec *Nous ne vieillirons pas ensemble* que je devais produire avec lui et Pialat. Maurice, vexé de ne pas pouvoir assister aux rushes du *Cinéma de Papa* à cause de ma mère, n'a plus voulu de moi comme partenaire. Ils l'ont fait seuls. C'est comme cela que Jean-Pierre a fait la connaissance de Jean Yanne. La même chose pour *Tout va bien*. À sa demande, je lui ai rendu le contrat que j'allais signer. On connaît la suite.

À la fin, les années quatre-vingt ont été difficiles pour lui. Son rêve – s'emparer de Gaumont – a échoué. Toujours aussi brillant, il devenait amer. Il s'est mis à courir derrière Coluche avec qui il a fait, en 1984, *Le Bon Roi Dagobert* de Dino Risi qui a été un échec. Il meurt le 28 janvier 1985. Godard achète une page dans *Libération* pour le saluer avec les honneurs. Entre temps, il avait épousé Carole et fait avec elle un fils magnifique, Dimitri Rassam. La relève est assurée. Gérard Depardieu écrira après sa mort : « Tu es passé dans nos vies à la vitesse de la lumière. » Moi, je garde le souvenir de quatre ou cinq ans d'intimité que nous avons eus avec Anne-Marie. Les vacances à Saint-Tropez, les voyages à New York, mai 68, le printemps de Prague. Quand les Russes ont envahi la Tchécoslovaquie, nous sommes partis tous les deux chercher Véra et les enfants de Milos avec la voiture de François. Les Tchèques avaient inversé les panneaux d'itinéraire, nous avons dû suivre une voiture qui allait à Prague.

À un moment, j'ai été pris d'une forte envie de pisser. Jean-Pierre a accéléré et nous avons dépassé la voiture du Tchèque qui a dû se demander pourquoi on le doublait. Il a compris en me voyant faire pipi sur le bord de la route. Au retour, avec Véra et les enfants, Jean-Pierre a dépassé une colonne de chars russes qui allait fermer la frontière. Le lendemain, nous repartions à Prague chercher le fils d'Ivan Passer. Quand il m'a présenté pour la première fois Carole à New York, au restaurant d'Eileen, elle venait de faire un film avec Bunuel, *Cet obscur objet du désir*. Elle était si belle. En ce temps-là, nous étions comme deux frères. C'était avant que je ne devienne le beau-frère de Jean-Pierre Rassam. Maintenant, je suis le père de Thomas Langmann.

En 1969, à la demande de Truffaut, j'ai coproduit *Ma nuit chez Maud*. Je n'ai jamais rencontré Éric Rohmer.

Hier j'ai revu le Docteur Melman. Deux jours auparavant, je lui avais fait parvenir mon manuscrit. Il a ri en le lisant, m'a parlé de mon humour juif, m'a dit que, mis à part Jean-Claude Grumberg, cette forme d'esprit était en voie de disparition en France. Il a ajouté que je mettais autant d'intensité à vivre mes moments de bonheur que de malheurs. « Vous n'avez pas vécu dans des pantoufles, vous n'avez pas ménagé ni vos joies ni vos peines. » Que veut-on dire par « humour juif » ? S'il s'agit de rire de ses propres malheurs, alors certainement j'ai cet humour-là que je tiens de mon père. C'est à peine si nous avons parlé de ma santé. Il était content que j'aille bien. Nous nous reverrons de temps en temps, je lui donnerai la « suite » à lire.

En février 1971, j'ai très mal vécu l'échec du *Cinéma de Papa*. J'étais profondément mortifié. En fouillant dans mes tiroirs, j'ai retrouvé ce que Henri Langlois avait écrit sur le film dans *Combat* : « Cinéma maniériste et cinéma d'auteur » : « Je suis contre tous ceux qui croient faire un cinéma destiné au musée, un cinéma qui ennuie comme toute chose dont la vie est absente. Quand on me dit d'aller voir un film pour les cinémathèques, je m'y refuse, car une cinémathèque travaille pour l'avenir et l'avenir se désintéresse des choses mortes. Ainsi la Nouvelle Vague à ses débuts qui, à l'opposé du maniérisme, nous donna un cinéma où passait l'air de jeunesse, où passait la vie, où personne ne songeait à jouer à l'habit vert. Ce qui me touche dans *Le Cinéma de Papa,* de Claude Berri, c'est que j'y retrouve cette même fraîcheur, cette spontanéité, cette ingénuité qui me ramène à ma jeunesse, à ce cinéma de papa qui fut le mien et où tout se transformait en joie et en plaisir, même le tragique, même l'horreur. Ce cinéma qui était en contact avec l'esprit des simples, ce cinéma qui n'avait rien de sinistre ni de morose, cette façon directe et vive de raconter la vie, ces gags, ces petites touches qui font la réalité d'un film. Je suis sorti heureux de la projection du *Cinéma de Papa* et je n'ai pas plus honte d'y avoir ri et d'y avoir été ému que vous n'avez eu honte d'avoir aimé *Baisers volés*. »

Extrait de la critique de Jean de Baroncelli dans *Le Monde* du 9 février 1971 : « [la] mollesse du récit et sa fragilité. Avouons-le : cette histoire est délicieuse, mais d'un médiocre intérêt. Il est temps, je crois, pour Claude Berri, de trouver une autre source d'inspiration que l'enchantement du passé. »

Voici ce que Gilles Jacob a écrit dans *L'Express* (numéro du 1er au 7 février 1971) à la sortie du film : « On retrouve comme édulcorés, dans *Le Cinéma de Papa,* les défauts et les qualités de Claude Berri. Mièvrerie, notations banales, absence de regard véritable pour dépeindre un milieu que pourtant il connaît bien. Il imagine naïvement qu'il suffit qu'une chose soit vraie pour qu'elle intéresse. » Plus de vingt-cinq ans après, voilà ce qu'il a dit le jour de l'hommage à Cannes : « Berri qui incarne une des réussites les plus audacieuses de la production française, un de nos derniers nababs, un homme qui a toujours pris tous les risques, méritait cet hommage haut la main. Mais honorer en grande pompe celui qui avait voulu faire "virer" à coups de pompes un pauvre petit journaliste à la gomme est aujourd'hui pour moi un plaisir aussi subtil que celui qu'un humoriste célèbre prenait à passer pour un imbécile. » Bien sûr, j'ai été très fâché contre lui en 1971. Depuis, nous avons une vieille estime l'un pour l'autre. Comme il l'a écrit, « une sorte d'amitié d'anciens combattants », mais je ne sais toujours pas ce qu'il pense avec le recul du *Cinéma de Papa*. En 1988, Gilles m'a proposé de faire partie du jury de Cannes sous la présidence de Ettore Scola. J'ai accepté. Le dernier jour, les débats furent houleux. Scola et

Nastassia Kinski en pleurs voulaient absolument donner la Palme d'or à *Un monde à part* de Chris Menges. Avec quelques autres membres du jury, nous votions pour *Pellé le Conquérant*. Orgueilleux et vexé, Scola a insisté pour nous convaincre d'adhérer à son choix, mettant dans la balance sa prééminence de président. Nous n'avons pas cédé et *Pellé* a eu la Palme, *Un monde à part*, le grand prix spécial et les deux prix d'interprétation. Entre temps, Richard Pezet avait acheté *Pellé* pour la distribution en France. Scola m'a accusé d'avoir profité de mon statut pour faire acheter le film par ma compagnie. Heureusement, la Palme avait été donnée à sept voix contre cinq : même sans la mienne, le résultat aurait été le même.

24 mai 1971. Naissance de Thomas. Pour nourrir ma famille, il faut absolument que je tourne un film. Mais lequel ? C'est alors que j'ai eu l'idée de *Sex-shop*. Ce ne sera pas un film sur l'enchantement de mon passé, mais un film personnel. J'ai pensé qu'avec ce sujet, ils pourraient écrire ce qu'ils voudraient. Ils ne se sont pas gênés d'ailleurs pour le faire. Après l'humiliation du *Cinéma de Papa*, mon objectif était le public. Il est toujours le même.

L'idée était très simple : Claude est marié, il a deux enfants, il est libraire rue Saint-Denis, les affaires ne sont pas brillantes. Un jour, un copain lui propose de transformer sa librairie en sex-shop. Il va découvrir le monde de la pornographie. Nous sommes au début des années soixante-dix, en pleine libération des mœurs : comme beaucoup de gens, je suis concerné. Les filles de Madame Claude font les belles nuits de chez Castel ou de l'Élysée-Matignon. Jean-Pierre aura une aventure de quelques mois avec une de ses assistantes. Moi-même, un après-midi où j'étais au lit avec l'une d'elles, une créature superbe qui devait partager le studio avec sa copine nous a rejoints dans nos ébats. C'est la scène dans *Sex-shop* où je leur montre la photo de mes enfants et de ma femme.

La genèse de cette idée m'a été inspirée pendant les repérages du *Cinéma de Papa*. J'étais en voiture avec mon assistant Alain Touriol. Nous roulions vers Versailles quand, après avoir dépassé Ville-d'Avray, il m'a montré la façade d'un établissement qui n'avait aucune fenêtre. Il m'a alors décrit ce qui se passait dans cette auberge, d'apparence anonyme. À trente-six ans, j'ignorais totalement qu'il existait des lieux d'orgies semblables. Un soir où j'étais seul à Paris, mû par la curiosité, je me suis rendu au Roi René. Je n'ai pas été déçu du voyage. Le problème a été de pénétrer dans l'antre.

C'était une belle nuit de printemps. Je retrouve l'endroit, je me gare dans la station-service, face à l'établissement. Elle était fermée mais déjà pleine de véhicules, et sur chaque côté de la route des dizaines de voitures, endormies. Ému, je traverse, j'arrive devant la porte, je sonne. J'attends. Un judas s'ouvre, un barbu me dévisage. D'un signe de la tête, il me fait non et referme le judas. J'insiste, je ressonne, en vain. Je retourne sur Paris, déçu. C'est alors que, descendant la côte de Saint-Cloud, je vois une fille qui fait le tapin. Je me dis qu'elle connaît l'endroit ou bien qu'accompagné, le barbu me laissera entrer. Elle n'y a jamais mis les pieds ni le reste, mais elle est d'accord pour que nous y allions. Ma compagne à mes côtés, je sonne à nouveau. Le judas s'ouvre et se referme encore plus vite. En retraversant la route pour remonter dans la voiture, nous croisons un couple de petits vieux, la soixantaine bien tassée, je me retourne pour être sûr qu'ils vont dans la tanière. Effectivement, eux, le barbu les laisse entrer. Je n'en revenais pas. J'étais sur le cul, si je puis dire. J'ai pensé « C'est sûrement un établissement pour le troisième âge. » Je n'avais aucune envie de cette pute, je lui ai demandé combien je lui devais pour le dérangement et lui ai dit que j'allais la redéposer là où je l'avais trouvée. C'est alors qu'elle m'a proposé d'aller faire un tour dans les bois de Ville-d'Avray, où se trouvaient souvent des couples d'échangistes. Au point où j'en étais de cette soirée insolite... Encore une expérience que je n'avais jamais connue. Nous voilà dans une allée du bois, la pute est assise à ma droite. Une voiture s'arrête à notre hauteur, un couple à l'intérieur. L'homme, au volant, commence à parler avec ma partenaire. J'écoute, je l'entends dire qu'il faudrait aller dans un endroit discret car sa femme vient d'être opérée d'une césarienne, très récemment. J'appuie sur l'accélérateur et je m'enfuis, bien décidé à en finir avec cette soirée.

En retournant sur Paris, nous repassons devant Le Roi René. Taraudé par je ne sais quel démon, je décide de tenter d'amadouer le barbu pour la troisième fois. Et ça marche ! L'obstination avait dû le toucher. Nous entrons. Aussitôt il prend le sac de la pute et le range sur une étagère au-dessus du bar, où se trouvent déjà des dizaines de sacs. En se faisant un passage au milieu de la foule, Monsieur Gérard, le barbu, entraîne la pute dans un petit salon attenant et la livre à la meute. Aussitôt, elle est prise en mains par une dizaine d'hommes. Je n'en crois pas mes yeux de ce que je vois : le métro aux heures de pointe, l'Enfer de Dante, des hommes et des femmes de tous les âges. Une armée de couples en train de baiser dans tous les coins, des femmes en train de faire des fellations, des hommes qui matent. Sur une table, la vieille que j'avais vue entrer se faisait prendre à tour de rôle par des lascars qui faisaient la queue. Le vieux, son mari, mégot aux lèvres, lui caressait la tête. Ma fiancée, contente, subissait le même sort. L'établissement comporte plusieurs petits salons avec, tous, des tables de sacrifice. Je circule de l'un à l'autre, partout c'est la même cérémonie. Je crois être dans une secte du sexe dont le grand prêtre serait Monsieur Gérard et la grande prêtresse sa sœur.

Plus tard, j'apprendrai qu'ils ont eu un enfant ensemble, en très bonne santé. À l'époque leur père était encore là, j'ai eu beaucoup de conversations avec lui, avant qu'il ne se fasse assassiner. Par la suite, il m'a raconté son histoire. Avant la guerre, il tenait un bordel près de la Madeleine. Parmi ses clients, il y avait un policier haut placé qui était tombé du toit d'un immeuble en poursuivant un gangster, il était devenu impuissant. Ne pouvant plus bander, son seul plaisir était de mater René en train de rendre hommage à ses clientes, moyennant quoi il était protégé de tout ennui éventuel avec la police. Je ne sais plus si c'était avant la guerre ou après, quand Marthe Richard a fait fermer les maisons closes. Toujours est-il que René a eu envie de changer d'air. Il a alors trouvé cette auberge près de Ville-d'Avray et m'a dit cette phrase magnifique : « Je suis venu ici pour la santé des enfants. » Son problème était de faire venir les clients dans cet endroit, situé à l'époque en pleine nature. Il a donc acheté aux Puces quatre mannequins qu'il a habillés en femmes, perruqués, installés dans sa traction avant et avec lesquels il faisait le bois de Boulogne. Des couples d'échangistes croyant que c'était de vraies femmes se mettaient à le suivre. Il se garait derrière son auberge, d'un tour de main il renversait les mannequins, puis rapidement il allait attendre les clients, tranquille, derrière son bar. C'est comme ça qu'il avait fait sa clientèle. Authentique !

Hier soir, j'ai regardé à la télévision la nouvelle émission, « À tort ou à raison », animée par Bernard Tapie. Je n'ai rien contre lui, je l'ai trouvé bon acteur dans un film de Lelouch, mais comme animateur, il est insupportable. Il ne laisse pas parler ses invités, leur coupe la parole, veut sans cesse imposer ses points de vue. À un moment, il a demandé à Philippe Sollers pourquoi certains hommes demandent aux prostituées de baiser sans préservatif, avec les risques que cela comporte de part et d'autre. Sollers, très brillant, est remonté en arrière, à la fin des années soixante, à mai 68, à l'arrivée de la pilule, avant le sida, à cette époque de libération des mœurs qu'il a qualifiée d'« âge d'or des muqueuses ». J'ai trouvé cette définition magnifique, je l'aurais bien mise en exergue de *Sex-shop*. Au milieu des années quatre-vingt, le sida est apparu avec les préservatifs et pourtant certains hommes, encore aujourd'hui, quitte à courir des risques, préfèrent le contact des muqueuses.

Lors de ma première visite au Roi René, j'étais tellement sidéré de ce que j'avais vu que je n'ai pas vu passer l'heure. Il devait être trois ou quatre heures du matin, j'étais assis au bar, en train d'attendre que ma copine ait terminé ses ébats. L'endroit s'était vidé, quand j'ai vu réapparaître la vieille, suivie de son mari, mégot au bec. Il l'a aidée à remettre sa robe à fermeture Éclair dans le dos, puis ils se sont regardés et là, j'ai vu une chose inouïe : avec ses doigts, nerveusement, il a tapoté les cheveux de sa femme pour la recoiffer. C'est ce geste qui m'a déterminé à faire le film. J'ai transposé ces petits vieux dans un couple plus jeune, interprété par Jean-Pierre Marielle et Nathalie Delon. La vieille s'appelait Henriette et son mari était, je crois, maire adjoint d'une petite ville. Sont-ils encore en vie ? J'ai redéposé la pute dans la descente de Saint-Cloud. Elle s'était fait prendre par une trentaine de gaillards. Comme je n'avais pas participé, elle n'a pas voulu que je la paie.

J'ai fait *Sex-shop* comme un documentaire-fiction dans lequel j'étais d'autant plus impliqué que je jouais le personnage du libraire. J'étais Claude dans le film, et moi-même dans la vie, qui partions comme deux innocents à la découverte du monde de la pornographie. Ce film est peut-être la seule comédie de mœurs située dans l'« âge d'or des muqueuses ». Je me suis follement amusé à l'écrire, à le mettre en scène et à le jouer.

Avant de penser à Nathalie Delon, j'avais proposé le rôle à Geneviève Page. L'idée d'avoir une grande bourgeoise jouant une femme échangiste me plaisait infiniment. Je lui avais fait parvenir le scénario qu'elle avait lu. Elle n'avait pas été choquée par la lecture, mais tout de même. Femme de banquier, elle était hésitante. Je voulais être sûr qu'elle sache bien où elle mettait les pieds. Elle jouait au Théâtre du Gymnase dans *Le Canard à l'orange*, une pièce adaptée par Jean Poiret. Un soir, après la représentation, je suis allé la chercher pour l'emmener sur les lieux du crime. Je la revois encore, dans sa loge, se mettant une perruque. En chemin, je lui ai parlé du rôle et de l'endroit. Était-ce par curiosité qu'elle avait accepté de m'accompagner ? Nous nous sommes assis sur les tabourets du bar, tous percés en forme de cœur, je suppose pour laisser passer la main d'un honnête homme. Elle s'est retournée, derrière elle une femme était en train de faire une fellation. Geneviève en est restée bouche bée, hébétée pendant quelques secondes. Elle a bu un cognac, cul sec. Elle était fascinée, de sa vie elle n'avait jamais vu un spectacle pareil. Elle a été curieuse de visiter l'établissement. Henriette était là, bien sûr avec son mari. À un moment, elle s'est relevée de la table, je lui ai fait un signe, elle s'est assise près de nous. Pour que Geneviève comprenne bien ce que j'attendais d'elle, j'ai demandé à Henriette si elle savait combien d'hommes elle s'était faits en un an. Elle croyait le savoir, elle a donné un chiffre comme deux mille deux cent vingt. « Deux mille six cent trois », a rectifié son mari. Il notait tout dans son carnet. « Oui, a dit Henriette, très contente, en comptant les pipes ! » Ces chiffres ne sont peut-être pas exacts, avec le temps ma mémoire n'est sûrement pas fidèle, mais à 10 % près, je suis sûr de l'énormité du nombre. Geneviève Page n'a pas joué le rôle, mais elle a passé une soirée qu'elle n'est pas près d'oublier. Moi, non plus.

Léo vient de m'offrir une édition originale de 1920 de ce livre magnifique et introuvable : *La Vie et la Passion de Dodin Bouffant* de Marcel Rouff. Ce livre est dédicacé :

« À Brillat-Savarin, parmi les morts

« À Curnonsky

« À Gabion

« À Guy de Pourtalès, parmi les vivants. »

J'espère que Léo va le rééditer et que vous serez nombreux à le lire. Je suis donc en mesure de vous donner la fameuse recette du pot-au-feu.

« Le pot-au-feu proprement dit, légèrement frotté de salpêtre et passé au sel, était coupé en tranches et la chair était si fine que la bouche à l'avance la devinait délicieusement brisante et friable. Le parfum qui en émanait était fait non seulement du suc du bœuf fumant comme un encens, mais de l'odeur énergique de l'estragon dont il était imprégné et des quelques cubes, peu nombreux d'ailleurs, de lard transparent, immaculé, dont il était piqué. Les tranches assez épaisses et dont la bouche pressentait le velouté s'appuyaient mollement sur un oreiller fait d'un large rond de saucisson, haché gros, où le porc était escorté de la chair plus délicate du veau, d'herbes, de thym et cerfeuil hachés. Mais cette délicate charcuterie, cuite dans le même bouillon que le bœuf, était elle-même soutenue par une large découpade, à même les filets et les ailes, de blanc de poularde, bouillie en son jus avec un jarret de veau, frottée de menthe et de serpolet. Et pour étayer cette triple et magique superposition, on avait glissé audacieusement derrière la chair blanche de la volaille, nourrie uniquement de pain trempé de lait, le gras et robuste appui d'une confortable couche de foie d'oie frais simplement cuit au Chambertin, un enveloppement de légumes assortis cuits dans le bouillon et passés au beurre. Subtilement, Dodin avait réservé au Chambolle l'honneur d'escorter ce plat d'élite. »

Bon appétit !

Une rencontre qui a énormément compté dans ma vie de producteur, c'est celle de Claude Zidi. Je l'avais connu sur le tournage de *La Ligne de démarcation* de Claude Chabrol où je jouais un petit rôle, lui étant caméraman sur le film. J'avais voulu lui donner sa chance de chef opérateur sur *Le Vieil Homme*, mais André Hunebelle avait préféré que je prenne un opérateur plus chevronné, Jean Penzer. Claude avait été très touché de mon intention. Je ne l'avais pas revu depuis plusieurs années quand, un soir où je menais mon enquête pour le scénario de *Sex-shop*, je le retrouve assis au bar du Roi René. Nous bavardons, il me dit qu'il vient de réaliser son premier film avec les Charlots, *Les Bidasses en folie*. J'avais vaguement entendu parler des Charlots, pourtant à l'époque, ils étaient déjà des vedettes de variété très populaires. Nous étions fin décembre 1971, son film sortait pour les fêtes de Noël. Il m'apprend encore qu'il va refaire un film avec eux en mars 1972, *Les Fous du stade.* Je lui demande s'il est déjà en préparation, il me répond que non, qu'il n'a pas encore signé son contrat avec le producteur Michel Ardan. Certainement que celui-ci attendait le résultat des *Bidasses en folie* pour engager Zidi sur un nouveau film. Cette information me rentre dans une oreille mais ne ressort pas par l'autre.

Je me rappelle que *Les Bidasses en folie* sont sortis un vendredi. Je suis allé le voir le dimanche après-midi, avec Anne-Marie, au cinéma Le Paris. Je me suis fait connaître pour éviter de faire la queue. Le film était déjà commencé, nous ne sommes pas restés pour voir le début. Les gens riaient beaucoup, moi en ce temps-là j'étais imperméable à ce genre de films à gags. Le lendemain, j'avais rendez-vous avec John Morgan Jones, directeur de l'U.F.I.C., Union pour le financement de l'industrie cinématographique, un établissement en partie couvert par l'État en cas de dépôt de bilan. Je venais le voir pour qu'il m'escompte le contrat de distribution des Artistes Associés pour *Sex-shop.* C'était le premier film que j'allais produire seul. Il était complètement excité. Avant même de s'intéresser à mon sort, il s'est écrié : « *Les Bidasses en folie,* le plus gros succès de l'année ! » L'U.F.I.C. avait participé au financement du film, c'est ce qui le mettait dans cet état. Je ne savais pas alors que l'on pouvait faire un tel pronostic en seulement trois jours d'exploitation. Effectivement, le film de Zidi a été le plus gros succès de l'année 1972. J'étais très content pour lui. John Morgan Jones a été un homme providentiel pour moi au moment de *Tess*. Et surtout, c'est lui qui m'a présenté, quelques années plus tard, mon ange gardien, Pierre Trémouille, encore aujourd'hui à mes côtés bien qu'il soit en préretraite. Ce même jour, j'avais rendez-vous pour déjeuner avec Pierre Braunberger. Nous devions parler de *Oh Jérusalem*, le livre de Lapierre et Collins pour lequel j'avais une option. Devant le 95, Champs-Élysées, je tombai sur les frères Siritzki qui programmaient dans leurs salles le film de Zidi. Ils s'écrièrent en chœur : « *Les Bidasses en folie*, le plus gros succès de l'année ! » Décidément !

J'étais assis en face de Braunberger, dans son bureau, il téléphonait à deux personnes en même temps. Il avait coincé un appareil entre son menton et son épaule, l'autre dans une main, et avec sa main libre, il se curait le nez tout en me demandant si je préférais un restaurant de poisson ou de viande. Il connaissait tous les bons bistrots de Paris, je crois même qu'il avait une chronique culinaire hebdomadaire dans un journal. Dieu merci, j'ai opté pour la viande, sinon mon destin n'aurait pas basculé ce jour-là. En voiture, en route pour Le Gourmet des Ternes, dans sa vieille Mercedes, il me raconta que son fils pêchait la carpe dans un étang près d'Arcachon avec le fils de Maurice Rheims. Nous arrivons devant La Brasserie Lorraine, il y avait la place pour deux autobus, il fonce pour se garer et coince ma portière contre une voiture. J'ai dû enjamber son siège pour sortir de la Mercedes. Au coin de la place des Ternes, il y a encore une boutique d'accessoires pour la pêche. Avec ses petites jambes, il m'entraîna admirer dans la vitrine tout un lot de cannes à pêche avec moulinet, sans moulinet.

Enfin, nous entrons au Gourmet des Ternes. Au moment où nous allions accrocher nos manteaux, à l'entrée, qui je vois assis dans le fond du restaurant ? Zidi en train de déjeuner avec son assistant Pierre Gauchet, lequel travaillait beaucoup avec le producteur André Genovès. Je ne l'avais pas vu pendant sept ans, je le rencontre deux fois en dix jours. Je dis à Braunberger : « Tiens, il y a Zidi qui est là. » Je m'avance vers lui, persuadé qu'avec le succès, il avait signé son contrat. Je lui pose la question. Avec le sourire, il me répond que non. Braunberger se mit alors à hurler : « Alors ne signez rien ou demandez cinq cent mille francs ! » Tête de Zidi qui en avait touché quatre-vingts pour *Les Bidasses*. À la fin du déjeuner, au moment de reprendre nos manteaux, Zidi est à nouveau devant moi. C'est alors que je me suis dit : « Ce n'est pas le ciel qui te l'envoie, c'est le ciel qui te l'ordonne. » À l'époque, j'avais un numéro de téléphone facile à retenir, je lui glissai discrètement, doucement : « Carnot 8000, appelle-moi ! » Toutefois, encore échaudé par l'insuccès et les dettes de *La Maison* de Gérard Brach, je me demandais s'il n'était pas préférable de me contenter de ne produire que mes propres films. Bien que le destin me l'ordonnât, je téléphonai à Lebovici qui me dit de foncer.

Zidi m'appela dans l'après-midi et vint me voir rue Ribera. Il m'expliqua alors qu'il ne pouvait pas

s'engager sans l'accord d'un certain Fechner qui représentait les Charlots. Il me donna son téléphone, je
l'appelai. La première question qu'il me posa fut :
« Est-ce vous qui avez réalisé *Le Cinéma de Papa* ? »
Il adorait son père et avait beaucoup aimé mon film.
Dès le lendemain, nous tombions d'accord pour travailler ensemble. Il me proposa de l'accompagner à
Marseille pour faire connaissance avec les Charlots qui
étaient en tournée avec le film. J'assistai à une projection en leur présence où le public était en délire. C'était
des enfants grisés par le succès, insouciants de leur
avenir. Ils étaient quatre, dont Jean-Guy, le frère de
Fechner. Au Sofitel de Lyon, Christian me proposa de
signer cinq films avec eux. Malgré mes réticences à
produire d'autres films que les miens, j'acceptai. Le
contrat se fit avec lui. C'est la secrétaire de l'hôtel qui
le tapa. Il me demanda trois millions et 50 % des profits
par film ; à charge pour lui de rémunérer les Charlots.
Je ne saurai d'ailleurs jamais ce qu'il laissera aux
quatre autres. Sur les 50 % restants, c'était à moi de
faire mon affaire de Zidi. Fechner omettra de me dire
qu'il avait déjà signé les Charlots avec Michel Ardan
pour *Les Fous du stade*. Celui-ci, fort de son contrat
avec eux, ne se précipitait pas pour engager le metteur
en scène, mais malheureusement pour lui, une clause
prévoyait que ce devait être Claude Zidi. C'est la raison
pour laquelle Fechner avait pu s'associer avec moi.
Michel Ardan ne pouvant justifier qu'il avait engagé
Zidi, le contrat des Charlots devenait caduc. De plus
il avait fait une proposition financière à Claude nettement inférieure à la mienne.

Avec Fechner, nous avons cherché la meilleure offre pour la distribution en salles des *Fous du stade*. *Les Bidasses en folie* étant un tel succès, nous n'avions que l'embarras du choix. C'est Bernard Harispuru qui nous la fit et qui distribua *Les Fous du stade* ainsi que *Les Charlots font l'Espagne* de Jean Girault que nous avons produits la même année. Au printemps, je tournerai *Sex-shop*.

Le tournage de *Sex-shop* fut très amusant. Nous avions reconstitué Le Roi René dans une auberge sur les bords de la Marne, on s'y serait cru. Les figurants étaient les vrais clients échangistes, ils avaient le loisir de ne pas simuler. Une boutique de la rue Saint-Denis fut transformée en sex-shop, et le resta même après le tournage. J'avais inventé une croisière, « la Croisière Love », que nous avons tournée sur un bateau à Cannes, en mai, au moment du Festival. Jacques Rozier que cela amusait filmait dans les coursives et les cabines les ébats des figurants qui s'en donnaient à cœur joie. Ce ne fut pas triste.

L'année 1972 fut fertile en succès pour Jean-Pierre : *Nous ne vieillirons pas ensemble*, c'est le cas de le dire, de Pialat, ira à Cannes, Jean Yanne obtiendra le prix d'interprétation : *Tout le monde il est beau, tout le monde il est gentil* de Yanne : *Tout va bien* de Godard. Il n'était plus le beau-frère de Claude Berri.

En septembre, sortie des *Fous du stade* qui fut un grand succès. En octobre, *Sex-shop* rencontra le public, mais fut malmené par une bonne partie de la critique.

En souvenir de son article sur *Le Cinéma de Papa*, je voulus interdire de projection Gilles Jacob. Il appela à son secours deux confrères, Robert Chazal, critique de *France Soir*, et Jean-Louis Bory du *Nouvel Obs*. À leur tour, ils appelèrent d'autres confrères. Je me mis à dos le syndicat de la critique. Aucun d'eux ne voulut plus aller en projection de mon film. Sermonné par mon attaché de presse, j'envoyai un énorme bouquet de fleurs à Jeannette Jacob ainsi qu'un mot d'excuses à Gilles. La punition fut levée. Récemment, j'ai cherché l'article de Gilles, je ne l'ai pas retrouvé. C'est Jacques Doniol-Valcroze qui fit la critique dans *L'Express* du 30 octobre 1972. Le titre en était : « La révolution sexuelle selon Claude Berri. » « Le raz-de-marée de la pornographie. Claude Berri n'y va pas par quatre chemins. On y rit. Jaune. [...] quoi exactement sépare Bataille d'un petit écrivaillon porno ? Le style ? Le talent ? Le lyrisme ? [...] On ne pourra pas accuser Claude Berri d'avoir été hypocrite. Sous forme de comédie, il a vraiment traité le sujet. » Le film fut aussi un succès public en Amérique et surtout la critique moins bégueule. *Le Washington Post* le cita dans les dix meilleurs films de l'année.

Conforté par le succès des *Fous du stade* et de *Sex-shop*, je retournai à mon péché mignon, la production. J'avais déjà produit le premier court-métrage de Pascal Thomas : *Le Poème de l'élève Mikovski*. Il terminait le montage des *Zozos*, son premier long-métrage produit par Albina du Boisrouvray. Ne voulant pas mettre tous ses œufs dans le même panier, il me proposa son prochain projet : *Pleure pas la bouche pleine*, pour lequel il n'avait qu'un vague scénario. Il tenait absolument à commencer le tournage en janvier, sous prétexte que la première séquence de son film se passait en Bretagne en hiver, la suite de l'histoire se déroulant au printemps, dans le Poitou. Nous aurions un arrêt de deux à trois mois qui lui permettrait de retravailler son scénario. En fait, il voulait être en tournage d'un nouveau film avant la sortie des *Zozos* qui aurait pu être un échec. Ce ne fut pas le cas. Fin novembre, rendez-vous fut pris dans un salon du Fouquet's avec Harispuru et ses régionaux. Avec Fechner, nous avons exposé notre nouveau programme : *Le Grand Bazar* de Zidi avec les Charlots, *Les Trois Mousquetaires* d'André Hunebelle, *Pleure pas la bouche pleine*, et j'avais glissé en prime *Les Naufragés de l'île de la tortue* de Rozier. Nous avons convenu des montants garantis sur chacun des films et c'est dans l'enthousiasme que Harispuru nous donna son accord.

Le succès des *Fous du stade* sorti en septembre nous rendait tous euphoriques, la confiance régnait mais nous n'avions pas encore signé la nouvelle tranche avec lui. À la mi-décembre, *Les Charlots font l'Espagne* sortira avec un succès mitigé sur Paris. Forts de notre accord verbal avec Harispuru, Fechner et moi voulions recevoir les contrats tels que prévus au Fouquet's. Pendant plusieurs jours, il nous fut impossible de le joindre. Le film de Pascal Thomas devant commencer en janvier, je commençais à m'impatienter. Nous avons pris la décision de chercher une autre crémerie. Daniel Goldman de Paramount se montra très intéressé, mais pas suffisamment rapide à se décider. De plus, ses taux de distribution étaient trop élevés.

René Pignières, distributeur des *Gendarmes* et de *Pierrot le fou*, fut aussi sur les rangs. Nous eûmes un déjeuner mémorable avec lui et son épouse, dans leur appartement de Ville-d'Avray. Un maître d'hôtel stylé nous servit un pâté délicieux. Seul Pignières refusa d'en prendre. Quand le maître d'hôtel nous en proposa à nouveau, Pignières en voulut une tranche. Sa femme lui dit : « Il t'en a proposé tout à l'heure, tu n'en as pas voulu ! » et Pignières, l'œil mauvais, de répondre : « J'en reveux ! » Plus tard, quand je racontais cette anecdote à de Funès qui connaissait bien Pignières, cela l'amusait tellement que chaque fois qu'il me voyait, l'œil rieur, il me disait : « J'en reveux ! »

Nous n'avons pas traité avec Pignières. C'est alors qu'Alain Vannier me suggéra de chercher un distributeur de Province. J'étais allé à Lille pour la sortie de *Mazel Tov*. J'avais fait la connaissance de Maurice Rochon qui distribuait le nord de la France. C'est lui qui me mit en rapport avec Jacques Pezet, distributeur sur les régions de Marseille, Bordeaux et Lyon. Sa société s'appelait A.M.L.F., Agence méditerranéenne de locations de films. Lui fut très rapide, il monta aussitôt à Paris pour nous rencontrer. Dans la mesure où il n'était pas installé sur la région parisienne, nous avons décidé de créer ensemble une agence à Paris : A.M.L.F. Paris. Il fut convenu qu'il aurait 50 % de la société, Fechner 25 % et Renn 25 %. Pour quelqu'un qui ne voulait plus produire, je me retrouvais associé dans la distribution. Le succès en province des *Char-*

lots font l'Espagne fut tel que Harispuru fit sa réapparition début janvier. C'est là qu'il apprit que dorénavant, il aurait un nouveau concurrent sur la place.

Pascal Thomas tourna pendant trois semaines en Bretagne : j'étais effondré par la vision des rushes. Quand il revint à Paris, il me demanda de l'accompagner dans le Poitou pour l'aider à raccommoder son scénario. En chemin, nous nous sommes arrêtés dans un restaurant pour déjeuner. C'est là que je lui ai demandé s'il avait déjà une idée pour un prochain film. Il en avait une qu'il me raconta. Je lui dis : « Ce ne sera pas le prochain, mais celui-ci. » Du tournage en Bretagne, on ne conserva que le titre *Pleure pas la bouche pleine* et ce fut un succès.

Je m'aperçois que je plonge dans l'anecdote, mais comment faire autrement ? Cette période de ma vie a été très importante, elle est fondamentale pour comprendre la suite de ma carrière, même si je n'aime pas ce mot. Méprisé par la critique, je doutais de mes talents de réalisateur, d'autant plus que mes sources d'inspiration autobiographiques et personnelles commençaient à se tarir. Par contre, la production d'autres films que les miens m'ouvrait très grand les bras. J'ai toujours pensé que, dans la vie, il fallait faire ce pourquoi on était fait, si je devais être uniquement producteur, j'étais prêt à l'accepter.

Avec Fechner, l'association fonctionnera pendant quatre ou cinq ans, durant lesquels nous coproduirons une douzaine de films, dont *La moutarde me monte au nez* et *La Course à l'échalote*, tous deux de Zidi, avec

Pierre Richard et Jane Birkin. Grâce à mon petit rôle dans *Le Blé en herbe*, je connaissais de Funès, je lui ai alors présenté Fechner. Nous lui avons proposé *L'Aile ou la Cuisse* de Zidi avec Pierre Richard, il a accepté. Par contre, après avoir lu le scénario, Pierre qui était une grande vedette à l'époque refusa le film, trouvant la part trop belle pour de Funès. C'est comme ça que Coluche héritera du rôle. Nous avons signé conjointement le contrat de de Funès avant qu'il ne tombe malade. Pendant quelques mois, il n'était pas assurable, nous étions donc dans l'incertitude de pouvoir faire le film. Quand il fut rétabli, Fechner voulut en être le producteur délégué. Il pensait sûrement que son apprentissage avec moi était suffisant. Je m'y suis opposé ; nous nous trouvions dans une impasse, liés comme nous l'étions par le contrat de de Funès. Nous nous sommes séparés, lui conservant *L'Aile ou la Cuisse*, moi récupérant ses parts dans A.M.L.F. Paris plus 10 % de la recette distributeur de *L'Aile ou la Cuisse*. Il restait deux projets pour lesquels nous étions engagés : *Calmos* de Bertrand Blier et *Le Sac de billes* de Jacques Doillon. Nous les avons coproduits en 1975.

Fechner fera une très belle réussite sans moi, réussira même de brillantes opérations immobilières telles que la vente des studios de Boulogne. Passionné de magie, il arrêtera le cinéma pendant un moment pour repartir de plus belle. Quant aux Charlots qui sont à l'origine de nos premiers succès, je me demande ce qu'ils sont devenus. Gérard Rinaldi a été pendant longtemps le héros d'une série de télévision, il fait maintenant du théâtre. Jean-Guy est resté sûrement aux côtés de son frère. Quant à Phil – Gérard Filipelli – et Jean Sarrus, j'espère qu'ils ne finiront pas dans la misère.

Depuis les *Fous du stade*, j'ai participé à tous les films de Zidi, plus d'une vingtaine, soit comme distributeur, soit comme producteur, de *L'Inspecteur la Bavure* et *Banzaï*, avec Coluche, jusqu'à *Astérix*. J'ai tout fait pour qu'il ne tourne pas *La Boîte*, il s'est entêté, par amitié je l'ai produit. Pathé a perdu beaucoup d'argent en distribution, Jérôme n'a pas souhaité que l'on fasse son prochain film. Claude va faire *Super Ripoux* chez Gaumont. C'est une belle aventure qui se termine. J'en suis navré, il a beaucoup compté pour moi, je lui garde toute mon amitié.

Associé depuis 1973 avec Jacques Pezet et son fils Richard avec lequel je travaille encore au sein d'A.M.L.F., tout a fonctionné à merveille entre nous. Grâce à mon beau-frère Paul qui nous avait rejoints, nous avons distribué des succès comme *Apocalypse Now* de Coppola, *Amadeus* de Forman, *Sexe, mensonges et vidéo* de Soderbergh et beaucoup d'autres. A.M.L.F. était devenue la première société de distribution en France quand celle de Harispuru avait disparu depuis longtemps. La distribution est le métier le plus risqué dans le cinéma. Encore aujourd'hui, il suffit de lire dans les pages roses du *Figaro* du 21 septembre 2002 l'article sur la situation désastreuse de Bac-Majestic : « Dans un marché aussi préoccupant que celui du cinéma français qui subit de plein fouet la crise Canal+, la disparition d'un tel opérateur prive le marché d'un contributeur non négligeable et menace d'ébranler tout le système. Si Bac-Majestic n'honore pas ses créances, de très nombreuses sociétés seront menacées d'un dépôt de bilan. »

En 1989, A.M.L.F. s'est retrouvée dans une situation presque comparable, Jacques Pezet ayant pris des engagements risqués sur certains films auxquels je n'ai pas voulu participer. Au bord du dépôt de bilan, A.M.L.F. a été financièrement renflouée par Pathé, Renn devenant alors actionnaire à 100 % de la société. Jacques a pris sa retraite, Richard est resté directeur général jusqu'en 2002, assisté de mon cher Jean-Claude Bordes. Jacques nous a quittés le 30 janvier 1999, c'était un ami très cher.

En 1973, je coproduirai *Céline et Julie vont en bateau* de Rivette, par amitié pour Marie-France Pisier, épouse à l'époque de Georges Kiejman. C'est en produisant *Zig-Zig* de Laszlo Szabo avec Catherine Deneuve et Bernadette Lafont que je ferai la connaissance de Bertrand de Labbey, avec qui je me suis lié d'amitié. À cette époque, il s'occupait d'éditions musicales et était, entre autres, l'agent de Julien Clerc. Plus tard il se passionnera aussi pour le cinéma et rachètera Artmedia à Jean-Louis Livi.

En 1974, mort de Marcel Pagnol.

J'avais lu dans les journaux un fait divers qui s'était passé en Suède. Des gangsters avaient fait un hold-up dans une banque ; cernés par la police, ils avaient pris des otages et étaient restés enfermés avec eux pendant plusieurs jours. Une des femmes otages était tombée amoureuse de l'un des gangsters. Je me suis mis à imaginer que cette situation rendait fou de jalousie son mari, resté à l'extérieur. Je n'avais aucune difficulté à m'identifier à lui, j'étais moi-même à l'époque très jaloux, même sans raison. J'ai donc écrit et tourné *Le Mâle du siècle* dans lequel je jouais le mari, Juliet Berto la femme, Laszlo Szabo le gangster, Hubert Deschamps l'ami chauvin, ma propre mère jouant ma mère et Julien mon fils. Il avait six ans, il était si beau. Ma Betty, ma chère maman, elle a été magnifique dans son propre rôle, on aurait dit qu'elle avait fait ça toute sa vie. Quand elle disait « Claude », rien qu'en prononçant mon prénom, on sentait tout l'amour qu'elle me portait. Mon père aurait été fier de la voir jouer. Le film n'est pas très bon mais il y a un long travelling sur la plage avec une scène d'engueulade mémorable entre Juliet et moi, où je la soupçonne de m'avoir trompé. Pour cette scène le film mérite d'être vu. Je m'étais laissé pousser la moustache pour jouer ce personnage odieux. C'était en quelque sorte une autofiction où je n'hésitais pas à me rendre ridicule, comme pour me vacciner de ma jalousie.

Mon beau-père, Thomas, est mort le 13 septembre 1972. La dernière fois que je l'ai vu vivant, c'était un beau matin d'août à Saint-Tropez. Il partait avec ma belle-mère, Vivi, et Paul dans sa Mercedes blanche et neuve, pour aller en Iran, sur la tombe de son père. Nous étions tous là : Anne-Marie, Jean-Pierre, Floriana, Lebo, les enfants, à jeter des grains de riz sur la voiture pour leur porter bonheur pendant le voyage. La veille, nous avions fait une partie de poker en famille, c'est mon beau-père qui avait gagné. Je vois encore son petit sourire, distribuant ses gains aux enfants. Les grains de riz ont fait l'effet contraire : c'est le malheur qui est advenu. Au retour, sur les routes cahoteuses de Turquie, en voulant doubler une voiture, un camion heurta de plein fouet la Mercedes. L'accident fut mortel pour mon beau-père et Vivi eut de multiples fractures. Elle fut ramenée à Paris par Europe Assistance. C'est Anne-Marie et moi qui sommes allés à la morgue d'Ankara pour reconnaître le corps de Thomas.

Anne-Marie adorait son père, il était pour elle sa colonne vertébrale. Tant qu'il était vivant, elle conservait un relatif équilibre. C'est sûrement la fêlure qu'elle a ressentie qui a provoqué ses accès maniaco-dépressifs, qui étaient certainement latents en elle. La mort de son père a été le facteur déclenchant : peu de temps après, elle n'était plus tout à fait la même, celle que j'avais tellement adorée.

Quand j'étais à Stockholm avec Bo Widerberg, en août 1973, elle était surexcitée, anormalement joyeuse. Elle sortait beaucoup, je passais des nuits entières à essayer de la joindre au téléphone. À mon retour de Suède, elle m'avouera avoir eu un coup de cœur pour un jeune réalisateur, Philippe Nahon. Cela m'a rendu fou furieux. Je suis devenu agressif, inquisiteur. Le personnage de Claude dans *Le Mâle du siècle* était un enfant de chœur comparé au Claude de la réalité. Elle en profitait pour me reprocher d'avoir fait *Sex-shop*, d'avoir pris des libertés. Elle considérait que si j'étais libre, elle pouvait l'être aussi. La différence, c'est que moi je n'avais jamais eu le moindre coup de cœur, elle savait tout, elle était d'accord, c'était même une raison de l'aimer encore plus. Nous étions en pleine crise, je souffrais énormément. Si je ne l'avais pas aimée autant, nous aurions pu divorcer cette année-là. Quand j'écris que je pouvais être jaloux même sans raison, je pouvais l'être aussi avec raison. Ce n'est pas par hasard que j'ai fait *Le Mâle du siècle*, c'était comme une sorte d'exorcisme pour me guérir de mes pulsions colériques d'homme possessif et jaloux. Même si ce film n'est pas le meilleur que j'ai fait, c'est peut-être l'un des plus personnels. Nous avons surmonté cette crise. Jusqu'en 1979, j'étais de nouveau heureux, amoureux, mais sans doute je ne voyais pas que mon Anne-Marie était devenue de plus en plus triste. Au départ, je ne pensais pas jouer le rôle, j'envisageais Coluche, faisant couple avec Miou-Miou. Il l'aurait joué merveilleusement mais quand je l'ai vu, il m'a dit qu'il ne pouvait pas faire de cinéma pour le moment, qu'il allait devenir une vedette de music-hall. Il venait de signer avec Paul Lederman qui allait le lancer comme une marque de lessive.

À la fin de *Sex-shop*, je dis : « Moi ce que j'aime, c'est ce qui marche. » Je le pense toujours. Il est indispensable d'avoir du succès pour être libre de perdre sur des canards boiteux que l'on aime. Ce fut le cas de l'hyperréaliste *Je t'aime moi non plus* de Serge Gainsbourg, que j'ai produit avec Jacques-Éric Strauss. Serge était comme un enfant à qui l'on donne son joujou, il était tellement heureux de pouvoir faire son premier film. Le public n'a pas été au rendez-vous, il a eu tort ; je suis fier de l'avoir fait. Avec Serge nous étions déjà complices, il avait fait la musique de *Sexshop*. Par la suite, il a été mon interprète dans *Je vous aime* et moi le sien dans *Stan the Flasher*. Le jour de sa mort, je suis allé rue de Verneuil, sa sœur m'a dit que je pouvais monter dans sa chambre. Il était là, allongé sur son lit, dans sa chemise kaki, Charlotte et Jane en pleurs, penchées toutes les deux sur son corps. Avec lui, j'ai des souvenirs.

J'avais rendez-vous ce matin pour un entretien filmé avec Gilles Verlant, le biographe de Gainsbourg. Ayant de l'estime pour lui, j'avais accepté cette interview sans en connaître la teneur. Il venait me voir à l'occasion de la ressortie de *Je t'aime moi non plus* en vidéo. Sa première question a été de me demander si, avant de travailler avec Serge, nous nous étions rencontrés par l'intermédiaire d'une fiancée commune. Effectivement, au début des années soixante, j'avais eu une courte aventure avec Laura Betti, l'égérie de Pasolini ; aujourd'hui elle est énorme, monstrueuse physiquement mais à l'époque elle était belle, elle avait une peau blanche et douce. Elle me parlait beaucoup de Serge, elle admirait sont talent mais lui, je ne le connaissais pas encore. Pure coïncidence que Gilles Verlant soit venu me voir le jour même où j'étais en train d'écrire sur ce film. Nous avons parlé de l'audace que représentait *Je t'aime moi non plus* à l'époque, du courage de Jane de se prêter aux fantasmes de son mari.

En 1976, Raymond Danon qui avait acheté les droits d'adaptation cinématographique de *La Vie devant soi* de Romain Gary, alias Émile Ajar, me proposa d'en être le metteur en scène. J'ai d'abord hésité et finalement j'ai accepté, n'ayant pas d'autre sujet en tête. J'ai fait l'adaptation du livre avec la collaboration de Moshe Mizrahi. *La Vie devant soi* a obtenu le Goncourt, toute la presse souhaitait rencontrer l'auteur qui soi-disant s'était réfugié en Suède, seul un journaliste du *Monde* avait pu s'entretenir avec lui. En tant que réalisateur, j'ai insisté auprès de l'éditeur Le Mercure de France pour faire la connaissance d'Emile Ajar. Dans le plus grand secret, nous avons pris un verre à l'hôtel Bristol. En fait c'était le neveu de Romain Gary, la suite est bien connue. Pour tenir le rôle de Madame Rosa, j'avais eu une idée formidable : Elvire Popesco. C'était déjà une vieille dame qui marchait difficilement en s'appuyant sur une canne. Nous nous sommes vus au Théâtre Marigny, bien sûr elle fut emballée par ma proposition et moi par elle. L'étape suivante fut la recherche de l'enfant qui jouerait Momo, j'en avais sélectionné trois avec qui je voulais faire des essais filmés. J'ai donc demandé à Elvire si elle accepterait de leur donner la réplique. « Avec joie ! » me dit-elle. C'était aussi pour moi l'occasion de la voir à l'écran, elle n'avait plus tourné depuis longtemps. Je me disais que j'allais sûrement recréer avec elle le même événement qu'avec Michel Simon. Il fut décidé que les essais se feraient dans l'appartement de ma belle-mère.

Popesco arriva très en avance. Entre la Roumaine et la Libanaise, le courant passa aussitôt. J'ai encore dans les oreilles les « chère madame » de l'une et les « chère madame » de l'autre. Vivi nous avait préparé des beureks, sa spécialité ; toute l'équipe se régalait, la journée démarrait bien. Qui allait, des trois enfants, être retenu pour jouer Momo ? On avait rangé leurs mères dans une chambre avec un plateau de beureks, on pouvait commencer les essais. Dès la première prise, je fus catastrophé par Popesco, on se serait cru revenu au temps du cinéma muet tellement son jeu était outré. Toute sa verve, son ton naturel dans la vie, disparaissait, elle avait du mal à se déplacer, ce qui accentuait encore plus la lenteur des dialogues. Les essais terminés, les « chère madame » reprirent de plus belle, elle ne s'était rendu compte de rien. Il était évident que mes espoirs d'événement s'étaient envolés, que je ne pouvais pas faire le film avec elle. Mais comment lui annoncer ? Nous avions tellement sympathisé et elle encore plus avec ma belle-mère ! Je n'ai pas eu le courage de lui dire que j'allais chercher une autre actrice, Lila Kedrova par exemple. J'ai préféré renoncer à faire le film : cette décision n'était pas humiliante pour elle. De plus, à la réflexion, je me suis dit que j'allais faire *La Vieille Femme et l'Enfant*. J'ai annoncé la nouvelle à Raymond Danon, lui suggérant de prendre Moshe Mizrahi à ma place. Heureusement il m'a écouté, le film s'est appelé *Madame Rosa* et a eu un succès considérable, avec l'Oscar du meilleur film étranger en prime. C'est Simone qui a joué le rôle. Aujourd'hui, elle n'est plus avec nous. Raymond Danon a cessé de produire. Je le vois parfois à la thalasso de Quiberon, jouant au rami. Moshe Misrahi vit en Israël, il ne tourne pratiquement plus. *Madame Rosa* aura été un feu de paille. La difficulté dans le cinéma, c'est de tenir la distance.

J'ai produit le premier film de Francis Veber, *Le Jouet*. J'avais trois options avec lui, je n'ai pas su lire le résumé de *La Chèvre*, je les ai perdus bêtement. Je n'ai plus jamais eu l'occasion de retravailler avec lui, je le regrette amèrement. Un soir où nous dînions ensemble, j'ai eu la maladresse de lui reprocher de ne pas avoir respecté les options, il l'a mal pris. Plus tard, quand je serai président de l'A.R.P., je lui demanderai d'adhérer à l'Association, ce qu'il refusera. À mon tour, je le prendrai mal et le traiterai de nain. J'ai conservé le mot qu'il m'a adressé : « Je ne sais pas si on t'a fait la commission, mais j'ai hâte de te rencontrer pour te montrer que c'est dangereux d'insulter les gens. On verra alors lequel des deux est un nain. » Récemment, après l'accident de Julien, il m'a téléphoné très affectueusement, j'ai senti qu'il pouvait aussi avoir un cœur tendre.

C'est François Truffaut qui me parlera le premier de Jean-Jacques Annaud. Il était alors un brillant metteur en scène de films publicitaires. Il avait fait une sélection de certains d'entre eux qu'il me montra, je sortis emballé de la projection. Il préparait son premier long-métrage produit par Jacques Perrin, *La Victoire en chantant*, pour lequel ils avaient des difficultés de financement. Je le fis prendre en distribution par A.M.L.F. Je croyais énormément à Jean-Jacques, mais le film fut un échec en France. Je ne lui ai pas caché ma déception. Quelques mois plus tard, *La Victoire en chantant* obtenait l'Oscar du meilleur film étranger. C'est un miracle si Jean-Jacques ne m'a pas tenu rigueur de ma stupide franchise. C'est moi qui lui présenterai Gérard Brach avec qui il écrira, entre autres, *La Guerre du feu*. Jean-Jacques me proposera de le produire, malheureusement, c'était au moment où je m'étais tant endetté sur *Tess*. À Cannes, quand j'ai vu vingt minutes de *La Guerre du feu*, tout excité, je me suis dit qu'il fallait absolument que ce soit moi qui produise son prochain film.

Gérard Lebovici étant devenu producteur et distributeur, il avait vendu Artmedia à Jean-Louis Livi. C'est lui qui un jour me parla de *Jean de Florette*. Il y voyait un rôle magnifique pour son oncle Yves Montand – le père de Jean-Louis était le frère de Montand. J'imagine qu'il pensait à Yves pour interpréter le personnage de Jean de Florette, à l'époque il aurait été trop jeune pour jouer le Papet. Sur le moment je n'ai pas lu le livre, mais le conseil n'était pas tombé dans l'oreille d'un sourd. Certains projets ont besoin d'infuser avant de voir le jour.

Autre sujet de discorde avec Anne-Marie : la construction d'une maison que Jean-Pierre baptisera Rustica. Mes amis les Loeb habitaient un moulin au bord d'une rivière à Cressay, tout près de Neauphle-le-Vieux. Dix ans auparavant, c'était là que j'avais emmené Anne-Marie lors de notre première sortie, pour lui présenter Michel et France qui deviendra sa meilleure amie. J'adorais cet endroit, lorsqu'un jour Michel me téléphona pour me dire qu'un terrain était à vendre en face du moulin, sur le bord de la rivière. Pour payer la construction de Rustica, il fallut vendre l'appartement de la rue Beaujon et me coller un crédit sur quinze ans. J'ai travaillé pendant plus de dix ans pour payer cette maison. En plus, pour financer les dépassements, je dus vendre l'appartement que j'avais acheté pour ma mère et lui louer un deux pièces. Néanmoins, nous fumes très heureux les deux premières années, avant que la maladie d'Anne-Marie ne se déclenche vraiment. C'est à Rustica que les premières crises maniaques se déclarèrent et que l'on dut lui faire subir son premier internement. Auparavant, dans cette grande chambre, nous étions réveillés par le chant des oiseaux, Chéreau venait me parler de *L'Homme blessé*, Plamondon venait dîner avec Fabienne Thibault qui nous chantait a cappella *La Serveuse automate*. Nous étions très amis avec Romy Schneider et son compagnon Laurent Pétin, ils venaient souvent à Rustica. Quand Romy a eu le malheur de perdre son fils, elle s'est beaucoup consolée dans les bras d'Anne-Marie, elles s'aimaient énormément. Un jour j'avais loué un piano pour que Michel Berger puisse juger de l'étendue du registre de la voix de Romy, afin qu'il puisse éventuellement lui écrire des chansons. Quelque temps après, son cœur a lâché, elle ne se remettait pas de la perte de son fils. Le dernier week-end qui précéda sa mort, elle le passa à Rustica avec Laurent.

C'est donc à Rustica que commencèrent vraiment

les phases maniaco-dépressives d'Anne-Marie. Au début, je ne comprenais rien à cette maladie où elle refusait de se lever et restait cloîtrée des journées entières au lit, ou bien elle était complètement excitée et agressive. Elle était atteinte d'une véritable logorrhée, au restaurant elle parlait à n'importe qui, à des inconnus. Si les enfants étaient avec elle, ils essayaient de l'interrompre, en vain. Quand elle est sortie de la Clinique du Château, après ce premier internement, je croyais que c'était terminé, qu'elle était guérie. Pendant quelques semaines elle paraissait normale, équilibrée, puis elle retombait dans sa mélancolie. C'est dans un de ces moments-là qu'elle a voulu mettre les enfants en pension. Je ne m'y suis pas suffisamment opposé, ils en ont énormément souffert. J'allais les récupérer le samedi à Versailles, à la descente du car qui les ramenait pour le week-end. Notre couple se déglinguait, c'est à ce moment-là que j'ai eu cette liaison avec Marie-Laure qui dura plus de deux ans. Avec elle et Ariel Zeitoun, nous avons coproduit *L'Homme blessé*. Dans ce film, je jouais un homosexuel, j'avais une scène très violente avec Jean-Hugues Anglade dans une chambre d'hôtel ; lui était un prostitué et moi son client. On me parle encore de ma courte prestation. Thomas adorait Rustica, il avait la nostalgie des moments heureux de son enfance passés dans cette maison. Bien que je sois contre, il a voulu la récupérer à la mort de sa mère, il l'a remise en état pour l'habiter quelques mois. Récemment il a revendu le blockhaus à Philippe Godeau qui, paraît-il, s'y sent bien. Les maisons ont elles aussi leur histoire.

Je me perds dans le désordre de ma vie. Jusqu'à la fin des années quatre-vingt, j'ai vécu encore beaucoup de moments relativement heureux avec Anne-Marie. En février 1977, Polanski s'enfuit des États-Unis, accusé de viol sur une mineure, il revient à Paris. Nous étions de très vieux amis, c'est tout naturellement qu'il s'adressa à moi pour produire *Tess*. Au cours d'un dîner au restaurant Le Duc avec lui, Anne-Marie et Jean-Pierre, c'est avec enthousiasme que je lui ai donné mon accord. Je ne me doutais pas, ce soir-là, dans quelle aventure j'étais en train de m'embarquer. Roman se mit aussitôt au travail pour faire l'adaptation du roman de Thomas Hardy avec son vieux complice Gérard Brach. Parallèlement, de mon côté, je finissais d'écrire le scénario de *Un moment d'égarement*. Là encore le thème principal en était la jalousie, mais cette fois celle d'un père envers sa fille. Deux amis partent en vacances avec leurs deux filles, l'un d'eux aura une histoire d'amour avec la fille de l'autre. Je retrouvais Jean-Pierre Marielle pour la troisième fois, après *Le Pistonné* et *Sex-shop*. Victor Lanoux était son partenaire, les deux filles étaient Christine Dejoux et Agnès Soral dont c'était les débuts. J'avais situé l'action à Saint-Tropez au mois d'août. Avec Anne-Marie nous habitions une maison près de Ramatuelle, Julien et Thomas étaient avec nous. C'était un film-vacances. André Téchiné et son copain Peter Bonke nous ont rejoints, c'était encore le temps du bonheur.

266

Cette même année fut l'occasion d'une rencontre qui comptera beaucoup. Francis Coppola était en train de tourner *Apocalypse Now* qu'il produisait en indépendant, c'est-à-dire qu'il le vendait pays par pays. Le film dépassait de beaucoup son budget initial. Un jour, je reçus la visite de Tom Sternberg, mandaté par Francis, qui me proposa les droits de distribution de *Apocalypse Now* pour la France, qui par chance étaient encore libres. Je bondis sur l'occasion, Paul négocia le contrat avec Tom : une famille de cœur venait de naître. Plus d'un an après, Francis nous invita à venir à San Francisco voir le bout-à-bout du film. Anne-Marie, Jean-Pierre, Paul et moi furent du voyage. Jean-Pierre plaisanta avec une hôtesse en lui disant qu'il allait détourner l'avion sur Las Vegas. Elle prit la phrase au sérieux et à notre arrivée à San Francisco, quatre policiers armés nous cueillirent et nous alignèrent contre un mur. Eux ne plaisantaient pas et la fouille fut sérieuse. Nous n'avions pas encore fait la connaissance de Francis, tout de suite nous avons été séduits par la générosité et l'intelligence de l'homme. La projection de *Apocalypse Now* fut un véritable choc. Nous étions sans aucun doute devant un véritable chef-d'œuvre, un monument du cinéma. Francis nous a invités dans sa maison de Napa Valley et nous a fait visiter ses caves à vin. Je me rappelle d'un barbecue mémorable. Un soir, nous avons assisté à une scène d'enregistrement de la musique du film avec les Doors.

San Francisco est une ville magnifique, j'y suis retourné pour un festival où l'on a projeté *Un moment d'égarement* qui a plu à Francis : c'est là qu'il m'a proposé de me produire. Il voulait que je fasse un film avec Nastassia Kinski, qui se serait passé en partie dans les tramways de la ville. Je suis resté deux semaines à San Francisco avec Michel Grisolia mais une fois encore, avec mon franglais, j'ai préféré décliner l'offre. En avril 1997, j'ai eu la surprise de recevoir une lettre de Francis. Il n'avait jamais vu *Jean de Florette* ni *Manon des sources*. J'ai conservé cette lettre qui, venant de lui, me réchauffe encore le cœur :

Dear Claude,

I just wanted to mention that I was in New Orleans recently, and invited to a small party by some film students, where they were going to show some great films. The first one was Jean de Florette, *which I had never seen. I got comfortable in the couch, and watched, not intending to spend the entire afternoon there. There were little kids wandering around, and the company was nice... but little by little, I became so absorbed that I stayed throughout... and then, after that, when they followed it with* Manon of the spring... *I watched that too. Claude, the two together represent one of the most beautiful films I have ever seen, or two of the most beautiful films. All the performances were magnificient : Yves, Daniel, Depardieu – all really great. The story moved me so very much, everything about the production was perfect. People had told me that I would love these films, and I always planned to see them, thinking it would be best to get a film print and screen them : but I never did – until I saw it this way. I was so very impressed and found the films totally*

268

*memorable in every way. Bravo Claude for such a
great, timeless work.*

Love,

FRANCIS COPPOLA.

Depuis, à chaque fois que nous nous voyons, il me
serre dans ses bras, nos barbes se frottent. J'aimerais
tellement pouvoir lui parler, malheureusement la
communication est difficile entre nous. C'est plus avec
les yeux et le cœur que nous nous comprenons. Pendant
le tournage de *Apocalypse Now*, il a fait une dépression. Pendant longtemps il a pris du lithium, comme
moi il a perdu un fils. C'est quelqu'un que j'admire,
un ami véritable. Roman, son fils, était venu passer des
vacances avec Julien et Thomas pendant le tournage
de *Tess*. J'ai encore une photo des trois adolescents.
Roman est devenu réalisateur, sa sœur Sofia aussi, c'est
Paul qui a acheté son premier film : *Virgin Suicide*.
Elle a beaucoup de talent, elle vient de terminer le
second, *Loft in Translation*. Comme j'aurais voulu que
Julien soit encore là ! Il parlait souvent d'aller travailler
à Zoetrope, la société de Francis. Paul m'a raconté que
le père d'Anne-Marie, lorsqu'elle était petite et son-
geuse, lui demandait parfois ce qu'elle faisait : elle
répondait alors : « Je travaille dans le travail. » Malheureusement, je crains que mon Julien ait beaucoup
travaillé dans le travail.

Je crois avoir produit *Tess* en grande partie parce
que j'avais raté mon rêve américain avec Milos. Je l'ai
soutenu pendant plus de trois ans, lui est resté à New
York pendant que je suis rentré en France. Et pourtant,

il m'aimait et je l'aimais aussi. Quand la Paramount nous a lâchés après avoir lu le scénario de *Taking Off*, il m'a dit : « Je ne changerai pas cent Bludhorn pour toi. » Quand l'occasion s'est présentée de produire Polanski, il n'était pas question pour moi de passer à côté – pas deux fois. Même si *Tess* se tournait en France, le film était en anglais ; Roman était un grand metteur en scène, c'était donc un film international.

1968. Le scénario de *Taking Off* a commencé de s'écrire avec Jean-Claude Carrière à Paris, dans l'appartement de Neuilly que j'avais loué pour Milos et sa famille. Un jour il m'a demandé si je connaissais *Hair*, la comédie musicale qui triomphait en Amérique. Je n'en avais jamais entendu parler. Il m'a fait écouter le disque et dès le lendemain je suis parti avec Anne-Marie, Jean-Claude et sa femme voir le spectacle qui était monté à Londres. Je suis revenu totalement emballé. Milos n'avait pas encore trouvé la structure de son film, son idée était de mélanger *Taking Off* avec *Hair* qui n'avait pas réellement d'histoire, seulement une musique et des chansons qui reflétaient tout à fait cette époque psychédélique. En Tchécoslovaquie, Milos avait fait son premier court-métrage sur un concours de chanteurs, il rêvait de faire un film musical. Tout excité par ce projet, je suis parti avec lui à New York pour rencontrer Bob Evans qui dirigeait la production de Paramount. Celui-ci a été séduit par l'idée, à condition d'obtenir les droits de *Hair*. Nous avons vu l'agent des auteurs et, sous réserve de leur accord, pour un million de dollars plus 10 % de la recette distributeur, nous pouvions avoir les droits d'adaptation cinématographiques du plus grand succès de comédie musicale de cette époque.

Les deux auteurs, Raddo et Ragni, également interprètes, étaient deux homosexuels. Ils étaient en tournée avec le spectacle à Los Angeles. Rendez-vous fut pris avec eux par leur agent pour les rencontrer le lendemain soir, à l'issue du show. De New York à Los Angeles, c'est cinq heures d'avion ; avec le décalage horaire, nous devions arriver juste à temps pour la représentation. Nous voilà, Milos et moi sur le chemin de la Mecque, confortablement assis en première classe. C'était la première fois que j'allais à Hollywood, Milos connaissait pour y avoir été invité lors des Oscars quand *Les Amours d'une blonde* avait été nominé. Après trois ou quatre heures de vol, il y eut un violent orage comme je n'en ai jamais connu. L'avion était tellement secoué qu'il dut se poser, je suppose à San Francisco. Nous avons poiroté environ deux heures, changé d'avion et redécollé, pour nous poser la nuit à Los Angeles. Mes bagages avaient disparu dans le transfert et bien sûr notre rendez-vous était manqué. L'agent nous arrangea une autre rencontre pour le lendemain à treize heures à l'hôtel Château Marmont, où les auteurs habitaient dans un bungalow.

Assis bien sagement dans le salon désert, nous avons patienté environ une demi-heure avant de les voir arriver à moitié réveillés, accompagnés d'un homme aux cheveux aussi longs que ceux d'une femme, avec des ongles de dix centimètres. C'était leur gourou qu'ils nous présentèrent. Quelques mots sur notre voyage et le rendez-vous manqué de la veille puis ils nous annoncèrent que le gourou allait faire les tarots pour savoir si c'était bien que Milos réalise le film et que Claude le produise. Je regardais Milos : il était atterré tout comme moi. À mesure que le gourou découvrait les cartes, je voyais les visages des auteurs qui s'attristaient de plus en plus. Les tarots étaient résolument contre le fait que Milos fasse le film et que Claude le produise. Raddo et Ragni nous regardaient, désolés. Apparemment on leur plaisait. J'avais trente-quatre ans, j'étais jeune et beau ; ils avaient vu *The Two of Us* (*Le Vieil Homme*) qu'ils avaient beaucoup aimé. Après quelques minutes, ils se concertèrent et décidèrent de nous donner une seconde chance. Les tarots furent pires que la première fois. Le sort en était jeté, il ne nous restait plus qu'à rentrer à Paris, bredouilles. Voilà à quoi tiennent les choses ! Si les tarots avaient été bons, mon destin aurait été différent. Je serais resté avec Milos, j'aurais produit *Hair*, appris l'anglais et sûrement réalisé des films en Amérique. Au lieu de cela, malgré de fréquents voyages à New York où j'avais loué une maison à Soho pour Milos et Ivan Passer, je suis rentré en France. Ma vie était à Paris où j'avais une femme, deux enfants, le tournage de *Mazel Tov*.

Après Jean-Claude Carrière, c'est Buck Henry qui a terminé le scénario de *Taking Off* qui a été refusé par Paramount. Libre à nous de chercher une autre compagnie pour le financer. Il s'est écoulé au moins un an et, bien que je lui envoie de l'argent pour vivre, Milos s'est senti abandonné par moi et c'est finalement grâce à Helen Scott qu'Universal accepta de reprendre le projet. Nous étions déjà en 1971, il avait fallu trois ans avant que le film puisse se faire. Universal a imposé un producteur américain, je fus gratifié d'un titre de « producteur associé », autant dire la dernière roue du carrosse. Le film obtint un succès d'estime. L'ironie du sort a fait que, après le succès de *Vol au-dessus d'un nid de coucou*, dix ans après la séance de tarots, Milos puisse enfin réaliser *Hair*, bien sûr sans moi. C'est un bon film, mais il arrivait trop tard, les hippies avaient disparu depuis longtemps.

En 1989, après *Amadeus* et un second Oscar, Milos me proposera de produire *Les Liaisons dangereuses* en France. J'aurais pu m'apercevoir qu'il y avait du danger à produire ces liaisons dangereuses. Je savais que Stephen Frears allait tourner le même sujet et que son film fatalement sortirait avant le nôtre, mais j'étais tellement heureux de retrouver Milos. Dans un taxi à New York, il m'a dit : « Voilà, après vingt ans, nous allons enfin faire un film ensemble. » *Valmont* a été un échec, mais c'est un très beau film. Renn a perdu quatre-vingts millions mais je n'ai aucun regret. À cette époque, je sortais de succès tels que *Tchao Pantin, Jean de Florette*, *L'Ours*. Heureusement que dans le cinéma il y a des creux et des bosses. Malgré tous les succès que j'ai pu avoir dans ma vie, mon regret, c'est d'avoir raté Milos. Bien sûr, je n'ai pas voulu renoncer à mon confort. Je n'ai pas fait le choix de vivre en Amérique. Aujourd'hui je me débats pour produire le remake de *Ma femme est une actrice.* Je n'ai pas renoncé à mon rêve américain mais un Milos Forman, on ne le rencontre qu'une seule fois dans une vie.

Depuis hier, je suis grand-père d'une petite fille, Lou Anne-Marie. Elle est incroyablement belle, je suis très heureux, enfin une fille dans la famille ! Au début j'étais plutôt réticent, Thomas connaissait à peine Frédérique, la maman, qu'il la mettait déjà enceinte. Mais il avait tellement envie d'un enfant et quand je vois à quel point il est heureux et fier d'être père, je me réjouis pour eux. Je vais apprendre l'art d'être grand-père. Cet après-midi, j'emmène Darius pour qu'il fasse connaissance avec sa nièce, il va en être fou. La famille se repeuple, la vie continue.

L'aventure de *Tess* a été épique, tout d'abord par son financement. Le plan de travail prévoyait dix-huit semaines de tournage et un budget initial que Pierre Grunstein avait estimé à environ trente-cinq millions de francs. À l'époque, il existait deux établissements financiers pour le cinéma, l'U.F.I.C. dirigé par John Morgan Jones et la S.O.F.E.T.-S.O.F.I.D.I. dirigée par Gérald Calderon. Ces deux établissements m'avaient avancé quatre millions pour la pré-production du film, en prenant en garantie les négatifs que possédait Renn. En plus, ils m'avaient assuré qu'à la fin de chaque semaine de tournage, ils m'avanceraient les sommes prévues par l'échéancier, en ayant en garantie les recettes du film. Pierre Guffroy était le décorateur et la S.F.P., prestataire de services, fournissait les techniciens et la main-d'œuvre de tournage. Le coût des décors se montait à sept millions de francs. Jean-Charles Edeline était alors président de la S.F.P. et Jean Drucker directeur général ; ils avaient intérêt à faire travailler leurs équipes et leurs ateliers de construction de décors sur un film aussi prestigieux. C'est pourquoi ils acceptèrent que les sept millions ne soient payés que dix-huit mois après la sortie de *Tess*. Bien sûr, il fallait leur donner en garantie certains territoires. J'avais fait mes prévisions sur un budget de trente-cinq millions en gardant les recettes de la France, j'étais prêt à leur donner le reste du monde. C'est alors qu'un autre de mes anges gardiens, Pierre Kauffer, m'a sauvé. C'est lui qui a négocié avec Jean-Charles en ne donnant que l'Amérique et le Japon en garantie. Bien lui en a pris car au lieu de dix-huit semaines, *Tess* s'est fait en vingt-huit et le coût prévu à trente-cinq millions s'est élevé à plus de cinquante, une somme énorme à l'époque pour un film. Pour payer les dépassements, j'ai pu vendre l'Italie et l'Allemagne en cours de tournage. Sans l'accord négocié par Pierre Kauffer, j'étais coincé, je n'aurais pas pu faire ces ventes et terminer le film ; probablement j'aurais déposé le bilan. Dix-huit mois après la sortie de *Tess*, Janine Langlois était devenue la présidente de la S.F.P., je lui ai remis un chèque de sept millions de francs comme prévu au contrat. Aujourd'hui encore, elle n'en est pas revenue, elle était persuadée que je viendrais pleurer pour ne pas payer l'intégralité de la somme due.

Quelques semaines avant les premières prises de vue, un soir vers minuit, on sonne à ma porte – nous habitions encore rue Beaujon. C'était Roman, venu me présenter Nastassia Kinski pour le rôle de *Tess*. Elle avait dix-huit ans, j'ai été ébloui par sa beauté, sa grâce, la tendresse qui se dégageait d'elle. Par la suite elle devint très amie avec Anne-Marie, elle l'accompagnera dans ses premiers instants de folie. Elles feront ensemble un voyage au Japon, elle mettra longtemps à comprendre sa maladie. Pour elle, j'étais un monstre qui faisait souffrir sa femme. Toujours est-il que Nastassia fut merveilleuse dans le rôle, qui est sûrement le plus beau de sa carrière.

Le tournage a commencé le 31 juillet 1978. Le chef opérateur était Geoffrey Unsworth, un Anglais, un des meilleurs opérateurs dans le monde. Il a fait les films de Stanley Kubrick dont *2001, l'Odyssée de l'espace* et *Cabaret* de Bob Fosse. L'homme était délicieux, j'ai tout de suite sympathisé avec lui. Les costumes étaient faits par l'oscarisé Anthony Powell qui deviendra un ami. Il s'efforçait de me faire faire des progrès en anglais. Un mot que je n'arrivais pas à prononcer : « unbelievable ». Il me le fera répéter des dizaines de fois, unbelievable !

Le tournage a commencé par les scènes de danse dans une prairie. C'était magnifique à voir, seulement Roman refusait de tourner dans la journée, il attendait la « belle lumière », les fins de journées, le crépuscule. Le résultat en était qu'au lieu de tourner normalement huit heures, nous ne tournions que deux heures à peine. Les scènes de danse prévues sur une semaine se firent en trois mais, il faut le dire, le résultat était magnifique, la photo de Geoffrey d'une beauté incroyable. Roman avait raison de s'entêter, mais il était clair que le film allait dépasser. À la fin de la première semaine, au moment de faire la paye, Calderon me lâcha. Il ne tint pas ses promesses, sûrement ne croyait-il pas au film. Il m'avait avancé la moitié des quatre millions pour lesquels il était assis sur les négatifs de Renn, donc sûr de récupérer son argent. Si ce n'avait été que lui, avec le film engagé, j'allais droit à la faillite. Je n'ai pas digéré son manque de parole. Pendant longtemps, j'ai eu du mépris pour lui. Grâce à John Morgan Jones de l'U.F.I.C., j'ai pu chaque semaine honorer les échéances. Il m'a soutenu jusqu'au bout, je lui en suis éternellement reconnaissant. Je me demande ce qu'il est devenu, je sais qu'il a perdu sa femme en perdant un peu la tête. C'est aussi lui qui, un jour, me présenta mon ange gardien, Pierre Trémouille. Je sais que je l'ai écrit précédemment mais j'insiste : le dévouement et la compétence de Pierre me sont encore tellement précieux. Mes anges gardiens sont trois Pierre précieuses : Grunstein, Kauffer, Trémouille.

Un jour, je suis arrivé sur le tournage de *Tess* à l'heure du déjeuner. Sous deux immenses tentes, au moins deux cents personnes à table, c'était la semaine où il y avait les danseurs. Je me suis demandé : mais qui paie tout ça ? C'était moi, l'ex-petit fourreur du Faubourg Poissonnière.

J'admirais la science de Roman, je regardais pour essayer de comprendre comment il faisait, jamais je ne serai un magicien comme lui. Chaque détail comptait. Au XIXᵉ siècle, les vaches avaient de longues cornes, aujourd'hui on les scie pour éviter qu'elles ne se fassent mal. Nous avons donc dû faire des prothèses sur chaque vache pour qu'elles aient des cornes conformes à l'époque du film. Partout où nous tournions, il a fallu enterrer les lignes téléphoniques, déposer les antennes de télévision, mettre des antennes provisoires pour que les gens puissent regarder leurs programmes. Les poules venaient d'Angleterre... tous les accessoires, les charrettes, les meubles, des milliers de mètres cubes de terre pour recouvrir les routes... L'étable était trop petite, Roman a eu l'idée d'installer des miroirs, ce qui doublait la surface et le nombre de vaches. De nos jours, les blés sont coupés court, au XIXᵉ siècle, ils étaient longs pour pouvoir faire des gerbes et ils étaient semés différemment. Nous avons acheté la récolte d'un fermier sur la base d'une production actuelle plus importante. Donc un an à l'avance, nous avons semé à l'ancienne puis, à la fin du tournage, revendu notre blé au propriétaire. Roman ne pouvant sortir de France, pour la scène finale, nous avons reconstruit les monolithes de Stonehenge dans une plaine de l'Oise, grandeur nature.

À la douzième semaine de tournage, un soir à Morlaix où j'avais invité Geoffrey Unsworth à dîner, il eut une attaque cardiaque dans sa chambre. Affolement. Il mourut dans la nuit. La dernière scène qu'il aura tournée, c'est la scène de danse dans la grotte, la nuit. Je me rappelle que Sue Mengers, l'agent de Roman et de Barbra Streisand, était là. J'étais catastrophé de perdre un ami aussi talentueux. Roman garda tout son sang-froid ; dès le lendemain et pendant deux ou trois jours, il fit lui-même la lumière, aidé par le cadreur Jean Harnois. Par chance, Ghislain Cloquet était libre, c'est lui qui terminera le film pendant seize semaines, raccordant la photo de Geoffrey d'une façon parfaite. C'est avec lui que j'avais tourné *Le Poulet* et *Mazel Tov*. Il était diabétique, il est mort lui aussi quelques mois après *Tess*.

Un jour où j'assistais dans une forêt au tournage d'une scène d'amour entre Nastassia et Leigh Lawson, je me suis permis discrètement de donner une indication à l'acteur. Roman me fusilla du regard, je n'ai pas recommencé. Malgré mes soucis financiers, je gardais mon calme, jamais je n'ai demandé à Roman d'accélérer. L'aurais-je fait qu'il ne m'aurait pas écouté. Un matin, au Sofitel de Cherbourg où nous habitions, je l'ai vu en train d'acheter tranquillement des chaussettes au marchand ambulant Zeitoun. Il était midi, l'heure de début de tournage. Il est arrivé à treize heures, le plan avait été préparé par ses assistants. Il a regardé la répétition et a dit : « Moteur ». Le film pour lui était un marathon, il savait ménager ses forces pour garder la distance. Avec vingt-huit semaines de tournage, la beauté du film tient beaucoup au fait que, pour chaque séquence, le plan de travail suivait le rythme des saisons. En hiver, Tess défrichait le champ de betteraves enneigé que nous avions planté. Tout de suite après nous devions tourner la fin du film, c'est alors que la S.F.P. s'est mise en grève, donc une partie de notre équipe. De plus les décors de Stonehenge n'avaient pas encore été livrés, il était impossible de les sortir des ateliers de construction de la S.F.P. Nous avons dû arrêter le tournage pendant environ un mois.

C'est pendant cette interruption que Roman m'a

entraîné à l'Hôpital américain pour un check-up. Il avait pris en Amérique l'habitude de le faire une fois par an. À jeun, de prises d'urine en prises de sang, d'électrocardiogrammes en tests d'effort, nous avons rigolé toute la matinée. C'est vers quatorze heures qu'un médecin m'a téléphoné pour me demander si je savais que j'étais diabétique. Bien sûr que non ! J'avais trois grammes douze de sucre dans le sang. Le soir même, je me suis retrouvé à l'hôpital de la Salpêtrière pour une semaine. C'est là que Godard est venu me proposer son prochain film. Endetté jusqu'au cou à cause de *Tess*, j'ai dû refuser. Pendant des années, j'ai pris du Glucophage retard, depuis environ deux ans on m'a mis à l'insuline.

Le tournage a repris en janvier, la scène finale est magnifique : Nastassia dans son manteau rouge, dans les brumes de Stonehenge, les gendarmes s'avançant vers elle. Nous avons terminé le film par les intérieurs en studio en mars 1979. J'ai poussé un ouf de soulagement, mais l'aventure n'était pas finie.

En juillet, j'ai été invité au studio de Boulogne pour voir le premier bout-à-bout de *Tess*, du moins je pensais que c'était le premier. Je n'imaginais pas que ce serait le dernier. Roman m'avait toujours dit qu'il ferait un film de deux heures et demie, ce jour-là il était à trois heures et six minutes. En dehors de sa longueur, j'ai trouvé qu'il était mal rythmé. En sortant de projection, j'ai dit à Roman tout le bien que je pensais du film et je lui ai demandé ce qu'il allait couper. Il m'a répondu que le montage image était terminé, qu'il n'avait pas l'intention de couper quoi que ce soit. Ghislain l'aimait tel quel, le musicien Philippe Sarde aussi bien entendu. Il était un peu le gourou de Roman. Je sentais que pour la première fois, j'allais m'énerver. Le couvercle a explosé quand Philippe m'a dit que le temps imparti pour le montage son et la musique était trop court. J'avais pris des engagements vis-à-vis des banques pour une sortie en octobre, qui est la meilleure date de l'année. Roman le savait. Je n'ai pas pu me retenir, je me suis mis à hurler devant toute l'équipe, tout ce que j'avais comprimé en moi depuis deux ans est ressorti : les dépassements, les vingt-huit semaines de tournage et maintenant la longueur du film, la sortie. Roman était blême ; orgueilleux comme il est, il a mal pris cette engueulade en public. Bien sûr, dans les semaines qui ont suivi, nous nous sommes revus calmement. Le film est sorti en octobre, mais la durée était inchangée.

Le premier jour, à deux heures, je suis passé devant le Marignan : il y avait la queue. Content, je me suis précipité chez Roman pour le lui dire. À l'époque, la sœur du shah d'Iran en exil habitait son immeuble dont je connaissais le gardien. Quand il m'a vu, il m'a félicité pour le film qu'il avait beaucoup aimé. Roman l'avait invité à une projection et, par miracle, il l'avait trouvé trop long. Je l'ai supplié de le dire à Monsieur Polanski. J'ai senti que je tenais mes coupes, que ce ne serait pas moi qui allais les obtenir mais le gardien de l'immeuble. Effectivement, avant de partir faire une marche d'un mois dans l'Himalaya, Roman m'a demandé de faire venir son monteur de *Chinatown*, Sam O'Steen, pour reserrer le film. J'ai dépensé inutilement soixante-dix mille dollars car, quand Roman est revenu, il n'a pas été satisfait du nouveau montage. C'est alors qu'il a pris Hervé Deluze, qui coupera vingt minutes du film avec l'assentiment de Polanski.

Dans l'ensemble, *Tess* a plutôt bien marché dans le reste du monde ; le seul pays que nous n'arrivions pas à vendre, c'était l'Amérique. Jeffrey Katzenberg qui travaillait à la Paramount avait fait le voyage à Paris pour voir le film. Il n'en a pas voulu, il ne fut pas le seul. C'est finalement Columbia qui le distribuera au pourcentage sans garantie, ce qui fut une chance pour nous. Finalement *Tess* fit une très honorable carrière en Amérique. Le contrat négocié par notre avocat et ami Barry Hirsch nous a été beaucoup plus favorable que si nous avions pris une garantie au départ.

Le tournage terminé, j'étais soulagé. Mais complètement exsangue financièrement, à l'agonie pour payer les travaux de finition du film : montage, auditorium, musique, laboratoire. La musique devait être enregistrée avec le philharmonique de Londres. Sarde ne lésinait pas sur les moyens et là il n'était pas question de crédit. Je cherchais désespérément un relais financier que je crus trouver en la personne d'Arnon Milchan. L'origine de sa fortune était douteuse, on le soupçonnait d'être un marchand d'armes ; lui prétendait avoir trouvé un produit pour tuer les insectes sur les arbres en Israël. Je ne me rappelle plus comment j'avais fait sa connaissance, je me souviens seulement d'un déjeuner chez Le Duc, où j'ai cru avoir affaire au Sauveur. Il parlait d'une façon si douce, sur un ton si calme, si rassurant, sa façon de me regarder les larmes aux yeux, de m'écouter lui racontant mes difficultés pour terminer le tournage, les soucis que j'avais encore... J'étais prêt à lui donner toutes les garanties sur les recettes et un intéressement sur les profits du film. Je nous imaginais dans le désert, moi crevant de soif et lui arrivant comme le Messie avec une citerne pleine d'eau. Comment refuser un verre d'eau à un type qui meurt de soif dans le désert quand on a une citerne pleine ? Eh bien, il l'a fait. Après avoir vu en projection environ une heure de rushes de *Tess*, Milchan a pensé que le film ne marcherait pas. Je m'en suis voulu d'avoir cru au Bon Dieu. Pendant deux ou trois jours, je l'avais sublimé. Durant des années, j'ai fait le contraire de la photographie : je suis passé du positif au négatif, je me suis dit que la plupart des gangsters pouvaient tuer d'une voix douce. Marlon Brando dans *Le Parrain*. Les rares fois où je l'ai rencontré, je lui affichais mon mépris, lui me regardait avec un gentil sourire. « Comment ça va, Claude ? » avec son léger accent.

Je ne devrais pas m'étendre autant sur le personnage mais la suite est édifiante. Un an après le succès de *Tess*, Roman m'a demandé de déjeuner avec Milchan qui soi-disant allait produire *Les Pirates*. Peut-être voulait-il ma bénédiction avant d'accepter de travailler avec lui. Je me suis assis à leur table et j'ai dit tout de suite à Roman : « Tu vois cet homme, il ne m'a pas donné un verre d'eau quand j'avais soif, jamais il ne produira *Les Pirates*, sauf s'il n'a pas un sou à y mettre. » J'étais énervé, j'ai dû ajouter quelques phrases méprisantes sur Milchan qui ne bronchait pas, pas une once d'amour-propre. Il restait calme, souriant.

Je me suis levé et je suis parti, les laissant tous les deux en tête à tête. Bien sûr j'avais raison. Milchan n'a pas produit *Les Pirates*, mais il a quand même réussi à se glisser dans la production de *Amadeus*, mis en scène par Polanski, au Théâtre Marigny. C'était moins risqué.

Justement parce que cela a été très difficile, *Tess* a été un grand moment de ma vie dans le cinéma. Les journalistes de Los Angeles élurent Roman meilleur metteur en scène de l'année. Le film a reçu six nominations aux Oscars, en a gagné trois, la photo de Geoffrey et Ghislain, les décors de Pierre Guffroy, les costumes de mon ami Anthony. Pierre Grunstein, Anne-Marie, Jean-Pierre, Paul, nous avons tous assisté à la cérémonie qui n'a pas grand-chose à voir avec les Césars. Néanmoins, j'ai été très ému quand Roman, qui recevait le César du meilleur réalisateur, a insisté pour que ce soit moi qui recueille celui du meilleur film de l'année. J'ai pensé à mon père. Nous avions gagné cette aventure, même financièrement. Roman avait touché très peu d'argent pour faire le film, mais il avait 50 % des bénéfices. Son grand ami, Sam Weinberg, était sceptique sur ce qu'il recevrait des profits. Un jour où Roman avait besoin d'argent, je lui ai racheté sa part pour un million de dollars. Je sais qu'il m'estime, qu'il a certainement une sorte d'affection pour moi. Nous n'avons pas refait de film ensemble : un jour il m'a dit : « Je ne veux pas faire perdre d'argent à la famille... » Ce qui pourrait laisser croire qu'il me considère de sa famille, comme un cousin éloigné. Moi, j'aurais tendance à penser qu'il rigole plus avec Alain Sarde, ce que je peux comprendre. C'est vrai que je ne suis pas drôle, en apparence seulement.

Avec *Tess*, je me suis remis à croire que le cinéma pouvait être à la hauteur de mes ambitions. De plus, la même année, *Apocalypse Now* remportait la Palme d'or à Cannes, *ex æquo* avec *Le Tambour* de Volker Schlöndorff. Professionnellement j'étais comblé, mais ma vie privée, elle, tournait au fiasco. Pendant le Festival, Anne-Marie était totalement surexcitée. Comme je ne comprenais pas encore qu'elle était malade, nous ne cessions de nous engueuler. Malgré tout l'amour que je lui portais, je commençais à imaginer que nous ne vieillirions pas forcément ensemble. La phase maniaque empira jusqu'à l'automne. Elle devenait terriblement agressive avec sa mère, avec Paul, avec moi bien sûr. Exhibitionniste, un jour elle est montée sur une table au restaurant et s'est mise à danser. Elle pouvait rouler à deux cents à l'heure sur les Champs-Élysées. Contre son gré et avec beaucoup de difficultés, il a fallu la protéger d'elle-même et la faire interner, pour la première fois à la clinique de Ville-d'Avray. Quand elle en est sortie, deux mois après, j'ai cru que c'était fini, que ces moments de folie étaient terminés. J'étais loin de penser que ce n'était que le début d'un cycle infernal, oscillant entre la folie et la dépression, et qui durerait jusqu'à son suicide en août 1997. J'ai mis longtemps à accepter sa maladie.

Quand j'ai proposé à Catherine Deneuve de faire un film avec elle qui s'inspirerait de sa propre vie, de ses amours, je n'avais pas encore compris que j'allais faire aussi un film sur moi. Quand Louis Malle a fait *Vie privée*, il ne s'est pas impliqué lui-même dans son film, il a fait une illustration de la vie de Bardot. Dans *Je vous aime*, je me suis identifié au personnage d'Alain Souchon que j'ai appelé Claude. À travers les amours de Catherine, j'ai cherché à comprendre comment on pouvait refaire sa vie en plusieurs fois, moi qui avais toujours cru faire la mienne avec une seule femme. J'ai montré le bonheur de la rencontre et la souffrance de la séparation. Au départ tout cela était inconscient dans ma tête, c'est seulement le film terminé que j'ai compris qu'en le faisant, c'était indirectement une sorte d'analyse de ma vie. J'ai fait une synthèse entre les souffrances de Catherine vécues au passé et ma souffrance au présent. Ce que je vivais douloureusement avec Anne-Marie était implicitement la matière profonde du film. Après *Je vous aime*, je n'ai plus pu faire de film personnel, la maladie d'Anne-Marie m'en empêchait, je n'avais plus le cœur à me raconter. Il faudra attendre 1998 et *La Débandade* où j'ai cru faire rire en me tournant en dérision sur un sujet tragique : la perte du désir.

J'ai commencé à écrire le scénario de *Je vous aime* avec Michel Grisolia. Comme nous avions loué une maison à Saint-Barthélemy pour passer les fêtes de fin d'année, Michel est venu avec nous. J'ai détesté l'endroit, les langoustes congelées, les moustiques. Au bout de quelques jours, j'ai décidé de rentrer à Paris,

Anne-Marie est restée avec Thomas et Julien. J'ai passé le réveillon du jour de l'an dans l'avion avec Michel. Il avait déjà écrit une première mouture du scénario que je n'ai pas trouvée suffisamment personnelle. C'était à moi de l'écrire, ce que j'ai fait. En février 1980, je suis parti à la Mamounia de Marrakech pour terminer tranquillement l'écriture. Dix ans auparavant, nous avions été tellement heureux dans cet hôtel pendant le tournage du *Pistonné*. Là, Anne-Marie était en dépression. Très calme, elle passait ses journées à lire ou à dormir. Elle devait certainement souffrir, mais je ne m'en rendais pas compte. Elle était près de moi, tendre, nous n'avions pas de conflits, j'étais bien. Un matin, au kiosque à journaux de l'hôtel, je suis tombé par hasard sur une édition de poche de *Jean de Florette* et *Manon des sources* que je n'avais pas encore lus malgré le conseil de Jean-Louis Livi. Encore une fois, le destin a frappé à ma porte. Sans ce hasard, je serais peut-être passé à côté, je n'aurais pas fait ces films. De retour à Paris, j'ai rencontré Jacqueline Pagnol. Les droits étaient libres mais elle trouvait prématuré de faire les films aussi peu de temps après la mort de son mari. Elle me promit de m'en reparler le moment venu. De toute façon, je n'étais peut-être pas encore financièrement en mesure de me lancer dans une telle entreprise. Par la suite, à chaque fois que je finissais un film, je repensais à *Jean de Florette*. Il faudra que j'attende le succès de *Tchao Pantin*.

J'ai été très heureux et surpris que Catherine m'accorde sa confiance et me laisse m'inspirer de sa propre vie. Elle a vraiment joué le jeu, sans censure aucune. Dans cette autofiction, probablement cherchait-elle à se comprendre elle-même. Chaque scène, transposée bien sûr, la renvoyait à sa propre vie, mais à aucun moment je ne lui ai fait la moindre allusion à son passé. Tout était implicite entre nous. Pour le personnage de François, il me fallait un artiste. J'ai tout de suite pensé à Gainsbourg. Avec lui je transposais le cinéaste en musicien. Dans les scènes de violence entre eux, on peut sentir la passion qu'elle avait eue pour François. Elle a dû se faire mal en les jouant. Quand elle chante en duo avec Serge *Je suis un fumeur de gitanes,* elle resplendit de bonheur. Serge arrivait toujours le premier dans ses petites chaussures Repetto, sans chaussettes, même quand il neigeait. Il était heureux de faire l'acteur, une complicité amicale s'est créée entre lui et Catherine.

Je vous aime se passe en une nuit de réveillon de Noël où Catherine a invité les hommes de sa vie. Elle revoit tous les moments de rencontres, de bonheurs, les moments de ruptures, de souffrances qu'elle a eus avec eux dans le passé. Au cours de cette nuit au présent, elle rompt avec le dernier d'entre eux, Alain Souchon. On sent qu'elle fait le bilan de sa vie amoureuse et qu'elle pourrait finir seule. La lecture du film n'est pas facile car le récit du passé s'imbrique constamment avec celui du présent. Gainsbourg, Souchon, Depardieu, Trintignant et Christian Marquand formaient le quintette amoureux de Catherine. Thomas était le fils de Claude – Souchon.

Aujourd'hui, 18 octobre, cela fait quatre ans, jour pour jour, que l'on m'a téléphoné pour me dire que Julien avait eu un accident. C'était un dimanche. Grâce à l'intervention de Gérard Depardieu, il a été opéré dans l'après-midi même par le Professeur Vaillant. Jusqu'au lendemain, j'ai espéré que si l'opération réussissait, il pourrait s'en sortir sans trop de dégâts. Hélas, la moelle épinière était touchée, il allait rester tétraplégique et vivre un calvaire pendant plus de trois ans. Par moments j'ai cru qu'il pourrait surmonter son handicap. Il y eut même des moments heureux. Un jour, avec lui et Nathalie, nous avons revu ensemble *Les Parapluies de Cherbourg*. Il se passionnait pour la bourse, je lui avais présenté un ami boursier, André Bromberg. Je l'imaginais travaillant avec lui, pianotant sur son ordinateur. À la remise du prix de Flore, je l'ai vu fendre la foule sur sa chaise roulante. Il rêvait de faire de la mise en scène de théâtre, de devenir designer. En 1975, il avait fait un séjour dans un centre de désintoxication pour toxicomanes créé par Kate, la fille de Jane Birkin. Il m'avait écrit quatre lettres que j'ai conservées et que je viens de relire. Elles sont bouleversantes. Voici le début de l'une d'elles :

Bucy-le-Long, 23/08/95

Mon cher papa,
J'ai tout de suite envie de te répondre à propos de ton inquiétude de savoir si tes fils te pleureront comme tu as pleuré ton père. J'ai envie de te dire qu'avec le

289

dialogue profond qui est en train de naître entre nous, c'est bien plus que des larmes que je verserai pour toi.

On a " une vie devant nous " de moments et de choses à partager. Des moments de bonheur, je l'espère, car ce sont ceux qui nous ont le plus manqué, et certainement encore des moments tristes mais cette fois on les vivra ensemble, comme dans une famille unie. Je préfère penser à tout ce qu'on va pouvoir faire un jour réunis : Thomas, Darius, toi et moi.

Le film avec tes fils, je l'écrirai s'il le faut, pour qu'on puisse jouer un jour tous les trois ensemble et s'amuser comme tu l'as fait avec ton père. Je sais qu'on peut difficilement être autobiographique avec ce que l'on a vécu et surtout avec la maladie de maman, mais je suis sûr que l'on peut transposer et écrire une sorte de suite spirituelle au Cinéma de Papa. *En tout cas, c'est un de mes rêves les plus chers... Travailler avec toi et Thomas ensemble sur un film, c'est réaliser le rêve de Roger : Langmann, père et fils...*

La phrase de Nietzsche : « Devenir ce que nous sommes », je l'ai lue dans une des lettres de Julien. Il n'a pas eu le temps de devenir ce qu'il était. Il n'a pas eu le temps de me pleurer, c'est moi qui le pleure. La vie est ainsi faite : aujourd'hui je pleure mon fils, demain je rirai avec Nathalie en fêtant l'anniversaire de la quatrième année de bonheur de notre rencontre.

Lundi 2 décembre 2002.

Depuis plus d'un mois, je n'ai pas écrit une seule ligne. Entre la FIAC, Paris Photo et la sortie de *Une femme de ménage* le 13 novembre, je me suis donné beaucoup de prétextes pour ne pas écrire. Pourtant c'est grâce à l'écriture que je me suis sorti – en grande partie – de ces deux dépressions, sinon je ne pense pas que je serais allé au-delà de ces quelques pages écrites en 1994. Mais je suis allé tellement loin que maintenant ce livre, je dois le terminer. Quand j'étais déprimé, il était indispensable que j'écrive, c'était mon meilleur médicament. L'euphorie prenait le pas sur la déprime. En retrouvant mon équilibre, j'ai retrouvé d'autres centres d'intérêt, particulièrement la photographie. Je m'endors en pensant photo, je me réveille en pensant Man Ray, Steichen, Strand ou Cahun. Une nuit, au téléphone avec Sotheby's New York, j'ai acheté une rayographie de Man Ray provenant du MoMA. À Paris Photo, chez Howard Greenberg, j'ai trouvé des Strand de la série « La France de profil » qu'il a faites dans les années cinquante. Ma collection devient très importante, au point que François Hebel, directeur des Rencontres d'Arles, m'a proposé de la montrer lors de la prochaine manifestation, en juillet prochain. La semaine dernière, avec Nathalie, Léo, Angie et Sam Stourdzé qui me conseille dans ce domaine, nous sommes allés à Arles pour visiter le cloître de Sainte-Trophine, souvent photographié au XIXᵉ siècle par Baldus et Charles Nègre. C'est là, dans deux salles magnifiques, que la collection sera exposée. Léo a l'intention d'éditer un livre à cette occasion. Je n'ai pas pour autant négligé la peinture. À la FIAC, j'ai fait l'acquisition d'un Fontana blanc où l'on voit encore les traces de ses mains, quand il a agrandi les trous qui sont au centre du tableau.

Dans le malheur qui m'a frappé, je me demande souvent où je trouve autant d'énergie, autant d'appétit de vivre. Je suis sans réponse. Je suis très heureux avec Nathalie, Thomas aussi avec Frédérique et son bébé, Lou, ma petite-fille. Darius va bien, nous n'avons plus de conflits.

Mon existence a été une succession de rencontres. Je me suis remué mais je n'ai pas véritablement bougé. Je pourrais paraphraser le titre des articles de François, *Les Films de ma vie*, par *Les Rencontres de ma vie*. Depuis *Le Pistonné*, une des plus importantes pour moi a été celle de Coluche, je l'admirais et pour lui j'ai toujours représenté le cinéma. Au début de l'année 1980, il en avait marre du music-hall, il voulait faire l'acteur. Pierre Grunstein et moi l'avons convaincu de tourner avec Zidi *Inspecteur la bavure* avec Depardieu. Avant même de connaître le résultat du film, il m'a convoqué rue Gazan. Ce soir-là, comme tous les soirs, il avait invité quarante ou cinquante personnes à dîner. Devant tout ce monde, il m'a demandé de lui signer un contrat de quatre films à faire en vingt-quatre mois. J'ai obtenu de les faire en trente. Échaudé par les comptes du music-hall, il a refusé l'intéressement que je lui ai proposé, il m'a demandé sept millions pour les quatre films. Une de ses exigences a été que ce soit moi qui réalise le premier de ces films. C'est pour cela que nous avons fait *Le Maître d'école*. Au début je n'avais pas d'idée, quand j'ai repensé à un livre édité par Champ libre, *Journal d'un éducastreur*. L'auteur, Jules Celma, était un ex-soixante-huitard qui à l'époque avait été engagé par l'Éducation nationale comme maître suppléant dans une école près de Toulouse. Je l'avais connu, il m'amusait beaucoup avec sa verve et son accent du sud-ouest. 1968 avait été pour lui la plus grande aventure de sa vie et l'est certainement restée. Durant les quelques semaines où il avait été suppléant, il avait pu expérimenter ses méthodes particulières d'éducation : elles consistaient à laisser ses élèves, en toute liberté, faire ce qu'ils avaient envie de faire. Chacun d'eux pouvait prendre la parole, critiquer maîtres et parents comme de véritables petits révolutionnaires. Le résultat était un chahut comparable à une réunion de cinéastes à Suresnes. Bien sûr Jules s'était fait virer avec perte et fracas. C'est peu de temps après que ses prouesses furent éditées par Gérard Lebovici que celui-ci me le présenta. À l'époque, il faisait figure de héros, il était invité par tout le monde pour l'entendre raconter son histoire. En 1980, quand je l'ai revu, au moment de prendre les droits de son *Journal* il était rentré dans le rang, « il cultivait ses tomates » comme dit la chanson. Il n'était pas question pour moi de situer le film en 1968. Je n'ai conservé que le principe d'un suppléant qui laisse le bordel s'installer dans sa classe. *Le Maître d'école* est un film sympathique qui ne laissera pas beaucoup de traces dans ma filmographie, mais qui fut un succès public que la télévision programme fréquemment.

En novembre 1981, j'assisterai avec Anne-Marie à une projection de *La Guerre du feu*, dans la petite salle d'Alain Sarde. Je suis tellement enthousiaste que Jean-Jacques acceptera de signer son prochain film avec moi. Il me donnera à lire le résumé de *L'Ours* en quatre ou cinq pages. Je salive. La même année, je produis le court-métrage de Romain Goupil, *Coluche Président*, qui ne rentre pas dans notre contrat. Après le succès d'*Inspecteur la bavure* en 1982, Michel récidive avec Zidi dans *Banzaï*, puis il enchaîne avec Yanne dans *Deux heures moins le quart avant Jésus-Christ*. Je m'étais engagé avec Jean uniquement sur le titre et l'idée d'un péplum. Le casting était éblouissant. En plus de Coluche, il y avait Serrault, Yanne, sans parler de sa fiancée, Mimi Coutelier qui, après Elisabeth Taylor et avant Monica Bellucci, jouera Cléopâtre. Le film fera cent mille entrées le premier samedi et quatre millions en quatre semaines en France. À la cinquième, il s'écroulera. Si le scénario n'avait pas été écrit dans la précipitation, nous aurions pu en faire le double. Toujours est-il que j'étais dans les temps, il ne me restait plus qu'un film à faire pour respecter le contrat avec Coluche. Ce sera *La Femme de mon pote* de Blier, avec Isabelle Huppert et Thierry Lhermitte. Dix ans auparavant, avant d'être connu, Michel avait fait des essais pour *Les Valseuses* où il avait failli être choisi à la place de Depardieu ou Dewaere, il ne l'avait pas oublié. Il tenait absolument à faire un film avec Bertrand. Nous avons déjeuné ensemble, bien sûr tous les deux étaient faits pour s'entendre. Malheureusement, au lieu de faire un film provocateur, Blier a voulu montrer un Coluche gentil, un pote. Ce n'est pas ce que le public attendait d'eux, le résultat a été moyen, mais rentable sur la durée.

Quand j'ai lu la première version de *L'Homme blessé* de Chéreau, j'ai tout de suite été intéressé. Je voyais dans ce sujet – la découverte par un jeune homme de son homosexualité – la possibilité que le public et moi-même puissions nous identifier aux parents. Quel comportement aurais-je eu si un de mes fils était venu m'annoncer qu'il aimait les garçons ? Jeune, je m'étais posé la question, il aurait donc été fort probable que je l'accepte. Comment oublier les pipes de mon cousin Léon ! Bien sûr, encore aujourd'hui, beaucoup de parents dans cette situation ont du mal à la vivre. Patrice n'ayant sûrement pas eu de problème avec les siens, il n'était pas vraiment intéressé par cet aspect du film. Nous avons eu plusieurs séances de travail sans que je puisse l'amener à renforcer le point de vue des parents. J'avais pourtant la certitude qu'il aurait pu faire un film plus intéressant, touchant ainsi un public plus large. Publiquement j'avais raison, le film n'a pas marché, néanmoins il a eu les honneurs de Cannes et a remporté le César du meilleur scénario original. Allez comprendre ! J'ai eu droit à mon premier : « Merci Claude Berri ! »

Un matin, au moment où je monte dans ma voiture, dans la cour de la rue Lincoln, pour partir au Kenya sur le tournage de *L'Africain* de Philippe de Broca que je produisais avec Deneuve et Noiret, j'entends une voix qui crie : « Claude... Claude... ! » Je lève la tête, penché à la fenêtre de mon bureau, je vois Christian Spillemaecker, à l'époque secrétaire et ami de Coluche. Il me montre un livre qu'il me jette en criant : « Lis ça... y'a un rôle formidable pour Michel. » Je regarde rapidement le titre : *Tchao Pantin*.

Dans l'avion qui m'emmenait au Kenya avec Anne-Marie, Julien et Thomas, je me suis mis à lire le livre d'Alain Page. Effectivement, il y avait là un rôle en or pour Coluche. J'étais sûr qu'il avait en lui le potentiel dramatique pour interpréter ce pompiste alcoolique qui, finalement, s'avère être un ancien flic qui ira jusqu'à mourir pour exercer sa vengeance. À peine arrivé à Mombassa, je me suis précipité pour prendre une option sur les droits.

Je me rappelle du jour où Coluche a enfilé sa salopette, Ludo, son maquilleur, lui a dessiné une moustache au crayon gras noir, Didier, son coiffeur, lui a graissé les cheveux bien en arrière : Lambert était là. Pour Bensoussan, j'ai d'abord pensé à Smaïn mais c'est finalement Coluche qui m'a suggéré de rencontrer Richard Anconina. Quant à Lola, le rôle était fait pour Agnès Soral, c'était évident. Elle a poussé le perfectionnisme jusqu'à vivre dans un squat pour s'imprégner de ce personnage de punk. J'ai eu la chance d'avoir Trauner pour les décors et Bruno Nuytten au cadre et à la lumière. C'est lui qui a eu l'idée d'éclairer au néon la station-service, ce qui a donné le style et l'ambiance du film. Pour les costumes, je voulais

Catherine Leterrier. Elle n'était pas libre, elle m'a recommandé de prendre son assistante. C'est ainsi qu'un matin, j'ai vu entrer dans mon bureau une grande fille blonde en imperméable mastic, au regard bleu et triste. C'était Sylvie. Sur le moment, je n'ai pas vu la beauté de son visage, étrange, mystérieux. Elle paraissait distante, froide, jusqu'au jour où je lui ai pris la main sous la table au Saucisson, le café de la rue Lincoln. À la façon dont elle a serré la mienne, j'ai senti qu'elle était certainement plus chaude que je ne l'avais pensé. En effet, elle l'était.

Premier jour de tournage, premier plan, je voulais que l'on découvre Coluche d'abord de dos, puis il se retournait face caméra. Là, j'ai eu un choc, j'ai ressenti une telle émotion en voyant son visage que, tout de suite, j'ai eu le pressentiment qu'il aurait le César du meilleur acteur de l'année. La sortie du film était programmée pour janvier, je l'ai fait avancer à décembre pour qu'il puisse concourir en mars 1984.

Souvent, au moment où je disais « Moteur », Coluche se mettait à péter, à roter, c'était sa façon à lui de se détendre. Un acteur n'est jamais aussi bon que quand il est détendu. Au « Partez », il devenait bouleversant. Parfois il arrivait que d'un plan à un autre, son visage ne raccordait plus, alors il me disait : « T'en fais pas ma poule, je vais te le faire ton raccord. » Il allait cinq minutes dans sa loge fumer un énorme pétard et il revenait les larmes aux yeux. Vers la fin du film, dans la scène au lit avec Lola, où il se confesse à elle, non seulement il a pété et roté, mais il a lu son texte sur un tableau noir. La caméra avançait doucement sur lui, à la fin du travelling Lambert était en pleurs. Coluche, un être à part. Frédéric Dard dira de lui : « Seulement le clown avait un cœur, mais on ne voyait que son nez. »

C'est Philippe Léotard qui a joué l'inspecteur qui menait l'enquête. Comme il buvait trois bières à l'heure arrosées d'une ligne de coke et qu'il faisait chaud, il transpirait beaucoup. Au lieu que cela soit gênant, il s'en servait, en essuyant constamment sa sueur avec la manche de son imperméable. On aurait dit que son personnage sortait tout droit d'un roman de Dashiel Hammett. J'ai revu Philippe avec Nathalie quelques semaines avant sa mort, dans un centre de rééducation à Saint-Cloud. Il avait eu un accident en donnant un concert de son récital au Maroc. Après l'entracte, il revenait sur scène, la salle plongée dans le noir. Malencontreusement, le régisseur avait bougé la place habituelle du micro, Philippe est tombé des six mètres de l'échafaudage qui soutenait la scène. Les deux jambes cassées, les vertèbres, il était en rééducation depuis plusieurs mois déjà. Dans sa petite chambre, son litre de rouge planqué sous le lit sur lequel il était allongé, il était méconnaissable, grabataire, la voix rauque, à peine audible, en pleine dérive. Il n'avait pas attendu cet accident pour commencer à se détruire. Pourquoi un être comme lui, si doué, si talentueux, avait-il ce mal de vivre ?

Le tournage de *Tchao Pantin* était euphorique. C'était le printemps, nous tournions la nuit. Les croissants chauds arrivaient quand le jour se levait, puis nous partions, Sylvie et moi, dans ma maison de Neauphle-le-Vieux pour y faire l'amour. J'étais très amoureux, j'étais bien et j'avais tellement besoin d'une femme. Sylvie est fine, cultivée. Nous écoutions des airs d'opéra, enlacés. Bien sûr j'aimais toujours Anne-Marie. Sylvie, pendant des années, a redouté que je la retrouve. Julien avait déjà quinze ans, Thomas douze, elle n'était pas leur mère, ils étaient très attachés à la leur. Jusqu'au jour où nous avons conçu Darius, pendant le tournage de *Jean de Florette*.

Mon intuition ne m'avait pas trompé. La nuit des Césars fut un triomphe et Coluche consacré meilleur acteur de l'année. La surprise vint quand Anconina reçut celui du second rôle mais aussi du meilleur espoir. Il était assis à côté de moi, mâchant un chewing-gum tellement il était énervé, il me tenait la main. Quand il fut appelé sur scène, pour la seconde fois, il m'a serré dans ses bras, m'a embrassé, ses larmes ruisselaient sur mes joues. Agnès n'a rien eu, j'étais vraiment désolé pour elle. Bruno, à plus d'un titre, a reçu le César de la photo. C'est François qui avait la charge d'ouvrir l'enveloppe du meilleur film. Il eut la surprise de constater qu'il y avait deux *ex æquo*. Il était persuadé que ce serait *À nos amours* et *Tchao Pantin*. Je vis la déception sur son visage quand il a dû annoncer, après le film de Pialat, *Le Bal* d'Ettore Scola. Je me suis contenté de mes nominations, comme ce sera l'habitude pour mes films suivants, et d'un second « Merci Claude Berri ». Coluche fut éblouissant, il chanta un rock, mit la salle en délire. Plutôt qu'au Fouquet's, c'est chez lui qu'eut lieu une fête mémorable.

5 mars 1984 : Mort de Gérard Lebovici, assassiné dans un parking, de trois balles dans la nuque. L'assassin court encore.

21 octobre de la même année : mort de François Truffaut. À son enterrement, au cimetière de Clichy, toutes celles qui avaient aimé l'homme qui aimait les femmes étaient là, en pleurs.

Tchao Pantin était le cinquième film avec Coluche, nous étions déjà hors de notre contrat. Par admiration pour les acteurs du *Corniaud* et de *La Grande Vadrouille*, il voulait absolument tourner avec Oury. J'étais aux ordres, Gérard ravi, nous avons fait *La Vengeance du serpent à plumes*. Sylvie faisait les costumes, cela nous donna l'occasion de faire un très agréable voyage au Mexique. L'année suivante, je produis *Le Fou de guerre* de Dino Risi. Le tournage avait lieu en Sicile. Michel s'était rasé le crâne pour jouer cet officier à moitié fou. Il était extraordinaire, il faisait peur. Malheureusement, son partenaire et vedette italienne, Beppe Grillo, est tombé malade au bout de quatre semaines. Le tournage a été interrompu pendant plus d'un mois. Je ne sais plus pour quelle raison la reprise s'est faite à Rome, en studio, le film s'en ressent. Il n'en reste pas moins qu'avec Lambert, ce fou est le seul personnage dramatique que Coluche ait joué.

Jean de Florette. Depuis des années j'avais ce livre en tête. Enfin, grâce au succès de *Tchao Pantin*, je me sentais financièrement en mesure de me lancer dans un tel projet. J'aimais moins *Manon*, mais les deux histoires étaient indissociables. Les livres ont été écrits dix ans après que Pagnol a tourné son film *Manon des sources* avec sa femme Jacqueline qui, à l'époque, devait avoir trente ans. Autant la première partie est bouleversante, autant la seconde est inégale, avec néanmoins une fin admirable, le Papet se rendant compte qu'il est responsable de la mort de son fils, Jean de Florette.

Depuis qu'il avait vu *Un moment d'égarement*, le producteur de Gaumont, Alain Poiré, souhaitait faire un film avec moi. Il m'avait proposé de réaliser *La Gloire de mon père* et *Le Château de ma mère*. J'avais décliné l'offre. Je savais qu'il avait travaillé plusieurs fois avec Pagnol, qu'il était resté en très bons termes avec Jacqueline. Je lui ai donc suggéré de coproduire *Jean de Florette*. Tout de suite il a été enchanté par cette idée. Elle offrait également l'avantage pour moi de partager les coûts qui forcément seraient élevés. Je savais déjà que je voulais tourner sur toutes les saisons. C'est lui qui organisa un déjeuner au Fouquet's avec Jacqueline. Rassurée par la présence d'Alain, le succès de *Tchao Pantin*, et Pagnol étant mort depuis plus de dix ans, elle fut très favorable au projet. Toutefois elle demanda à revoir *Le Vieil Homme et l'Enfant*. Quelques jours plus tard, elle donna son accord : il suffisait simplement qu'Alain négocie le contrat avec le frère de Pagnol et qu'il soit rédigé par la Société des auteurs, ce qui ne fut pas simple.

Deux mois plus tard, les contrats n'étaient toujours pas signés, mais nous avions commencé la préparation.

Il était prévu que les deux parties se tourneraient en même temps, en fonction des décors et des saisons. Néanmoins, pour répondre à cette dernière exigence, il s'avérait que le tournage devrait s'étaler sur huit mois et que le coût du film oscillerait autour de quatre-vingt-dix millions. Ma conception du tournage a dû inquiéter la maison Gaumont car, quelque temps après, au cours d'un déjeuner très amical, Poiré m'a demandé si je préférais produire le film seul. Sachant que si je choisissais qu'il reste, j'aurais à faire des concessions sur le temps de tournage afin d'en abaisser le budget, je me suis dit que le risque était peut-être de vingt millions. Renn avait juste les moyens de les perdre. Ce qui m'importait avant tout, c'était de faire le film. J'ai décidé de courir l'aventure tout seul, Alain restant producteur associé à titre personnel avec 5 % des éventuels profits.

À l'époque je voyais Coluche dans tous les rôles. Quand nous tournions *Deux heures moins le quart* en Tunisie, je rêvais déjà de faire un jour *Florette*. Un après-midi, entre deux plans, je lui avais dit qu'il serait formidable dans le rôle d'Ugolin. « T'en fais pas, ma poule, si ça te fait plaisir, je te le ferai, ton Ugolin. » Il était de très bonne humeur en ce temps-là. Après son succès dans *Tchao Pantin* et subissant peut-être l'influence de Jean-Pierre Rassam qui cherchait à l'entraîner sur un film, Coluche traversait une mauvaise passe. Ce n'était plus seulement des pétards qu'il fumait avec mon beau-frère. Il était devenu irascible ; sans être totalement désagréable avec moi, il n'était plus le même. Je lui ai néanmoins proposé le rôle.

L'accent du Midi le préoccupait – en cela il n'avait pas vraiment tort. Il ne comprenait pas pourquoi je devais faire un film en deux parties. Prétextant la longueur du tournage, il m'a demandé dix millions, certainement pour me décourager de penser à lui. Je lui ai proposé de faire un essai.

Un matin où je partais à Autheuil déjeuner avec Signoret, Pierre Grunstein me demanda si je voyais un rôle pour Montand. Bien sûr il y avait le Papet, mais je pensais qu'Yves n'accepterait jamais de jouer un personnage de cet âge. J'ai tout de même emporté le livre de Pagnol avec moi. *A priori* je devais être seul avec Simone mais Montand était là. Nous avons déjeuné tous les trois, à un moment je lui ai demandé de me lire quelques pages de *Jean de Florette*. Il l'a fait très gentiment avec l'accent du midi. C'était un bonheur de l'entendre. Sans trop y croire, je lui ai proposé le rôle du Papet, il a voulu relire le livre. Quelques jours plus tard, il m'a téléphoné pour me dire non. C'est alors que Simone m'a suggéré de faire mes essais avec Coluche à Autheuil et de demander à Yves de lui donner la réplique. Il a accepté. Je me souviendrai toujours de cette journée, il faisait un temps magnifique.

Pendant qu'on maquillait Coluche, que Bruno sortait son matériel, je voyais Montand tourner en rond. Il avait mis une veste en velours et marchait avec une canne. À un moment, il a demandé à Didier s'il n'avait pas une moustache pour lui. Pour quelqu'un qui devait donner la réplique de dos, il était plutôt méticuleux. Toute la matinée, nous avons filmé Coluche, j'ai tout de suite senti qu'il n'était pas très à l'aise avec l'accent. Par contre Yves l'était, il connaissait ses répliques par cœur. Après le déjeuner, il a accepté qu'on le filme de face, cela me permettait de monter les meilleurs moments des essais de Coluche. Nous tournions en 35 mm et en même temps en vidéo. Quand nous avons visionné, l'évidence était que Coluche n'était pas le personnage. En revanche, Montand était extraordinaire, on aurait dit Burt Lancaster dans *Le Guépard*. Je le regardais se regardant, il a murmuré : « C'est fou ce que je peux ressembler à mon père ! » Je n'avais pas d'Ugolin, mais j'avais gagné le Papet. Quand j'ai montré les rushes à Poiré et à Jacqueline, ils ont été emballés.

Au début pour Jean de Florette, j'avais d'abord pensé à Jacques Weber. Il était venu l'après-midi à Autheuil. Je l'avais filmé en train de lire une page ou deux du livre. Je ne pouvais pas juger d'après cette lecture, c'est alors que Bruno m'a suggéré avec beaucoup d'insistance de prendre Depardieu. Un après-midi, nous sommes allés voir le film de Philippe Labro, *Rive droite, rive gauche*, dans lequel ils jouaient tous les deux. En sortant, ma conviction était faite, Gérard a aussitôt accepté. Restait à trouver Ugolin et Manon. Avec l'accord de Montand, mon choix s'est posé sur Jacques Villeret. Il n'était pas méridional, mais il prenait très bien l'accent. Quelques jours plus tard, probablement sous l'influence de Simone, Yves m'a rappelé en me disant : « Je ne vais pas refaire couple avec Villeret, on n'est pas Laurel et Hardy. » En effet, ils venaient de faire ensemble *Garçon* de

Claude Sautet que j'avais d'ailleurs produit. J'étais très embêté, non seulement je m'étais engagé vis-à-vis de Jacques, mais je ne voyais personne d'autre pour jouer le rôle. J'ai essayé d'argumenter mais Montand ne voulait rien entendre. Jacques lui en a voulu. Quelques années après, quand il jouait *Le Dîner de cons*, je suis allé le voir dans sa loge, il ressassait encore sa déception.

Pendant plusieurs jours je désespérais de ne pas trouver d'acteur pour Ugolin lorsqu'un soir, roulant dans ma voiture près de la Porte Maillot, j'ai eu une intuition. Je me suis demandé si Auteuil n'était pas du Midi. J'ai aussitôt appelé Richard Pezet qui m'a confirmé qu'il était né à Avignon. Une heure après Daniel était dans mon bureau, trois jours plus tard nous avons fait des essais à Rustica avec Montand. Le résultat était prodigieux, égal à ce qu'il fut plus tard dans le film. Pour Manon, j'ai essayé plusieurs actrices dont Sandrine Bonnaire, Isabelle Pasco. Je n'étais pas convaincu quand, un jour, j'ai rencontré Emmanuelle Béart. J'ai été frappé par sa beauté, sa grâce, elle m'est apparue idéale pour incarner cette sauvageonne, fille de la garrigue. C'est la petite Ernestine qui jouera Manon enfant et Élisabeth Depardieu Aimée, la femme de Jean. Le reste de la distribution sera complété par des acteurs du Midi et quelques amateurs des villages environnants où nous avons tourné.

Les repérages ont été exaltants, avec Bruno nous avons écumé toutes les collines aux environs d'Aubagne. Finalement c'est près de Cuges-les-Pins que nous avons trouvé la « maison du crime ». Il fallait faire plus d'une heure de voiture sur des chemins défoncés pour la trouver tellement elle était isolée en pleine nature.

J'ignorais qu'un an auparavant Emmanuelle et Daniel étaient tombés amoureux l'un de l'autre en tournant un film de Molinaro, puis que Daniel avait retrouvé la mère de sa fille. Le destin les réunissait à nouveau, leur amour reprit de plus belle. Je les revois encore, près de l'église de Vaugines où l'équipe déjeunait, tous les deux allongés dans l'herbe, en train de s'embrasser. Dès le début du tournage, nous avons eu de la chance. Une séquence devait se dérouler sous la neige, Depardieu tournait avec Daniel Vigne *Une femme ou deux*, il n'avait que deux jours de libre en janvier. Nous sommes descendus avec des machines à faire de la neige, mais vu l'étendue à couvrir, elles auraient sûrement été insuffisantes, quand il s'est mis à neiger réellement. Il est très rare qu'il neige dans cette région, c'était un miracle. Bernard Vezat faisait les décors, Sylvie les costumes. Début avril, nous étions fin prêts pour commencer le film.

Les journées étaient longues, il fallait se lever à six heures du matin. C'est pour gagner quelques minutes de plus de sommeil que je me suis mis à laisser pousser ma barbe. En revenant du tournage, une petite saucisse au café de Cuges rapidement, et nous allions en projection dans une salle annexe de l'église, voir les rushes de la veille. Et là, tous les soirs, nous étions émerveillés de la beauté des images, du jeu des acteurs : c'était la récompense. Nous n'étions jamais couchés avant minuit, nous tournions même le samedi, mais nous étions heureux. Mon inquiétude était le feu, en permanence nous avions les pompiers de Cuges avec nous. Le dimanche, j'en profitais pour aller à Aix voir ma sœur Arlette qui montait le film au fur et à mesure. Elle était débordée, noyée par les kilomètres de pellicule tournés. Hervé Deluze vint à son secours.

Nous habitions avec Sylvie, Montand, Carole, Daniel et Emmanuelle au Relais de la Magdeleine, à Gémenos. Thomas avait quatorze ans, je l'avais placé chez de braves gens à Aubagne pour qu'il puisse poursuivre ses études. Julien, lui, était en pension, puis il est parti à New York où il a passé quelques mois dans une école de cinéma, à U.C.L.A. Par la suite, il travailla chez mon vieil ami Leo Castelli. Certaines nuits, Anne-Marie me téléphonait, en plein délire. Je culpabilisais de la savoir seule à Paris, néanmoins il fallait que je me concentre sur mon film, j'y mettais toute mon énergie. Le temps pour l'amour était compté. Nous l'avons tout de même trouvé pour concevoir Darius. Depuis longtemps, Sylvie rêvait d'avoir un enfant – le sien. Nous nous sommes réjouis le jour où elle m'a annoncé qu'elle était enceinte.

Avant le début du film, j'appréhendais le comportement de Montand. J'avais assisté plusieurs fois, place Dauphine, à des scènes d'engueulades avec Simone. Je redoutais son caractère violent, je me préparais à un tournage difficile avec lui. Ce fut le contraire, il a été d'une délicatesse exemplaire avec ses partenaires. Les jours où il ne tournait pas, il venait nous voir, habillé dans le costume du film. Toujours à l'heure, sachant son texte, ne montrant jamais la moindre impatience, assistant aux projections, heureux, il me témoignait beaucoup de tendresse, de respect. Quand Simone est morte, il est parti une journée pour aller à son enterrement, il a repris le film dès le lendemain malgré son chagrin. C'est lui qui a voulu que le nom de Daniel figure au-dessus du titre, contractuellement il n'était pas obligé. Quand les Césars l'ont ignoré, que Daniel a tout ramassé, il a été d'une élégance incroyable, il a été réellement content pour lui et pour Emmanuelle. J'ai appris à le connaître, à l'aimer.

Il en a été de même à Londres, lorsque c'est Sean Connery qui a été récompensé par les B.A.F.T.A. (équivalent de l'Oscar ou du César). C'est une soirée que je n'oublierai jamais, *Jean de Florette* était nommé douze fois. C'était un grand succès en Angleterre, il est resté quatre ans à l'affiche à Londres. C'est le seul film en langue française que la B.B.C. ait programmé le soir de Noël, ainsi que *Manon* pour le jour de l'an. Mon cher Leo Castelli avait fait le voyage de New York pour assister à la cérémonie. Daniel obtint le B.A.F.T.A. du meilleur second rôle. Pour celui du meilleur film étranger, c'était Milos qui devait ouvrir l'enveloppe, nous étions tous persuadés que ce serait *Florette*. Milos a fait une grimace de déception quand il a dû prononcer le nom de Tarkovski. Les récompenses se sont enchaînées jusqu'à la dernière, la plus importante, le B.A.F.T.A. du meilleur film de l'année. Entre Woody Allen, Richard Attenborough et John Boorman, je ne me laissais aucun espoir, quand c'est *Jean de Florette* qui l'a emporté. Mon cœur s'est mis à battre, je devais monter sur scène pour recueillir ma statuette et surtout prononcer quelques mots, en anglais. La princesse Anne était dans la salle, il fallait m'adresser à elle en premier. J'avais appris par cœur : « Your Royal Highness » mais après ? C'est alors que le mot que mon cher Anthony Powell m'avait tant de fois fait prononcer, « unbelievable », m'est sorti de la bouche, puis j'ai bafouillé encore une phrase ou deux dans un très bon franglais.

Au mois d'août, nous habitions dans la maison de Jacques Pezet à Aubagne, quand un événement s'est produit qui a changé le cours de ma vie. J'ai toujours aimé la peinture, mais je n'étais pas encore un véritable amateur. Au début des années soixante-dix, j'avais acheté une gouache de Magritte, quelques années plus tard un petit tableau de Marembert payé cinq cents francs, que je transportais partout avec moi : j'aimais le déplacer, le regarder sous différentes lumières. J'aimais aussi l'art déco. Grâce au succès de *Tchao Pantin*, j'avais pu m'offrir un tableau de Tamara de Lempicka, deux petites filles, avec un ruban bleu dans les cheveux, assises sur un fauteuil. Avant de partir pour tourner le film, je m'étais demandé si je ne devais pas emporter le Lempicka avec moi, finalement je l'avais laissé rue de Marignan où nous habitions à l'époque. Un soir, en revenant du tournage, le concierge m'appelle pour me dire que j'avais été cambriolé. En plus des tableaux, ils avaient emporté la montre et la chevalière de mon père que ma mère m'avait offertes pour mon cinquantième anniversaire. Ce qui m'était insupportable, c'était la perspective de ne plus pouvoir jouir de ce jeu triangulaire entre l'œuvre, la lumière et mes yeux. Sur le moment, j'ai vraiment été contrarié – d'autant que j'étais très mal assuré. Mais c'était certainement un signe du destin, il me fallait ce déclic pour réaliser à quel point l'art m'était nécessaire. C'était instinctif, viscéral, j'avais la certitude que je ne pourrais pas vivre sans la peinture, sans la regarder à la lumière du jour, à la lumière électrique, à toute heure, par tous les temps. Je me souviens que lorsque j'étais fou de Dubuffet, j'en avais une vingtaine, collages, dessins, encres de chine. Une nuit, je me suis réveillé pour faire une exposition, je les posais, les bougeais, contre les chaises, les meubles, les accrochais aux murs. Thomas, qui ne dormait pas, est entré dans le salon et m'a regardé, éberlué, en train de m'agiter dans ma galerie imaginaire.

J'étais obsédé par ce Lempicka qu'on m'avait volé, je voulais absolument en trouver un autre. Je savais que les spécialistes de Tamara étaient deux, Blondel et Plantin. Je me suis débrouillé pour trouver le téléphone de ce dernier. Sans rien me promettre, il m'a donné l'espoir de m'en trouver un. Je n'ai cessé de le relancer.

L'équipe était fatiguée, nous avons décidé de ne plus tourner le samedi. Je n'avais pas la patience de lire, mais j'en profitais pour regarder des livres de peinture, je les dévorais. C'est comme cela que j'ai découvert Brancusi, je croyais naïvement que c'était achetable. J'ignorais encore la rareté et la valeur de ses œuvres. Aujourd'hui, je me contente d'avoir une dizaine de photos magnifiques de ses sculptures. C'était aussi un grand photographe.

En septembre, les journées commençaient à se raccourcir, nous avions tourné les scènes d'été de la maison du Papet dans un lieu difficile d'accès, il restait encore celles d'hiver. Pierre Grunstein a pensé qu'il était plus sage de refaire ce décor en studio à Paris. Bernard Vezat l'a donc refait à l'identique dans un hangar, près d'Aubervilliers. On s'y serait cru. En octobre, toute l'équipe est revenue à Paris. Après une interruption de trois semaines, nous avons repris le tournage. Nous commencions à midi, la veille j'indiquais à Bruno le premier plan du lendemain ; le temps qu'il le prépare, cela me permettait de n'arriver qu'à treize heures. J'en profitais le matin pour courir les galeries et les musées. Je ne savais pas encore où j'allais mais j'y allais, comme Jeanne d'Arc j'entendais des voix... Je n'avais pas d'argent mais ma société, Renn, avait une valeur. Dans ma tête, j'étais déjà préparé à la vendre pour la peinture. Il n'était pas question de spéculation ni même de possession, c'était la connaissance qui m'intéressait avant tout. Il est vrai que, depuis une quinzaine d'années, c'est en vivant avec les œuvres que j'ai appris à mieux connaître l'art du XXᵉ siècle, surtout la seconde moitié. Sans avoir le moindre tableau, sans rien connaître, sans argent, j'avais appris que le Théâtre de l'Ambigu était libre. Un matin avant le tournage, j'avais pris rendez-vous avec le responsable culturel de la Mairie de Paris pour lui demander de me confier ce lieu afin d'y faire des expositions. Heureusement il n'y a pas eu de suite.

28 janvier 1985 : mort de Jean-Pierre Rassam.

Le tournage qui avait commencé le 22 avril 1985 se termina le 17 décembre. Le dernier jour, le dernier plan, quand j'ai dit « Coupez », Daniel s'est effondré par terre de fatigue, d'émotion, il n'en pouvait plus. Le soir, nous avons fait la fête aux Bains-Douches, il n'est pas venu, sûrement il devait dormir. Récemment, dans le petit livre qu'il vient de publier avec des illustrations de Sempé, il m'a fait une dédicace : « À mon Claude que j'aime. » Moi aussi, je t'aime Daniel. Il savait que c'était sa chance, il ne l'a pas ratée, il l'a bien méritée, il a été un Ugolin inoubliable.

Je pourrais m'étendre plus sur ce tournage épique, rechercher dans ma mémoire des anecdotes, dire mon admiration pour Bruno quand il faisait installer des travellings de cinquante mètres sur une colline pour filmer Ugolin en train de courir après Manon. D'autres l'ont fait, Jean-Claude Loiseau et Jean-Michel Frodon avant qu'il ne devienne l'ayatollah de la critique parisienne. Ils ont écrit ensemble : « *Jean de Florette*, la folle aventure d'un film. » Frodon, je l'avais connu en culottes courtes, il était fréquentable depuis que ses rêves de scénariste s'étaient envolés ou après que j'ai répondu dans *Libération* à Serge Daney, il est devenu mon « âme Daney ». Quant à Jean-Claude, que j'aimais beaucoup, il est responsable du cinéma à *Télérama*, il a laissé passer un papier ignoble sur *La Débandade*. Récemment, deux semaines avant la sortie de *Une femme de ménage*, Josée Benabent, sa femme, qui fut longtemps mon attachée de presse, m'a téléphoné pour me demander de dîner avec elle et son mari. Il m'a inondé de compliments, je nageais dans la guimauve, j'avais déjà « presque » oublié l'article sur *La Débandade*. Je m'attendais à ce qu'il fasse une critique à la hauteur de ce qu'il m'avait dit avoir pensé du film. Sûrement par faiblesse devant son équipe, il a laissé écrire un article moyen par un vieil aigri de la bande à Claude-Marie Trémois, ex-responsable du cinéma à *Télérama*, ma copine. Un jour à Cannes, au cours d'un cocktail que nous avions donné pour *Jacquot de Nantes*, Agnès Varda m'avait présenté à cette vieille peau. Sans préambule, elle m'a dit : « J'aime bien ce que vous produisez, mais je n'aime pas vos films. » Je devrais m'en foutre, comme me le disait Serge July au moment où mon avocat, Thierry Levy, insistait pour qu'il passe ma réponse à Serge Daney dans son journal : « Tu as tout, la réussite, l'argent, tu devrais être au-dessus de tout ça. » Il oubliait ce que mon père m'avait appris : « Quand on te crache à la gueule, il ne faut pas dire qu'il pleut. »

En novembre, encore pendant le tournage, Plantin m'avait enfin rappelé pour me dire qu'il avait un Tamara de Lempicka à me proposer. Il me donna un rendez-vous un soir, à l'Hôtel du Pont-Royal. Nous montons dans une petite chambre et là, contre un mur, je vois le tableau recouvert par une couverture. Il la soulève et, devant mes yeux éblouis, un chef-d'œuvre, peut-être le plus beau de l'artiste : *Madame Boucard*. Il existe également un ou plusieurs portraits de Monsieur Boucard qui a été le mécène de Tamara. Plantin m'emmène dans sa voiture pour aller discuter du prix au Café de Flore. Sur la banquette arrière, un énorme chien loup, menaçant. Je crois même que mon vendeur était armé. J'étais tellement excité que je n'ai même pas discuté du prix, de toute façon ce n'était pas discutable. Il m'a demandé neuf cent mille francs, je les avais, j'ai dit oui. Aujourd'hui, ce tableau vaudrait au moins un million de dollars sinon plus.

Madame Boucard était chez moi, rue de Marignan, je ne me lassais pas de la regarder, sauf qu'elle était craquelée. À l'époque, j'ignorais qu'elle baignait dans son jus, qu'elle avait la patine due à son âge, qu'il ne fallait surtout pas y toucher. J'appelle le seul spécialiste que je connaissais en matière d'art, Pierre Hebey. Il me conseille de m'adresser à Jean-Pierre Camard, l'expert, qui me rassure : il faut simplement le réentoiler. Le mieux pour ça, c'est Jean-Paul Ledeur. Je sais depuis que c'est lui qui réoxygène le bleu de Klein, il est le seul à posséder la formule I.K.B. (International Klein's Blue). Quand *Madame Boucard* est revenue à la maison, elle n'était plus la même, on aurait dit qu'elle avait été liftée. J'en étais malade.

Malgré mes quatre gouttes de Rivotryl, il est trois heures du matin, je n'arrive pas à dormir. Je me fais un café, je mange un morceau de tarte que Touria a faite la veille. Elle est marocaine, c'est une perle. Je repense au déjeuner que j'ai eu hier avec Ileana Sonnabend et son fils adoptif Antonio, ils étaient de passage à Paris. Il m'a dit en parlant de notre cuisinière : « On dirait un tableau de Matisse. » C'est vrai, je n'y avais jamais pensé. Ileana, la première femme de Leo

Castelli, a beaucoup vieilli, elle marche très difficilement. Dire que c'est elle, avec Leo, qui a découvert Jasper Johns, Rauschenberg, lancé Andy Warhol, Bruce Nauman, Dan Flavin. Elle a enterré Leo à quatre-vingt-douze ans et récemment son second mari, Michael, à plus de cent ans. La première fois que je l'ai vue, dans sa galerie de Soho, elle y montrait Kounellis, des plaques d'acier d'où jaillissaient des flammes sortant de bouteilles de gaz. Le public, nombreux, était très jeune ; au milieu d'eux, une petite vieille, c'était elle. J'étais sidéré de voir une femme déjà âgée montrer des œuvres aussi contemporaines. Elle a toujours été à la pointe de l'art contemporain, elle a découvert Jeff Koons, soutenu pendant des années difficiles pour eux les Becher, elle les expose encore. Elle est la marchande de Sugimoto, de Gilbert et George, de tant d'autres. Une vie consacrée à l'art. Elle avait tellement de mal, hier, pour monter mon dernier étage, qu'Antonio et moi devions la soutenir. Elle m'a dit : « Je viens parce que c'est vous. » Je regarde un vieux catalogue où elle est photographiée avec Leo, tous les deux jeunes. Ils étaient si beaux.

Je m'intéressais aussi au mobilier art déco. Toujours pendant le tournage, j'avais vu dans la *Gazette de Drouot* un meuble Chareau – un canapé relié à une table par un bras en acier. Jean-Pierre Camard étant l'expert de la vente, je l'ai appelé, je sentais qu'il ne partageait pas mon enthousiasme. Le matin du jour des enchères, je suis tout de même allé voir le meuble exposé dans une salle à Drouot, je l'ai trouvé plutôt beau. Une dizaine de personnes étaient en train de l'examiner, probablement des marchands. L'un d'eux me voyant, il m'a fait un signe discret, m'engageant à le suivre. C'était Alain Lesieutre – c'est lui qui m'avait vendu les petites filles de Lempicka. Il me vanta l'objet, m'incitant vivement à l'acheter. Il était persuadé qu'il ne ferait pas moins de sept à huit cent mille francs, que ce n'était pas cher pour une œuvre de cette importance. Je le regardai, indécis. Il me suggéra d'aller au moins jusqu'à cinq cent mille francs, puis il enchaîna en me demandant si j'avais des lunettes. Sur le moment, je ne voyais pas où il voulait en venir. Bien sûr j'en avais, mais je les avais laissées chez moi. Il insista : « Viens ce soir avec tes lunettes, c'est moi qui enchérirai pour toi, au moment où tu voudras que je m'arrête, tu mettras tes lunettes, je comprendrai que tu ne veux pas aller plus loin... » Mon chauffeur me déposa sur le tournage et je l'envoyai les chercher. Le soir, j'arrivai à Drouot, une chaise m'attendait au premier rang. Le meuble était le dernier lot de la vente. Je regardai derrière moi, je vis Lesieutre dans le fond de la salle, assis sur le chauffage central, me faisant un petit signe de connivence. Rassuré par le fait que je pouvais m'arrêter quand je le voulais, j'attendis, légèrement anxieux, que Camard annonce la dernière enchère. Elle démarra à cent cinquante mille francs, aussitôt j'entendis la voix de Lesieutre qui criait : « Cinq cent mille ! » Je m'apprêtais à mettre mes lunettes, quand, dans la salle, un silence de mort, personne ne surenchérissait. « Une fois, deux fois, cinq cent mille francs, personne ne dit mieux ? » Le marteau tomba, adjugé à cinq cent mille francs ! Le meuble était à moi, je regardai Lesieutre en train de me sourire. Camard refusa que je lui laisse un chèque, prétextant que ce n'était pas pressé. Après la vente, je suis resté boire le champagne. Les marchands discutaient entre eux. Jacques Devos, sans savoir que j'étais l'heureux propriétaire, fut le premier à me dire que le meuble n'était pas bon, qu'il avait été trafiqué. Le canapé et la table provenaient de deux meubles différents que l'on avait assemblés. C'est certainement Lesieutre qui avait bidouillé ce vrai-faux Chareau. Dans les années quatre-vingt, il était le premier marchand d'art déco, mais déjà spécialisé dans les copies de Chiparus. Il finira mal, la douane découvrira ses comptes en Suisse, cachés sous son lit. Plus tard, l'homme qui roulait en Ferrari sera reconnu coupable de pédophilie et finira en prison. Cette vente était la première pour Laurence Calmels comme commissaire priseur, pour moi aussi. Je lui ai demandé de me donner un certificat d'authenticité. Bien sûr, elle n'a pas pu me le fournir ; je n'ai pas payé, donc pas hérité du meuble. Si Camard avait accepté mon chèque, j'aurais pu courir longtemps après pour le récupérer. Pourquoi un honnête homme comme lui avait-il accepté de laisser figurer dans la vente un objet que forcément il savait ne pas être authentique ?

En janvier 1986, par l'intermédiaire d'un directeur de production, Armand Barbault, j'avais fait la connaissance de Michel Seydoux. Je lui avais proposé d'acheter Renn Productions. Je suis resté sans réponse pendant quelques jours, puis il m'a proposé de rencontrer son frère, Jérôme. Celui-ci était le patron de l'ancienne Cinq, associé à Berlusconi. Le premier rendez-vous dans son immeuble des Chargeurs, boulevard de la Madeleine, fut très chaleureux. C'est un homme très direct, tout de suite il se déclara intéressé. « Faisons connaissance, me dit-il, voyons si nous pouvons nous entendre. Quand on se marie, il faut être sûr de pouvoir dormir dans le même lit, longtemps. » Moi, je lui vendais ma société pour acheter de la peinture, je ne voyais pas où il voulait en venir. Pendant quelques semaines, nous nous sommes fréquentés, appréciés, j'allais dîner chez lui. Sur les murs, quelques tableaux postimpressionnistes, un vilain Masson tardif dans sa salle à manger. Je ne voyais jamais sa femme, il avait l'air de vivre seul avec son plus jeune fils. En fait, nous vivions le même drame, je l'ai su après. Sa femme était maniaco-dépressive comme Anne-Marie. Une autre de ses phrases me revient en mémoire : « Le plus important, c'est le non-dit. » En plus de seize ans d'association avec lui, je l'ai souvent vérifié : nous nous parlons à demi-mot, sauf pour les chiffres, là nous sommes clairs entre nous. Quand nous nous voyons, je l'écoute mais surtout je le regarde, je sens encore mieux ce qu'il pense, et sûrement réciproquement. Une solide amitié nous lie, une grande confiance, il n'a qu'une parole.

Rapidement, nous nous sommes tutoyés et un soir, en dînant en tête à tête, j'ai compris où il voulait en venir. Moi, j'étais préparé à lui vendre 100 % de Renn et à créer seul une autre société pour continuer à faire du cinéma. Il m'a convaincu de ne vendre que la moitié des actions pour que nous restions associés. Il s'engageait à racheter le reste après cinq ans, 10 % par année, nous étions donc mariés pour dix ans, dans le même lit. Je n'ai pas eu à m'en plaindre, lui non plus. J'allais pouvoir assouvir ma passion, lui s'offrait la maison du Yves Saint-Laurent du cinéma. Jérôme a changé ma vie, j'ai changé la sienne.

Darius est né le 23 janvier 1986, pour la plus grande joie de ses parents. Il était aussi blond que ses frères étaient bruns. En fait, il tient de sa maman qui me dit souvent qu'il a mon caractère. Cela me rappelle la phrase de Tristan Bernard à une femme qui voulait un enfant de lui : « Imaginez qu'il ait ma beauté et votre intelligence ! » Je plaisante, Sylvie est très intelligente, et belle en plus. Aujourd'hui il mesure un mètre quatre-vingts. Il pourrait me manger de la soupe sur la tête. Heureusement il n'aime pas ça.

Au printemps 1986, j'avais repris de bonnes relations avec Coluche. Il avait créé les Restos du cœur, s'était « marié » avec Le Luron, tous les jours il faisait rire la France entière avec son émission sur Europe 1. En mai, au Festival de Cannes, pendant le dîner d'ouverture, habillé en femme, il a passé une partie de la soirée, assis sur mes genoux. Il préparait son retour au music-hall, nous avions de nouveau le projet de faire un film avec Zidi, *Promotion Canapé*. Il était agréable, nous étions redevenus des amis. Le lendemain de cette soirée, il est venu me chercher avec sa voiture à l'Hôtel du Cap où j'habitais avec Sylvie. Nous sommes allés à Saint-

Tropez voir Zidi avec qui nous avons déjeuné à La Voile rouge. Claude nous a raconté le film qu'il écrivait pour lui, Coluche était enchanté de cette histoire de harcèlement sexuel. Il nous a raccompagnés à notre hôtel, nous nous sommes embrassés, je n'imaginais pas que je n'allais plus le revoir. En juillet, j'étais à la Garenne-Colombes en train de mixer *Florette* quand le téléphone a sonné. C'était pour m'apprendre le drame. Coluche était mort sur sa moto, renversé par un camion. C'était sa dernière blague, elle n'était pas drôle.

Florette et *Manon* furent de grands succès, au-delà de toute espérance, malgré le scepticisme de certains. Le premier sortit à la fin août, le second en novembre 1986. À eux deux, ils firent quatorze millions et demi d'entrées, uniquement sur la France. Avec l'Angleterre, c'est en Amérique qu'ils marchèrent le mieux. Dans des pays comme l'Italie, l'Allemagne et l'Espagne où ils étaient doublés, ils ne furent que des succès d'estime.

Pour la promotion à New York, Montand m'accompagna. Il parlait l'anglais et était très connu, cela a dû faciliter le lancement. Aujourd'hui encore, *Florette* est resté un film culte pour beaucoup d'Américains. C'est en nous promenant un beau jour dans Central Park que nous avons parlé de Jacques Demy. Yves avait toujours souhaité tourner avec lui, moi qui l'aimais tellement, je regrettais de ne pas l'avoir produit. Tous deux, nous avions lu le scénario de *Trois places pour le vingt-six*, écrit pour Montand et Adjani des années auparavant. Je ne sais pas pourquoi le film ne s'était jamais fait.

Après le succès de *Florette*, j'étais d'accord pour le produire. Montand sauta de joie et se mit à danser et à chanter sur un air de Michel Legrand. J'avais droit à un concert pour moi tout seul. « Chantons sous le soleil. »

Jacques est venu nous rejoindre à New York et c'est dans l'enthousiasme que nous avons décidé de faire le film. Mathilda May a repris le rôle prévu pour Isabelle. Avant le tournage, Jacques a fait un court séjour à l'hôpital. J'ignorais la gravité de son mal, il a été assuré sans difficulté. J'aime beaucoup ce film bien qu'il n'ait pas marché, il fait partie de mes canards boiteux comme *Le Cinéma de Papa* ou *Valmont*. La raison de son échec, je l'impute beaucoup à cette émission de télévision politique que Montand a faite, où il demandait aux Français de serrer leurs ceintures de 5 %. Yves rêvait d'avoir le même destin que Ronald Reagan, ancien acteur devenu président des États-Unis. En cela, son ami Jorge Semprun l'encourageait beaucoup. Quelques jours après l'émission que j'avais vue, je partais avec Montand pour Casablanca présenter *Florette*. Dans l'avion, nous étions assis l'un près de l'autre, quand j'ai été mû par un pressentiment. Je lui ai demandé s'il s'était fait payer pour sa prestation. « Affirmatif, m'a-t-il répondu, TF1 n'a pas passé la pub gratuitement, pourquoi je l'aurais fait à l'œil ! » Nous étions à deux semaines de la sortie de *Trois places*, sa réponse m'a donné froid dans le dos. Après l'article du *Canard enchaîné*, toute la presse, en chœur, a repris l'affaire. De populaire qu'il était, le Papet, du jour au lendemain, subissait l'opprobre public. Tous ses rêves politiques s'effondraient. Comment se faire payer quand il demandait aux gens de se serrer la ceinture ? Il en a été malade, honteux, il ne l'avait pas fait pour l'argent mais par principe, vis-à-vis de TF1. En plus, *Le Canard* ne s'était pas gêné pour en révéler la somme : huit cent mille francs. Jusqu'à la fin de sa vie, Montand a donné une partie de ses revenus à des œuvres caritatives. Malheureusement, ce n'est pas cela qui a fait revenir le public dans les salles de *Trois places pour le vingt-six*. C'est pendant l'été 1990, où nous étions en cure à Quiberon avec Sylvie, que nous avons revu Yves et Carole avec leur petit Valentin qui devait avoir trois ou quatre ans. Nous avons déjeuné avec eux sur la terrasse du bar, au soleil. L'enfant adorait les spaghettis, il était sur les genoux de son père, gâteux, qui le faisait manger. Ils avaient l'air tellement heureux, tous les trois. Nous avons été invités pour fêter son soixante-dixième anniversaire, Montand était en pleine forme. Trois semaines plus tard, le 9 novembre 1991, il mourait d'un arrêt cardiaque sur le tournage de Beineix, après une baignade dans l'eau glacée. Il avait refusé de se faire doubler. Jusqu'au bout, il aura été un grand professionnel, un véritable ami.

Depuis que *Madame Boucard* avait été liftée, je n'avais plus de plaisir à la regarder. Je voulais la revendre. Ne sachant pas comment faire, j'avais demandé un conseil à Pierre Hebey. Il me suggéra de la proposer à Marc Blondeau qui dirigeait alors Sotheby's France. Je ne savais pas qu'en le rencontrant dans son bureau de la rue Miromesnil, j'allais me faire un nouvel ami pour la vie. Nous avons tout de suite sympathisé. Il connaissait le tableau. Si Plantin ne me l'avait pas vendu, il avait l'intention de le confier à Sotheby's. Dès cette première rencontre, toujours guidé par mon instinct, j'ai eu l'audace de demander à Marc s'il avait l'intention de rester dans cette maison de vente pour laquelle il travaillait depuis vingt ans. Il m'a regardé en souriant : ce n'était pas le lieu pour approfondir cette question. Dans la semaine, nous avons déjeuné chez Le Duc, effectivement il cherchait une solution pour travailler à son compte, j'avais visé juste. Je l'ai présenté à Jérôme, qui accepta de le financer ; c'est comme cela que nous avons créé Blondeau S.A. pour laquelle je suis encore un petit actionnaire. *Madame Boucard* devait être mise en vente à New York l'été suivant, lorsque j'ai fait la connaissance de Jean-Jacques Dutko, un marchand d'art déco de la rue Bonaparte. Je lui ai montré mon tableau, il a su me séduire et m'a proposé de me le racheter pour un collectionneur américain. Je récupérais mon argent et, plutôt que d'attendre l'été, j'étais réglé immédiatement, alors j'ai accepté. Trois mois plus tard, *Madame Boucard* faisait la couverture du catalogue et se vendait pour six cent mille dollars chez Sotheby's, trois fois le prix qui m'avait été payé. En fait, ce salaud de Dutko m'avait menti, il était en cheville avec un marchand américain. Depuis maintenant plus de quinze ans, quand je croise ce voyou dans la rue, je change de trottoir.

Le 6 janvier 1987, le divorce a été prononcé avec Anne-Marie, à sa demande. Elle croyait ainsi que je n'aurais plus le pouvoir de la faire interner, ce en quoi elle se trompait, malheureusement.

L'enfance de l'art. Baudoin Lebon était le filleul du grand marchand, Daniel Cordier, qui avait été le secrétaire de Jean Moulin. Pendant la guerre, la mère de Baudoin avait fait partie de leur réseau. En 1946, Daniel Cordier avait rouvert sa galerie ; il était, entre autres, le marchand de Dubuffet, puis il avait pris sa retraite pour écrire ses mémoires. Il confiait alors des œuvres de son stock à son filleul pour les vendre. C'est Marc qui me présenta à Baudoin et c'est ainsi que j'ai acheté mon premier Dubuffet, une gouache de la série des « Paris-Circus », *L'Étripation*. Je l'avais accrochée au mur de la cuisine de la rue Marignan sans bien la comprendre, j'avais fait confiance à Marc. Mais plus je la regardais, plus je l'aimais.

C'est à travers l'œuvre de Dubuffet que j'ai compris l'évolution de la peinture au XXᵉ siècle. Comme Mondrian qui commença par peindre des moulins à vent, puis des vitraux de cathédrale, pour finir par ses toiles géométriques, abstraites, Dubuffet avait fait avec ses tableaux naïfs des dessins d'enfants, figuratifs, puis il créa un monde à lui – « L'Hourloupe » – pour finir, à quatre-vingt-cinq ans, par cette magnifique série abstraite qu'il a nommée « Non lieux ».

Son œuvre est tellement vaste, variée, évolutive que je m'y perdais. Je passais des heures à regarder les tableaux, les gouaches, les dessins qu'il avait légués au Musée des arts décoratifs. Pendant deux ans, à force de courir d'une galerie à l'autre – Jeanne Bucher à

Paris, Waddington à Londres, Pace à New York, Beyeler à Bâle, tous marchands de Dubuffet –, j'ai fini par en avoir une vingtaine, dont le portrait de Ponge, un paysage du Pas-de-Calais, une grande mire, plusieurs « Non lieux ». J'avais aussi acheté le *Pot rouge* de De Staël, un tableau de Giacometti, son frère Diego dans l'atelier, emprunté un Tàpies à Daniel Lelong, que je lui avais rendu. Je cherchais ma ligne, j'ai fait beaucoup d'allers-retours avant de la trouver. Jusqu'au jour où je n'ai plus eu d'argent. Heureusement j'avais inoculé le virus à Jérôme, c'est lui qui m'a racheté la plupart des Dubuffet et le De Staël à prix coûtant. Je ne pouvais pas faire autrement si je voulais continuer à approfondir mes connaissances. J'ai vendu aussi, bêtement, ma gouache de Magritte. Aujourd'hui je le regrette.

C'est en allant à New York avec Baudoin Lebon que j'ai fait la connaissance de Leo Castelli. Il avait une exposition de Claes Oldenburg. Tout de suite nous avons sympathisé, il faut dire qu'il était curieux de tout et des êtres. Pour le trentième anniversaire de sa galerie, il avait fait un accrochage de tous ses artistes dans un espace à Soho. Il m'a conseillé d'aller voir. Je ne connaissais rien de la peinture américaine mais j'étais curieux. Ce que j'ai vu m'a stupéfié : la balle de base-ball d'Oldenburg, la tête de chèvre dans un tableau de Rauschenberg, les néons de Flavin, une vidéo de Bruce Nauman. Sur le moment j'ai été déçu, je me suis dit que je ne comprendrais jamais rien à cet art. Par la suite, je me suis mis à apprécier, à mieux connaître, même si mon goût est resté plus européen à quelques exceptions près. J'ai acheté à Leo plusieurs Flavin, dont un *Monument pour Tatlin*, merveilleux, des dessins de Bruce Nauman. À l'époque, tout cela n'était pas cher. Toujours est-il qu'au milieu de toutes ces œuvres qui m'échappaient ce jour-là, je suis tombé en arrêt devant *Les Italiens* de Cy Twombly. J'ai éprouvé une émotion telle que je suis resté fasciné devant ce tableau pendant plus d'une heure. J'ignorais que, depuis longtemps, la Galerie Castelli ne représentait plus cet artiste, que ses œuvres étaient difficiles à trouver et chères. Néanmoins, Leo me fit la promesse de me trouver un Twombly. J'anticipe : après Dubuffet et avant Ryman, il allait être pendant des années l'artiste de mon cœur.

Dans ce même voyage, je devais accompagner Armande Ponge-Trentinian, fille de Francis Ponge, à un dîner donné en l'occasion d'un nouvel accrochage, au Guggenheim. C'était, à l'époque, la directrice de la fondation Dubuffet. Elle avait été sa secrétaire pendant trente ans jusqu'à sa mort, elle était la gardienne du temple. La veille, en faisant le tour des galeries de Soho – depuis elles ont pratiquement toutes émigré sur Chelsea –, je me retrouvai chez John Weber, un des premiers marchands de Ryman et de Buren. Il m'entraîna dans son bureau et me montra un petit tableau noir, d'environ soixante centimètres par quarante. Il me vanta l'artiste, Ad Reinhardt, dont je n'avais même jamais entendu prononcer le nom. Il faut croire que le minimalisme et l'abstraction commençaient à poindre en moi, car ce petit tableau m'avait vraiment frappé. Il en demandait cent mille dollars, l'artiste étant mort, il insistait sur son importance. À ce prix-là, je préférai réfléchir et mieux faire connaissance avec l'œuvre. Cela ne tarda pas. Le lendemain, au Guggenheim, après avoir fait le tour de l'accrochage, je trouvai la table où je devais dîner avec Armande. Sur le carton à ma droite figurait le nom de Rita Reinhardt. Je n'en croyais pas mes yeux, la veille je voyais pour la première fois de ma vie un tableau de cet artiste, et le lendemain j'étais assis à côté de sa veuve. Je suis reparti de New York avec un magnifique *Square*, un carré noir d'un mètre quarante de côté. Je l'ai payé deux cent mille dollars ; je vis avec depuis plus de quinze ans, aujourd'hui il vaut plus d'un million de dollars. Il est en parfait état, ce qui est rare. Ad Reinhardt peignait sur des toiles très fragiles, beaucoup de ses œuvres se sont abîmées, par manque de soin dans le storage de sa première galerie, la Malborough. Rita avait épousé successivement Rothko puis Ad Reinhardt. Tous les deux se sont suicidés. Quand je l'ai connue, elle était remariée avec un médecin.

Entre Leo et moi, cela a été un véritable coup de foudre. Il était débordant de charme et de vitalité malgré ses quatre-vingts ans, il avait la mentalité d'un jeune homme de vingt ans. C'était un séducteur, toujours entouré de jeunes femmes. L'une d'elles, sa préférée, était Ann Hindry, avec qui je suis devenu très ami. Elle est historienne et critique d'art, spécialiste d'art contemporain américain. Elle est en plus ravissante, ce qui ne gâche rien.

De retour à Paris, je me suis dit que pour parfaire mes connaissances, il fallait que je produise un film sur Leo. Je lui en avais parlé, il était d'accord. Son parcours exemplaire couvrait trente ans d'histoire de l'art, de la peinture américaine. Il était le pape du Pop Art, du minimalisme, le premier à avoir montré Andy Warhol, Lichtenstein, Rosenquist, mais aussi Judd, Flavin, Serra, etc.

Quand j'ai proposé ce projet à Thierry Garrel, responsable des documentaires sur La Sept – qui deviendra Arte –, il a voulu que ce soit moi qui le réalise. Je lui ai fait part de mon ignorance. C'était justement cela qui l'intéressait : « L'aventure, c'est d'aller quelque part où l'on n'est jamais allé. » En faisant ce voyage initiatique, le spectateur pouvait s'identifier au profane que j'étais. J'ai passé trois semaines exaltantes de conversations filmées avec Léo. Je me suis fait aider par Ann Hindry, souvent elle me soufflait les questions. Nous avons tourné dans l'atelier de Rauschenberg. Il me tenait la main en me montrant son dernier travail, des sculptures murales en métal faites à partir de panneaux de signalisation. Nous avons tourné dans l'atelier de Stella, de Lichtenstein, de David Salle. Il m'a présenté Ellsworth Kelly. Il m'a dit que lorsqu'il avait compris que l'urinoir de Duchamp était de l'art, ce jour-là, il avait su que l'éventail des possibilités était infini et qu'il voulait consacrer sa vie à les explorer.

Leo vivait dans un petit appartement sur Park Avenue, aux murs le *Lafayette* de Lichtenstein, un torse en encaustique moulé et fil de fer de Bruce Nauman, le lit de Rauschenberg dont il fit don au MoMA, un drapeau et une cible de Jasper Johns. Il me racontera qu'un musée avait refusé ce tableau car, au centre, un petit carré fermé pouvait s'ouvrir, laissant apparaître un sexe d'homme. En 1957, il l'avait proposé pour deux mille dollars. C'est grâce à ce refus qu'il put le vendre, à la fin de sa vie, pour douze millions de dollars et finir ainsi ses jours tranquillement. En dehors de ces quelques œuvres qu'il avait conservées parce qu'il n'avait pas pu les vendre à l'époque, Léo n'était pas riche. Autant Ileana était une fourmi, autant lui était une cigale. À l'inverse de beaucoup de marchands, il n'était pas collectionneur. Par contre, Sonnabend l'était. Sa collection est impressionnante, sûrement une des plus importantes en main privée.

Claude Berri rencontre Leo Castelli fut diffusé en deux parties – chacune d'une heure et demie – d'abord sur La Sept, puis sur la Trois. Plus tard, Ann Hindry reprendra une partie de nos conversations pour en tirer un livre. C'est la seule biographie qui existe sur lui.

J'ai revu Leo des dizaines de fois jusqu'à sa mort en 1999, il avait quatre-vingt-douze ans. Il s'était remarié à quatre-vingt-dix avec son infirmière, une Italienne qui reprendra le nom de sa galerie. Il était fier d'avoir une femme jeune, qui avait cinquante ans de moins que lui. Entre temps, beaucoup d'artistes l'avaient quitté, Jasper Johns et Lichtenstein furent parmi les fidèles.

Leo m'a beaucoup appris, mais je n'ai pas subi son influence. En dehors de Bruce Nauman et de Flavin, je n'achetais pas ses artistes. Par contre, nous avions des goûts communs : Yves Klein qu'il avait montré au début des années soixante-dix, sans succès, Ryman, Fontana, Manzoni. Notre relation n'était pas celle d'un marchand avec son collectionneur. Le titre du film porte bien son nom, c'était une véritable rencontre entre nous. Nous nous sommes tant aimés.

En 1982, j'avais signé un contrat avec Jean-Jacques Annaud qui prévoyait que *L'Ours* serait son prochain film, après *La Guerre du feu*. C'est à la même époque que Lebovici avait abandonné son métier d'imprésario. Jean-Louis Livi devenant l'agent de Jean-Jacques, il me donna rendez-vous pour m'annoncer que *L'Ours* ne serait pas le prochain projet de son client. Il ne voulait pas faire à la suite deux films quasiment muets. Son idée était de tourner d'abord *Le Nom de la rose*, d'après le livre d'Umberto Eco, dont Lebovici venait d'acquérir les droits. Je crus naïvement que c'était Floriana, l'épouse italienne de Gérard, qui avait dû lire les « bonnes feuilles » avant parution. Quatre ans plus tard, Jean-Jacques m'avouera la vérité : c'était lui qui avait lu le livre en premier. Livi, pour aider son ami Gérard, l'avait convaincu de se faire produire par A.A.A. Entre temps, Lebo étant mort, c'est Mnouchkine qui reprit *Le Nom de la rose*. C'est la raison pour laquelle le tournage de *L'Ours* n'a eu lieu qu'en 1987.

Le film était risqué, d'abord par l'incertitude d'arriver à tourner avec des ours, puis par son coût, dont le budget initial était de cent millions. Il a fallu que j'aie le courage de remettre en jeu les bénéfices de *Tchao Pantin* et de *Florette*. Mais j'aimais tellement le projet, j'avais une telle confiance en Jean-Jacques que je donnai le feu vert. Par précaution, on fit fabriquer des ours mécaniques télécommandés à Londres et entraîner des mimes qui se glissaient dans des peaux de bêtes. Par chance, on ne les utilisa pas, le film put se faire avec de vrais ours. Pour chaque scène, l'espace de tournage était entouré par des fils électriques. N'empêche qu'un jour, Jean-Jacques a voulu photographier un ours de près, l'animal a pris peur et s'est abattu sur lui. C'est grâce au dresseur qu'il a eu la vie sauve.

Je reviens au bureau, il est six heures. Je n'ai pas pu écrire avant, le neuvième Ryman est arrivé cet après-midi. Il est magique, différent des huit autres, j'ai voulu assister à son accrochage. Son titre en anglais est *Venue*. Je regarde dans le dictionnaire, il semblerait que cela veuille dire « lieu » ou « lieu de rendez-vous ». Qu'importe, il est le bienvenu. Collectionneur, c'est presque un métier à plein temps. Depuis plus de quinze ans, j'ai une double vie, je passe de la peinture au cinéma ou l'inverse.

Le tournage s'est déroulé en Autriche, dans ces très beaux paysages de montagne des Dolomites. Le chef opérateur était Philippe Rousselot, le même qui plus tard fera *La Reine Margot*. La photo est magnifique. Une scène est particulièrement impressionnante, c'est celle où Tcheky Karyo se trouve face à face avec un ours. Sa peur n'est pas feinte, il a fallu qu'il ait le courage de le faire.

Un matin, Jacques Tronel m'a demandé si j'étais intéressé par *L'Amant*. Bien sûr, je l'étais. Mon ami

Thierry Levy étant l'avocat de Marguerite, j'ai aussitôt pris les droits de son livre.

J'avais connu Stephen Frears dans les années soixante, quand j'avais fait la reprise de *Tchin-Tchin*. Il était l'assistant de Karel Reisz et aussi le petit ami de Kerry, la fille de Betsy Blair. Ils avaient habité Faubourg Poissonnière. Lors d'un séjour à Paris, je leur avais laissé ma chambre. C'est donc à Stephen que j'avais proposé en premier de faire la mise en scène de *L'Amant*. Il était d'accord à condition que ce soit Christopher Hampton qui en fasse l'adaptation. Paul me fit remarquer que ce ne serait pas agréable pour Milos. En effet, Hampton avait fait une adaptation des *Liaisons dangereuses* pour le théâtre que Milos avait vue à New York ; c'est ce qui lui avait donné envie de faire le film. Ils se donnèrent rendez-vous pour en parler à Londres, Milos voulant proposer à Hampton d'en être le scénariste pour l'écran. Ils se ratèrent. Stephen Frears, très ami de Hampton, put tourner son film en premier. Le livre étant dans le domaine public, Milos s'entêta à vouloir faire le même sujet qu'il me proposa de produire. J'acceptai avec enthousiasme. *Valmont* sortit après *Les Liaisons* de Frears et fut un échec. À quoi tiennent les choses... Sans ce « lapin », Milos aurait tourné le premier sur un scénario de Hampton, et Frears n'aurait pas fait son film.

Après Stephen, j'ai pensé à Jean-Jacques pour réaliser *L'Amant*. Jérôme, Paul et moi sommes allés le voir dans les Dolomites. Nous avons assisté au tournage d'une scène magnifique où le petit ourson est dans la rivière, pourchassé par un guépard. Comme pour Roman, j'étais en admiration devant la maîtrise de J.-J. Entre deux plans, je lui ai proposé *L'Amant*. Bien sûr, il n'avait pas la tête à ça, il était dans son film, il ne pouvait pas me répondre sur-le-champ. Pendant le montage de *L'Ours*, il relut le livre et sa réponse fut négative. Quelques mois plus tard, à ma grande surprise, il changea d'avis.

Au retour de ce voyage dans les Dolomites, nous étions en voiture pour rejoindre l'aéroport quand Jérôme m'a dit une phrase qu'il a peut-être oubliée, mais moi pas : « Avec le cinéma, on est toujours au bord d'un gouffre, l'important c'est de ne pas tomber dedans. » C'est sûrement parce que nous roulions au bord d'un précipice que cette phrase lui est venue à l'esprit.

Au lieu des quinze semaines prévues initialement pour le tournage de *L'Ours*, nous en avons fait vingt et une. Le coût du film s'éleva à cent vingt-cinq millions mais cela m'importait peu, j'étais enthousiasmé par les rushes. Comme je l'ai souvent répété, « ce n'est pas le coût d'un film qui importe, mais ce qu'il rapporte ». J'étais certain du triomphe, nous avions dans les mains une production digne de Walt Disney. Après les dix millions de spectateurs en France, nous avons vendu le film dans le monde entier mais, comme toujours, c'est l'Amérique qui se décida en dernier. Au retour de Cannes, Terry Semmel, président de Warner, vint à Paris spécialement pour voir *L'Ours*. Il fut emballé et me dit : « Je veux signer avant mon anniversaire. » Paul et moi sommes partis à Los Angeles attendre que la Warner prenne contact avec notre avocat, Barry Hirsch. Nous attendons encore. J'ai envoyé un stylo Mont Blanc à Terry Semmel en lui souhaitant un bon anniversaire. C'est Columbia qui distribua le film en Amérique, avec succès.

Après six mois d'attente, Leo ne m'avait toujours pas trouvé un Twombly. Je me suis renseigné pour savoir qui était son marchand. C'était un nommé Karsten Greve, à Cologne, en Allemagne. Je l'appelai à sa galerie, il était en voyage. Une semaine après je l'appelai à nouveau, sa secrétaire me dit qu'il était à Milan mais qu'il repasserait par Paris. Elle m'indiqua son hôtel : le Lancaster, rue de Berri. J'ai foncé voir le concierge qui me connaissait, je lui ai donné deux mille francs et mon téléphone pour qu'il explique à ce monsieur qui j'étais. Deux jours plus tard, Karsten Greve m'a appelé, je lui ai demandé de venir chez moi. J'avais encore quelques Dubuffet, un tableau de Giacometti, une aquarelle de Brancusi : il a écouté ma demande avec intérêt. C'était un homme d'une quarantaine d'années, blond, avec une barbe qui lui donnait l'allure d'un prince de la Renaissance, peu loquace, juif allemand. Il m'a assuré qu'il allait me trouver un Twombly. Un mois plus tard, il m'invita à venir le voir à la foire de Cologne. J'y suis allé et là j'ai vu, accroché dans son stand, un superbe tableau des années soixante, une *Bolsena* – c'est le nom du village en Italie où Twombly a une maison et où il a beaucoup peint. Je n'ai pas eu besoin de réfléchir, j'éprouvai une telle émotion que je l'achetai aussitôt. Je communiquai mon enthousiasme sur Twombly à un marchand, Nello Di Meo. Par l'intermédiaire d'un de ses amis italiens, Hippolito Simonis, il m'apprit qu'il connaissait une œuvre importante à vendre à Turin. C'était l'artiste italien Paolini qui la vendait. En fait, c'était sa femme qui la possédait depuis plus de vingt ans. Le tableau était dans leur chambre, au-dessus de leur lit. C'était une *Roma* de 1963, très colorée, toute en pâte, de deux mètres vingt par un quatre-vingts. Je n'en croyais pas mes yeux, je rêvais, elle était à moi si je voulais ! Bien sûr que je la voulais ! Pour la payer, j'ai revendu aussitôt à Jérôme le portrait de Francis Ponge.

Le Twombly est arrivé chez moi, rue de Marignan, je l'ai accroché sur un mur du salon et là je l'ai regardé attentivement. La poussière s'était mise dans la pâte, dans la toile. Probablement que les Paolini, pendant plus de vingt ans, n'en avaient pas pris soin, ils avaient dû souvent laisser la fenêtre ouverte et la poussière de Turin, ville industrielle, en avait profité pour se poser sur ma *Roma*. Contrarié, je suis monté sur un escabeau avec une gomme, j'ai essayé d'ôter la poussière, sur quinze centimètres, sur le haut de la toile, sur le côté. Je me suis arrêté très vite, j'allais abîmer le tableau.

Ensuite, avec Sylvie, nous avons déménagé pour habiter rue de Lille. Avec l'argent procuré par la vente de mes actions à Seydoux, j'ai acheté un appartement. Je m'étais dit « Si tu ne le fais pas, tu vas tout manger dans la peinture ». La *Roma* est restée accrochée sur le mur du salon pendant plus de cinq ans. Le jour où je n'ai plus eu d'argent et toujours contrarié par la poussière, j'ai songé à la vendre. En cela, j'étais encouragé par Blondeau. Martha Baer, directrice du département d'art contemporain de Christie's, me courait après pour le mettre dans sa prochaine vente. Avant de me décider définitivement, j'ai fait venir de New York Sandra Amann, la restauratrice de Ryman. Elle a regardé le tableau et m'a dit : « Tout ce que je peux faire pour vous, c'est remettre de la poussière là où vous l'avez enlevée. » J'avais payé la *Roma* un million de dollars, elle en a fait quatre. Je n'ai pas gardé l'argent longtemps dans ma poche. Je suppose que c'est Saatchi qui l'a achetée. Peu de temps après, elle était en vente chez Gagosian pour un prix inférieur, peut-être à cause de la poussière, je ne sais pas. J'ai revu le Twombly exposé chez Karsten Greve. Il l'avait fait nettoyer en Allemagne, le tableau semblait avoir été peint la veille. La patine du temps avait disparu, comme *Madame Boucard*, il donnait l'impression d'avoir été lifté.

Hier soir, je suis allé au Zénith avec Darius et Charlotte à la première de Renaud. Il était ressuscité, il a fait un triomphe. Mes enfants sont allés se mêler aux fans qui ont assisté à tout le concert debout. Parfois des centaines de bras se levaient, rythmant en cadence la chanson, le briquet à la main. C'était très émouvant, ces retrouvailles avec son public. À la fin, je suis allé le voir en coulisses, il y avait des années qu'on ne s'était vus. Nous nous sommes embrassés affectueusement. Il m'a dit : « Je te croyais mort ! » Je lui ai répondu : « C'est moi qui te croyais mort ! » Renaud, je l'ai toujours aimé, depuis le jour où Bertrand de Labbey m'a emmené le voir à Bobino, il disait du Bruand, un Gérard Philipe des faubourgs.

Tout se mélange dans ma tête, toutes mes actions se sont interférées, mes relations avec Karsten, ma rencontre avec la peinture de Ryman, mon espace de la rue de Lille, le cinéma. Dans quel ordre, dans quel désordre vais-je les écrire ?

Après avoir acheté la *Bolsena*, j'avais sympathisé avec Karsten. Mon instinct se trompe parfois. Au cours d'un déjeuner à Madrid, pendant la foire, je lui ai demandé s'il serait intéressé d'ouvrir une galerie à Paris. L'idée lui a plu, d'autant que je pouvais m'y associer. C'est en lisant les petites annonces du *Figaro* que j'ai trouvé l'espace – rue Debelleyme où il se trouve encore. J'ai entraîné Blondeau dans cette aventure et nous avons créé ensemble une société. Mon objectif n'était pas de gagner de l'argent, mais d'avoir un premier regard sur les œuvres et de pouvoir acheter dans de meilleures conditions. J'étais naïf. Pendant la durée des travaux, nous avons davantage fait connaissance et j'ai mieux cerné le caractère de Karsten. C'est un homme secret. C'était lui qui détenait le stock, nous n'étions pas certains de connaître les prix d'achat et les prix de vente. Avant même que s'ouvre la galerie, nous lui avons revendu nos parts. Je lui ai tout de même acheté un chef-d'œuvre : la seule fente horizontale de Fontana, un tableau de la série de « Venise », appelé *La Laguna* : ainsi qu'un superbe Manzoni, une sculpture en terre cuite et un guerrier en céramique de Fontana. Je lui ai amené Jérôme, à la foire de Cologne. C'était juste avant la crise de 1992. Ce jour-là, Jérôme lui a acheté un de Kooning, deux grandes céramiques et un très beau tableau de Fontana. Je n'attendais pas de commission, j'avais simplement demandé à Karsten de me prêter un Manzoni. Je n'avais plus d'argent, mais j'aurais peut-être vendu autre chose pour pouvoir l'acheter. Pour me remercier, j'ai reçu par la poste un gros gâteau au fromage. Je ne saurai jamais si Karsten regrette de s'être installé à Paris. En tout cas, il a fait d'énormes progrès en français. Quand il me voit, il me dit : « Alors ? » Bonne question.

Je viens de téléphoner à Agnès Varda pour qu'elle me donne la date exacte de la mort de Jacques Demy – 27 octobre 1990. Je lui raconte que je suis en train d'écrire un livre, la façon dont je l'écris, présent, instant, passé, sans ordre chronologique. Elle me dit : « Oui, en somme, tu racontes ta vie en vrac. » Elle me demande si je connais celle d'Anne-Marie. Non, en août cela fera cinq ans. Et celle de Julien ? 2 février 2002. « Voilà, me dit-elle, tous nos êtres les plus intimes sont partis. » Puis elle enchaîne : « Tu restes à Paris ? Je peux t'appeler ? » C'est ça, Agnès, pas de pathos.

J'avais lu un livre de John Fante que j'aimais beaucoup : *Mon chien stupide*. Nous sommes dans les années soixante, un ancien romancier à succès reconverti dans l'écriture de scénarios pour Hollywood habite une maison au bord de la mer, à Santa Monica. Il est marié et père de quatre enfants qui le font tourner en bourrique : l'un fume de la marijuana, l'autre couche avec des Noires, le troisième plaque l'université pour s'occuper d'enfants malades, sa fille fréquente un surfer hippie vétéran du Vietnam. Il recueille un chien qui deviendra son confident...

Il me paraissait impossible d'adapter ce livre en France, le film devait se faire à Los Angeles, en anglais. Je me suis résigné à l'idée de tourner là-bas bien que je n'aime pas cette ville. Avec Pierre Grunstein, nous sommes allés en repérage, nous avons rencontré la veuve de John Fante. La maison existait encore. Elle accepta même que nous la filmions. J'avais connu Melissa Mathison quand elle vivait avec Francis Coppola, c'est elle qui avait écrit *E.T.*, c'était une amie. Elle était mariée, à cette époque, avec Harrison Ford. Après avoir lu le livre, elle me donna son accord pour écrire le scénario. Pour le rôle principal, j'avais pensé à Bob Hoskins. Nous avons dîné dans un restaurant à Londres. Probablement à cause de mon anglais, je n'ai jamais eu de réponse de sa part. Steven Spielberg était d'accord pour produire le film, mais il voulait une vedette dans le rôle, telle que Jack Nicholson ou Danny De Vito. J'ai rencontré ce dernier, je crois qu'il n'a pas compris un mot de mon franglais. Je ne me suis pas découragé et j'ai commencé à travailler avec Melissa, avec l'aide d'un interprète. J'allais tous les jours chez elle, nous déjeunions avec Harrison. Il écoutait d'une oreille discrète nos conversations. Deux acteurs m'avaient donné leur accord : Peter Falk et Kim

Novak. Ils étaient emballés par le projet. Le seul qui comprenait mon anglais, c'était Peter, et je comprenais le sien. Au bout de quinze jours à Los Angeles, je n'en pouvais plus et surtout chaque jour je sortais découragé de mes séances de travail avec Melissa. J'écrivais une scène en français, l'interprète la traduisait en anglais, elle refaisait les dialogues pour qu'ils aient une bonne consonance américaine. Bien entendu, je n'y comprenais rien, il fallait alors que l'on me retraduise en français ce qui n'avait plus rien à voir avec ce que j'avais écrit. Je me suis enfui de cette ville maudite, je ne sais même plus si j'ai dit au revoir à Melissa. J'ai revu Peter à Paris, il regrettait encore que nous n'ayons pas fait le film, pas moi. Comme disait mon père : « Si moi j'avais pu apprendre l'anglais. » Ce qui est sûr, c'est que je ne ferai pas de carrière de réalisateur en Amérique. Un jour, au restaurant Le Stresa, une attachée de presse me présenta à Michael Ovitz, le plus grand imprésario d'Hollywood. Je ne sais pas s'il m'a dit « Vous êtes meilleur collectionneur que cinéaste » ou le contraire. La première formule est la bonne.

Jean Dubuffet a écrit dans *Bâtons rompus* : « Nos yeux nous renvoient ce que leur dicte notre pensée. » Lors d'un entretien dans *Galeries Magazine*, en 1990, avec Jean-Pierre Raynaud, j'avais conclu par cette question : « Est-ce que l'on peint pour donner à voir ou pour donner à penser ? »

Robert Ryman. Pour moi, c'est le plus grand peintre vivant, avec Lucian Freud qui, lui, est figuratif. Ryman me donne à voir et à méditer. Je ne suis pas un exégète, c'est l'émotion que j'éprouve en regardant une œuvre qui me la fait aimer. Ce que j'aime dans la peinture abstraite, c'est que je n'y vois jamais la même chose et, contrairement à la figuration, je peux la mémoriser. Combien de fois j'ai entendu parler de « peinture blanche » en parlant de Ryman. Combien j'ai été irrité, à une représentation de la pièce *Art* de Yasmina Reza, en entendant les rires gras du public se gaussant de ce tableau blanc. « Il ne s'agissait pas de Ryman, mais de Martin Barré », m'a-t-elle dit. C'est pareil. De toute façon, la représentation d'une œuvre abstraite, fausse de surcroît, est impossible sur une scène, comme la matérialisation de la création au cinéma. Longtemps j'avais pensé faire un film sur Yves Klein. Thierry Ardisson lui ressemble, mais comment le montrer dans sa folie, une nuit, essayant de faire des monochromes avec du sang de bœuf ? C'est authentique, c'est sa femme, Rotraut Klein Moquet, qui me l'a raconté. Et encore avec Klein, ce serait peut-être possible, il n'y a pas la figure : mais le film de James Ivory sur Picasso est raté. Le seul qui a réussi, c'est Clouzot, mais il filmait Picasso lui-même en train de peindre.

La peinture de Ryman est certainement celle qui vit le plus avec la lumière. Le soir, je laisse seulement des éclairages indirects. Aux visiteurs qui me demandent d'allumer les rampes installées au plafond, je réponds : « Ils dorment, revenez demain quand il fera jour. » Je les connais tous par cœur. Bien sûr il y a la prédominance du blanc, mais ils sont tous différents. Ryman était musicien avant d'être peintre, l'un d'eux a été peint en cadence, on sent les notes de musique. La toile du dernier est rose, très en matière, à travers le blanc transperce par endroits la couleur du fond. Un autre est plus radical, il est totalement blanc, mais il n'a pas peint les côtés de la toile, un autre est légèrement coquille d'œuf. Certains jours, quand il y a du soleil, les encadrements des fenêtres reflètent des formes abstraites qui bougent, qui changent en fonction du déplacement du soleil et de la lumière, qui font vivre les tableaux de manières différentes. En 1996, pendant le tournage de *Lucie Aubrac*, j'eus trois jours de libre qui, par chance, étaient juste avant le vernissage d'une nouvelle exposition de Bob. J'étais l'un des seuls qui avaient le droit de voir les œuvres avant qu'elles ne soient montrées à la Pace Gallery. J'ai fait un aller-retour à New York et j'ai choisi en premier le tableau en musique. Il est arrivé chez moi par temps gris, mais au moment même où il passait la fenêtre, le temps s'est éclairci, le soleil est apparu dans tout son éclat. J'ai raconté cela à Ryman sur sa boîte vocale. Il m'a envoyé un mot pour me dire qu'il n'effacerait pas mon message. Ryman est un peintre qui peint, tout simplement, sa recherche est uniquement basée sur les nuances qu'offre la peinture. Comme Monet, mais sans les nénuphars. Pour lui, la peinture compte plus que le sujet, il cherche à atteindre la peinture pure. Comme Ad Reinhardt, comme Rothko, ce sont des peintres obsessionnels.

Pourtant cela avait mal commencé pour moi, avec Ryman. Un jour où j'étais à Zurich avec Marc Blondeau, celui-ci m'emmena dans la maison privée de Thomas Amann, un marchand qui avait un goût et un œil extraordinaires. Malheureusement il mourut du sida très jeune. C'était l'hiver, il faisait presque nuit, je les voyais tous les deux en extase devant un tableau blanc, un Ryman. C'était le premier que je voyais de ma vie. Je n'ai pas ricané comme un spectateur de *Art*, mais tout juste. Marc essayait vainement de m'en expliquer la beauté, pour être honnête je n'y voyais que du blanc. En juin, au moment de la foire de Bâle, je suis allé aux Hallen für neue Kunst de Schaffhouse, près de Zurich. Installé dans une ancienne usine, cet endroit montre en permanence – sur rendez-vous, 00 41 53 25 25 15 – le plus bel exemple d'installations d'œuvres d'art contemporain que je n'avais jamais vu : Mario Merz, Kounellis, Flavin, Judd. Carl Andre, Richard Long, Beuys, Bruce Nauman, Mangold et sur tout le dernier étage une quarantaine de Ryman. Au fur et à mesure que je visitais les étages, j'étais fasciné mais quand je suis arrivé au dernier, là j'ai eu un choc, là j'ai eu l'émotion de ma vie : quarante Ryman, de toutes les époques, de tous les formats, tous différents. Je suis resté des heures à les regarder, à les admirer. Cet endroit a été créé par Urs Raussmüller et sa femme Christèle. Cet homme rude et intransigeant a du génie, il a su voir, un des premiers, ce qui s'est fait d'important dans les années soixante-dix. Les visiteurs ne sont pas encore nombreux à se rendre à Schaffhouse, parfois ils viennent en groupe. Il faut alors entendre Urs leur parler de ces artistes, sa culture est immense. Nous sommes devenus des amis ; avec lui et Christèle, nous nous sommes baignés dans le Rhin, ils nagent tous les deux comme des poissons. La première projection de

Valmont, je l'ai faite dans un cinéma de Schaffhouse, en présence des habitants de cette petite ville. Milos et Montand étaient là ; quelle belle journée ! Mais c'est surtout avec Urs que nous avons créé Renn Espace.

J'avais acheté quelques œuvres qui étaient trop grandes pour mon appartement, entre autres un Richard Long de quinze mètres de long, fait de morceaux de charbon, une pièce magnifique. Ces œuvres dormaient dans des caisses dans un storage. Je cherchais un endroit assez vaste, même en province, pour pouvoir les voir. Un antiquaire de la rue de Lille m'avait dit que le local du 7 était à vendre. La façade était grande, mais je ne soupçonnais pas la taille de l'espace intérieur. Il n'y avait pas de panneau à l'extérieur, je n'ai pas osé y entrer pour me renseigner. Un dimanche où je déjeunais chez Lipp avec Sylvie, Jérôme et sa femme Sophie, je lui ai demandé si elle ne connaissait pas une ferme à louer en Bourgogne où elle a une propriété de famille. Elle me promit de s'en occuper.

En revenant chez moi, j'ai vu une voiture garée devant mon porche qui m'empêchait de rentrer dans la cour. J'allais klaxonner lorsqu'un homme sortant du 7 se mit à courir avec une caisse de champagne sur les bras qu'il déposa dans son coffre. D'un geste de la main, il me fit comprendre de patienter et repartit en courant. Quand il est revenu avec une deuxième caisse, je l'ai abordé pour lui demander s'il était exact que le 7 était à vendre. Il l'était. L'endroit était dans un état lamentable, mais les structures de cette ancienne impri-merie étaient magnifiques : la verrière, les proportions, la taille – plus de huit cents mètres –, tout s'y prêtait pour y faire un espace d'exposition admirable. Urs s'est montré enthousiaste. Étant à la base architecte, il a tout de suite accepté de faire les plans et d'y organiser des expositions. La première, bien sûr, devant être Ryman. Voilà encore à quoi tiennent les choses. Si l'antiquaire ne m'avait pas dit que le 7 était à vendre, même en admettant que je sois arrivé devant chez moi au moment où la voiture était garée devant ma porte, je n'aurais pas abordé le vendeur. Deuxième hypothèse : je sais par l'antiquaire que l'endroit est à vendre, mais j'arrive cinq minutes après que la voiture est partie... Je n'aurais jamais pu faire des expositions pendant neuf ans, des expositions gratuites où il n'y avait rien à vendre.

Après *Tchao Pantin, Florette* et *L'Ours*, la société était en plein succès. Jérôme a été d'accord pour que Renn prenne le bail en charge, ainsi que les travaux et les frais d'expositions. En tant qu'associé, il aurait pu s'y opposer, il m'a laissé faire joujou avec un jouet qui a coûté cher.

Hier, jour de Noël, je suis allé déjeuner au bar du Bristol avec Darius et Charlotte. J'ai rencontré Jean-François Gobbi qui prenait son petit déjeuner, je ne l'avais pas vu depuis longtemps. C'est un garçon que je connais depuis la rue Saint-Benoît, à la fin des années cinquante, quand il voulait être acteur. Il a eu l'intelligence de comprendre rapidement qu'il n'était pas doué pour ça et un jour, je l'ai retrouvé marchand de tableaux, métier dans lequel il a très bien réussi. Il a fait fortune grâce à la succession du fils naturel de Chagall, David McNeil. C'est Pierre Hebey, son avocat, qui a réussi à faire reconnaître ses droits et qui l'a ensuite présenté à Gobbi. Je croyais qu'il habitait encore à Lausanne, mais maintenant il vit à New York. Bien qu'il ne soit pas la distinction même, il a toujours eu le don de me faire rire. J'ai eu droit à un long monologue : « Non, maintenant j'habite New York, là au moins on se fait pas chier... j'ai pris 50 % d'une agence d'un vieux pote... je suis talent scout, je balade les gonzesses en bagnole... je les emmène au Cipriani... après j'en choisis une dans le tas et je les pine... j'en ai une régulière à Miami, une autre à Los Angeles... je fais des allers-retours... c'est ça mon boulot... tu comprends, je suis un vrai cœur d'artichaut... j'arrive pas à choisir... j'étais tombé amoureux d'une gonzesse, j'ai pas voulu quitter ma femme, c'est elle qui m'a laissé tomber... alors maintenant je pine à droite à gauche... ma femme, je la vois plus, elle fait tout pour me faire chier... elle m'envoie du papier bleu... je lui ai payé un appartement... je lui ai filé du pèze... je ne sais plus ce qu'elle veut... même ma fille ne la comprend pas. Francesca est mariée avec le fils Sardou... tu sais, il a écrit un bouquin... mon fils est à Hong Kong... il est dans le stock-exchange... je suis tout seul, mais ça me va... les enfants, on leur file trop de blé, c'est pas un service qu'on leur rend... nous, tu te rappelles, on n'avait pas un rond... ça nous a pas empêché de réussir... on se marrait... aujourd'hui on se fait chier... je ne fais plus de commerce avec les tableaux... l'autre jour j'ai acheté un Matisse, je l'ai foutu au coffre... voilà... je vois plus les gens de ce métier... ils me font chier... tous des cons... à part Beyeler et Acquavella... je fais ce que j'aime dans la vie... piner ! oui... j'ai maigri, tu vois pas ce que je bouffe... ouais, pour l'oseille, je suis à l'abri... j'en ai même trop ! allez, salut mon pote... on se voit à New York quand tu veux, tu verras les gonzesses ! » Je suis allé m'asseoir avec Darius et Charlotte.

Après le choc de Schaffhouse, j'en ai eu un autre aussi grand, à la D.I.A. Foundation de New York : une rétrospective de Ryman. J'en étais malade, il me fallait absolument trouver un tableau de lui. Leo l'avait exposé, mais n'était pas son marchand, c'était alors la Galerie Lelong de New York mais qui n'en avait aucun de disponible. La nouvelle que je cherchais un Ryman avait dû se répandre dans ce petit milieu new-yorkais car, un matin, le téléphone sonne dans ma chambre d'hôtel, vers neuf heures. C'était une amie de Leo qui m'appelait pour me dire qu'il y avait un Ryman à vendre chez Viviane Orane, que je pouvais passer la voir vers midi. J'ai pris ma douche en vitesse et à dix heures j'étais à l'ouverture de la galerie. Posée par terre, j'ai vu une caisse rectangulaire, en longueur. J'ai tout de suite pensé que le tableau était dedans. Une petite bonne femme vive, Viviane Orane, d'un air désolé, m'a dit que le Ryman était réservé jusqu'à midi, que je la rappelle dans l'après-midi. J'ai demandé à le voir malgré tout, elle n'a pas voulu. Je suis reparti, déçu. À midi et demi, je l'ai rappelée, il était vendu.

J'avais mis en vente, pour la première fois de ma vie, mon aquarelle de Brancusi que Catherine Thieck m'avait vendue, la mort dans l'âme, pour cent cinquante mille dollars. Je trouvais qu'elle n'avait rien à voir avec ma collection, une erreur. Le soir même, j'étais assis à côté de Blondeau en attendant de savoir si j'allais récupérer mon argent. J'avais fait mettre le prix de réserve pour le montant que j'avais payé. Bien m'en a pris, les enchères se sont arrêtées juste à cent cinquante mille dollars. J'étais content. Je me suis levé en faisant signe à Marc de me suivre et je suis allé l'attendre au fond de la salle. Il n'en finissait pas de bavarder avec son voisin. C'est à ce moment-là qu'une grosse bonne femme m'a abordé, comme une pute, en me demandant doucement, en anglais, si je cherchais toujours un Ryman. Je n'en revenais pas. « Bien sûr », lui ai-je répondu. Elle m'a dit qu'elle m'attendait dans le hall, j'ai senti qu'elle voulait être discrète. J'ai foncé sur Blondeau : « Viens vite, on me propose un Ryman. » Il m'a regardé, étonné, mais devant une telle éventualité, il a arrêté sa conversation pour me suivre. C'est dans la voiture, une énorme limousine, que la bonne femme nous a dit : « Vous ne regretterez pas le voyage. »

Nous sommes arrivés devant un énorme building avec des concierges à l'entrée. Par contre, l'appartement était tout petit. Sur un mur du salon, accroché à des cimaises, le Ryman, rectangulaire, d'un format semblable à la caisse que j'avais vue le matin. Sur le moment, je n'y ai pas prêté attention tellement j'étais excité. C'était un triptyque avec, au centre des trois parties, un petit carré blanc sur blanc comme si l'artiste avait peint un petit Albers au milieu de chacune d'entre elles. La pièce était relativement dans la pénombre, simplement éclairée par un plafonnier. La peinture de Ryman réclamant beaucoup de lumière et si possible du jour, il était difficile d'apprécier. Mon expérience se limitant à l'époque à deux expositions, j'avais du mal à me faire une idée. Je comptais beaucoup sur le spécialiste Blondeau. Plus je le regardais et moins je voyais d'opinion sur son visage. Quand je lui posais la question : « Alors ? », il ne me répondait ni oui ni non. Il avait l'air de me laisser prendre la décision par moi-même. Je n'ai même pas osé demander si je pouvais revoir le tableau le lendemain à la lueur du jour. Sans doute avais-je peur qu'elle le vende dans la nuit. Quand il s'est agi du prix – cinq cent mille dollars –, il n'était pas discutable. Marc a demandé qu'elle fasse au moins un discount de 5 %. La bonne femme, Michelle Rosenfeld puisque c'est son nom, a téléphoné à son mari. Je les ai entendus parler en yiddish : c'était cinq cent mille dollars ou rien. En plus, son mari exigeait d'être payé avant d'expédier le tableau. Je me suis encore concerté avec le spécialiste qui, pour seul avis, a hoché la tête, une fois de droite à gauche, une autre fois de haut en bas. La dernière fois que sa tête est allée du bas vers le haut, j'ai dû prendre cela pour un assentiment, j'ai dit oui.

Quand le tableau est arrivé dans sa caisse – la même –, il allait de soi que, vu son format en longueur, il serait parfait au-dessus du lit, dans notre chambre. C'est avec beaucoup d'émotion que j'ai assisté à son installation. Je dois dire effectivement qu'il était parfaitement à sa place au-dessus du lit, mais le tableau, quelle horreur ! Ma chambre est au sud, baignée de lumière. Là je pouvais le voir, j'ai eu le temps de le regarder, c'était à se demander si c'était Ryman qui l'avait peint. Où étaient les beautés que j'avais vues à Schaffhouse, à la D.I.A. ? J'ai tout de suite appelé le spécialiste, comme moi il a été consterné. Je lui ai demandé pourquoi il m'avait laissé l'acheter, il a hoché la tête de la droite vers la gauche, en soupirant, sans rien répondre.

À quelque temps de là, Marcel Fleiss m'a téléphoné. C'était un vieil ami, son père était fourreur comme le mien, lui aussi avait lâché ce beau métier pour devenir marchand de tableaux. Il a sa galerie rue Bonaparte, il est spécialisé dans le surréalisme, mais c'est surtout un homme d'une honnêteté rare. Son fils, David, travaille avec lui, il s'occupe principalement de la photographie. Tous deux seront experts dans la vente Breton en avril, le père pour la peinture, le fils pour la photo. Sachant que je recherchais un Ryman, Marcel me signala que Parasol, une galerie spécialisée dans les multiples, en avait un à vendre, deux mètres par deux, quatre cent cinquante mille dollars. Il me donna la date, mais cela m'importait peu s'il était beau, le prix avait l'air raisonnable. À vrai dire, je n'y connaissais rien. Certains tableaux récents de Ryman sont souvent plus beaux que ceux des années soixante et valent moins cher. Les gens paient pour la date.

Le samedi, j'ai pris un billet aller-retour par le Concorde pour le même jour et je suis arrivé à New

York. Il faisait un soleil magnifique, une lumière idéale pour regarder un Ryman. À ma grande surprise, le tableau, au lieu d'être accroché au mur, était posé sur une table. Le type me dit que, comme ça, je le verrais mieux, que je pourrais regarder la texture de plus près. Il était peint sur bois, je me suis mis à tourner autour de la table, au moins quarante fois, lentement, le dos penché, la tête en avant, le dévorant des yeux. Il était blanc, carré, deux mètres par deux, le prix était raisonnable, je repartais pour Paris le soir même, la lumière magnifique pénétrait par les baies, je tournais en carré, le type me regardait. Là encore, j'aurais eu besoin d'un conseil de mon spécialiste, mais ce jour-là j'étais seul, avec mon idole sur une table ensoleillée. Il fallait que je me décide, tourner une quarante et unième fois n'aurait rien changé. Est-ce que j'ai dit un petit oui au type ou un oui plein d'enthousiasme, toujours est-il que j'ai dit oui.

Le tableau est arrivé, il était lourd, je l'ai fait accrocher dans mon bureau, au-dessus de la bibliothèque basse. Et là encore, quelle déception ! Il était plat, sans matière, triste. Aujourd'hui j'en rigole, mais sur le moment je n'ai pas trouvé ça drôle. J'avais deux Ryman que je n'aimais pas. Même Picasso a raté certains de ses tableaux, d'autres aussi, mais cela ne me consolait pas beaucoup. Heureusement, au milieu des années quatre-vingt, c'était l'euphorie, tout s'achetait, tout se vendait. Un marchand suédois, qui ne devait pas connaître la peinture de Ryman plus que moi me les a repris. Sur l'un j'ai perdu cinquante mille dollars, sur l'autre j'ai gagné. J'étais quitte, mais je n'avais toujours pas de tableau de celui qui deviendra mon peintre favori.

Pialat m'avait demandé de jouer un rôle dans *Sous le soleil de Satan*. Il voulait que je sois le docteur concupiscent qui essaie de séduire la jeune fille, interprétée par Sandrine Bonnaire. Je voulais faire plaisir à Maurice, je m'étais rasé le crâne, je m'étais fait une tête ignoble. Tant qu'à accepter de faire le rôle, je voulais le jouer à fond. Dans les scènes où je devais embrasser Sandrine Bonnaire, je mettais la langue, c'était le minimum que je puisse faire pour ce personnage.

Au bout de trois jours, Pialat a arrêté le tournage sous prétexte qu'il n'était pas satisfait de son opérateur. C'est Yann Dedet, son monteur, qui a repris le rôle du docteur Gallet. Sacré Maurice !

En mars 1988, je reprends l'idée de Truffaut de créer une association de metteurs en scène producteurs. Avec Agnès Varda, Pascal Thomas, Jacques Rozier, Laurent Heynemann, Bertrand van Effenterre, Bertrand Tavernier, Costa-Gavras, Claude Miller, Claude Lelouch, Claude Zidi et d'autres, nous avons fondé l'A.R.P., Auteur-réalisateur-producteur. Aujourd'hui l'association compte une centaine de membres. J'en suis resté le président durant sept ans, jusqu'au jour où Beineix, n'y tenant plus, me succéda. Coline Serreau en est actuellement la présidente, avec Pascal Rogard comme délégué général. L'association est un des lobbies les plus puissants de la profession.

En 1989, après avoir relu *Germinal*, je décidai de faire le film. J'ai commencé à écrire le scénario quand j'ai appris que *Le Brasier*, inspiré du livre, était en tournage en Pologne. Ne préjugeant pas de ce que serait ce film, je me suis arrêté d'écrire.

La même année, Jean-Jacques Annaud écrit le scénario de *L'Amant*. Marguerite Duras était gravement malade, elle est restée à l'hôpital durant des mois. Depuis qu'elle était sortie, je ne l'avais pas revue quand, un après-midi, je reçois un appel de Jean-Jacques, me demandant de les rejoindre d'urgence rue Saint-Benoît, chez Marguerite. Ils étaient en pleine discussion, elle n'aimait pas le scénario qu'elle venait de lire. Elle avait une canule dans la gorge, suite à une trachéotomie, qui lui permettait de respirer, mais qui changeait sa voix. Elle était très émouvante, mais cela n'influençait pas son caractère, elle était très agressive avec Jean-Jacques. Lui tenait ferme sur ce qu'il avait écrit, outré qu'elle puisse remettre en question son travail. J'ai tenté de calmer le jeu, mais sans y parvenir. À partir de là, elle a menacé d'exercer son droit moral, ce qui rendait le film impossible à faire. Avec Thierry Levy, son avocat, nous sommes allés deux fois la voir à Trouville, dans le petit appartement ou elle vivait avec son compagnon, Yann Andréa. Ils avaient l'air de deux tourtereaux malgré leur différence d'âge, on croyait vraiment à leur amour. Marguerite était gaie, drôle, Yann très prévenant avec elle. Nous allions déjeuner dans un restaurant, dans la campagne, je la revois encore, dévorant un énorme steak au poivre, puis nous faisions une promenade en voiture, dans le bocage normand. Nous attendions de revenir chez elle pour parler de *L'Amant*. Lors de la première visite, elle ne voulait rien savoir, elle s'entêtait à conserver son droit moral. Depardieu était venu l'embrasser, pour foutre la merde il lui donnait raison. C'est seulement à la deuxième visite que Thierry a réussi à la convaincre, moyennant une « rallonge » sur son contrat. Marguerite n'était pas indifférente à l'argent.

Le film s'est tourné au Viêtnam et certains intérieurs à Paris en studio. C'est une jeune actrice inconnue, Jane March, qui a joué Marguerite. Quelques scènes étaient chaudes entre elle et l'amant vietnamien, elle les fit avec beaucoup de grâce.

Marguerite en profitera pour faire publier une autre version de *L'Amant*. Elle donnera une grande interview dans *Le Monde* assez désagréable pour Jean-Jacques où elle disait, entre autres, qu'elle aurait préféré que ce soit moi qui réalise le film, cela aurait été : *L'Amant juif*. Cette phrase était blessante pour Jean-Jacques. Comme elle l'avait promis à Thierry, elle ne fit aucun commentaire à la sortie. Elle refusa de voir le film en projection privée, j'ignore même si elle le vit en salle. Quand *L'Amant* fut un succès, elle radoucit ses propos et se réconcilia avec Jean-Jacques. Elle adorait le restaurant Le Duc où je l'avais invitée avec Yann, je lui ai dit qu'elle avait table ouverte. Jusqu'à la fin de sa vie, elle y est retournée régulièrement en me laissant l'addition.

L'Amant n'eut pas autant de succès que *L'Ours*. Mais c'est un très beau film que je suis fier d'avoir produit.

Ce sera le dernier avec Jean-Jacques, depuis il est devenu son propre producteur.

Je n'avais toujours pas de Ryman, jusqu'au jour où Christie's New York en mit un en vente, un chef-d'œuvre. Il était accroché contre un mur et très bien éclairé. J'allais le voir tous les jours qui précédèrent les enchères, j'aimais le regarder, le renifler, l'admirer. Cette fois, j'en étais sûr, c'était un beau, un très beau, un vrai, il était pour moi. Comme je n'avais encore jamais acheté dans une vente, je dus montrer patte blanche et prouver par ma banque que j'étais solvable. Je ne voulais pas être dans la salle, je voulais enchérir au téléphone. Je fis la connaissance d'une jeune femme qui aurait la charge de m'appeler à mon hôtel quand le numéro de mon lot arriverait. Le soir du jour J, je suis allé me montrer chez Christie's, juste avant que la vente ne commence, puis j'ai foncé à mon hôtel. Je me suis déshabillé, j'ai mis ma chemise de nuit et, hop, dans mon lit, à attendre que la « geisha » me téléphone. Je ne savais pas que ce soir-là, je battrais le record pour un Ryman. Jamais jusqu'à ce jour un tableau de lui n'avait atteint une telle somme, mais il était à moi, enfin j'en avais un de sublime. Grâce au bénéfice fait sur la vente du Twombly, j'avais pu l'acheter. Il s'appelle *Summit*, il est né en 1978, il mesure un mètre quatre-vingt-deux, il est d'une délicatesse, d'une finesse, c'est un slow, sûrement a-t-il été conçu par son papa en swinguant légèrement, en douceur. Je l'ai mis sur un mur du salon, près d'une fenêtre, où il baigne de joie les jours de soleil, où il s'attriste les jours gris.

Depuis douze ans, il n'a pas bougé de place, j'ai toujours autant de plaisir à le regarder. Jamais depuis il n'en est passé un d'aussi beau en vente publique.

Bien sûr, Ryman a su que c'était moi qui l'avais acheté, mais notre amitié ne remonte pas à ce record. J'ai vraiment fait sa connaissance lorsqu'il est venu à Paris pour le vernissage de son exposition, au 7 de la rue de Lille. Bob ressemble à ses tableaux, il est timide, tendre, délicat. Comme eux, il parle d'une voix douce, son regard myope à travers ses lunettes, son sourire sont la bonté même. J'aime quand je le serre dans mes bras, qu'il m'embrasse. Récemment il m'a fait cadeau de sa palette dédicacée : « À Nathalie et à Claude. »

Les travaux ont duré plusieurs mois, Urs en avait dessiné les plans et, sous sa direction, l'architecte Tsiomis en avait assuré la réalisation. La grande salle était devenue un cube de seize mètres par quatorze, avec une hauteur de plafond de six mètres, le tout recouvert par une verrière entièrement refaite, tous les murs étaient peints en blanc. Une autre petite salle avait également une verrière, plus deux autres salles au fond. L'endroit était à pleurer de beauté, tous ceux qui ont eu l'occasion de le visiter doivent encore s'en souvenir. C'est dans cet écrin qu'Urs organisa la première exposition, celle de Ryman. Quarante-six tableaux furent montrés, de toutes les périodes, de tous les formats, tous différents, la plupart d'entre eux provenant de Schaffhouse ou de New York, plus deux des miens, *Summit* et *Context* de 1989, de trois mètres par deux quatre-vingts, que j'avais acquis, peu de temps auparavant, directement de l'atelier de Bob.

Dans le milieu de l'art, ce fut un événement. Tous les grands collectionneurs, les artistes, les conservateurs de musées sont venus voir l'exposition qui dura six mois. Dans le public, quelques milliers de personnes vinrent aussi, qui n'avaient sûrement jamais vu de Ryman. Je ne pense pas que ceux-ci parlèrent de tableau blanc, en sortant de Renn Espace, mais j'espère de peinture. Au début, le prix d'entrée était de quarante francs, par la suite ce fut gratuit. La dernière exposition de Ryman avait eu lieu à Pompidou, au début des années soixante-dix, organisée par Alfred Pacquement. Grand sujet de satisfaction : notre rétrospective a eu lieu avant celles de la Tate Gallery de Londres et du MoMA de New York.

Après, Urs – que j'appelle Ours parce que c'en est un – fit une exposition d'Yves Klein. Il n'y avait que quelques tableaux dans la grande salle, mais quelles merveilles ! Je ne sais pas à qui et comment il les avait empruntés, toujours est-il que la démonstration était parfaite, pas de relief éponge, pas de feu, aucune anthropométrie, que des monochromes. Il ne cherchait pas à faire une rétrospective de l'œuvre mais à montrer le cœur de l'artiste, sa période bleue, là encore la peinture pure. Yves Klein, un des plus grands artistes de ce siècle.

Après, Ours voulut faire une exposition de Robert Mangold, un artiste qu'il apprécie énormément et pour lequel je ne partage pas entièrement son enthousiasme.

J'aime beaucoup ses premières œuvres des années soixante, des peintures à l'huile sur massonite. Jusqu'au début des années quatre-vingt, j'apprécie son travail, ensuite je ne suis plus ce qu'il a produit. Néanmoins, dans la rétrospective qu'Ours a faite, il y avait de très beaux tableaux. Il faut aller à Schaffhouse où Mangold est montré en permanence sur toutes ses périodes pour se faire sa propre opinion.

Ma collaboration avec Ours se termina momentanément, c'est Blondeau qui prit la suite. À l'époque, Philippe Ségalot travaillait avec lui. Ils firent deux expositions. La première fut Sol Lewitt, un artiste conceptuel. Son travail consiste à dessiner une œuvre, souvent gigantesque, dont il donne les plans et les indications à des ouvriers peintres qui les exécutent directement sur les murs. Ce sont des peintures murales éphémères qui, la plupart du temps, sont destinées à être détruites : seuls restent les plans qui peuvent être achetés par un musée ou un collectionneur, ceux-ci pouvant les faire reproduire à l'identique, au format voulu, selon le mur de leur choix. Les travaux de Sol Lewitt sont généralement géométriques, faits de cubes aux couleurs premières, souvent bleu et jaune. La seconde exposition fut consacrée au photographe japonais Sugimoto. Nous l'avons faite en collaboration avec la Galerie Sonnabend qui le représente pour le monde entier. Cet artiste a fait une série de photos de Bouddha, d'intérieurs de théâtres et de cinémas en plein air, mais ce que je préfère, ce sont les *Mers*. Il a photographié des océans dans divers continents, du crépuscule à l'aube, jamais de jour, et tous en noir et blanc. Le résultat est étonnant par les différences de lumière. Sur certaines, la mer est noire, le ciel est blanc, la photo est partagée en deux par la ligne d'horizon. D'autres sont toutes noires ou toutes blanches, ou grises, brumeuses, abstraites. On peut les comparer à des tableaux de Brice Marden. Gustave Le Gray, qu'il a sûrement dû regarder, a également photographié des mers, mais elles sont plus figuratives. Le format des Sugimoto était de soixante par quarante, avec un tirage de vingt plus cinq épreuves d'artiste. En 2001, avec les mêmes négatifs, il a refait des photos d'un mètre soixante par un mètre quarante, en cinq exemplaires. Les tirages étant très délicats, très longs à faire, il les montre dans des musées qui peuvent parfois les acheter : il en vend rarement à des collectionneurs. J'ai eu la chance récemment de pouvoir en acquérir deux que je montrerai à Arles. En 1997, Sugimoto a fait une série magnifique d'architectures, de façades ou d'intérieurs de bâtiments. À l'époque où nous l'avons exposé, ces photos n'existaient pas encore, nous n'avons montré que des *Mers*.

J'avais vu une exposition de Buren au C.A.P.C. de Bordeaux, que j'avais trouvée magnifique. Tout l'espace de l'entrepôt était occupé par l'installation. En plus, dans une petite salle, étaient montrées les œuvres des années soixante : les Buren matissiens qui m'avaient particulièrement frappé. C'est pourquoi quand mon ami Jean-Louis Froment cessa injustement de diriger le C.A.P.C., je lui avais demandé si Buren accepterait de montrer à Renn Espace ses premiers travaux, avant qu'il ne trouve la radicalité de ses bandes de tissus verticales que tout le monde connaît. C'est ainsi que les Buren matissiens furent exposés après les photos de Sugimoto.

J'avais d'excellents rapports avec Alfred Pacquement, à l'époque directeur de l'École des beaux-arts avant qu'il ne devienne celui de Pompidou. C'est donc lui qui me proposa de montrer Simon Hantaï qui refusait d'être exposé depuis plus de quinze ans. Le marché de l'art étant devenu le critère absolu de la valeur d'un artiste, il se refusait de s'y associer. Un matin, entraîné par Alfred, il vint visiter l'espace qu'il trouva très beau et je fis sa connaissance. C'est sûr qu'en voyant l'homme, on pouvait comprendre son intransigeance. Ce n'était pas les contingences matérielles qui l'intéressaient en premier, mais en même temps je sentais chez lui une souffrance de ne pas être reconnu pour son talent immense. Il accepta notre offre, il était obsédé par les découpages de Matisse, son projet était de retailler les grandes toiles qu'il avait montrées au C.A.P.C. de Bordeaux, au milieu des années soixante-dix. Il retrouvait ainsi le geste de Matisse découpant ses papiers, lui ses toiles. Une affection est née entre nous, j'allais souvent prendre le thé dans sa petite maison de l'impasse Georges-Braque, en face du square Montsouris. Il vivait là, dans le désordre, avec sa merveilleuse petite femme Szusza. Ils avaient l'air de deux réfugiés attendant que la guerre se termine. Leur connaissance fut pour moi aussi passionnante que l'exposition elle-même, qui fut très réussie. Elle fut reprise ensuite dans un musée allemand. Aujourd'hui, la reconnaissance mondiale d'un artiste passe par l'Amérique. Le malheur de Hantaï fut que son marchand à New York, Pierre Matisse, délaissa rapidement son travail. Simon a fait une œuvre rare. Depuis vingt ans il ne peint plus, pourtant c'est un artiste à la hauteur de Pollock qu'il admirait beaucoup. Sa série des années soixante, « Les Mariales », est unique. Le procédé en était le suivant : il pliait la toile jusqu'à ce qu'elle devienne comme une boule de chiffon, puis il peignait à l'intérieur des plis, non plus avec ses yeux mais uniquement avec sa main tenant le pinceau. Ensuite il dépliait la toile et la tendait. Le résultat était magnifique. J'attends avec impatience le jour où Alfred Pacquement lui consacrera une grande rétrospective à Pompidou.

Après dix ans de mariage avec Jérôme, Anne-Marie, Paul et moi lui avons vendu le reste des actions de Renn, il souhaita que je reprenne seul Renn Espace. Ce que je fis en lui remboursant une partie des investissements que nous avions faits dans ce lieu. Les expositions de Sugimoto, Buren et Hantaï furent à ma seule charge. À la fin du bail, j'en ai eu marre de faire le mécène, j'ai revendu l'endroit à Karl Lagerfeld. Il a fait une très belle librairie de livres d'art dans le local qui donne sur la rue. À l'arrière, dans le plus bel espace de Paris, un cube carré que les artistes adoraient, il a fait son studio de photos. Dans nos accords, il m'avait autorisé à faire une dernière exposition de Ryman. Ours a réuni un ensemble de tableaux différents de ceux de l'ouverture mais tout aussi magiques. Bob est venu au vernissage et c'est ainsi que mon aventure avec le 7 s'est terminée, en beauté.

Un après-midi où j'allais à la pharmacie de la rue de Verneuil, je tombe sur Gainsbourg. Très excité, il me dit qu'il vient d'écrire son prochain film et qu'il veut que je joue le rôle principal : l'histoire d'un exhibitionniste qui attend les jeunes filles à la sortie des lycées pour leur montrer son zizi. Surpris, j'ai demandé à lire son scénario, en prenant la précaution de lui dire que je n'avais pas vraiment envie de faire l'acteur. « Impossible, je l'ai écrit pour toi, c'est toi, c'est toi, Stan the Flasher. » Son scénario ne faisait même pas quarante pages, c'était plus un poème qu'un film. Comme j'aimais beaucoup Serge, je lui ai dit oui en pensant qu'il ne trouverait pas de producteur. Le temps passait, j'étais sans nouvelles de lui, quand j'ai appris qu'il avait eu une attaque cardiaque et qu'il était hospitalisé. Je me suis dit : « Le film ne se fera jamais. » J'avais tort. À peine était-il rétabli qu'il m'appelle de l'Hôtel Raphaël, en pleine forme, pour m'annoncer que le tournage démarrerait en juin.

Le premier jour, j'étais dans ma loge à m'impatienter, à me demander ce que je foutais là. Serge arriva : « Allez fiston, on y va ! » Je tentais une dernière fois de me défausser en lui disant que c'était à lui de jouer le rôle, que le personnage, c'était lui. « C'est toi, ce n'est pas moi ! » Je le vois encore porter la main à son cœur, sur sa chemise kaki et me regarder comme un enfant à qui on voulait retirer son jouet. Je fus désarmé, je l'ai suivi sur le plateau. Il était heureux, il aimait tellement le cinéma, domaine dans lequel il n'a jamais eu de succès, il en a souffert. Ma partenaire sera Élodie Bouchez. Impossible d'imaginer alors que cette petite en jupe courte plissée deviendrait l'actrice qu'elle est aujourd'hui, consacrée par un prix d'interprétation à Cannes. Aurore Clément jouera ma femme. Je me suis beaucoup amusé en tournant ce film. Plus je déconnais, plus Serge était content. Je devais à un moment parler en anglais, mon franglais l'amusait beaucoup ; enfin un qui l'appréciait. Dans une scène dans le parc Montsouris où je devais suggérer mon anatomie à Élodie, je me suis mis nu sous mon imperméable, ce que Serge n'aurait jamais osé me demander.

Un jour, je suis arrivé sur le tournage, il était assis dans un fauteuil, il avait du mal à respirer, son visage était blême. Je l'ai emmené tout de suite à l'hôpital le plus proche. Sa tension était bonne, c'était la chaleur qui lui avait causé ce malaise. N'empêche que j'ai eu peur. Le soir du dernier jour de tournage, nous avons dîné avec l'équipe aux Bains-Douches, il était joyeux, fier, il n'arrêtait pas de dire : « C'est le plus grand producteur d'Europe qui a joué dans mon film ! »

Stan the Flasher a été un grand bonheur pour moi, il n'a pas eu de succès public, mais souvent certains fans m'en parlent. Serge : un ami. J'ai sa photo dans ma chambre du Lubéron où je suis en train d'écrire. Dans deux jours, ce sera le 1er janvier 2003.

Ne pouvant réaliser *Germinal* en 1990, je me suis décidé sur *Uranus* de Marcel Aymé. Cette période d'épuration, de règlements de comptes d'après guerre m'était familière, elle commençait là où je m'étais arrêté avec *Le Vieil Homme et l'Enfant*. J'aimais l'ironie, la drôlerie avec lesquelles l'auteur avait dépeint cette galerie de petits personnages, faibles, lâches ; il n'épargnait personne, pas de héros dans sa nouvelle. J'y voyais la possibilité d'en faire une comédie sur l'âme humaine. J'ai tout de même atténué la médiocrité du communiste, joué par Michel Blanc. En écrivant l'adaptation, j'ai essayé de gommer le plus possible la théâtralité du récit. Je n'y suis pas entièrement parvenu, principalement dans la scène où le personnage de Noiret parle d'Uranus. La tirade était longue mais indispensable.

Dans ce film choral, tous les rôles étaient intéressants, je n'ai pas eu de mal à réunir la distribution idéale : Noiret, Marielle, Luchini, Prévost, Galabru, Ticky Holgado, Blanc, Danièle Lebrun. Pour le rôle du cafetier Léopold, j'avais pensé tout de suite à Depardieu qui m'avait dit oui. Quelque temps après, il revint sur sa parole, probablement que le fait de jouer un alcoolique pouvait l'entraîner à boire encore plus dans la vie. J'ai alors proposé Léopold à Jean-Paul Belmondo qui ne m'a jamais donné de réponse. Heureusement, Gérard est revenu sur sa décision, il a été magnifique dans le rôle. La scène où il meurt est un grand moment du film.

Nous avons tourné près de Vichy, à Maringues, une petite ville de tanneurs où les tanneries, principale activité de la région, avaient disparu, laissant les maisons, les rues, les façades de boutiques à l'identique de celles des années quarante. Nous avions l'impression d'être dans un studio de cinéma ; le travail du décorateur,

Bernard Vezat, en a été énormément facilité. Les acteurs étaient tous contents, chaque rôle était intéressant, ils se régalaient des dialogues de Marcel Aymé que j'avais conservés au maximum, le tournage fut très agréable. Dans la scène où Monglat – Galabru – engueule son fils, à la fin de la prise, toute l'équipe l'a applaudi. C'est un grand acteur qui gâche son talent en jouant dans de mauvais films ou de mauvaises pièces. Il a, paraît-il, beaucoup de charges.

Le film sortit en décembre avec un relatif succès – deux millions sept cent mille spectateurs – et une critique plutôt bonne dans son ensemble.

Après *Je vous aime*, pendant plus de dix ans, j'ai tourné pour tourner, des films dont je n'étais pas l'auteur. Je les ai faits avec passion, mais il ne m'en reste que des souvenirs de tournage. J'étais souvent loin de Paris, je voyais à peine mes fils, je faisais du cinéma. Quand je raconte ma jeunesse, mes débuts dans la vie, mes dépressions, je parle de moi. Seuls mes films personnels me rappellent qui j'étais, qui je suis, même quand ils ne sont pas formellement réussis comme *Sex-shop* ou ont été des échecs – *La Débandade*. Ils en disent beaucoup plus long sur moi que certaines adaptations réussies.

Le Brasier ayant été un échec, je pouvais alors faire *Germinal*. J'avais toutes les raisons de le faire : pour la mémoire de mon père, pour les souvenirs de ma jeunesse, quand il votait communiste et m'emmenait à des manifestations après la guerre. Il était pauvre, il était en accord avec ses opinions et ce qu'il vivait. C'est vrai qu'il rêvait d'un monde meilleur mais, en même temps, il ne devait pas trop y croire car il a souhaité ma réussite, que je donne les cartes. Il devait penser « Si le monde ne peut pas être meilleur, au moins qu'il le soit pour mon fils. » Le résultat : je pense à gauche et je vis à droite, je ne dois pas être le seul dans ce cas.

C'est mon ami Pierre Assouline qui m'a conseillé de lire les mémoires de Lucie Aubrac. Je me suis souvent demandé ce que j'aurais fait si j'avais eu vingt ans pendant la guerre. J'ai beaucoup de respect et d'admiration pour Lucie et Raymond mais, en faisant le film, je ne me suis pas identifié à eux. J'ai plus d'attirance pour les personnages d'anti-héros comme le Pépé du *Vieil Homme*. Alors quoi raconter sur ce film, que je me suis séparé de Juliette Binoche après deux semaines de tournage, que Carole Bouquet a repris brillamment le rôle, que Daniel a été parfait, que je me suis forcé à tourner les scènes de torture, mais où suis-je là-dedans ? L'important, c'est d'avoir filmé une page de l'histoire de France, que Lucie ait été contente et, comme elle le souhaitait, que le film soit montré dans les écoles. Je revendique d'avoir fait *Lucie Aubrac*, j'y ai mis toute mon énergie, mais je ne trouve rien à raconter sur moi. L'anecdote ne m'intéresse pas à ce stade du livre. Le film passe parfois à la télévision, il existe, je crois, en D.V.D., on peut encore le voir.

Avec *Germinal*, j'ai pu m'identifier à Lantier. J'aurais pu, avec un autre destin, croire qu'on pouvait changer le monde et épouser un jour le pessimisme de Zola. J'ai fait le film avec mon cœur à gauche, comme Renaud. Il était magnifique quand il exhortait les figurants à se mettre en grève pour être mieux payés. À la différence de *Lucie Aubrac* où nous changions tout le temps de décor, où nous déménagions sans cesse d'une région à une autre, je suis resté un an et demi dans le Nord, près de Valenciennes. J'ai eu le temps de faire connaissance. Germinal a été une aventure humaine, j'y ai rencontré des hommes formidables, des hommes avec qui mon père aurait eu du plaisir à se mettre à table. Je me suis fait des amis, Alain Bocquet, le maire communiste de Saint-Amand-les-Eaux, Jean-Pierre Kucheida, maire de Liévin, Marion, siliconée à 70 %, un homme bon comme le pain, Jannick, l'aubergiste qui nous réchauffait les nuits où il faisait froid. J'ai aimé ces gens du Nord, ces innocents d'un autre siècle, ces sacrifiés du progrès industriel. Tous les figurants étaient d'anciens mineurs. *Germinal* leur donnait l'occasion de faire une grève virtuelle, ils y croyaient et moi aussi. Depardieu dans Maheu, Miou-Miou extraordinaire dans la Maheude, Judith Henry, Carmet, Terzieff et Renaud, irremplaçable pour moi, dans Lantier. Il ne jouait pas, il était Lantier. Jean-Roger Milo, acteur extraordinaire injustement inemployé par la profession, fut admirable dans Chaval. Le dernier jour de tournage se terminait à l'aube, tout le monde pleurait, s'embrassait. C'était déchirant, nous n'allions pas nous revoir. Jean-Roger et moi, nous les avons souvent revus, ces gens du Nord. Il faut lire le livre de Pierre Assouline, *L'Aventure de Germinal*.

Le Conseil général du Nord-Pas-de-Calais, présidé alors par Marie-Christine Blandin, nous avait accordé une subvention – non remboursable – de dix millions de francs. Quand le film a été un succès, j'ai voulu partager cet argent entre tous ceux de la région qui avaient travaillé sur le film. J'ai téléphoné à Marie-Christine qui m'a suggéré de faire plutôt une fondation pour venir en aide à ceux qui voulaient monter leur propre entreprise et qui avaient des difficultés bancaires. C'est comme cela que nous avons créé l'association Germinal. Renn détenait les fonds et s'engageait à les reverser au fur et à mesure des besoins. Le principe était d'accorder des prêts d'honneur qui n'étaient remboursables qu'en cas de réussite. Nous avons mis le pied à l'étrier à environ cent cinquante personnes. Je m'en suis occupé pendant des années jusqu'au jour où, les finances commençant à manquer, j'ai fait une projection d'*Astérix* à Valenciennes, dans une salle pour les enfants, dans une autre pour les patrons de la région. La salle était pleine, j'ai signé un chèque de cinq cent mille francs venant de Renn, au-delà de la subvention, pour leur montrer l'exemple et, la gorge serrée, je les ai incités à venir en aide aux plus faibles. Un seul d'entre eux a envoyé cinq mille francs. Écœuré, j'ai passé la main. L'association a dû être couplée avec une autre et doit encore exister. Quand nous avons sorti la cassette, Depardieu a enregistré un texte demandant de soutenir l'association que l'on a mis en tête du film. Seuls quelques pauvres ont répondu, des lettres d'encouragements touchantes, des dons de cent francs.

Pendant des années, j'allais fêter la Sainte-Barbe avec les anciens de *Germinal*. Renaud et Depardieu sont venus la première fois, par la suite j'y allais seul avec Jean-Roger. Je me suis battu pour monter une brasserie, ce qui malheureusement a échoué, nous avons dû la revendre. On peut encore boire de la bière Germinal dans certains cafés du Nord. Je n'ai pas changé le monde.

La première de *Germinal* a eu lieu à Lille. Michel Charasse avait convaincu François Mitterrand d'y assister. À l'entrée, c'était une émeute. Des milliers de personnes attendaient pour le voir et aussi pour voir les artistes, des dizaines et des dizaines de journalistes. Tous les figurants du film étaient dans la salle. J'étais assis à côté du Président. Après Terzieff qui a lu un texte, c'était à moi de dire quelques mots. Je me suis penché vers François Mitterrand en lui faisant part de mon trac, il a souri. Heureusement j'avais écrit quelques phrases, malgré mon émotion j'ai pu avoir une envolée lyrique. Quand je suis revenu m'asseoir, près de lui, il m'a dit en levant son pouce : « Un vrai professionnel ! » Il ne manquait pas d'humour.

Une autre fois, plus triste. J'allais déjeuner chez Minchelli avec Auteuil et Binoche, c'était avant le tournage de *Lucie Aubrac*. Notre table était à côté de celle du Président qui était là. Nous lui avons dit bonjour, lui avons serré la main. Il était pâle, déjà sûrement très malade. Quand il est parti, il s'est approché de nous et nous a dit : « Vous êtes venus me dire bonjour, je viens vous dire au revoir. » Le ton sur lequel il a prononcé ces mots ne laissait aucun doute sur l'allusion à sa mort. J'étais tellement ému que je me suis levé pour l'embrasser. Il dira plus tard à Michel Charasse : « J'aurais préféré que ce soit Binoche qui m'embrasse. »

Après *L'Homme blessé* et *Hôtel de France* que Chéreau avait tournés avec ses élèves de l'école de Nanterre, j'ai proposé à Patrice de faire *Les Trois Mousquetaires*. Il se trouve que Jean Becker m'avait parlé de cette idée trois ans auparavant et ne m'avait plus jamais donné signe de vie. J'étais certain qu'il avait abandonné ce projet, mais quand il a su que Patrice s'y intéressait, il a ressurgi en me disant qu'il voulait toujours faire ce film. Quoique le sujet de Dumas soit dans le domaine public, par correction pour Jean (qui ne l'a jamais fait à ce jour), j'ai demandé à Patrice de penser à un autre projet. C'est alors que Danielle Thompson nous a suggéré *La Reine Margot*. L'histoire était moins connue, moins publique, mais elle excitait encore plus Chéreau. Même avec Adjani dans le rôle principal, entourée d'Auteuil et d'Anglade et mon petit Julien dans un second rôle, je savais qu'il y avait un risque de vingt millions. J'étais prêt à le courir et je l'ai couru. Le budget initial était de cent vingt millions et se terminera à cent quarante. Patrice tournait toutes les scènes en plan séquence quand il savait très bien qu'il les couperait au montage. Tous les jours nous faisions deux ou trois heures supplémentaires, mais le pire a été la longueur du film, elle ne nous permettait que trois séances par jour. Sous prétexte que le film allait à Cannes, pris par le temps, il ne pouvait pas faire les coupes qui nous auraient permis d'avoir deux séances en soirée. Il n'accepta de les faire que sous la pression de Miramax qui refusait de sortir le film en Amérique dans sa version longue. Bien sûr, comme Roman pour *Tess*, Patrice admit que la version courte était la meilleure, mais malheureusement ce fut trop tard. Probablement nous avons perdu quelques centaines de milliers de spectateurs sur la France. Le film est magnifique, il fera la réputation internationale de Patrice, mais à ce jour il reste au moins encore quarante millions à récupérer, qui ne le seront jamais.

Il se trouve que le projet de *La Reine Margot* tombait au même moment que celui de *Germinal*. Je ne souhaitais pas que les deux films se fassent en même temps, Patrice avait accepté d'attendre la fin des prises de vue de *Germinal* pour commencer à tourner le sien. À l'époque, Bernard-Henri Lévy était président de l'avance sur recettes. Il m'avait très gentiment reçu chez lui, je lui avais exposé mes projets pour les deux films. Il m'a semblé, ce jour-là, très sensible à mes arguments. Le lendemain, j'ai reçu un coup de fil de Gérard Blain me demandant de produire son film avec Arielle Dombasle dans le rôle principal, il me téléphonait de sa part. J'ai été ahuri de cette curieuse coïncidence : la veille je voyais B.H.L. et le lendemain Blain m'appelait de la part de sa femme. Je l'ai envoyé sur les roses, le résultat a été que *Germinal* n'a pas eu l'avance. Jeanne Moreau a succédé à B.H.L et *La Reine Margot* a obtenu huit millions du C.N.C.

Germinal a été un succès en France : plus de six millions de spectateurs, une critique plutôt bonne, sauf qu'à deux reprises, dans son édito du *Point*, B.H.L. a démoli le film. Je n'avais pas de tribune pour lui répliquer quand Bernard Pivot m'a invité à son émission, sous prétexte de parler des problèmes économiques concernant le cinéma européen. J'ai potassé tout un dossier pour être en mesure de répondre à ses questions. L'invité principal était Jean Daniel, il avait aimé *Germinal*, il en a dit beaucoup de bien. Un peu nerveux, je répétais dans ma tête mes réponses sur l'avenir du cinématographe quand Pivot, s'adressant à moi, me demanda comment j'avais réagi aux articles de B.H.L. et à ceux de Lefort dans *Libération*. J'étais sidéré par cette question, mon cœur s'est mis à battre, naïvement je lui ai demandé si l'on pouvait « tout dire ». Il m'y encouragea. En fait les problèmes économiques n'étaient qu'un prétexte pour me faire venir à son émission, pour s'amuser à me piéger. J'ai répondu en quelques mots : je traitai Lefort de plaisantin et je me mis à raconter ma rencontre avec B.H.L. et le coup de fil de Blain. Pivot m'avait offert un droit de réponse public que je n'avais pas prémédité.

Les années passèrent. Je ne suis pas rancunier, d'ailleurs je n'avais plus de raison de l'être. Un jour dans un restaurant, je suis tombé sur Bernard. Nous nous sommes serré la main, j'ai senti que cela le soulageait. En vérité, cette histoire est celle d'un homme qui aime éperdument sa femme.

Mars 1993 : Julien Rassam est nominé pour le César du meilleur espoir masculin pour son rôle dans *L'Accompagnatrice* de Claude Miller. Julien avait pris le nom de Rassam comme nom d'artiste en hommage à sa mère, ou à son oncle, ou pour les deux. À la fin de sa courte vie, il se faisait à nouveau appeler Langmann, comme ses deux frères.

Je me souviens d'une projection de *Albert souffre*, le très bon film de Bruno Nuytten, où Éric Gautier faisait ses débuts de chef opérateur. Julien jouait Albert, il était magnifique. À la fin de la projection, j'étais bouleversé, je l'ai serré dans mes bras. Sur le moment, je n'ai pas compris le titre, il faut croire que Bruno avait senti la souffrance de mon fils avant moi. Si le film avait marché, le sort de Julien aurait peut-être été différent. Il avait si peu confiance en lui.

À la fin des années quatre-vingt-dix, j'ai produit plusieurs comédies à succès. Les Inconnus me faisaient beaucoup rire. Ils étaient alors d'énormes vedettes. Ce sera le triomphe des *Trois Frères* : sept millions de spectateurs en France. Ensuite *Le Pari* et *Les Rois Mages*.

Un jour je rencontre Balasko, elle avait joué une institutrice déprimée dans *Le Maître d'école*. Elle me demande : « Quand est-ce que tu me produis ? » « Quand tu veux ! » *Gazon maudit* fut une réussite sur tous les plans. Au départ, elle voulait Christophe Lambert. Par chance il préférera faire un film américain. C'est de là que réside ma vraie rencontre avec Alain Chabat. J'avais fait le Schtroumpf dans une émission des Nuls mais je le connaissais à peine. Pendant le tournage de *Gazon maudit*, Alain et moi avons eu le temps de nous apprécier.

Quand les Nuls voulurent faire *La Cité de la peur*, ils me proposèrent en premier de le produire. *Germinal* n'était pas encore sorti, *La Reine Margot* était en tournage et je trouvais leur scénario assez nul, Alain Berbérian n'avait jamais réalisé de film, j'ai décliné leur offre. C'est ainsi que Charles Gassot le produisit, avec succès. C'est pourtant à moi qu'Alain proposera *Didier*. Il n'avait au départ qu'un concept : l'histoire d'un chien. Quand il m'a dit que ce serait lui qui le jouerait, sans hésiter j'ai dit oui. Le sujet était mince, heureusement que Farrugia a eu l'idée du football. C'est aussi sur *Didier* que je sympathiserai avec Jean-Pierre Bacri, qui n'était pas très liant au départ.

À l'occasion d'une projection de *Didier* chez Canal, j'ai vu le court-métrage d'Yvan Attal, produit par Luc Besson. Au cocktail qui a suivi la projection, j'ai félicité Yvan. Persuadé qu'il était en main, je lui ai quand même proposé, à tout hasard, de le produire s'il en avait besoin. Il en avait besoin, c'est comme cela qu'est né *Ma femme est une actrice*.

Été 2000 : je produis *Amen* de Costa-Gavras.

Venons-en à *Astérix*. Quand cette bande dessinée est née, dans les années soixante, j'avais déjà plus de trente ans, je n'avais plus l'âge de la lire. Ma culture d'adolescent, c'était *Les Pieds Nickelés*, *Bibi Fricottin* ou *Zig et Puce*. Par contre mon fils Thomas, lui, était tombé dans la marmite. À l'époque, il n'était pas encore le grand producteur qu'il est en train de devenir, c'est donc à son papa qu'il a suggéré de s'intéresser à

Astérix. Au départ, je n'étais pas très convaincu ; sans avoir lu aucun album, je craignais que ce ne soit pas adaptable, que le passage du dessin aux acteurs ne soit pas crédible. D'autres, avant nous, avaient rêvé d'incarner les personnages de Goscinny et d'Uderzo, entre autres de Funès. Il faut dire qu'à l'époque, les effets spéciaux n'étaient pas encore au point comme ils le sont aujourd'hui. Il a fallu toute l'insistance de Thomas pour que je me décide à en parler à Depardieu. Il a été tout de suite emballé. Dès le lendemain, je recevais un coup de fil de Jean-Marie Poiré me disant que, sur le principe, il était intéressé pour faire le film. Comme à son habitude, Gérard avait pris l'initiative de le lui proposer. L'*alter ego* de Jean-Marie était Clavier, il devenait évident que ce serait lui qui jouerait Astérix. J'ai alors rencontré Uderzo, très favorable au projet sous deux conditions : que ce soit un film avec de gros moyens et que Depardieu soit Obélix. Le seul problème était que Poiré, vu le succès des *Visiteurs*, n'était pas libre dans l'immédiat, il s'était engagé à faire la suite. Je n'ai pas voulu attendre, je me suis retourné vers ma potion magique : Claude Zidi. Nous nous connaissions suffisamment pour qu'il se mette à écrire le scénario sans signer de contrat. J'avais la parole d'Uderzo et la confiance d'Anne Goscinny, je n'ai même pas eu besoin de prendre une option. Claude s'est mis au travail, il a relu tous les albums, prenant des idées dans chacun d'eux et, quelques mois plus tard, il m'a donné à lire un scénario original : *Astérix et Obélix contre César,* contenant toutes les situations et les personnages récurrents des albums. J'ai enfin vu le film que l'on pouvait faire.

À partir de cette lecture, je suis devenu totalement déterminé à produire le film, j'avais une confiance totale en Zidi. Thomas avait raison, mais encore fallait-il avoir trouvé le maître d'œuvre et les moyens de financer le film. Emballés, Mougeotte, De Vergès, TF1, Nathalie Bloch-Lainé, Canal +, A.M.L.F. et Pathé Vidéo participèrent au financement du film. Sur les deux cent vingt millions d'albums vendus dans le monde, l'Allemagne en représentait quatre-vingt-dix, c'est donc facilement que j'ai obtenu une coproduction avec la Bavaria de Munich pour 20 % du budget.

Zidi avait pris, dans un ou plusieurs des albums, un personnage du nom de Détritus. Il était devenu le troisième rôle du film. Nous l'avons tout d'abord proposé à Benoît Poelvoorde, un acteur que j'aime beaucoup. Par chance il a décliné l'offre, c'est alors que j'ai pensé à Roberto Benigni. Bien qu'il fût à quelques jours du tournage de *La vie est belle*, il a accepté de me donner rendez-vous. Je suis allé le voir à Rome. Sans me connaître, il m'a pris dans ses bras : « Ah ! Claude Berri... Ah ! Claude Berri... » Il faut imaginer son accent italien quand il parle le français. Je lui ai remis le scénario en lui disant : « Tu ne peux pas me dire non. » Pendant le temps de son tournage, je l'ai laissé tranquille. Quand je l'ai relancé, il ne me disait ni oui ni non. Je suis retourné le voir à Rome, j'ai déjeuné avec lui : « Ah ! Claude Berri... Ah ! Claude Berri... » Il aimait le script, c'est tout juste si nous ne nous embrassions pas sur la bouche, mais il ne savait pas s'il allait refaire du théâtre ou bien un film en Amérique avec Jarmusch. La troisième fois, j'ai emmené Zidi avec moi pour qu'ils fassent connaissance. Ils ont sympathisé : « Ah ! Claude Zidi... Ah ! Claude Zidi... » Ma proposition était de lui laisser la moitié de la recette italienne, il semblait d'accord. Mais Roberto est toujours entouré de son avocate, Madame Ponti, fille de Carlo. Au déjeuner où nous avons mangé de la polenta, son comptable m'a demandé 100 % de l'Italie. Je me suis levé de la table, on m'a vite rattrapé, mais là encore Claude et moi sommes repartis de Rome sans réponse. Quelques jours plus tard, je rentre pour déjeuner chez moi, on me dit que Roberto a téléphoné, qu'il va me rappeler. Effectivement, dix minutes plus tard, le téléphone sonne : c'était lui. D'une voix désolée, il m'annonce : « Tu m'as dit que je ne pouvais pas te dire non mais je te dis non. » Je raccroche, déçu, je m'étais donné beaucoup de mal pour rien. Le lendemain, il rappelle. J'étais là et j'entends : « Hier je t'ai dit non, aujourd'hui je te dis oui. » C'était formidable pour le film de l'avoir dans le rôle de Détritus. Si j'ai un mérite dans ce premier *Astérix*, c'est d'avoir réussi à obtenir Benigni.

Ce matin, 6 janvier 2003, Sylvie Pialat m'appelle en m'annonçant que Maurice est en train de mourir, qu'il souhaite revoir Arlette, que je lui donne son téléphone à Romans. Ma sœur, en pleurs, a prévenu Nathalie qu'elle serait à Paris cet après-midi. Depuis deux jours, je pensais beaucoup à lui, j'étais en train de terminer le livre de Pascal Mérigeau, *Pialat*. Le portrait qu'il fait de lui est sans complaisance, il l'a bien compris, mais comme il l'aime, comme il a aimé ses films ! Je ne sais pas si je suis le Docteur Gachet mais ce qui est triste, c'est que nous nous sommes ratés. Lequel de nous deux est responsable ? Sylvie m'a dit qu'il n'y avait pas un jour sans qu'il parle de moi. Sans doute m'a-t-il aimé plus que je ne l'ai aimé.

Ce n'était pas une mince affaire que le tournage d'*Astérix*. Comme à l'accoutumée, Pierre Grunstein prit la fabrication en main, épaulé par le directeur de production, Patrick Bordier, beau-frère de Depardieu. Sylvie dut fabriquer des centaines de costumes. Le décorateur, Jean Rabasse, construisit le village gaulois aux studios d'Arpajon, sur un plateau de quatre mille mètres carrés, le village romain sur un terrain à Clairefontaine, le cirque dans les studios Bavaria à Munich. Le début du film se tourna en bord de mer à Quiberon, le générique en Écosse avec des prises de vues aériennes, les effets spéciaux pendant des mois chez Duboi. Uderzo voulait un film avec des moyens, il l'a eu. L'infrastructure était énorme : des centaines de techniciens et d'ouvriers, des milliers de figurants, les acteurs, les caravanes, les cantines pour nourrir tout ce petit monde, une armée.

Zidi avait choisi comme directeur de la photo Tony Pierce Roberts, un Anglais qui travaillait beaucoup en Amérique. Le premier jour des rushes, j'ai compris que c'était gagné, que nous tenions un succès, les premières images en scope des jeux du cirque étaient splendides.

Pendant vingt et une semaines, Zidi mena cette

armée de main de maître. Commencé le 2 février 1998, le tournage se termina le 27 juin. Seul incident qui aurait pu coûter une fortune aux assurances : l'accident de moto de Depardieu. Grâce à une bonne doublure et à son courage, le film, interrompu quelques jours, put se terminer. Il fallut encore six mois de montage et de travaux d'effets spéciaux en parallèle pour qu'enfin *Astérix* puisse être donné en pâture au public.

Astérix et Obélix contre César sortit en France le 3 février 1999 sur huit cents copies et attira huit millions sept cent mille spectateurs. C'est certainement un public d'enfants et d'adolescents qui permit d'atteindre ce résultat. Les adultes boudèrent le film, influencés par une critique moyenne. Même des journaux populaires comme *Le Journal du Dimanche* et *L'Aurore* furent injustement négatifs. Personnellement, j'ai beaucoup aimé le film de Zidi. Il est très visuel, c'est probablement l'explication de son succès à l'étranger : quatorze millions de spectateurs.

Avec *Mission Cléopâtre*, ce sera le contraire : un énorme succès en France – quatorze millions et demi de spectateurs – , une très bonne critique, un très bon bouche à oreille. Par contre, à l'étranger, l'humour de Chabat dut déconcerter, c'est la raison de notre relative déception : huit millions d'entrées. Un pays comme l'Allemagne ne fit pas la moitié des spectateurs du film de Zidi.

J'aime le succès ; c'est vrai que sur ce plan-là, les deux *Astérix* m'ont comblé. Merci Thomas. Récemment, Guillaume Durand m'a invité sur son plateau pour parler du rapport entre cinéma et peinture. À un moment, il m'a demandé pourquoi je produisais *Astérix*. Surpris par cette question incongrue, qui sortait du thème de l'émission, je lui ai répondu : « Pour acheter de la peinture. » Il a eu l'air surpris, je me demande encore quelle réponse il attendait. Certains sûrement n'auraient pas osé répondre : « Pour acheter des S.I.C.A.V. » J'ai toujours préféré la peinture aux placements.

Pendant que j'écris, Pialat est en train de mourir. Je repense à ce que nous avons été l'un pour l'autre pendant tant d'années. Je ne pleurerai pas sa mort. Ce que j'aurais voulu, c'est qu'il ne soit pas malade, qu'il me téléphone ou que ce soit moi qui l'appelle, que l'on se voie, que l'on s'embrasse, que l'on se parle pendant des heures, comme avant. J'aurais voulu faire un film avec lui, qu'il puisse lire ce que j'écris. Je me suis endurci face à la mort. La première fois qu'elle a frappé, c'est sur mon père. Je me croyais vacciné, mais l'accident de Julien m'a anéanti. Madame Cerf avait raison, je ne maîtrisais pas sa maladie, je suis tombé en dépression. Sa mort, j'ai cru la surmonter sur le moment, peu de temps après j'ai rechuté. Enfant gâté comme je l'ai été, j'ai toujours eu la maîtrise de ce que je vivais, de mes actions. Aujourd'hui que je l'ai retrouvée, j'aime la vie ; et ceux que j'aime, je les aime vivants.

J'ai été très fier de pouvoir financer *Tout sur ma mère*, mais surtout de connaître Pedro Almodovar. Quel homme sensible, original ! Ne parlons pas de son talent, immense, peut-être le seul auteur véritable aujourd'hui. J'étais allé le voir à Madrid avec Julien, nous devions dîner avec lui. J'étais fatigué mais à l'entendre, si vivant, je me suis réveillé, fasciné par cette boule d'intelligence, par ce charme qui le rend beau. Cette nuit-là, il faisait chaud, je n'avais plus sommeil ; avec Julien nous sommes allés danser dans une boîte en plein air, jusqu'à trois heures du matin. Pedro avait accepté de prendre Julien comme assistant, j'étais tellement content pour lui. Il parlait l'espagnol, il s'était intégré dans l'équipe, tout le monde l'aimait. Malheureusement, au bout de quelques semaines, il a craqué pour rejoindre Marion.

J'avais demandé à Chabat d'écrire les dialogues du premier *Astérix*. Après avoir lu le scénario, il a refusé en me disant : « C'est bien, mais ce n'est pas assez fidèle à l'esprit de Goscinny et d'Uderzo. J'aurais fait autrement si j'avais fait le film. » C'est là que j'ai compris qu'il était un fan d'Astérix. Quand la question s'est posée de savoir qui pourrait réaliser le deuxième film, j'ai pensé à lui. Il n'a pas hésité un instant à me dire oui. D'un commun accord, nous avons décidé d'adapter *Astérix et Cléopâtre*, qui deviendra *Astérix Mission Cléopâtre*. Je ne m'étendrai pas plus, tout a déjà été dit.

La Débandade. Pendant l'été 1998, je me suis tellement amusé à l'écrire, avec l'aide du Docteur Mimoun, le célèbre sexologue. Certains dialogues étaient irrésistibles, rigoureusement authentiques. Je ne peux pas résister à l'envie d'en citer un :
« Le spécialiste :
Le mécanisme qui déclenche l'érection, c'est le cer-

veau... Il envoie des signaux sexuels qui stimulent la libération d'un message biologique dans le pénis. On distingue quatre phases successives dans l'érection : le remplissage, l'établissement de la rigidité, le maintien – dite phase en plateau – et la détumescence avec retour à la flaccidité. L'éjaculation et l'orgasme se produisent à l'apogée de la phase en plateau. »

Entendre ce dialogue dans la bouche d'Alain Chabat, le voir me faire un délicieux toucher rectal cinématographique sans douleur valaient le dérangement. Eh bien, personne ne s'est dérangé, le film a été un échec. Je l'ai très mal vécu. Mon propos était de faire une comédie sur le désir et non pas sur le Viagra. C'est le contraire qui s'est produit.

10 janvier 2003.

Le 18 octobre 1998, Julien est tombé du troisième étage de l'Hôtel Raphaël : acte manqué ou suicide presque réussi ? Et c'est le lendemain que je rencontre Nathalie. Depuis plus de quatre ans, nous vivons un grand amour. Le drame et le bonheur se sont conjugués. En janvier 1999, j'ai commencé à tourner *La Débandade*. Dans la journée, je devais rire et je croyais que j'allais faire rire mais le soir, avec Nathalie, nous étions à l'hôpital de La Pitié, auprès de Julien.

L'été 2001, je tournerai *Une femme de ménage* ; à la huitième semaine, je tomberai en dépression. C'est grâce à Jean-Pierre Bacri, à Émilie Dequesne, à la gentillesse de mon équipe, au talent d'Éric Gautier que le film pourra se terminer. Quelque temps après, je me mettrai à écrire.

Le 3 février 2002, mort de Julien. Pendant quatre mois, j'ai arrêté d'écrire. Rechute. En juillet, j'ai repris mon récit grâce auquel je retrouve mes forces. Dans quelques jours, cela fera un an que j'ai perdu mon Julien. Madame Cerf m'avait dit qu'il fallait ce laps de temps pour faire le deuil d'un enfant. Je commence à l'accepter. Heureusement, il me reste Darius et Thomas, sa petite Lou et l'amour de Nathalie.

Une histoire de mon père me revient. J'étais bébé, Passage du Désir. Un jour où il n'était pas là, un de ses copains est venu faire repasser son pantalon par ma mère. Mon grand-père est arrivé, il a vu le copain en caleçon. Persuadé que ma mère trompait mon père, il a couru à la synagogue. Cette histoire amusait beaucoup mon père.

L'intimité qui se crée entre le lecteur et l'auteur est une chose unique. Si l'auteur a réussi, le cœur du lecteur bat au même rythme que le sien. Rien n'est comparable, sauf peut-être l'émotion que l'on éprouve en étant seul chez soi, devant un tableau que l'on aime.

Sans ces deux dépressions, je n'aurais pas terminé ce livre. Qui sait, peut-être un jour...

Composition réalisée par IGS

Imprimé en France sur Presse Offset par

BRODARD & TAUPIN

GROUPE CPI

La Flèche (Sarthe).
N° d'imprimeur : 27727 – Dépôt légal Éditeur : 55147-02/2005
Édition 01
LIBRAIRIE GÉNÉRALE FRANÇAISE – 31, rue de Fleurus – 75278 Paris cedex 06.
ISBN : 2 - 253 - 11332 - 8

31/1332/1